O PROJETO HADES

LYNN SHOLES E JOE MOORE
(autores dos *best-sellers A Conspiração do Graal* e *O Último Segredo*)

O PROJETO HADES

ROMANCE DE MISTÉRIO

Tradução
Henrique Amat Rêgo Monteiro

Editora Pensamento
SÃO PAULO

Título original: *The Hades Project*

Publicado por Midnight Ink, um selo da Llewellyn Publications, Woodbury, MN 55125 USA, www.midnightinkbooks.com.

Dados Internacionais de Catalogação na Publicação (CIP)
(Câmara Brasileira do Livro, SP, Brasil)

Sholes, Lynn
O Projeto Hades : romance de mistério / Lynn Sholes e Joe Moore ; tradução Henrique Amat Rêgo Monteiro. -- São Paulo : Pensamento, 2009.

Título original: The Hades Project.
ISBN 978-85-315-1590-3

1. Bem e mal - Ficção 2. Ficção norte-americana 3. Mulheres jornalistas - Ficção 4. Stone, Cotton (Personagem fictício) - Ficção I. Moore, Joe,1948-. II. Título.

09-06498 CDD-813

Índices para catálogo sistemático:
1. Ficção : Literatura norte-americana 813

O primeiro número à esquerda indica a edição, ou reedição, desta obra. A primeira dezena à direita indica o ano em que esta edição, ou reedição, foi publicada.

Edição	Ano
1-2-3-4-5-6-7-8-9-10-11	09-10-11-12-13-14-15-16-17

Direitos de tradução para o Brasil
adquiridos com exclusividade pela
EDITORA PENSAMENTO-CULTRIX LTDA.
Rua Dr. Mário Vicente, 368 — 04270-000 — São Paulo, SP
Fone: 2066-9000 — Fax: 2066-9008
E-mail: pensamento@cultrix.com.br
http://www.pensamento-cultrix.com.br
que se reserva a propriedade literária desta tradução.

AGRADECIMENTOS

Os autores agradecem às seguintes pessoas, pela ajuda prestada para conferir um sentido realista a esta obra de ficção.

Dr. Seth Lloyd
Professor, Departamento de Engenharia Mecânica
Massachusetts Institute of Technology

Cary E. Moore
Agente Especial, Escritório de Investigações Especiais
Força Aérea dos Estados Unidos

Jimmy Young
Ex-agente, Serviço Secreto dos Estados Unidos

Jim McCormick
Presidente, CENCORE, Inc.

"A descida ao Hades é a mesma a partir de todos os lugares."
— Anaxágoras, filósofo grego, 500-428 a.C.

NO PRINCÍPIO

Depois de perder a grande Batalha do Céu, Lúcifer, o Filho do Amanhecer, e os seus anjos rebeldes foram expulsos do Paraíso — proscritos por toda a eternidade para o mundo das trevas. Obcecado pelo ódio e o desejo de vingança, Lúcifer, que passou a ser conhecido como Satã, maquinou o seu primeiro ato de vingança contra Deus — a tentação de Adão e Eva.

Vendo que o Homem era vulnerável, e munido com o conhecimento de que todos os humanos podiam ser tentados, Satã deu início a uma guerra para impedir que as almas entrassem no Reino do Céu. A cada Era do Homem, ele inventava métodos cada vez mais elaborados para induzir a ingênua psique humana a repetir o pecado original de Adão. Para tanto, a Fraternidade dos Caídos de Satã e os seus descendentes, os Nephilim, varreram a Terra em busca de presas, aumentando a sua lista cada vez mais extensa de almas para sempre condenadas às mesmas trevas nas quais o Mal prosperava.

Uma única alma compartilhava sua linhagem sanguínea, mas não a sua danação. Sozinha, ela impedia Satã de alcançar seu derradeiro objetivo: arrebanhar todas as almas da Terra para seu Império das Trevas. Ele tinha a capacidade de tentar o Homem, mas ela tinha a força de vontade para detê-lo.

Ela era Cotten Stone, a filha do único Anjo Caído perdoado. Deus fizera uma aliança com o pai dela, Furmiel, o Anjo da Décima Primeira Hora. Por ele ter-se arrependido, Deus concedeu a Furmiel a mortalidade e ele teve duas filhas — gêmeas. Uma vez que Furmiel não poderia jamais retornar ao Paraíso, Deus levou uma das filhas recém-nascidas para ocupar o lugar do pai no Céu, mas a segunda filha teria de viver na Terra. Assim, ela foi convocada por Deus para lutar em Seu nome.

Cotten Stone descobrira seu legado ao ficar frente a frente com o Filho do Amanhecer. O ódio que ele nutria por ela aumentava a cada confronto. Ela impedira o plano dele de realizar um Segundo Advento profano, e ao compreender que Deus dera o livre-arbítrio ao Homem, a capacidade de criar a sua própria realidade, ela frustrara a tentativa de Lúcifer de levar o Homem a cometer o pecado supremo contra Deus — o suicídio. Ao decifrar uma mensagem inscrita pela mão de Deus sobre uma antiga placa de cristal, ela conduziu os que escolheram viver uma vida pautada no bem para um novo mundo de paz e alegria.

Num gesto de abnegação, Cotten Stone então retornou ao velho mundo para continuar a lutar contra o seu inimigo eterno — um mundo onde o bem e o mal estariam sempre em guerra.

A cada nova batalha que travava, o Fim dos Tempos ficava cada vez mais próximo.

Agora, formavam-se dois exércitos: o Rubi, liderado pelo Grande Impostor; e o Índigo, liderado pela filha de um anjo. Muito em breve, uma nova batalha contra as Forças do Mal seria deflagrada e Cotten Stone seria de novo posta à prova.

NÍVEL DE AMEAÇA

Rizben Mace estava de pé no centro do pentagrama entalhado no piso de pedra, as cinco pontas se projetando como lâminas de uma arma antiga. Seis crianças com túnicas pretas estavam ajoelhadas à sua frente, os rostos escondidos por baixo dos capuzes.

Trajando uma túnica vermelho-rubi, Mace segurava um cálice dourado numa das mãos e uma adaga incrustada de pedras preciosas na outra.

— Eu invoco Samael, o Guardião do Portal — disse.

— Samael — as crianças entoaram em uníssono.

Em resposta ao encantamento, um dedo de nuvens densas de vapor flutuou diante da Lua, que brilhava como um pálido holofote.

As velas tremeluziam no ar noturno, as chamas protegidas pelos muros altos, envolvendo o ritual com uma névoa alaranjada. Figuras escuras, vestidas de preto e segurando tochas, circundavam o grande pátio.

— Eu invoco Azazel, o Guardião da Chama — disse Mace —, a Centelha no Olho das Grandes Trevas.

De novo, as vozes infantis ecoaram:

— Azazel.

Ante a invocação, as tochas se avivaram.

— Eu invoco a Luz do Ar, o Filho do Amanhecer.

— Filho do Amanhecer — repetiram as crianças.

Uma rajada de vento quente agitou e envolveu as túnicas sobre as formas dos personagens nas sombras.

Mace manteve a adaga e o cálice dourado com os braços estendidos. As chamas refletiram-se no metal polido fazendo parecer que um fogo ardia em seu interior. Ele levou o cálice aos lábios e sorveu um gole. O vinho o aqueceu. Tinha aguardado ansiosamente o momento da cerimônia — a iniciação —, a apresentação oficial dos jovens guerreiros a Lúcifer, o Filho do Amanhecer. Eles eram os descendentes dos Anjos Caídos, os mais recentes soldados Nephilim alistados nas fileiras do Exército Rubi, reunidos em torno dos preparativos para o Conflito Final. Uma onda de orgulho correu pelas suas veias enquanto elevava o cálice para que todos vissem.

— Em nome da vossa espada poderosa e da essência vital abundante que vos confere o poder da conquista, penetrai as mentes, os corações e as almas destes jovens guerreiros e enchei-os da vossa força terrível e esmagadora.

Mace ergueu bem alto os braços e as crianças se levantaram, formando uma fila única. Uma a uma, beijaram a lâmina da adaga e beberam um gole do cálice. Depois que todas foram servidas, elas voltaram para os seus lugares e puxaram os capuzes para trás, revelando os rostos juvenis.

Mace abriu os braços num gesto majestoso.

— Ó grandioso Filho do Amanhecer, contemple os mais novos soldados do vosso triunfante Exército Rubi.

Mace saiu do edifício e desceu os três níveis de degraus estreitos até a calçada. Era sempre uma transição desagradável, pensou ele, passar do salão medieval escondido no subsolo central do edifício para a claridade ofuscante da iluminação das ruas de Washington, e da sua túnica cerimonial de volta para o terno e gravata.

Enfiou a mão no bolso da calça e tirou o telefone celular do modo vibratório. A mensagem de texto que recebera durante a cerimônia forçara-o a apressar o ritual antigo. Não gostaria de ter que explicar a ninguém o que o mantivera ocupado.

Em pé na calçada, olhou de relance à direita para a leoa de granito em posição de esfinge guardando a entrada. A cabeça de mulher sobressaía acima de uma cobra enroscada no pescoço. A irmã gêmea idêntica mantinha a guarda à esquerda. A sua limusine o esperava junto ao meio-fio, um agente do FBI segurando a porta aberta. Um furgão preto com uma floresta de antenas sobre o teto posicionava-se como um lobo cinzento à frente da limusine. Duas viaturas da polícia, uma à frente da pequena caravana, outra atrás, estavam de prontidão, as luzes piscantes azuis e vermelhas lançando um brilho hipnótico sobre a alta entrada de bronze do templo atrás dele.

Mace acomodou-se no banco traseiro da limusine e a pesada porta blindada fechou-se com um baque surdo como a porta de um cofre. O cortejo partiu imediatamente — as sirenes ligadas, os motores em alto giro. A aceleração pressionou-o contra o profundo encosto de couro enquanto ele consultava o relógio de pulso. Passavam alguns minutos das 11 da noite.

— O que temos? — indagou Mace ao seu assessor, sentado à sua frente.

— Há cerca de uma hora, recebemos a notícia de um aumento significativo de invasões em computadores no mundo todo. Regiões da Ásia e da África ficaram sem Internet, e o mesmo efeito está se espalhando por toda a Europa. Três quartos das nossas estações de monitoramento em todo o mundo estão sofrendo ataques simultâneos, e mais de 400 mil servidores foram infectados e fecharam.

— É só a Internet?

— Até agora, sim.

— Qual a procedência dos ataques? — indagou Mace.

— A maioria vem da China... uma parte da Malásia.

— São alvos aleatórios ou um ataque concentrado?

— Parecem aleatórios. Mas em grande escala.

— Alguém já informou o POTUS*? — perguntou Mace.

— Ainda não.

— Faça a ligação. — Mace esfregou o rosto. Ainda sentia o cheiro da fumaça das tochas e o gosto levemente adocicado do vinho nos lábios. — Vou recomendar que, para algumas infraestruturas específicas, o nível de ameaça suba para laranja. Não há motivo para alarmar a população em geral.

— Concordo, senhor. — O assessor pegou um dos telefones do console de comunicações e pressionou um número de discagem rápida intitulado POTUS. Em um instante informava:

— O secretário de Segurança Nacional quer falar com o presidente.

* Sigla em inglês do presidente dos Estados Unidos.

A TUMBA

Cotten Stone admirou as colunas imponentes no interior da Catedral da Assunção e maravilhou-se com os murais sagrados que rodeavam cada uma delas. A igreja era uma das mais antigas construções dentro das muralhas do Kremlin.

— Nada é por acaso numa catedral russa, senhorita Stone — disse o presidente da Federação Russa num inglês formal. — As colunas sustentam o teto e os santos sustentam a igreja. É por isso que os santos estão pintados nas colunas — prosseguiu ele, apontando para os soberbos nichos no alto.

— É maravilhoso, senhor presidente — comentou Cotten, erguendo os olhos para o esplendor das obras de arte centenárias.

Acompanhando Cotten e o presidente seguia uma pequena equipe de cinegrafistas, com câmera de filmagem e microfone elevado, da Satellite News Network, além de um punhado de agentes do Serviço de Segurança Presidencial. Banhados pelo brilho dos refletores de filmagem, os dois caminhavam pelo edifício — cada passo e cada palavra ecoando até perder-se nas sombras demarcadas pela iluminação artificial. O horário de visitas se encerrara e já não havia turistas na Catedral da Assunção.

Eles fizeram uma parada diante da iconóstase, uma coleção de 69 ícones pintados que se estendia do chão ao teto.

— A história da Bíblia desde o Velho Testamento até o Julgamento Final está ilustrada aqui. — O presidente estendeu o braço direito em um movimento amplo. — Bem, agora acredito que já vimos tudo.

— Senhor Presidente, não sei como agradecer por ter compartilhado o espantoso esplendor destas magníficas igrejas com os nossos telespectadores da SNN.

— Este é o patrimônio da Mãe Rússia — observou ele. — Temos orgulho de mostrá-lo.

— E o senhor deve se orgulhar bastante. — Cotten estendeu a mão para apertar a dele exatamente quando o ensurdecedor estrondo de uma explosão abalou o interior da Catedral da Assunção — uma explosão tão forte que a atirou ao chão. No mesmo instante, os candelabros se apagaram, mergulhando o interior cavernoso da igreja na escuridão. Uma fileira intermitente de luzes de emergência tremulou no perímetro da igreja.

Cotten levantou a cabeça, atordoada. Viu o cameraman da SNN no chão — o refletor montado sobre a câmera espatifara-se. Pequenas faíscas de luz cintilavam de diversos lugares da igreja — clarões de descargas de armas de fogo. As armas deviam ter silenciadores, pois ela só ouvia o ruído do impacto chocante das balas ao penetrar a carne macia das pessoas ao seu redor. O cameraman deu um grito, mas a escuridão impediu Cotten de ver a gravidade do ferimento dele.

— Você foi atingido? — ela o chamou. Mas não houve resposta.

Os agentes do SSP gritaram ordens, sacaram as armas e revidaram o fogo.

Outra granada a alguns metros dali fez a catedral estremecer — e de maneira tão violenta, que Cotten esperou o teto desabar e as colunas sagradas ruírem.

A mão forte do presidente agarrou-a pelo braço, obrigando-a a se levantar.

— Venha por aqui! Fique abaixada!

— Mas o que está acontecendo? Quem está atirando em nós?

— Podem ser os rebeldes chechenos. Assassinos.

As balas cravavam-se no mármore, arrancando farpas de pedra que atingiam as pernas dela enquanto ele a empurrava para trás de uma das colunas enormes. Atrás dele estavam dois agentes do SSP, descarregando as suas armas.

Ela olhou por cima do ombro no momento de ver o seu sonoplasta levantar-se do chão para segui-la, apenas para ser derrubado por uma barreira de balas. O cameraman jazia imóvel numa montanha disforme. Ao lado dele estavam os corpos de três oficiais da segurança russa.

Um dos dois agentes do SSP voltou-se para o seu comandante e falou rapidamente — o seu russo soando com uma gravação tocada em velocidade dobrada. O segundo agente disparou uma rajada de tiros na direção dos atacantes.

— Abaixem a cabeça! — Os quatro saíram correndo o mais rápido possível pelo espaço vazio até a coluna seguinte.

Eles se aglomeraram atrás do grosso pilar enquanto uma salva de tiros arrancou flocos de mármore da obra de arte de quinhentos anos de idade mais acima.

Outra granada explodiu — uma supernova na escuridão, a onda de choque reverberando nos ossos de Cotten.

O agente principal tentou falar pelo rádio. Não houve resposta.

O presidente voltou-se para Cotten.

— Estamos sem comunicação, e eles bloquearam as saídas.

— Como vamos sair daqui? — Uma torrente de balas chocou-se violentamente contra a coluna, fazendo chover mais lascas da antiga obra de arte.

— Vamos rezar com o czar — avisou ele, depois instruiu os agentes.

Antes que Cotten pudesse pedir uma explicação, eles estavam correndo para um canto da catedral.

Mergulhada em um estranho mundo das sombras produzido pelas minúsculas luzes de emergência, Cotten viu uma construção com cerca de seis metros de altura rodeada por uma grade de metal. A base da estrutura devia medir uns três metros quadrados. Com as flechas da cobertura apontadas para cima, ela lembrava uma catedral em miniatura semelhante a um pagode chinês — a sua superfície branca esculpida com motivos decorativos complicados.

Enquanto corriam na direção do pagode, o presidente gritou sobre o ombro:

— A capela de Ivã, o Terrível.

Os dois agentes começaram a cobrir o fogo enquanto Cotten e o presidente pulavam a grade.

— Por aqui — instruiu o presidente, guiando-a através do espaço exíguo por trás do local de orações do czar e a parede. Ali, ele abriu um portão e conduziu-a para dentro de uma catedral em miniatura. Ela viu a cadeira isolada onde o czar se instalava durante a missa. O presidente empurrou a cadeira para o lado, revelando um alçapão no assoalho.

Um dos agentes que os acompanhavam caiu bruscamente, segurando o queixo enquanto o sangue jorrava entre os seus dentes. Um segundo depois, as balas atingiram o outro agente, arremessando-o contra a grade — a parte de trás da cabeça transformada em uma massa de sangue e tecidos. Com um ruído seco, a sua arma caiu sobre o piso ao lado da cadeira de orações.

O presidente escancarou o alçapão. Enquanto o alçapão caía de encontro ao piso de madeira, ele caiu de joelhos — uma bala atingindo-o no braço.

— Pegue a pistola — ordenou ele para Cotten, a voz entrecortada.

Com as balas ricocheteando por todo lado na construção toda ornamentada e a madeira rachando ao seu redor, ela agarrou a arma do agente morto. Quando se voltou, o presidente já estava na abertura.

— Depressa! — gritou ele.

Cotten sentou-se na borda da entrada e sentiu com a sola do pé o primeiro degrau da escada enquanto o ar ao seu redor zumbia por causa das balas e dos detritos arrancados. Encontrou o degrau com o dedão e deixou-se cair.

Depois de uma dezena de degraus mais ou menos, ela chegou a uma plataforma.

O presidente inclinou-se de encontro à parede. Ele gemeu e disse:

— Encontre o interruptor de luz.

Cotten correu a mão ao longo da pedra fria e localizou um pequeno interruptor redondo instalado na parede. Ela o ligou, fazendo uma luz sob a plataforma se acender. Viu então uma escadaria que levava para baixo.

O presidente se curvou e estendeu a mão para ela.

— Apoie nas minhas costas — sugeriu Cotten, enfiando a pistola do agente no cós da saia. Quando sentiu o peso do presidente de encontro ao seu corpo, ela começou a descer com todo o cuidado pela passagem estreita, ajudando-o a se apoiar com os braços em volta do corpo dele.

No fim da escada, um túnel estreito levava para um local escuro. Dessa vez, ela apressou-se a encontrar o interruptor mais próximo. O resultado foi uma fileira de luzes correndo ao longo do centro do teto de um túnel.

— Continue! — ordenou ele.

Ela olhou para o presidente, que estava com o braço do paletó vermelho-escuro empapado de sangue. Ele contorcia o rosto de dor, os olhos semicerrados.

Balas, disparadas do alçapão, chocaram-se contra a plataforma a meio caminha da escada, fazendo chover lascas de madeira.

Cotten conduziu o presidente através do túnel até este finalmente se dividir em duas passagens.

— Qual o caminho? — Ela se encolheu enquanto as balas se chocavam contra a parede ao seu lado.

As palavras saíam sem força da boca do presidente, enquanto ele praticamente sussurrava:

— Mantenha a esquerda.

Com um salão a mais para atravessar, ela passou o braço dele pelos ombros enquanto o envolvia com o seu pela cintura, e começou a seguir pelo túnel.

Passos ecoaram de trás.

À frente, o túnel se abria em uma série de grandes canos de esgoto e mais passagens.

— Senhor presidente. Qual devemos tomar?

Ele elevou um pouco a cabeça.

— Mantenha sempre a esquerda.

Os passos ouviam-se com mais força. Talvez eles não soubessem que ela tinha uma arma, pensou Cotten. Poderia ganhar alguns segundos, quem sabe um minuto, se fizesse vários disparos. Arrancando a pistola da cintura, olhou-a intensamente, desejando que quando puxasse o gatilho as balas brotassem sem cessar. O agente russo poderia ter esvaziado a arma antes de cair.

— Faça o que tem de fazer, Cotten — disse para si mesma.

— Sim — concordou o presidente num suspiro.

Cotten espiou pelo canto. Como seres de outro planeta, personagens em roupa de combate preta avançavam em fila pelo túnel estreito. Eles usavam capacete, uma armadura grossa sobre o corpo, e cada rosto estava coberto por um aparelho estranho — instrumentos de visão noturna, presumiu ela. Apontando a pistola para o líder rebelde, puxou o gatilho.

O som foi ensurdecedor entre as paredes de rocha nua do túnel. O recuo fez a arma dar um solavanco na mão dela. Imediatamente se preparou para atirar de novo. Dessa vez, manteve a arma apontada com as duas mãos e preparada para o golpe do recuo.

Uma vez após outra ela disparou.

O primeiro rebelde caiu — se o tivesse matado ou não, ela não sabia, mas conseguira atingi-lo. O segundo e depois o terceiro rebelde também caíram. O disparo de mais armas de fogo um pouco mais atrás espalhou fragmentos de rocha e farpas de madeira pelo ar.

— O senhor consegue continuar?

O presidente concordou com um movimento de cabeça. Os assassinos continuariam avançando, ela sabia, mas talvez não tão depressa. Se não soubessem quando ela pararia e atirassem de novo contra eles dentro dos limites da passagem estreita, eles seriam obrigados a ter mais cuidado, e isso lhe daria uma ligeira vantagem.

Quando ela e o presidente russo dobraram uma esquina, um conjunto de degraus de pedra fez ângulo com a parede.

— Suba, suba! — sussurrou ele.

Com muita dificuldade, Cotten empurrou-o pelas costas enquanto eles subiam para uma plataforma de pedra. Diante deles apareceu uma porta grande, preta e velha.

Estendendo o braço, o presidente a empurrou, mas a porta não cedeu.

— Vamos juntos — sugeriu ela. — Vou contar até três.

Ele piscou e concordou com um movimento de cabeça.

— Um, dois, três! — Cotten forçou o ombro contra a porta. Com um gemido metálico, ela se abriu.

Eles cambalearam para dentro do que parecia um depósito. Um aperto no interruptor acendeu uma lâmpada no teto. Pela aparência do lugar, Cotten concluiu que o aposento não vinha sendo usado havia muito tempo — talvez décadas. No entanto, alguém cuidara de manter a iluminação em perfeitas condições. Seria uma rota de fuga para uma ocasião como aquela?

— Rápido, tranque a porta — apressou o presidente.

Cotten avistou uma grossa barra de metal. Ela a enfiou na posição certa para trancar a porta.

— E agora? — quis saber do presidente.

Ele gesticulou para outra porta na parede oposta.

— Por ali.

Cotten segurou a maçaneta e empurrou. Quando a porta recuou, ela viu um corredor, dessa vez feito do que parecia ser mármore preto — piso, teto, paredes —, tudo escuro e reluzente. A iluminação era indireta, suave e moderna. Quando ela fechou a porta atrás deles, ouviu batidas na porta da entrada do túnel. Os rebeldes não conseguiam passar. Mas por quanto tempo?

— Vamos! — O presidente apontou para os fundos de um saguão estreito.

Alguns passos depois, eles entraram em um aposento espaçoso. Esse também era todo preto e com iluminação suave. As paredes exibiam grandes desenhos de raios, e um carpete vermelho e bem grosso cobria o piso. No centro, situava-se um grande expositor embutido em vidro. Menor no fundo e iluminado de cima, o expositor tinha paredes de vidro espessas sustentadas por uma estrutura metálica. De maneira sombria, ele parecia reluzir.

Cotten levou apenas alguns segundos para perceber o que estava vendo.

Um sarcófago.

Ali diante dela, deitado em repouso e protegido por trás do vidro, estava o corpo de um homem. O rosto cerúleo, a cabeça descansando sobre uma almofada branca. Ele envergava um traje preto, camisa branca de colarinho e gravata. A mão direita estava fechada.

— Esse é...? — indagou Cotten.

— Sim — confirmou o presidente com um esforço desmedido. Ele acenou para tomarem o caminho ao redor do expositor do caixão. No lado oposto, um corredor largo dava em uma entrada formal.

— Estamos presos aqui? — quis saber ela.

— As portas foram projetadas para se abrir pelo lado de dentro em caso de emergência. — O presidente se curvou de encontro à parede e pressionou um grande botão vermelho instalado ao lado das portas. Com uma rajada de ar e um rangido, elas se abriram totalmente. De imediato, os alarmes e sirenes soaram enquanto luzes vermelhas intermitentes acenderam-se no teto.

Irrompendo precipitadamente no frio da noite de Moscou, Cotten observou uma cena surreal — um mar de veículos militares e policiais correndo pela praça Vermelha. Eles seguiam na direção da entrada pela Torre do Salvador para o Kremlin, em resposta ao ataque rebelde, mas atraídos pelas sirenes e luzes provenientes do mausoléu, muitos retardaram a marcha e mudaram de direção.

— Aqui! — bradou Cotten, acenando. — Ajudem aqui!

De repente, o presidente pareceu aumentar de peso, as suas pernas se dobraram e ele caiu. Cotten inclinou-se ao lado dele sobre as frias pedras arredondadas do calçamento ao redor da tumba de Lênin.

O DIA SEGUINTE

— Os russos estão considerando você uma heroína nacional — comentou o diretor de reportagem da SNN, Ted Casselman.

— Ouvi dizer — replicou Cotten ao telefone celular.

Ela olhava para o rio Moscou do apartamento no décimo andar do Hotel Rossiya, vinte horas depois do ataque dos rebeldes chechenos. Observando um barco de turismo deslizar pelo rio, ela visualizou Ted Casselman — seu chefe, amigo e mentor. O homem negro de 48 anos de idade tinha sido como um pai para ela desde que começara a trabalhar para a Satellite News Network, mais de sete anos antes. Graves problemas de saúde obrigaram Ted a ir mais devagar, mas ele ainda dirigia o departamento de reportagem com a força de um general e o coração de um ursinho de estimação. Ted sempre saíra em seu socorro todas as vezes que sofrera algum revés e a empurrara para posições de maior importância quando ela hesitara. Sem a orientação e o apoio de Ted, a carreira dela como correspondente de notícias nunca teria decolado.

— A sua fotografia ao lado do presidente russo no hospital saiu na primeira página de praticamente todos os jornais do mundo.

Cotten observou o barco de turismo desaparecer atrás de uma curva.

— Estou profundamente chocada com o que aconteceu com a minha equipe, especialmente os que foram mortos. Eu mal tinha acabado de conhecer os rapazes antes da gravação. Mal consigo me lembrar do nome deles.

— O nosso escritório em Moscou informou que o cameraman vai sobreviver. Ele ficou gravemente ferido, mas graças a Deus, deve sair dessa. O sonoplasta era de Minsk. Vão trasladar o corpo amanhã de manhã. Estamos cuidando de toda a papelada.

Cotten abanou a cabeça.

— Não consigo esquecer a cena... os gritos, os corpos caindo ao chão, as balas atingindo as pessoas e ricocheteando nas pedras. Parece que aqueles sons vão continuar ecoando para sempre.

Houve um longo intervalo silencioso. Então Ted disse:

— Vi todas as reportagens e entrevistas, incluindo as suas. O governo está evitando comentar o assunto. Eles realmente sabem como os rebeldes chegaram até lá?

— Ouvi dizer que já prenderam seis oficiais superiores das forças armadas russas... simpatizantes que ajudaram os assassinos a conseguir identidades falsas, e todo o resto. É uma bagunça. Todo mundo no Kremlin está com o pé atrás.

— Se isso tivesse acontecido nos velhos tempos, esses traidores teriam sido arrastados para a rua e eliminados.

— Essa ainda é uma boa possibilidade.

— Os rebeldes escolheram um momento perfeito para uma tentativa de assassinato — comentou Ted. — A situação ideal... um grupo pequeno, pouca segurança, uma igreja vazia.

— Foi tudo muito bem planejado, Ted. Ironicamente, o presidente me contou que nada acontece por acaso em uma igreja russa. Rapaz, ele estava certo.

— Quais foram os danos na catedral? — quis saber Ted.

— Um desastre. O curador calcula que vai levar alguns anos antes que a igreja possa voltar a ser aberta ao público. No entanto, mesmo que possam reabrir, nada na catedral é substituível. Os tesouros guardados ao longo de séculos estão destruídos.

— E quanto aos seus ferimentos?

Cotten correu o olhar pelos curativos nas pernas e no braço.

— O que consta como compensação por ferimentos em combate no meu contrato?

— Você não tem um contrato.

— Então acho que vou sobreviver.

— Os conspiradores não devem estar muito felizes a seu respeito. Você acha que está segura?

— O governo esvaziou este andar do hotel e colocou dois russos do tamanho de um armário cada um de um lado da minha porta.

— Estou impressionado.

— Ei, quando salvou a vida do presidente, você precisou sair por aí acompanhado de guardas portando metralhadoras.

Ted deu uma risada forçada. Depois completou:

— John ligou.

— Sei, ele ligou para o meu celular, mas eu estava ao vivo no ar com a BBC. — Ela visualizou a imagem de John Tyler: seu sorriso, seus olhos... os mais azuis que já vira. Provavelmente o único homem que ela amara na vida. *Você sempre quer o que jamais poderá ter, Cotten Stone.*

O cardeal John Tyler era o diretor dos Venatori, a agência de inteligência ultrassecreta do Vaticano — e a pessoa mais importante na vida dela. Eles haviam se conhecido anos antes, quando ela ainda era uma repórter novata, uma "foca", e ele era um padre licenciado das suas obrigações mas não dos seus votos. Juntos, eles descobriram e impediram uma tentativa de clonagem de Cristo. A conspiração ficou conhecida na mídia como a conspiração do Graal.

— Vou ligar para ele assim que encontrar um momento de paz e conseguir raciocinar direito.

— Eu garanti para ele que você estava bem, apesar de um pouco machucada. Ele disse que estava acompanhando todas as reportagens. De qualquer maneira, estou certo de que os russos já prestaram todas as informações ao Vaticano. Ele está preocupado com você, Cotten.

— Eu sei — desabafou ela com um suspiro e fechou os olhos. — Ted, estou completamente exausta. Vou precisar dormir um pouco antes do meu voo de amanhã.

— Não se prenda por mim nem mais um minuto, garota. Simplesmente descanse e volte sã e salva.

— Feito.

— Ah, a propósito. Antes que eu esqueça, alguém mais ligou procurando você... quero dizer, além da montanha de solicitações de entrevista na mídia.

— Quem?

— Disse que era uma velha amiga da sua cidade natal. Viu você no noticiário e procurou entrar em contato na hora. Tinha alguma coisa a ver com a filha dela.

— Você anotou o nome?

Cotten ouviu o ruído de papel folheado através do telefone.

— Aqui está. Jordan, Lindsay Jordan. Eu disse a ela onde você estava hospedada. Espero que não se importe. Pareceu sincera.

— Não, tudo bem. Não tenho notícias de Lindsay há uma eternidade.

— Então é isso aí, garota. Descanse. Não vemos a hora de você estar de volta.

— Eu digo o mesmo. Obrigada, Ted.

Cotten apertou o botão para finalizar a ligação. Iria esperar um pouco para ligar para John quando fosse capaz de pensar com clareza. No momento, tudo o que queria era uma boa noite de descanso.

Observou os últimos raios de sol desaparecerem e o manto das luzes da cidade ganhar vida por toda a capital da Rússia.

Lindsay Jordan? A sua melhor amiga desde a infância até o colégio. Por que estaria ligando depois de tantos anos?

TERA

O som dos grilos lembrou a Lindsay Jordan que esquecera a janela aberta. Era descuido. Descuido demais. Ela fechou a janela e verificou a fechadura de latão.

Mais cedo, pouco antes do anoitecer, Tera, a sua filha de 8 anos de idade, estivera olhando pela janela. Lindsay a abrira para a menina.

— Em que você está pensando tanto, Tera?

A resposta da filha abalara Lindsay a tal ponto que ela se esquecera da janela aberta até aquele momento.

Lindsay verificou o ferrolho da tranca da porta da frente antes de se encaminhar para o quarto. Olhou para o telefone, tentando se decidir se faria ou não a ligação. Como se explicaria sem parecer que estava louca?

— Dane-se — murmurou, erguendo uma fotografia do marido da mesinha de canto ao lado do sofá. Depois a embalou junto ao peito. Às vezes não só lamentava a perda dele, mas o culpava indignada por morrer e deixá-la só, com a filha para criar.

Lindsay devolveu a fotografia emoldurada à mesinha antes de se dirigir lentamente para o corredor, seguindo o brilho suave da luz noturna. Em silêncio, abriu a porta do quarto da filha e observou.

Tera dormia profundamente, curvada sob a colcha cor-de-rosa com gravuras de bailarinas em poses estudadas. Os cachos do cabelo louro da menina espalhavam-se sobre a fronha cor-de-rosa. Seu bicho de pelúcia favorito descansava embaixo do queixo delicado.

Tera é tão querida, pensou Lindsay.

Ficou olhando para a filha única durante vários minutos até que o medo em seu íntimo evoluísse para um pânico incontrolável e ela teve receio de gritar e acordar Tera. Fechou a porta e voltou para a sala.

De novo, olhou para o telefone.

Cotten Stone tateou desajeitadamente no quarto de hotel às escuras à procura do telefone que tocava sobre a mesinha de cabeceira.

— Alô — atendeu, a voz um sussurro roufenho ao ser despertada em meio ao sono. Olhou de relance para os números vermelhos do rádio-relógio. Eram 5h19 da manhã. O som distante de uma sirene errava pelas ruas da capital russa lá embaixo.

— Cotten, não sei a quem mais recorrer. Você precisa me ajudar. Por favor. Estou desesperada.

— Quem está falando? — reagiu Cotten.

— Sou eu, Lindsay. — Sem ouvir resposta, ela continuou: — Lindsay Jordan, da sua cidade.

Recordando-se do comentário de Ted sobre o telefonema dela, Cotten imediatamente reconheceu a voz.

— Lindsay? São cinco horas da manhã... o que aconteceu?

— Sinto muito ligar assim. Telefonei antes para a SNN e depois de muita insistência me puseram em contato com o seu chefe. Ele me disse onde você estava hospedada. Sinto muito se a acordei. Não fazia ideia de que horas seriam aí. Mas, Cotten, ouça... Ah, Deus, nem sei como explicar.

Cotten sentou-se na cama e acendeu o abajur da cabeceira.

— Procure se acalmar. Não tem problema você ter ligado. Está tudo bem com você?

— Trata-se de Tera.

— Aconteceu alguma coisa com ela?

— Ainda não. — Transcorreu um instante de silêncio pesado antes de Lindsay continuar. — Tera é... diferente, Cotten. Sempre soube disso desde que ela nasceu. Especial. Sei que toda mãe diz a mesma coisa dos filhos, mas Tera realmente é. Não consigo explicar tudo para você por telefone. Preciso que venha até aqui. Veja Tera. Então vai entender o que eu quero dizer.

— Lindsay, o que está acontecendo? Do que se trata, afinal? — Cotten recostou-se na cabeceira da cama, inteiramente confusa.

— Você precisa confiar em mim. — Lindsay deu um longo suspiro. — Você não vai acreditar se eu lhe contar. Precisa ver por si mesma.

Elas costumavam se lembrar do aniversário uma da outra, mas com o passar do tempo, até mesmo a troca de cartões de Natal terminara. Então, por que de repente o telefonema desesperado, naquele momento?

— Lindsay, volto para casa amanhã. — Ela tornou a olhar para o relógio. — Quero dizer, hoje. Depois de acabar essa reportagem sobre Moscou, posso ligar para você. Faz tempo que estou querendo voltar ao Kentucky para fazer a cobertura de uma corrida de cavalos mesmo, então posso ir visitá-la e ver Tera em umas duas semanas...

— Não. — Lindsay quase gritou. — Não pode demorar tanto para vir. Acho que vou perdê-la, Cotten. Estou certa disso. Ela tem tido aqueles sonhos... pesadelos. Digo que são pesadelos, mas parece que não a assustam. Mas quando ela me conta sobre eles, fico totalmente apavorada. — A voz de Lindsay falhou. — Gostaria de poder explicar melhor.

— Sonhos são assim mesmo, Lindsay.

— Mas esses são muito mais do que isso. Não são apenas sonhos.

Cotten empurrou o cabelo para trás. O que estaria acontecendo com a amiga? Ouvira dizer que o marido de Lindsay morrera... uma queda do teto do celeiro quando estava consertando o telhado. Alguém, não conseguia lembrar quem, enviara-lhe um jornal local com um destaque para o obituário. Quem sabe Lindsay não tivesse conseguido superar... talvez estivesse meio desligada da realidade.

— Lindsay? Você está aí?

— Estou. Cotten, não quero que pense que estou maluca ou que Tera é uma aberração... mas ela vê cenas estranhas, sabe sobre fatos esquisitos. Não entendo nada daquilo, mas acho que Tera entende. E acho que você vai entender. É por isso que estou ligando. Por favor, Cotten, você precisa nos ajudar.

— Lindsay, não faço a menor ideia do que os *sonhos* de Tera significam, por que você acha que...

— Porque você é quem é, Cotten. As reportagens no noticiário em todos esses anos... todos aqueles assuntos religiosos com que você trabalhou e com que acabou se envolvendo. Você é a única pessoa capaz de entender. Por favor, acredite em mim, só isso.

— Eu acredito, Lindsay. Acredito mesmo. Vamos fazer o seguinte. Vou lhe dar o número do meu celular. Assim, se acontecer alguma coisa importante, você pode me ligar, não importa onde eu esteja.

— Espere um pouco — pediu Lindsay.

Cotten esperou enquanto a amiga procurava papel e lápis para tomar nota do número.

— Deixe um recado na minha caixa de mensagens se não responder. Ligo de volta assim que puder.

— Prometo que não vou incomodar você. — A voz de Lindsay falhou e houve um instante de silêncio como se ela procurasse se controlar para não chorar antes de retomar a conversa. — Cotten, hoje Tera estava olhando pela janela, e quando perguntei a ela sobre o que estava pensando, ela me olhou direto nos olhos e disse: "Mamãe, eles estão vindo me buscar".

TESTE

Um agente do Serviço Secreto conduziu Rizben Mace para dentro do Salão Oval. O pessoal da assessoria de gabinete já encerrara o expediente.

— Boa noite, senhor presidente — cumprimentou Mace com uma respeitosa inclinação de cabeça enquanto a porta se fechava atrás de si.

— Rizben, entre e fique à vontade. — O presidente fez um gesto indicando uma poltrona de espaldar alto. Usava um agasalho de ginástica e o seu cabelo castanho estava despenteado e sem o cuidado esmerado com que normalmente se apresentava diante da opinião pública. — O seu telefonema foi uma boa desculpa para interromper a minha ginástica noturna.

Philip Miller, conselheiro de Segurança Nacional, ocupava uma segunda poltrona. Envergando um *smoking* impecável, ele dirigiu a Mace um sorriso forçado, obviamente aborrecido por ter sido tirado de alguma solenidade oficial em Washington.

Reunião limitada, pensou Mace, relanceando o olhar para os dois sofás vazios um defronte ao outro no meio do salão. Os sofás ficavam a uma distância suficiente para permitir a visão quase integral do Grande Selo da Presidência gravado no tapete.

Mace cumprimentou Miller com um aperto de mão cordial.

— Phil, como vão as crianças?

— Espero que dormindo profundamente a esta hora — respondeu Miller, olhando de relance para o relógio de pulso.

Formado pela Faculdade de Direito de Harvard, Miller fora o único voto contrário no gabinete quando o presidente indicara Mace para dirigir a Segurança Nacional. Mace sabia que Miller ainda guardava um ressentimento de anos antes, quando ele apoiara o adversário de Miller na corrida eleitoral ao governo de Arkansas. Seria bem mais do que um ressentimento se Miller soubesse a razão do seu gesto.

O presidente sentou-se atrás da histórica escrivaninha chamada "Resolute Desk", construída a partir do madeiramento do navio inglês HMS *Resolute*. Fora um presente da rainha Vitória a Rutherford B. Hayes em 1880 e fora usada por todos os presidentes desde então, com exceção de Johnson, Nixon e Ford.

— Cavalheiros, obrigado por virem a esta hora da noite. — Ele se voltou para Mace com um aceno quase imperceptível com a mão. — Rizben, ponha-nos a par dos fatos.

— Senhor presidente, conforme informado anteriormente, grande parte da Internet entrou em colapso esta noite em razão de ataques de fontes basicamente chinesas e malásias. Desde o telefonema inicial que lhe fiz esta noite, temos confirmação de que mais de um milhão de servidores em toda a Ásia, África, Europa e Índia deixaram de funcionar. O fato foi constatado rapidamente, portanto os prejuízos estão começando a diminuir à medida que todos os que permanecem na rede estão tomando ações preventivas, mas do ponto de vista comercial, o ataque já causou prejuízos consideráveis.

O presidente tirou os óculos e beliscou a ponte do nariz.

— De quanto? — indagou.

— Ainda é cedo para dizer, senhor presidente — respondeu Mace —, mas as estimativas preliminares indicam um montante de vários bilhões de dólares.

— Alguma evidência de que algumas organizações específicas tenham sido o alvo do ataque?

— Na verdade, não, senhor — considerou Mace. — Parece mais um tipo de ataque indiscriminado com o objetivo de prejudicar o serviço. Até o momento, não recebemos nenhum relatório de perda de informações.

— Talvez estejamos nos preocupando demais por nada — comentou Miller. — Pode ter sido apenas a ação de *hackers* mal-intencionados?

— *Crackers* — corrigiu Mace. — *Hackers* criminosos.

— Perdão, *crackers* — admitiu Miller com um aceno apaziguador.

— De novo, é muito cedo para dizer. — Mace falou devagar, com uma determinação que ele sabia que Miller não deixaria de perceber.

— Então você recomenda o nível de ameaça? — quis saber o presidente.

— Sim, senhor, mas apenas para uma infraestrutura restrita.

— Não é uma reação um tanto exagerada? — insistiu Miller. — Quero dizer, só porque um punhado de europeus não consegue acessar os seus sites pornôs prediletos por algumas horas... isso justifica incomodar o país inteiro?

— Gostaria que fosse assim tão simples, Phil — contestou Mace. — O fato é que ainda precisamos considerar a possibilidade de que ocorrências desse tipo sejam a primeira onda de um ataque de ciberterrorismo. Esse bem que poderia ser uma ação experimental para avaliar a nossa reação e testar as vulnerabilidades.

— Mas os danos à nossa infraestrutura foram mínimos, certo? — inquiriu o presidente.

— Até o momento — admitiu Mace.

— Esse é o mesmo argumento que vimos sustentando sempre, uma vez após a outra — questionou Miller olhando para Mace. — Eu simplesmente não consigo acreditar que o terrorismo possa acontecer pela Internet. Acho que não interessa aos terroristas impedir que um sujeito qualquer tenha o acesso negado à sua conta em um determinado servidor. O que eles querem é ver a comoção provocada por um avião de passageiros chocando-se contra prédios, metrôs contaminados por gás tóxico e corpos de pessoas mortas espalhados pelas ruas. Com os diabos, e quanto a tentar assassinar o presidente da Rússia dentro do maldito Kremlin, pelo amor de Deus! Isso, sim, é terrorismo. — Ele se voltou para o presidente. — O objetivo deles é aterrorizar, não aborrecer. Vamos ser acusados com razão de dar um falso alarme com isso. As corporações e agências deste país estão fazendo um trabalho pra lá de bom em dificultar o acesso aos seus ativos. Precisamos reservar o nível de ameaça nacional para o caso de ameaças reais, não para situações como a que aconteceu hoje à noite.

— Você está certo, Phil — admitiu Mace. — Atingir o coração da América com ataques concretos produz o maior impacto, mas isso não significa que devamos ignorar testes mais sutis dentro do nosso país. Os verdadeiros prejuízos podem acontecer sem que seja preciso derramar uma gota de sangue ou explodir um avião.

Um silêncio incômodo instalou-se no Salão Oval, quebrado um instante depois por um leve rangido da poltrona do presidente quando ele se inclinou para trás.

— Acho que concordo com Phil — reconheceu ele. — Rizben, envie um comunicado de alerta oficial para todas as organizações públicas e particulares que poderiam ser vulneráveis a esse tipo de intrusão. Informe a todos sobre o ocorrido e sugira que revejam todos os procedimentos de segurança envolvendo ataques cibernéticos.

Ele dirigiu a Mace um sorriso condescendente.

— Vamos ficar de olho nisso que está acontecendo, mas sem tomar nenhuma atitude precipitada. — Ele se levantou. — Obrigado de novo, cavalheiros. Mantenham-me informado de quaisquer novos acontecimentos.

Os três homens trocaram apertos de mão. Miller foi o primeiro a se encaminhar para a saída do Salão Oval, seguido por Mace. Fora do campo de visão do presidente, Miller voltou-se.

— Desculpe, Rizben, mas não podemos reagir com violência precipitada, concorda?

— Não, não podemos — admitiu Mace concordando com a cabeça. Ele parou e tirou o celular do bolso. Verificando a origem da ligação, completou: — Preciso atender, Phil.

Miller deu-lhe um aceno por cima do ombro quando dobrava a esquina do corredor.

Mace olhou ao redor, assegurando-se de que estava sozinho antes de apertar o botão para falar.

— Pastor Albrecht, já está com a menina?

— Não. Ela e a mãe desapareceram.

— E tem certeza de que ela o reconheceu? — quis saber Rizben.

— Sim.

— Então temos um problema.

— Na verdade, há um problema ainda maior.

Rizben passou o telefone para a outra orelha. Depois de conseguir com sucesso a reação previsível do presidente e de Miller, não queria que nada viesse a atrapalhar. Agora essa.

— E que problema poderia ser?

— Cotten Stone acabou de aparecer.

LORETTO

A viagem de automóvel do aeroporto de Louisville até Loretto, em Kentucky, provocou em Cotten uma enxurrada de recordações. A faixa de estrada estendia-se pelo interior, ladeada pelas terras que ondulavam suavemente entre imensas fazendas de criação de cavalos e granjas e sítios mais modestos de plantações de feno, soja e tabaco. Cotten tinha raízes profundas naquele solo, muito embora tivesse criado uma outra vida muito diferente em Nova York, trabalhando para a SNN — uma galáxia que cintilava e girava em todas as direções, tão diferente do universo da infância que deixara para trás. Com muito esforço, conseguira até se livrar do sotaque sulista, que só se manifestava quando estava emocionada.

Cotten saiu da autoestrada 49 e passou por uma série de estradas vicinais até finalmente entrar pela longa estradinha de terra que levava à casa de Lindsay Jordan. A casa situava-se no meio do que um dia haviam sido 250 hectares de campos de tabaco, uma plantação que sustentara a família Jordan por gerações. No entanto, a fazenda de Lindsay não produzia tabaco nos últimos vinte anos, tendo se rendido ao plantio de soja.

Ao se aproximar, Cotten notou que a casa parecia descuidada. Ervas daninhas se projetavam acima do gramado até a altura dos joelhos. Uma tábua da balaustrada da varanda se desprendera e pendia caída para o lado. Ela olhou para o celeiro, de cujo telhado Neil Jordan caíra em uma tarde em meio a uma tempestade de verão.

Neil Jordan. Uau! Ela e Lindsay tinham uma queda por ele. Definitivamente, ele era o maior partido da época do colégio — bonitão, inteligente, principal atacante do time de futebol da escola, considerado como o *Mais Indicado ao Sucesso*. Lindsay tivera um caso com ele. Engravidara. Eles se casaram depois da formatura e Neil foi trabalhar na fazenda da família de Lindsay — o *Mais Indicado ao Sucesso* acabara empurrando um arado. Dois meses depois, Lindsay perdeu o bebê. Foram precisos mais nove meses até que Tera nascesse. *Estranho como a vida leva a todos por caminhos diferentes*, pensou Cotten, ao estacionar o carro diante da casa.

Na porta da frente, Cotten ouviu um miado de gato. Ela baixou o olhar procurando entre as fendas no assoalho da varanda de madeira. Uma gata com um punhado de filhotes olhou para ela.

— Oi, gatinha — chamou Cotten em voz baixa, antes de voltar a atenção para a porta. Bateu várias vezes com os nós dos dedos. — Lindsay, você está aí?

Cotten esperou um instante antes de bater de novo, dessa vez mais alto.

— Lindsay, sou eu, Cotten. Oi, você está aí?

Ainda nenhuma resposta. Ela deu a volta até os fundos da casa e subiu pelos degraus de madeira que levavam para a porta de trás. A porta de tela bateu com um ruído agudo atrás dela.

— Alguém em casa?

À direita, ela viu um armário de cozinha de metal, tendo ao lado cinco caixas de latas de conserva empilhadas. À esquerda, avistou latas de tinta em aerossol, uma colher de pedreiro e um galão de herbicida em cima de uma velha cômoda de madeira.

Cotten ficou parada diante da porta dos fundos, cuja tinta branca estava descascando.

— Lindsay? Tem alguém em casa?

Cotten girou a maçaneta de latão gasta, mas a porta estava trancada. Ela encostou a testa na janela e fez sombra com a mão contra o vidro, mas uma cortina do lado de dentro impedia a visão através da janela. Tentou ver alguma coisa olhando pelos lados do batente da janela, pensando que talvez houvesse um vão entre a cortina e o vidro. Não teve sorte.

Cotten olhou ao redor. Ao que tudo indicava, ninguém cuidava do lugar havia um bom tempo... na verdade, ele parecia abandonado.

E não se via nenhum carro. A menos que estivesse no celeiro.

Algo roçou na sua perna e Cotten deu um pulo, recuando involuntariamente contra o armário. As portas de metal balançaram ruidosamente e se escancararam com um ruído seco.

Cotten avistou a gata se afastando assustada. Uma tesoura de poda caiu estrondosamente no chão.

Maldita gata, pensou, depois riu consigo mesma. A coitadinha só estava procurando algum afeto e ela a assustara daquele jeito.

Cotten pegou a tesoura de poda e procurou um lugar para guardá-la em uma prateleira dentro do armário. Ao fazer isso, viu uma velha caixa de fósforos azul e vermelha que lhe pareceu familiar. Quando eram crianças, a chave de reserva ficava guardada naquela caixa. Ela imaginou se...

Sem perda de tempo, Cotten abriu a caixa e afastou a camada de fósforos de cima. Que sorte! Tirou a chave da caixa e experimentou-a na fechadura. A porta se abriu.

Antes de entrar, Cotten fechou a caixa de fósforos e colocou-a de volta no armário, mas guardou a chave no bolso da calça jeans.

Entrou na cozinha. Estava desagradavelmente quente e cheirava a mofo, como se o ar fresco não circulasse ali por muito tempo, e havia um cheiro horrível que lhe dava náuseas, forçando-a a respirar pela boca.

Um acolchoado velho fora pregado sobre a janela e selado nas bordas com fita adesiva. Obviamente, Lindsay não queria que ninguém olhasse para dentro nem para fora. Cotten encontrou o interruptor de luz. Os bulbos fluorescentes piscaram antes de emitir a luz contínua.

A funda pia de porcelana guardava dois pratos sujos com restos de comida. Cotten abriu a torneira. Depois de tossir e engasgar, finalmente a água correu, barrenta e turva antes de clarear. Ela fechou a torneira depois de encher a pia.

— Lindsay, você está aí? — chamou de novo, empurrando a porta de correr que levava da cozinha à sala de jantar. Enquanto caminhava pela casa, ela acendia as luzes, ficando cada vez mais nervosa à medida que passava pelos cômodos. Estava muito escuro com a luz do sol impedida de entrar.

O mau cheiro ficou mais intenso e ela ouviu o zumbido de insetos. Moscas. Quando Cotten entrou na sala de estar, viu que todas as janelas estavam cobertas como na cozinha. Colchas, mantas e cobertores haviam sido pregados e selados com fita adesiva em todas as frestas.

E o maldito fedor estava horrível. Que diabos teria acontecido ali? Ela começou a imaginar que encontraria um corpo — o corpo de Lindsay. Talvez tivesse ocorrido um acidente. Ou pior. E onde estava Tera? Ela reduziu o passo, concluindo que provavelmente encontraria as respostas quando descobrisse a causa do mau cheiro.

Cotten caminhou com cautela pelo corredor e parou em frente à despensa. Quando abriu a porta, o cheiro insuportável a imobilizou e ela achou que não iria mais suportar. Cobriu a boca, completamente nauseada.

QUADROS

Cotten recuou cambaleante quando grandes sacos de lixo preto rolaram para fora da despensa. Um dos sacos rompeu-se e o seu interior nojento se espalhou — o molho vermelho-escuro misturado com espaguete velho, os restos em decomposição de uma abóbora, ossos de galinha, cascas de banana e outras substâncias mais irreconhecíveis. Um pudim gelatinoso pútrido cobriu o linóleo acinzentado.

— Jesus — exclamou Cotten baixinho, envolvida completamente pelo mau cheiro insuportável. Por que será que Lindsay guardava todo o lixo nos armários da despensa?

Cotten afastou os sacos de volta o suficiente para poder passar pelo corredor. A porta do primeiro quarto estava aberta. O quarto de Tera, pensou ela, ao ver a colcha com estampas de bailarina quando acendeu a luz do teto. No mesmo instante os seus olhos foram atraídos para as paredes. Quadros, com lindas pinturas, cobriam as paredes. Telas sem moldura de retratos e paisagens, visões surreais de luz e sombra, cores de uma intensidade viva, obras de arte impressionantes e fantásticas.

Cotten parou na frente de um retrato que provavelmente media um metro e meio de altura por um metro e vinte de largura. Mostrava a imagem de tirar o fôlego de uma criança angelical, o cabelo louro à altura dos ombros, olhos azuis cristalinos que pareciam transcender a tela e olhar diretamente para a alma do apreciador. A menina estava envolvida por um halo de luz azul-escura suave. Seria essa Tera? Cotten girou em círculo devagar, observando as dezenas de quadros que cobriam as paredes.

Deslumbrada com as magníficas obras de arte, Cotten sentou-se sobre a cama e avistou um diário sobre o criado-mudo. Embora sentisse como se estivesse violando a privacidade de Tera, ela não pôde resistir a ver o que ele continha. Abrindo a capa, Cotten leu a primeira página:

O Reflexo
Queima as manchas da água
A alma do cisne encontra refrigério
Transcendendo a hora perfeita
Para rodopiar na glória
Dos mistérios

Ela abanou a cabeça. Aquela não era uma leitura normal para uma menina de 8 anos e certamente não um texto criado por ela. Se Lindsay tivesse escrito aquilo para a filha, em que estaria pensando?

Cotten virou a página e recostou-se na cabeceira da cama enquanto lia:

Eu lhe pedi,
Venha comigo
A plangente Selena encerrou-me em ébano
E arrojou as minhas lágrimas sobre uma folha de obsidiana
Eu lhe pedi,
Venha comigo

Na página três, ela leu:

A quietude roubou o ritmo
O silêncio caiu sobre a praia
Mas acima o poderoso rio
Pairando, pairando, pairando

Você pode sentir a luz chegar à sua mente
Ouvir o bramir do murmúrio
Do outro lado da margem bruxuleante
Pairando, pairando, pairando

Cotten folheou as páginas com o polegar. *Inacreditável.* Página após página de poesia escrita em estilo fluente, maravilhoso. Maduro e controlado, não o texto de uma criança.

Ela recolocou o diário no lugar sobre o criado-mudo antes de continuar a busca pela casa. Um banheiro separava o quarto de Tera do que parecia ser o de Lindsay. Cotten acendeu a luz do teto juntamente com a luminária sobre a escrivaninha e outra sobre o criado-mudo.

Ao contrário da cama de Tera, a de Lindsay estava desarrumada. A colcha jazia amassada sobre o assoalho ao pé da cama, os travesseiros enviesados. No entanto, assim como no quarto de Tera e em todos os outros aposentos, as janelas estavam cobertas e meticulosamente vedadas.

No quarto de Lindsay também havia quadros, adornando todas as paredes — alguns bonitos e outros impressionantemente realistas. Cotten aproximou-se de um e correu o dedo sobre a face de uma criança de pele morena cujos grandes olhos negros admiravam um céu cheio de estrelas. Assim como aquele no quarto de Tera, a criança estava envolta por um brilho cerúleo suave. Ela tocou na pintura de um cavalo branco, a crina longa solta ao vento, parado sobre o alto de uma montanha contra um límpido céu azul.

Cotten imaginou quando Lindsay teria começado a pintar. Talvez depois da morte de Neil, cogitou. Talvez essa tivesse se tornado a sua terapia. Nenhum dos quadros estava assinado. Em vez disso, cada um exibia um simples risco azul na base — uma marca que a Cotten fez lembrar um raio.

Cotten considerou a situação, pensando que Lindsay certamente poderia vender os seus trabalhos, e imaginou se a amiga havia tentado. Se Lindsay já não tivesse feito os contatos necessários fora dali do interior rural do Kentucky, ela poderia apresentá-la a alguém de Nova York. Cotten tinha poucos conhecimentos do universo artístico, mas sabia que aqueles quadros eram lindos, tocantes e provavelmente valiosos. Poderia pedir ao crítico de arte da SNN para ter uma conversa com Lindsay.

Aproximou-se da cômoda outra vez e ergueu uma fotografia — Neil com o braço ao redor de Lindsay, que trazia um bebê no colo. Tera, presumiu ela.

Bem, e onde estavam Lindsay e Tera, e qual o sentido daquele telefonema desesperado? Cotten examinou o resto da casa e não descobriu nada de estranho além das janelas cobertas. Os outros quartos tinham um quadro ou dois pendurados nas paredes, mas nada como a coleção no quarto da mãe e da filha.

Uma pilha de cartas ocupava o meio da mesa de centro em frente ao sofá da sala de estar. Cotten sentou-se e pegou os envelopes. Propaganda, conta de gás, as típicas ofertas de cartões de créditos pré-aprovados, uma revista, uma cobrança de cartão de crédito.

Cotten atirou a correspondência de volta à mesinha. Foi então que reparou na luz piscante do telefone. Inclinou-se para a extremidade da mesa e apertou o botão para recuperar o recado.

Alô, Lindsay. Aqui é o pastor Albrecht. Só queria dizer que aquilo não foi nada. Compreendo que a sua filha ainda esteja muito nervosa com a morte do pai e tudo mais. Às vezes, as coisas acontecem até com as melhores meninas que as deixam um pouco... Lindsay, ninguém se sentiu pior do que eu com relação à explosão emocional na igreja. Passei aí para vê-la, mas você e Tera não estavam em casa. Passarei de novo.

A data — quatro dias atrás.

Explosão emocional? Cotten correu o olhar pela sala às escuras com a janela tapada. Que diabo estava acontecendo ali?

LIGAÇÃO

Cotten recostou-se no sofá da casa de Lindsay Jordan. A mensagem no telefone a preocupara. A que tipo de explosão emocional aquele sujeito, o pastor Albrecht, estava se referindo? E por que Lindsay e Tera estavam vivendo daquela maneira, fechadas em uma casa suja e cheia de lixo acumulado? No seu telefonema, Lindsay parecia muito assustada em relação à filha.

Cotten imaginou se deveria informar às autoridades. No entanto, o que poderia dizer à polícia? Que Lindsay era uma péssima dona de casa? Que guardava sacos de lixo dentro de casa e tinha uma espécie de medo compulsivo de luz do sol e ar fresco? Que a filha tivera uma explosão emocional na igreja no domingo?

Fazia uma semana desde a queixa de Lindsay no meio da noite. E se algo tivesse acontecido a ela e fosse tarde demais para alguma providência?

Nenhum argumento fazia sentido. Depois de ligar para o serviço de informações para saber o número da delegacia, ela discou.

— Delegacia de polícia, em que posso ajudar? — A voz feminina era de uma jovem entediada. Cotten pensou ter ouvido o ruído de um chiclete sendo mascado.

— Quero comunicar o desaparecimento de uma pessoa... aliás, de duas pessoas — disse Cotten.

— Qual é o seu nome?

— Cotten Stone.

— Qual é o seu endereço no momento?

Ela deu o endereço da fazenda dos Jordan.

— Espere um instante, por favor.

Instantes depois, um homem entrou na linha.

— Não posso acreditar que seja *a* Cotten Stone! Filha de Furmiel e Mar tha Stone. A repórter-especial mundialmente famosa.

— Não tenho tanta certeza quanto a ser "famosa" — observou Cotten.

— Senhorita Stone, eu sou o xerife Maddox. Quero lhe dizer que me sinto orgulhoso com a sua presença na região. Não só a minha esposa quanto eu assistimos à SNN o tempo todo, mas quando vimos o que aconteceu na Rússia, bem, ficamos muito orgulhosos. E permita-me acrescentar, você se tornou uma mulher muito bonita.

— Obrigada, xerife. — Ela se lembrava de Maddox. Ele investigara a morte do pai dela: o suicídio de Furmiel Stone.

— Então o que quer dizer com pessoas desaparecidas?

— Estou aqui na casa de Lindsay Jordan. Ela e a filha parecem ter desaparecido.

Maddox deu um suspiro profundo e bem audível.

— Qual é o problema? — quis saber Cotten.

— Bem, como posso dizer... Acho que ela é mordida por um bichinho carpinteiro de vez em quando, pega Tera e se ausenta por alguns dias. Simplesmente desaparece quando lhe dá na telha. Acho que ela precisa se afastar de Loretto de vez em quando, mesmo que seja por apenas um dia ou dois. Lindsay me disse uma vez que se sentia como se vivessem embaixo da água, no fundo de uma piscina. Acho que tirar essas férias foi a maneira que ela encontrou para tomar um pouco de ar.

— Não estou tão certa de que ela tenha saído de férias desta vez. Recebi um telefonema dela. É por isso que estou aqui. Ela me pareceu perturbada e com medo. Ela me implorou para vir.

— Acho que essa é apenas uma reação exagerada ao que aconteceu na igreja no domingo passado.

— O que aconteceu?

— É um pouco embaraçoso, Cotten... posso lhe chamar de Cotten?

— É claro.

— Não estive presente, entenda, mas aparentemente uns dois domingos atrás Lindsay levou Tera à igreja pela primeira vez, depois de muito tempo. A menina não gostava de ir lá porque fora o último lugar em que vira o pai depois da morte dele. Um acidente trágico, você compreende. Foi onde fizeram o funeral. Temos um pastor novo na igreja, o reverendo Albrecht. Aquela foi a primeira vez que Tera se encontrou com ele. Bem, assim que ela pousou os olhos no pastor, foi tomada de uma fúria incontrolável, e começou a chamá-lo de maligno e de demônio e coisas do gênero. Ouvi dizer que foi uma cena e tanto. Ela não parava de gritar. A coitadinha precisou ser sedada pelo médico. Depois disso, Lindsay a levou para casa e não se ouviu mais falar das duas.

Cotten percebeu que o xerife colocara a mão sobre o fone por um momento para dar uma ordem a alguém que ela imaginou ser um policial.

— Desculpe, Cotten — explicou ele —, tivemos um pequeno problema de rotina. Onde eu estava mesmo? Enfim, acho que Lindsay anda lutando contra alguns demônios bem violentos depois da morte de Neil. E o que é pior, acho que Tera também está pagando um preço por isso. Ela é uma gracinha de menina, mas bem diferente de qualquer outra menina de 8 anos que eu conheço.

— O que quer dizer com isso?

— Ela está sempre dizendo que vê coisas... fantasmas, espíritos, visões. Acredito que esteja apenas querendo chamar atenção. Acho que não posso culpá-la por isso.

Enquanto ouvia, Cotten tentou afastar a pergunta torturante sobre por que Lindsay preferira fazer contato com *ela* em primeiro lugar. Agora, acreditava que a amiga não só precisava ser encontrada, mas também poderia precisar de ajuda profissional — para ela e para Tera.

— Sinto muito por tudo isso — falou Cotten. — Quando Lindsay me ligou, uma semana atrás, disse que Tera estava tendo sonhos incomuns. Mas Lindsay parecia tão assustada... temendo que fosse perder a filha. Ela parecia mesmo desesperada.

— Pensando bem, Lindsay encontra-se num estado de dar dó. No entanto, embora uma porção de pessoas tenha oferecido ajuda, ela recusou. Mas estou certo de que deve aparecer dentro de um ou dois dias. Se não voltar logo, vou começar a procurá-la. Enquanto isso, vou fazer umas perguntas por aí e ver se consigo descobrir alguma coisa.

— Obrigada, xerife Maddox. Espero que esteja certo e que eu tenha motivos para me sentir um pouco envergonhada por incomodá-lo com isso. De qualquer maneira, gostaria muito se me desse alguma informação que obtiver. Qualquer coisa. — Cotten deu-lhe o número do seu celular.

— Pode ficar certa disso — retrucou ele e riu. — Ainda não acredito. Uma celebridade de verdade bem aqui em Loretto. Todo mundo aqui realmente adoraria encontrá-la pessoalmente.

— Um dia destes, xerife.

Cotten desligou. Sentia-se vazia por dentro. E melancólica. Obviamente, a amiga estava sofrendo e provavelmente não havia nada que ela pudesse fazer a respeito.

Alguma coisa ainda a incomodava, porém. Talvez simplesmente estivesse sendo exageradamente cautelosa — a repórter investigativa sempre se manifestando. Questionando tudo. Afinal de contas, fora esse hábito que a transformara na repórter-especial mais importante da SNN.

Fosse como fosse, não estava disposta a dar o caso por encerrado. Em vez disso, iria aprofundar a investigação um pouco mais.

Cotten decidiu começar por uma busca generalizada na casa, esperando que o que quer que encontrasse a convencesse ou a voltar para casa ou a permanecer ali para investigar melhor.

Encaminhando-se para o corredor, entrou novamente no quarto de Tera. De muitas maneiras, era um quarto típico de uma menina, a não ser por todos aqueles quadros pintados pela mãe. Nas prateleiras da estante, enfileirava-se uma coleção de livros. Cotten correu os olhos pelos títulos: *Evidências de Deus; A Prece como Estilo de Vida; Paz na Terra; A Jornada*, de Billy Graham; *O Poder da Intenção*, do dr. Wayne W. Dyer; *O Efeito Isaías*, de Gregg Braden. Novamente, aqueles livros não eram uma leitura normal para uma menina da idade de Tera.

Em outra prateleira, eram guardados os volumes que pareciam ser os livros didáticos de Tera. Cotten correu a ponta dos dedos pela lombada dos livros, recordando-se do telefonema de Lindsay. *Porque você é quem é, Cotten. As reportagens no noticiário em todos esses anos... todos aqueles assuntos religiosos com que você trabalhou e com que acabou se envolvendo. Você é a única pessoa capaz de entender. . .*

Cotten respirou fundo.

Continuou revistando toda a casa, examinando todos os cantos e esconderijos, gavetas e armários. Ao passar pela cozinha, encontrou na copa uma pilha de manuais do professor que correspondiam aos livros de Tera. Encontrou também pastas com tabelas de avaliação sobre as disciplinas de matemática, leitura e redação. Lindsay estava dando aulas para a filha em casa. Por que preferia aquele caminho em vez de mandá-la à escola pública.

Cotten abanou-se com uma pasta vazia. Embora o outono estivesse apenas começando e o tempo já principiasse a esfriar, o dia estava mais quente do que o normal. Com as janelas fechadas e lacradas, o ar dentro da casa era sufocante. Para não falar do mau cheiro do lixo estocado na despensa.

Cotten sentia as paredes se fecharem em torno de si, mais ou menos como deve se sentir uma pessoa claustrofóbica dentro de um elevador lotado. Voltou à sala, arrancou o cobertor da janela da frente e levantou a parte inferior. Então escancarou a porta da frente, deixando-a encostada contra a parede. A porta de tela rangeu quando Cotten saiu para a pequena varanda da frente. Os raios de sol afastaram a escuridão opressiva do interior da casa e ela se envolveu com a pureza do dia ao redor.

Depois de clarear os pensamentos, Cotten dirigiu-se ao banheiro de Lindsay, onde vasculhou as gavetas e o armário — que se achavam na mais completa desordem. Teve a impressão de que os quartos haviam sido totalmente revistados antes da sua chegada. Talvez alguém mais estivesse ansioso para encontrar pistas sobre o paradeiro de Lindsay e Tera.

No alto da cômoda estava a fotografia emoldurada que chamara a atenção de Cotten. Quando a ergueu, experimentou uma forte sensação de já ter passado por isso ou de ter visto essa cena — uma sensação típica de *déjà vu*.

Cotten tocou com a ponta do dedo a face na fotografia — uma menininha cujo cabelo louro encaracolado chegava à altura dos ombros. Os olhos azuis, assim como os da mãe, eram límpidos e grandes enquanto ela sorria para a câmera. A menina segurava um gatinho de pano de encontro à bochecha, parecendo apreciar o contato suave do tecido. Parecia estar entre os 7 e os 8 anos de idade. Portanto, essa devia ser uma foto recente de Tera.

Cotten sentiu-se tomada pela emoção. Não só porque estivesse preocupada com a menina, mas por sentir uma ligação inexplicável com ela — como se soubesse mais sobre Tera do que tivesse consciência. Quase como se uma lembrança distante estivesse prestes a ser recuperada.

Aturdida, Cotten deixou a fotografia sobre a cômoda e voltou-se. Caminhou até o lado da cama, tentando encontrar uma explicação para o que acabara de acontecer. Nunca sentira uma emoção assim tão inexplicavelmente tocante. Lindsay estava certa, havia alguma coisa de especial em relação a Tera, e Cotten estava determinada a descobrir o que acontecera às duas.

Ao pé da cama, encontrou um baú antigo. Ela ergueu a tampa, e uma inconfundível fragrância pungente de cedro dominou o quarto. Cotten afastou a colcha de crochê que cobria o conteúdo e por baixo descobriu desenhos a lápis — um trabalho minucioso, maravilhoso. Ela os folheou, impressionada com o talento de Lindsay. Encontrou ainda pinturas menores, com detalhes tão impressionantes quanto as das paredes. Todas tinham a mesma assinatura discreta em forma de raio.

Páginas e mais páginas de poesia enchiam uma caixa de sapato. Cotten leu diversas delas antes de repor a tampa. Em seguida, encontrou um álbum de recortes. Presas pelo canto em todas as páginas acumulavam-se fotografias em preto e branco. Devia ser um álbum da mãe de Lindsay. Junto à contracapa, estava uma pilha de fotos desbotadas, antigas, como se banhadas por uma luz amarelada. Uma era de Cotten e Lindsay no colégio. Ela gostaria de demorar-se apreciando-as, mas no momento não seria possível.

Encontrou uma folha de papel dobrada, presa atrás, colada a um canto da fotografia. Só por curiosidade, Cotten entreabriu a folha e congelou. O seu nome estava escrito no alto.

Desdobrando a foto com cuidado, ela leu:

Querida Cotten. Se estiver lendo isto, então será tarde demais. Fugimos para nos esconder. Tera me disse que um anjo guardião nos protegeria. Sei que deve ser você. Ela disse que eles estão atrás de nós e que farão tudo para impedir que você nos encontre. Eles são o puro mal, Cotten. Por favor, reze por nós. Lindsay e Tera.

Apesar do ar quente e sufocante, Cotten sentiu o corpo todo arrepiado. As palavras de Lindsay traduziam todo o seu desespero. Cotten correu o olhar pelo quarto, depois dobrou o bilhete e guardou-o no bolso.

Ela sabia que estava na hora de dar um telefonema.

DEVIN

— O Estádio Dolphin tem um sistema para a localização de crianças desaparecidas? — perguntou Alan Olsen.

— Não, senhor — respondeu o policial do distrito de Miami-Dade. O policial encaminhou-se para o banheiro masculino. Depois de entrar, apertou o botão do microfone de ombro. — Unidade quarenta. Possível criança desaparecida. Aguardo.

— Como é que podem não ter um sistema de alerta de emergência? — Alan sentia o rosto começar a arder de frustração. — Você sabe quantas crianças vêm a esses jogos? Como é que vocês não têm...

— Unidade quarenta, possível criança desaparecida. Dez-quatro — respondeu a voz fina, metálica, no rádio da polícia.

— Já procurei em todos os lugares — disse Alan. — Devin entrou, mas eu não o vi sair.

A música *Start Me Up*, dos Rolling Stones, estrondeou através dos gigantescos alto-falantes do estádio. Os Dolphins e os Jets estavam prontos para o chute inicial do segundo tempo.

O policial percorreu todas as fileiras da arquibancada. Depois de confirmar que não havia nenhuma criança em todas elas, ele disse:

— Deixe-me ver os seus ingressos.

Alan procurou no bolso da calça, depois entregou os canhotos ao policial.

— Já voltou às suas cadeiras para ver se o seu filho está lá?

— Voltei. Já fiz isso também. — O calor aumentava no corpo de Alan, e a pressão latejava na sua cabeça. — Já fiz de tudo. Você não pode alertar a segurança da estádio?

— Antes, vamos dar uma olhada para ter certeza. Isso acontece com as crianças o tempo todo. Elas saem para ir a algum lugar e depois voltam ao seu lugar, imaginando onde os pais estão. Antes de mais nada, vamos ver se ele está lá.

— Mas se algo estiver errado, estamos desperdiçando...

Não fazia nenhum sentido terminar a frase. Alan tinha certeza de que estava sendo ignorado. Pode ser que a polícia lidasse com esse tipo de problema o tempo todo, mas não ele, e queria ver algum sentido de urgência na atitude do policial. Além disso, o policial não sabia nada a respeito de Devin.

— Escute — insistiu Alan. — Estamos desperdiçando um tempo precioso. Se o encontrarmos, então não terá sofrido nenhum mal, mas se estiver em perigo...

O policial encaminhou-se para a rampa do túnel seguido por Alan um passo atrás. Ao virarem para os degraus íngremes que levavam para a arquibancada superior, o olhar de Alan focalizou as cadeiras vazias. Nada de Devin. Seu estômago se contraiu, forçando o ar para fora dos pulmões com uma força inesperada. Ele estava prestes a se apavorar — algo que nunca lhe acontecera. Não fazia parte da sua natureza.

O rugido ensurdecedor da torcida indicou que a partida recomeçara. Alan e o policial subiram os degraus até chegarem ao lado das duas cadeiras vazias.

— Dê uma boa olhada ao redor e veja se consegue localizá-lo — o policial gritou junto à orelha de Alan. — Ele poderia estar na cadeira errada.

Malditas cadeiras baratas, pensou Alan. Ele poderia facilmente dispor de um camarote em nome da empresa, mas queria que Devin sentisse o jogo como a maioria das outras crianças da idade dele. *Por favor, que tudo isso não passe de um engano*, rezou intimamente.

Ele esquadrinhou a multidão ao redor enquanto o policial falava no microfone de ombro, mas o barulho da multidão era alto demais para que Alan pudesse ouvir o que estaria dizendo. Esperava que fosse finalmente a chamada para alertar o pessoal da segurança.

Acompanhou o policial pelos degraus abaixo e de volta ao túnel. Instantes depois, entraram no subdistrito policial da Metro-Dade de Miami, no nível térreo do estádio. O espaço era apertado, com uma sala de espera pequena e algumas cadeiras. O policial indicou a Alan uma segunda sala, onde havia outro policial sentado atrás de uma escrivaninha.

— Este é o sargento Carillo. Ele se encarregará do caso daqui por diante. Mostre-lhe a sua identidade e depois dê uma descrição completa do seu filho.

— Podemos ir rápido com isso? — indagou Alan. — Devin está perdido e ninguém está procurando por ele.

— Não se preocupe, senhor Olsen — Carillo disse. — Os filhos se perdem dos pais aqui o tempo todo. Vamos encontrar o seu filho.

Alan tirou a habilitação de motorista da carteira e a entregou ao sargento.

— Este é o seu endereço atual? — quis saber o sargento, fazendo algumas anotações em um bloco de papel.

Alan fez que sim com a cabeça, ao mesmo tempo que retorcia as mãos à frente do corpo numa tentativa de acalmar o tremor do corpo e conter a raiva. A demora estava se tornando insuportável.

Devolvendo a licença, Carillo deu uma olhada em Alan e declarou:

— Sente-se. Pode me dar uma descrição do seu filho?

Puxando a cadeira, Alan apertou os maxilares quando as pernas de madeira rasparam o chão. Sentando, ele disse:

— O nome dele é Devin. Tem 8 anos de idade, mede aproximadamente um metro e quarenta ou cinquenta de altura. Pesa 27 quilos. Tem o cabelo louro, olhos azuis. Está usando calças jeans desbotadas, camiseta amarela e uma jaqueta dos Dolphins. Ah, e um boné dos Dolphins.

Concentrado, Carillo rabiscava penosamente no bloco de papel, nem sequer levantando a cabeça quando fez a pergunta seguinte.

— Quando o viu pela última vez?

— Durante o intervalo, fomos fazer um lanche. Devin disse que precisava ir ao banheiro, mas as filas tinha um quilômetro de extensão. — Alan esfregou o suor da face com a mão. — Ele tem um problema de controle da bexiga e precisa urinar com frequência... pelo menos uma vez por hora.

— Você quer alguma coisa para beber?

— Não! — Alan respirou fundo. — Desculpe. Não, eu não preciso de nada para beber.

— Certo, o que mais?

— Fomos para o início da fila e eu pedi por favor para o sujeito que estava ali deixar Devin passar à frente dele na fila. O pobre menino estava parado ali, trançando as pernas e com uma expressão de total agonia. — Alan esfregou a sobrancelha novamente. — O sujeito teve pena de Devin e o deixou passar.

— E o que você fez?

— A multidão era muito grande. Eu fui até a parede externa do estádio e esperei.

— Por quanto tempo?

— Oito, talvez dez minutos.

— Isso é muito tempo para uma criança urinar. — Carillo finalmente ergueu os olhos e fixou os olhos de Alan.

— Concordo. Por isso é que estou tão preocupado.

O policial fez mais algumas anotações.

— Você ficou ali mesmo ou fez uma caminhada, afastando-se um pouco e depois voltando?

— Não saí dali.

— Você falou com mais alguém?

— Não. Bem, sim. Um sujeito começou a conversar comigo sobre estatísticas do futebol. Achei-o um tanto insistente e cansativo. Quero dizer, não sou assim um grande fã de futebol.

— Então por que veio ao jogo?

— Devin adora os Dolphins. Ele é capaz de falar sem parar sobre todos os jogadores e as suas posições. Este era o primeiro jogo dele na temporada.

O policial arrancou a página do bloco e levantou-se.

— Tem mais alguma coisa a declarar antes de eu encaminhar a ocorrência?

Alan hesitou. Havia mais, muito mais. Mas provavelmente o sujeito não entenderia ou não acreditaria.

— Não, nada mais — Alan disse.

O CELEIRO

Cotten foi buscar a bolsa no carro alugado e tirou o telefone celular da bolsinha lateral. Verificou o relógio: 12h30 em Kentucky, 18h30 em Roma. Apoiando-se no carro, rolou os nomes da sua lista de telefones até chegar ao número particular do cardeal John Tyler no Vaticano. Depois de obter o número pelo correio de voz, ela discou no celular.

— *Ciao* — foi a resposta depois de uma meia dúzia de toques.

— John. Você está trabalhando até mais tarde.

— É verdade, estou em Washington para uma conferência sobre segurança. Queremos ter tudo terminado esta tarde. Espere um segundo.

Cotten ouviu o murmúrio de vozes ao fundo diminuir enquanto John procurava um local mais silencioso.

— Eu estava justamente pensando em você.

— Sério? — ela disse. — Devemos ter uma ligação extrassensorial. — Ela mudou o peso para o outro pé. As palavras a inundaram de doces recordações e um desejo profundo. *Eu sempre quis o que nunca poderia ter.* — É tão bom ouvir a sua voz.

— E os seus ferimentos? Estão melhores? — John perguntou.

— Não é todo mundo que pode se vangloriar de ter sido alvo de rebeldes chechenos.

— Isso não é engraçado. Ted me contou que você está investigando uma história no Kentucky? Como está se saindo?

— Como é que se costuma dizer, nem bem nem mal?

— Não costumo ouvir muito esse tipo de coloquialismo lá no Vaticano.

Mas acredito que não seja nada de muito maravilhoso. O que está acontecendo?

Cotten começou com o telefonema de Lindsay, depois fez uma descrição da casa da fazenda, comentou sobre os quadros e a poesia de Lindsay, relatou os comentários do xerife Maddox, falou sobre a crise emocional na igreja, sobre o que aconteceu a ela quando viu e tocou a fotografia de Tera e terminou com o bilhete no álbum de recortes.

— Bem suspeito, não acha?

— É tudo muito suspeito. A que parte da história em especial está se referindo?

— Tudo o que contei, mas principalmente o que aconteceu quando toquei a fotografia.

— Conhecendo você como conheço, nada me surpreenderia. A sua ligação com Tera me diz que tem mais alguma coisa por trás, algo mais profundo do que a explicação do xerife.

— Foi como se eu me sentisse inteira... completa... como se ela fosse uma extensão de mim.

— Faz alguma ideia do porquê disso?

— Ainda não.

— E o que pretende fazer?

Cotten examinou a área ao redor da casa da fazenda. Deteve-se no celeiro ao lado.

— Tenho mais algumas coisas para verificar aqui. Depois vou para a cidade e começar a fazer perguntas para ver se alguém sabe de alguma coisa. Caso se confirme que elas realmente estão em perigo, vou encontrar um meio de conseguir alguma proteção para elas.

— Eu planejava voltar para o Vaticano amanhã de manhã. O que acha de me atrasar por alguns dias e ir ao Kentucky?

— Tem certeza de que pode dispor desse tempo? Quero dizer, eu adoraria ver você de novo, mas realmente não tenho muito aonde ir aqui.

— Seu comentário sobre a ligação com a menina me preocupa.

— Como assim?

— As coisas estiveram extraordinariamente calmas por muito tempo. Calmas demais. Esse poderia ser o começo de outra batalha com os nossos velhos amigos.

— Isso também me ocorreu. — Cotten fechou os olhos, agradecendo por poder contar com John ao seu lado caso as suas preocupações tivessem fundamento. Na verdade, ainda que não houvesse nada com que se preocupar, ficaria feliz só por tê-lo novamente por perto. Ela tocou o bocal do telefone como se isso tivesse o poder mágico de aproximá-lo. — O que me diz de eu ir esperá-lo em Louisville? É uma viagem agradável de lá até Loretto.

— Ligo para você para lhe dar as informações do meu voo.

Antes de ter oportunidade de se controlar, ela deixou escapar:

— Sinto a sua falta.

Houve uma pausa.

— Posso dizer o mesmo. — Ela o ouviu respirar fundo. — Ligo para você dentro de uma a duas horas.

Cotten desligou o telefone e atirou-o no assento dianteiro do carro alugado. A bateria estava quase acabando, e isso a lembraria de ligar o aparelho no carregador do carro.

Ela caminhou pelo solo de terra batida do pátio até o celeiro. A gata de Lindsay observava os seus movimentos a uma distância respeitável, ainda alerta às intenções de Cotten.

Assim como a casa, a parte externa do celeiro precisava urgentemente de reparos e uma nova camada de pintura. Os equipamentos agrícolas encontravam-se espalhados sobre a grama bastante alta. As ervas daninhas cresciam entre as achas de uma pilha de lenha. As abelhas zumbiam sobre um canteiro de flores silvestres arroxeadas próximo a um canto da velha construção. Um carvalho antigo proporcionava sombra.

Como era possível Lindsay ser uma artista tão talentosa e viver em meio a tamanho relaxo? Talvez os quadros e a poesia fossem distrações de uma vida desagregada — talvez tivessem se tornado obsessões para ajudar a consumir os dias... e as noites.

Cotten parou em frente às portas do celeiro. Pretendia dar uma olhada rápida ali dentro antes de retornar à cidade. O trinco pesado chiou e gemeu — as duas portas de quase quatro metros de altura balançaram preguiçosamente ao se abrir. O cheiro de aguarrás e tinta a óleo rescendeu para o lado de fora.

Quando os olhos de Cotten se acostumaram ao interior escuro, ela se maravilhou com o que viu.

Do alto, suspensas em vigas, pendiam dezenas de pinturas de diversos tamanhos. Não eram apenas lindas obras de arte — revelavam uma inspiração espiritual e mística. As paredes do celeiro também estavam cobertas com pinturas e desenhos. E espalhadas ao redor viam-se prateleiras com telas em branco ao lado de caixas de tinta a óleo, acrílica, carvão, escovas e paletas. O celeiro inteiro fora transformado num estúdio artístico. O cheiro de feno e terra tinha sido substituído pelo de óleo de linhaça e gesso.

Uma pintura inacabada atraiu Cotten para a parte de trás do celeiro. Era o retrato de um homem. Ao contrário das outras imagens bonitas, a face era contorcida, os olhos projetando ódio e raiva. Em torno do seu corpo, projetava-se uma aura de um tom pálido de vermelho.

Cotten perambulou pelo celeiro, admirando os trabalhos artísticos impressionantes. Parou em frente a outra pintura, dessa vez de uma criança que lembrava muito a da menina na fotografia — loura, olhos azuis — traços delicados — sentada sobre um rochedo ao pôr do sol, segurando uma bola de luz brilhante nas palmas das mãos. A exemplo do quadro da menina no quarto de Tera, ela também era envolvida ao fundo pelo familiar azul-violeta suave. A imagem fez Cotten prender a respiração.

Mas não foi só o quadro que provocou a sua reação, mas o cavalete de pintura — um cavalete pequeno — da altura adequada a uma criança.

CASACO

— Senhor Olsen — disse o sargento Carillo —, no momento temos mais de sessenta oficiais de segurança à procura do seu filho. Se quiser sentar-se na área de espera, eu o chamarei assim que ele for localizado.

— Obrigado — agradeceu Alan, levantando-se.

Ele fizera menção de comentar com o policial sobre os... talentos de Devin. Mas chegou à conclusão de que eles não precisariam saber a respeito para encontrar o menino. Se fosse necessário, ele entraria em detalhes com a polícia mais tarde. Era bem provável que não precisasse chegar a esse ponto.

Alan sentou-se na saleta de entrada do subdistrito policial e observou enquanto o policial atrás da antepara de vidro no anexo conversava com alguém que perdera a carteira. O rugido constante amortecido da multidão do estádio estrondeava ao fundo.

Devin era o seu único filho. Ele perdera a esposa seis anos antes quando um motorista bêbado avançara o sinal vermelho quando ela ia buscar o filho na creche. Daquele momento em diante, o filho tornara-se o mundo inteiro de Alan. Se algo acontecesse a Devin hoje, ele nunca se perdoaria.

A porta se abriu e um policial passou por Alan conduzindo um adolescente para a sala contígua. Havia sangue na camisa do rapaz. Uma briga, Alan pensou.

Com sessenta policiais à procura de Devin, eles o achariam logo. Embora o Estádio Dolphin fosse enorme, era uma área restrita, com saídas controladas. Ele não ficaria perdido por muito tempo.

E então havia a outra possibilidade — a qual Alan insistia em manter oculta nas sombras dos pensamentos.

E se alguém tivesse sequestrado Devin?

— Senhor Olsen?

Alan ergueu os olhos para um homem parado na entrada, usando camisa de golfe verde-escura e calça Dockers. Ele trazia distintivo dourado preso ao cinto, assim como uma pistola automática em um coldre preto.

Alan pôs-se de pé.

— Vocês encontraram Devin?

— Sou o tenente Martinez. Investigador policial do Metro-Dade.

Alan apertou-lhe a mão.

— Meu filho?

— Senhor, por favor, me acompanhe.

Alan sentiu um frio no estômago enquanto acompanhava o investigador para fora do subdistrito. Vinte passos depois, eles entraram em um elevador. Alan sentiu-o afundar tal como a sensação que sentia no estômago. Quando as portas abriram, eles estavam no subsolo do estádio.

Martinez conduziu Alan ao longo de um corredor bem iluminado até uma porta com a inscrição *Entrada Proibida*. O investigador passou um cartão pelo mecanismo da fechadura de segurança e a porta abriu-se com um estalo seco. Ele abriu a primeira porta a que chegaram pelo corredor e acenou para que Alan entrasse em um cômodo escuro.

Quando a porta se fechou atrás deles, Alan percebeu que eles se encontravam em uma espécie de centro de vigilância de vídeo. A parede à frente deles estava coberta por pelo menos umas três dúzias de monitores de vídeo. Todos os monitores exibiam imagens em cores e ao vivo fornecidas por câmeras dispostas estrategicamente ao longo do estádio.

Três policiais estavam sentados diante de uma mesa comprida à frente da parede de monitores. Martinez conduziu Alan para uma posição atrás de um dos policiais sentados.

— Senhor Olsen. Dê uma olhada no monitor 33, por favor — disse Martinez. Dando um tapinha no ombro de um dos policiais técnicos sentados à mesa, o tenente pediu: — Rebobine aquela gravação para mim novamente, por favor.

Um instante depois Alan observou assombrado enquanto o monitor exibia ele próprio apoiado contra a parede, vendo a multidão de fãs passar em massa pelo corredor do estádio. Ele se viu virar para conversar com um homem barbado que andava por ali e acabara parando ao lado dele — o homem usava um casaco vermelho.

Em dado momento, o sujeito segurou o braço de Alan. Ele se recordou do sujeito desfiando uma série de estatísticas enfadonhas da história dos Miami Dolphins. Pensando no assunto agora, o sujeito parecia estar fazendo o possível para prender a atenção de Alan.

Naquele instante, o policial sentado congelou a imagem, e um conjunto de números na base da imagem indicou o número do quadro.

— Agora dê uma olhada no monitor 34, senhor Olsen — indicou Martinez. — Observe o lado esquerdo da imagem.

Alan assistiu à cena mostrando a saída do banheiro masculino.

— Aquele é o meu filho! Aquele é Devin. — Ele apontou para a tela.

Devin Olsen apareceu na saída e virou à esquerda. Naquele momento, o policial congelou o quadro. Os números na base da imagem correspondiam à imagem congelada no monitor 33.

— Agora, passe ambos em sincronia — Martinez instruiu ao policial.

Quando as duas imagens foram exibidas, Devin afastou-se da saída do banheiro masculino e misturou-se na multidão. Dois meninos, parecendo ligeiramente mais velhos do que Devin, seguiram logo atrás, até saírem do quadro. Quase no mesmo instante, o sujeito ao lado de Alan no monitor adjacente virou-se e se afastou, desaparecendo também no caudal de fãs.

— Não estou entendendo — disse Alan a Martinez. — Onde o meu filho está? Para onde ele foi?

— Senhor Olsen, eu sinto muito, mas acreditamos que ele deixou o estádio com outros dois meninos.

Alan recuou um passo.

— Isso é impossível. Ele nunca vai...

— Senhor Olsen — disse Martinez, levantando o braço e apontando. — Por favor, dê uma olhada no monitor 14.

Alan acompanhou o gesto do investigador lentamente. Dando um passo à frente, ele fixou o olhar no monitor de vídeo marcado com o número 14. O monitor mostrava uma parte do estacionamento em algum lugar fora do estádio.

Enquanto o vídeo era exibido, Alan engolia com dificuldade, incapaz de acreditar no que via. Uma onda de náusea percorreu o seu corpo quando ele viu claramente o filho jogando um videogame portátil enquanto caminhava ao lado dos dois meninos que o haviam seguido à saída do banheiro masculino. Alguns passos atrás seguia o homem barbado trajando o casaco vermelho.

ESTACIONAMENTO DE CAMINHÕES

Tera debatia-se dormindo, a respiração acelerada, tremendo nos braços da mãe.

Lindsay curvou-se atrás da filha e se aconchegou a ela.

— Shh, querida. Está tudo bem. Está tudo bem — sussurrou, acariciando o cabelo de Tera.

Logo, a menina foi se acalmando e a respiração adquiriu um ritmo lento enquanto ela voltava a dormir profundamente. Lindsay, porém, manteve os olhos bem abertos. De tempos em tempos olhava preocupada para a janela traseira do furgão adaptado com a parte traseira habitável. O assento traseiro desdobrado como um sofá-cama parecera confortável a princípio, mas depois de várias horas naquele espaço apertado e frio, estava toda dolorida — os seus membros estavam tensos e sensíveis.

Lindsay espalhara um velho saco de dormir sobre a cama improvisada e usara um acolchoado estampado com alianças de casamento para se aquecer. Era uma maravilha que a filha conseguisse dormir afinal, com o clarão das luzes de sinalização do estacionamento de caminhões e o ronco interminável das grandes carretas que entravam e saíam durante a noite. Mas era mais barato do que se hospedar em um hotel de beira de estrada. Quando o dinheiro que retirara das magras economias da poupança acabasse, não teria mais nada com que se socorrer.

Como tudo pudera ter acabado assim?

A causa da sua fuga começara duas semanas antes, quando saíra com Tera para fazer compras no supermercado. De repente, a filha deixou cair um saco de frutas e ofegou.

— Um deles está aqui, mamãe — disse Tera, erguendo os olhos para a mãe. — Ele veio aqui para me levar. — Os olhos azuis aumentaram de tamanho e transbordaram, as lágrimas criando veios cintilantes sobre as bochechas. — Eu não quero ir.

Lindsay abraçou a filha.

— Você não vai a lugar nenhum, querida. Ninguém jamais vai tirar você mim. Nem agora, nem nunca. — Ela balançou a menina de um lado para o outro, apertando-a tão forte que podia sentir as batidas do coração das duas.

Enquanto consolava a filha, Lindsay avistou um homem no fim do corredor. Ele era alto, magro, com um tufo emaranhado de cabelo branco como a neve, e parecia observá-las. Quando percebeu o olhar fixo de Lindsay, ele se voltou e se afastou.

Havia muito Lindsay aprendera que Tera *via* e intuía coisas. Nos primeiros anos de vida da filha, Lindsay e o marido achavam essa capacidade engraçada — quase divertida. Às vezes, Tera dizia à mãe que os gatinhos estavam na porta esperando ser alimentados. A porta estava fechada, mas quando Lindsay ia olhar, sem dúvida nenhuma, Bogey e Bacall esperavam pelo jantar. Ou Tera parava ao lado do telefone segundos antes de tocar — muitas vezes ela anunciava quem estava ligando antes de atender. E na época em que aprendeu a escrever, ela falava sobre o céu e como um dia olhara para a Terra lá embaixo e escolhera Lindsay e Neil como pais.

Não fosse por Tera, eles nunca teriam começado a frequentar a igreja local. Antes de Tera começar a exibir os sinais dos seus dons, Neil e Lindsay não tinham nenhum interesse por religião. Deus nunca fizera parte da vida deles.

No entanto, à medida que ia crescendo, Tera parecia se comunicar diretamente com Deus. Não que Tera tivesse lhes pedido para frequentar uma igreja. Ela não pediu. Aconteceu que Neil e Lindsay buscavam respostas sobre a filha excepcional e esperavam encontrá-las ali.

Os dons de Tera se tornaram cada vez mais preocupantes à medida que ela ia crescendo, e quando os outros começaram a notar, ela foi considerada estranha, diferente — uma excentricidade. Por volta de três semanas depois que Tera ingressou no jardim de infância, Lindsay foi chamada para uma entrevista.

— Tera é uma menininha adorável — elogiou a professora. — Sem dúvida nenhuma ela é brilhante... até mesmo superdotada. E os seus trabalhos de arte são impressionantes. No entanto, senhora Jordan, estamos tendo um probleminha com ela. Às vezes, Tera assusta as outras crianças.

— Assusta?

— Bem, ela, humm, diz coisas inadequadas para os coleguinhas, ou lhes conta coisas que os deixam perturbados.

Lindsay sentiu-se paralisada.

— O que você está querendo dizer? Que tipo de *coisas?*

— Hoje mesmo. Ela perguntou a um dos meninos por que o pai tinha afogado todos os filhotinhos de cachorro. William, esse é o nome do menino, respondeu que os filhotes tinham adoecido e morrido. Mas Tera insistiu tanto que William ficou terrivelmente abalado e acabou chorando. Quando a mãe chegou, você pode imaginar como ficou transtornada. Ela me contou que a família está passando por dificuldades financeiras no momento e não teria como alimentar uma ninhada de filhotes. O marido fez o que teve de fazer. Mas eles não queriam que o filho soubesse. Ele é muito jovem para entender o que aconteceu. — A professora abanou a cabeça. — Eu não entendo como Tera...

— Eu sinto muito — Lindsay disse. Não sabia o que dizer ou como explicar. Tudo o que queria fazer era voltar correndo para casa e envolver a filha nos braços.

— E há ainda alguns outros casos — a professora continuou. — Mas não tão perturbadores como esse incidente mais recente. Pensei que gostaria de saber para poder conversar com Tera.

— Sim, vou conversar com ela. Pode deixar que farei isso. Obrigada.

— A maioria das pessoas aqui conhece você e Tera, mas você deve entender que a família de William mudou-se para cá recentemente. A mãe quis saber quem é Tera. Ela pediu o seu endereço e o número do telefone. É claro que você sabe que é contra a nossa política fornecer esse tipo de informação.

— Agradeço muito — Lindsay disse, esperando não ter de enfrentar a mãe de William. A mulher nunca entenderia nada a respeito de Tera.

Depois disso, Lindsay falara com Tera, mas fora difícil para a filha entender que algo que parecia lhe ocorrer tão naturalmente fosse fora do normal. Um mês depois, Lindsay compareceu a outra entrevista semelhante com a professora, mas não fora isso que levara Lindsay a tirar a filha da escola pública e passar a instruí-la em casa. Ela tomara essa decisão no aniversário de

Tera. Ela enviara o convite para a festa de aniversário a todas as crianças da classe do jardim de infância de Tera.

Nenhuma criança apareceu.

Lindsay sofreu muito pela filhinha. Então prometeu protegê-la do resto do mundo — um mundo despreparado para lidar com uma criança como Tera e pouco disposto a isso.

Além de tomar consciência de que Tera era especial e de que tinha dons impressionantes, Lindsay também aprendera a confiar nas revelações da filha. Se Tera dizia que alguém naquele supermercado pretendia levá-la embora, Lindsay desconfiava que estava dizendo a verdade, mas sempre no fundo dos seus pensamentos havia uma semente da dúvida — de que a filha fosse mentalmente desequilibrada. Muito embora Lindsay se recusasse a ceder a esse pensamento.

Depois de ver o homem alto e magro no fim do corredor do supermercado, ela agarrara a mão de Tera e partira, abandonando o carrinho de compras pela metade como estava. Quando estavam prestes a passar pelas portas da saída, Tera hesitou e voltou-se para olhar para dentro da loja.

Lindsay também se voltou instintivamente. *Ele* estava lá, parado ao lado de uma caixa registradora, observando.

— Vamos — Lindsay apressou a filha, quase arrastando-a pela mão, conduzindo-a para o furgão.

Enquanto dirigia pela avenida principal naquele dia, Lindsay verificara pelo espelho retrovisor. Um carro prateado as seguia. Nunca se aproximara o bastante para que pudesse ver o motorista. Algo lhe disse que não voltasse para casa. Então tomou uma estrada que levava à direção oposta à da fazenda.

O carro fez o mesmo.

Lindsay fez outra curva na direção de um grande supermercado local.

De novo, o carro a seguiu. Então ficou para trás de repente, como se o motorista parecesse ter percebido a suspeita, finalmente desaparecendo por completo.

Por vários dias depois do incidente no supermercado, Lindsay mantivera uma vigília na janela, imaginando ver um carro prateado aproximar-se pela estradinha de terra. Então, uma noite, acordara de um sonho assustador. No sonho, ela caminhara até a beira da estrada, para deixar o lixo que seria coletado no dia seguinte. Era próximo ao crepúsculo, naquela hora que antecede a rendição da luz do dia à escuridão da noite. Primeiro ela ouviu o motor, o que a fez erguer os olhos para a estrada. Então o carro prateado passou correndo por ela, encaminhou-se para a entrada da casa, deixando-a para trás paralisada de terror. Ela tentou alcançá-lo, mas como frequentemente acontece nos sonhos, as suas pernas não reagiram, e por mais que se esforçasse os seus passos eram lentos. Antes de conseguir chegar à casa, dois homens em ternos pretos levaram Tera para o carro. Um homem jogou Tera no assento traseiro, os braços amarrados nas costas. Ele entrou atrás dela, enquanto o outro tomou o assento do motorista.

— Mamãe — Tera gritou antes que o próximo grito fosse abafado, então silenciou.

O carro saiu em disparada, passando por Lindsay novamente, mas na direção oposta, lançando poeira e cascalho nos olhos dela. O sonho se interrompeu abruptamente e Lindsay sentou-se na cama, a boca e a garganta secas, como se ela realmente tivesse respirado uma nuvem de pó. Ela se levantou de um salto e correu para o quarto de Tera, aliviada por encontrar a filha em segurança e adormecida. Ela se acomodou ao lado da filha e manteve-a entre os braços pelo resto da noite.

Não muito tempo depois daquela noite, Tera olhou pela janela e disse que alguém viria buscá-la. Fora quando Lindsay telefonara para Cotten.

Ela cobriu todas as janelas depois de trancá-las. Nem Lindsay nem Tera saíram mais de casa, passando a viver dos alimentos armazenados na despensa e na geladeira. Ela nem tivera coragem de levar o lixo para a margem de estrada.

Finalmente, sem comida e aterrorizada de que a qualquer momento alguém viesse para levar Tera embora, Lindsay havia decidido que não poderia mais esperar por Cotten.

Saindo de casa furtivamente no meio da noite, só com algumas coisas reunidas às pressas, ela e Tera foram para o sul. Dirigindo sem parar ao longo do dia seguinte, elas só pararam brevemente para esticar as pernas e reabastecer o carro. Finalmente, no começo da noite, Lindsay entrou em um estacionamento de caminhões, em Brunswick, Geórgia.

Agora, deitada com Tera na parte de trás do furgão, o frio da meia-noite a envolvia e lhe lembrava do frio que sentira ao ser seguida naquele dia não muito tempo atrás. Desde o incidente no supermercado, ela havia tentado inúmeras vezes imaginar quem poderia querer levar Tera embora. E por quê? Se soubesse, então talvez saberia lutar em defesa da filha. Até esse dia chegar, elas continuariam fugindo. Quem sabe, Cotten encontraria o seu bilhete e sairia à sua procura.

O ciclo monótono do sinal piscante em néon vermelho na entrada do estacionamento a fez lembrar do que aconteceu quando ela e Tera chegaram em casa finalmente no dia em que foram seguidas.

— Você está bem, querida? — Lindsay perguntara.

— Ele era rubi — respondeu Tera, tão baixo que Lindsay não soube se tinha escutado direito. Tera desviou o olhar da janela para encontrar os olhos da mãe. — Aquele homem na loja. Ele era vermelho como um rubi. Assim como o pastor Albrecht.

CHEGADA

— É aqui. — Cotten manobrou o carro alugado pela estradinha de terra que ia dar na fazenda de Lindsay Jordan.

— Você tem razão — John Tyler disse, sentado ao lado. — Parece que ninguém cuida do lugar há um bom tempo.

Cotten fora até Louisville para pegar John depois de passar a tarde anterior dando buscas no celeiro e na casa da fazenda novamente, em busca de outras pistas sobre o paradeiro de Lindsay e de Tera. Depois de descobrir que as obras de arte e os poemas tinham sido criados por uma menina de 8 anos de idade, o estilo de vida e o desaparecimento súbito das duas tornaram-se um mistério ainda maior.

Na viagem desde a cidade até a comunidade rural de Loretto, Cotten e John discutiram todos os detalhes do que ela descobrira. Ela lhe mostrou o bilhete de Lindsay dizendo que não puderam esperar mais por Cotten e que tinham fugido.

Só depois de muitos quilômetros de estrada foi que Cotten conseguiu finalmente acalmar os nervos abalados por ver John pela primeira vez em quase um ano.

Ficara esperando ansiosa como uma colegial até que o avistou saindo em meio à multidão de passageiros no terminal de chegada. Quando ele tirou os óculos escuros e ela mergulhou o olhar naqueles olhos azuis profundos como o oceano, foi dominada por uma onda de emoção. Naquele instante, sentiu-se mais segura do que conseguia se lembrar.

— Você parece excelente — elogiou John.

Ela inclinou a cabeça, captando a presença dele como um todo e sorriu.

— Você também não está nada mal. — A vontade de chorar de felicidade assomou com ímpeto, mas ela a forçou a retrair-se para o lugar secreto onde se ocultava. As palavras soaram forçadas quando ela fez um esforço para conversar educadamente. — Pensei que viesse com a sua túnica oficial de cardeal e a cruz de ouro no pescoço. Em vez disso você me aparece de calças jeans e camisa polo. O que as hierarquias celestes vão pensar de você?

John deu um sorriso caloroso.

— Elas estão preocupadas com assuntos muito mais importantes. — Ele pegou as mãos dela nas suas. — Então, Cotten Stone, como você está?

— Estou ótima agora que você está aqui. Mas me sinto culpada por tirar você do seu verdadeiro trabalho e fazê-lo vir a um lugar tão fora do seu caminho. Afinal de contas, pode ser que tudo isso não dê em nada e seja uma viagem perdida.

— Estou aqui porque você está aqui — declarou ele, passando os braços ao redor dela. — Eu queria ver você, com ou sem mistério.

Ela o abraçou também mas depois pousou a palma no rosto dele.

— Obrigada. — Por um momento, ela sentiu-se paralisada, os olhos presos nos dele, como se não pudesse desviar o olhar... não quisesse desviar o olhar... afogando-se deliciada naquele mar azul.

Quando conhecera John sete anos antes, ele ensinava arqueologia bíblica em uma modesta faculdade do interior de Nova York. Ela precisou da experiência e dos conhecimentos dele para identificar uma relíquia antiga que se pensava tratar-se do Cálice usado para recolher o sangue de Cristo na Crucificação. Trabalhando juntos, eles o entregaram ao Vaticano, depois de impedir uma conspiração para usar o DNA humano dos resíduos encontrados no Cálice para fazer um clone de Cristo. A conspiração do Graal empurrara John e Cotten para as luzes da celebridade.

John fora chamado a Roma e designado pelo Santo Padre como prelado da Comissão Pontifícia para a Arqueologia Sagrada. Logo ele era consagrado bispo.

Cotten tinha se tornado uma repórter especial de alto nível na Satellite News Network, especializada em antiguidades religiosas. Com o passar dos anos, ela e John participaram juntos de diversas aventuras, incluindo o descobrimento de um novo esconderijo de antigos rolos de pergaminho em cavernas nas imediações do mar Morto, e em Jerusalém eles supervisionaram a descoberta das trinta moedas de prata que Judas Iscariote recebera para trair Cristo.

Cotten e John trabalharam juntos para localizar uma placa de cristal de cinco mil anos de idade com inscrições que alguns acreditavam ter sido feitas pela mão de Deus e que continha o segredo para entrar no Reino do Céu. Durante esse episódio, John revelou a Cotten que recebera o cargo de diretor do Venatori, o serviço secreto de informações do Vaticano, e considerada a mais antiga organização de espionagem do planeta. Ao assumir o cargo como chefe do Venatori, ele novamente foi promovido pelo papa, dessa vez sendo nomeado cardeal.

Cotten apaixonara-se por John, provavelmente desde o primeiro momento em que se viram, e embora ele não pudesse corresponder, também confessara o seu amor por ela.

A cada olhar de relance na direção de John durante a viagem a Loretto, mais do que nunca ela soube, no fundo do coração, o quanto ele significava na vida dela.

Quando o ruído dos pneus ao triturar o cascalho e a poeira cessou, Cotten desligou o motor.

— Por que não começamos pelo celeiro? Você vai ficar impressionado.

John concordou inclinando a cabeça em silêncio e eles saíram do carro. Ela o conduziu pelo caminho de terra batida. Uma vez dentro do celeiro, eles foram de quadro a quadro, fazendo uma pausa antes de cada um.

— Você consegue acreditar que uma criança de 8 anos de idade seja capaz de fazer uma coisa dessas? — Cotten levou John até o quadro especial na parte de trás do celeiro, o retrato do homem com os olhos malignos e o brilho vermelho. — O que acha disto?

— Assustador — admitiu John. — Não posso imaginar o que passaria pela mente de uma criança para criar algo tão sinistro e maligno.

Depois de terminar de explorar o celeiro, eles entraram na casa da fazenda. Cotten mostrou o caminho e indicou o modo como as janelas tinham sido vedadas e seladas com fita adesiva. Ela já havia removido a maioria das cobertas. O lixo fedorento não estava mais lá, e ela fizera uma limpeza geral, além de lavar a louça. Mesmo assim mostrou o armário onde o lixo fora armazenado. Permanecia um resto do odor, como de algo há muito tempo morto.

— Isto é fascinante — comentou John, admirando o quarto de Tera. — Tamanha ambiguidade e contraste. — Ele apontou as estampas de bailarina e outras evidências de que uma menina pequena dormia ali, embora se cercasse de obras de arte magníficas. — Tera é uma criança extraordinária. Não há nenhuma dúvida de que algo incomum aconteceu aqui. E de que elas se encontram em algum tipo de perigo. A pergunta é por que e causado por quem.

— Venha comigo — disse Cotten, conduzindo John à sala de estar.

Depois de instalados no sofá, ela apertou o botão da secretária eletrônica de Lindsay e a mensagem do pastor Albrecht se fez ouvir no minúsculo alto-falante.

— Crise emocional na igreja? — estranhou John depois de terminada a gravação. — Imagina o que possa ter causado isso?

— Boa pergunta. — Cotten observou John pegar a pilha de cartas da mesa de centro. — Não há muito que interesse aí.

— Eu não sei. Pode ser. — Ele abriu a fatura do cartão de crédito e examinou as despesas. Então tirou o telefone celular do cinto e apertou um número de discagem rápida. Um instante depois, estava dizendo: — Aqui é John. Faça-me o favor de seguir o rastro de um cartão de crédito. Gastos nos últimos sete dias. — Ele deu então o número do cartão e esperou um instante. — Certo, ligue quando souber. — Fechando o celular, ele olhou para Cotten. — Localizar as compras de Lindsay pode nos ajudar a seguir o seu rastro e descobrir onde ela está. — John dobrou a fatura e guardou-a no bolso.

— Então, senhor agente secreto, por onde gostaria de começar?

— Isso é fácil — disse John, pondo-se de pé. — Vamos ter uma conversa com o bom pastor Albrecht.

OS BOSQUES

Benjamin Ray encontrava-se na margem do lago Stone Creek ao amanhecer. Margaridas roxas e marianas brancas que floresceram tardiamente cobriam o chão na base de grossos bordos e tílias encorpadas que escondiam o lago até a própria margem. Uma névoa matutina estendia-se sobre a água como uma tênue cobertura — nem um sopro de ar movia uma folha ou causava uma ondulação.

Um estalido quase imperceptível fez-se ouvir à direita de Ben. A pulsação dele deu um salto e ele se imobilizou. Lentamente, virou a cabeça e olhou nos olhos de uma corça que se encontrava a apenas uns três metros de onde ele estava. Por alguns segundos, ele imaginou que o cervo que apareceu em seguida fosse outra coisa. Transcorridos três meses desde que se escondera nas montanhas Ozark, ainda estava com os nervos à flor da pele. Esperava que toda vez que saísse para as suas caminhadas matutinas para longe do chalé, naquelas paragens remotas, pudesse parar de olhar desconfiado para trás o tempo todo. Mas então, por que alguém viria até ali para caçá-lo? Estava oficialmente morto e enterrado.

Parecendo não sentir nenhum perigo em relação ao homem corpulento e calvo, os cervos voltaram-se e regressaram por entre os arbustos fechados, o seu pelo misturando-se com a floresta enquanto desapareciam.

Uma sombra na floresta. Assim como eu, pensou Ben.

Ele providenciara secretamente a compra do chalé e dos trinta hectares em volta dele alguns meses antes do arquivamento da acusação federal. *Sempre compensa planejar antecipadamente.* Foi mais ou menos na época em que tudo começara a desmoronar. Seu sócio referia-se a isso como "o bonde saindo dos trilhos" — o colapso da Presidium Health Care, a sua cadeia de 97 hospitais e clínicas especializadas altamente rentáveis por todo o país. Depois de arquivar a falência, os investigadores descobriram que Ray e o sócio tinham ocultado mais de um bilhão de dólares de dívidas e inflacionado os lucros. Os seus milhares de funcionários perderam o emprego, e muitos outros milhares, tudo o que conseguiram poupar em toda a vida. Seu sócio fora condenado a quarenta anos de prisão por várias acusações de fraude e conspiração, a mesma sentença que Ben recebeu antes de "morrer" de doença da artéria coronária. A verdade é que ele *tinha mesmo* essa doença cardíaca e recebia os medicamentos pelo correio de uma farmácia em Tijuana em nome de Ben Jackson. O mesmo nome que constava na carteira de motorista, na documentação do jipe e na escritura do chalé. Era impressionante o que o dinheiro podia comprar, incluindo uma certidão de óbito convincente, não muito difícil de conseguir quando se tem uma empresa da área de saúde e um médico na sua folha de pagamento, e é claro, tudo isso seguido de uma cremação imediata. Ele sempre quis saber o que realmente havia dentro da sua urna funerária. *Todo homem tem seu preço*, Ben se recordava do que o pai costumava dizer. Esse fora sempre o lema da sua vida.

Depois do primeiro mês de isolamento total, Ben começou a se aventurar em caminhadas pela manhã. As férias com a família em Aspen e St. Moritz tinham-lhe feito nutrir um grande amor pelas montanhas e florestas. Ele e a esposa de 30 anos gostavam de caminhar e acampar. *Ela gostaria disso aqui se soubesse que estou vivo.* Lamentava por ela não poder saber, mas desse modo, se ele um dia fosse pego, ela não poderia ser acusada de cumplicidade.

O chalé de Ben era espaçoso e confortável. Tinha eletricidade, água corrente, televisão por satélite, um jipe novo na garagem e muito dinheiro escondido em um aquecedor de água no porão. Na verdade, eram dois aquecedores — um novinho em folha e totalmente eficiente; o outro, velho e enferrujado, guardado como entulho num canto. Ben dissera ao encanador que não precisava jogá-lo fora, porque planejava transformá-lo em plantadeira. No momento, o velho aquecedor continha mais de dois milhões de dólares em notas de valores variados.

Ele tinha gasto praticamente aquilo tudo só na mobília para a sala de estar da sua casa de inverno em Ocean Drive, em Palm Beach, pensou Ben rindo enquanto dava as costas ao lago Stone Creek e iniciava o caminho de volta. Os bosques eram espessos na trilha ao longo de um dique que levava a um desfiladeiro rochoso. Ele se lembrou de ter seguido uma vez por essa passagem. Uns cem metros depois do outro lado do desfiladeiro, a floresta se abria para um prado sereno, colorido pela última florada de plantas silvestres e pela grama alta dourada pelo outono. Na extremidade distante da campina, uma velha estrada poeirenta usada para o transporte de madeira passava pela parte de trás da sua propriedade. Dali, ele estava a apenas uma curta caminhada da sua recompensa matinal: café fresco e ovos mexidos.

Uma sombra na floresta.

Assim que assomou do lado oposto do desfiladeiro, ele ouviu o som de um veículo se aproximando — um acontecimento raro naquele fim de mundo entre os bosques.

Um furgão branco com uma porta lateral de correr entrou no seu campo de visão seguindo pela estrada. De repente, parou com uma freada brusca. A porta do motorista se escancarou e um homem barbado usando um casaco vermelho saltou para o chão.

— Estou começando a me encher de você — gritou o homem, empurrando a porta de correr lateral até abri-la por completo.

Ben escondeu-se atrás do tronco grosso de uma árvore de bordo e assistiu à cena, enquanto o homem agarrava o que parecia ser um menino do chão do furgão. Ele arrancou o menino de dentro e jogou-o ao lado da estrada de terra. O menino estava vendado e com as mãos amarradas nas costas.

— Levante-se de uma vez, diabos — ordenou o homem. Em seguida, forçou violentamente o menino a se levantar.

O impulso de Ben foi se aproximar do homem e lhe perguntar que diabos ele pretendia fazer. Ben era culpado de um crime do colarinho branco, mas isso não significava que não tivesse nenhuma consciência. Ainda assim, não ousou arriscar o seu anonimato por se envolver. Naquele momento, tudo o que poderia fazer era assistir. *Droga*, pensou. *Em que tipo de homem acabei me tornando?*

O motorista desamarrou as mãos do menino e o empurrou para a parte de trás do furgão.

— Ande logo e mije de uma vez... você já nos atrasou muito. — A venda não foi tirada.

Ben sentiu um pouco de alívio. O sujeito estava aborrecido, mas não pretendia machucar a criança. Pelo menos, não naquele momento.

O menino abriu o zíper desajeitadamente e se aliviou. Assim que terminou e voltou a fechar o zíper das calças jeans, o homem forçou os braços do menino para trás e tornou a amarrá-lo. Em seguida, guiou o menino para o lado do furgão e o empurrou para dentro, fechando a porta de correr com força. De volta à cabine da frente, o homem fechou a porta do motorista, engrenou a marcha do furgão e retomou o caminho pela estrada de terra.

Ben saiu de trás da árvore e atravessou cautelosamente a campina e aproximou-se de onde o furgão havia parado — o ruído do motor já se enfraquecia no vento que soprava entre as folhas de outono.

A estrada raramente era usada — as marcas de pneus deixadas pelo furgão eram os únicos rastos existentes. Ben olhou para a mancha escura na poeira onde o menino urinara. *De que diabos será que se tratava? De um sequestro? Maldição, por que tivera de testemunhar aquilo?* Um forte sentimento de vergonha alojou-se no seu peito. *Ben Ray, nem sequer o reconheço mais.*

Ben pousou as pontas dos dedos da mão direita sobre a carótida, sentindo um pulso acelerado. Não podia pensar no que acabara de acontecer. Precisava regressar à segurança do chalé.

Respirando fundo várias vezes, ele se concentrou em relaxar. Depois de alguns instantes, sentiu-se mais tranquilo e pronto para voltar para casa. A última coisa de que precisava era entrar em contato com quem quer que fosse.

Logo depois de mudar-se para o chalé, raspara a cabeça, cortara o bigode e o cavanhaque, e começara a usar óculos de armação grossa. Chegara mesmo ao ponto de recorrer a um pouco do sotaque sulista da Virgínia da sua mãe. Era importante a mistura. Mas não correria o risco de atrair algum investigador esperto com as suas perguntas investigativas levantando suspeitas. Inventara um histórico de vida e o ensaiara várias vezes, mas se fosse pressionado e forçado, tinha certeza de que não resistiria. Até onde qualquer um sabia na região, ele era executivo de um banco de Atlanta aposentado. O fato simples era que não podia se expor o mínimo de tempo que fosse com as autoridades ou com qualquer outro que pudesse desconfiar dele se quisesse se poupar de passar o resto da vida na prisão. Informar o que acabara de testemunhar na estrada de terra estava fora de questão.

Ben massageou a nuca e deu uma olhada ao redor. Gostaria de saber aonde a estrada ia dar. Nunca tinha ido além dali. Não importava.

O furgão e o menino tinham ido embora.

Dando uma última olhada ao redor, ele atravessou a estrada e entrou nos bosques.

Como uma sombra na floresta.

VIGILÂNCIA

— Bem-vinda, irmã Stone — cumprimentou o pastor Albrecht, estendendo a mão. — O Todo-poderoso fica muito grato em receber uma filha tão notável de Loretto em visita à Sua santa casa.

— Obrigada, pastor. — Cotten deu-lhe um aperto de mão logo depois de terem entrado na velha igreja de tijolos vermelhos Salvador Ascensionado. — Gostaria que conhecesse John Tyler, um amigo meu lá do leste.

— Irmão Tyler, é um grande prazer conhecê-lo — disse Albrecht. — Devo dizer que me parece um pouco familiar.

— Eu tenho uma dessas faces comuns, reverendo Albrecht. Essa parece ser a minha sina nesta vida.

— Bem, sem dúvida nenhuma sou capaz de pensar em cruzes bem piores de se carregar. — Albrecht indicou a primeira fila de bancos. — Por favor, sentem-se e me digam em que posso servir.

Cotten inspirou com prazer os diversos aromas da velha igreja — o cheiro forte da cerejeira das portas, a doçura intensa das velas meio gastas e a fragrância das flores recém-cortadas que decoravam toda a volta do santuário. O prisma delicado de um arco-íris projetava-se dos vitrais coloridos das janelas, irradiando-se sobre os bancos como um véu transparente. A madeira antiga rangeu quando ela e John se sentaram. Embora nunca tivesse entrado naquela igreja, ela se lembrava de vê-la banhada pela névoa matinal quando a observava através da janela ao passar por ela no ônibus da escola municipal.

— Gostaria de conversar com o senhor sobre Lindsay e Tera Jordan — informou Cotten. — Recebi...

— Como estão essas duas irmãs de Deus? — interrompeu Albrecht. Ele permanecera de pé como se estivesse prestes a iniciar mais um sermão.

— Bem, é exatamente sobre isso que quero falar. Recebi um telefonema de Lindsay recentemente, no qual ela expressava preocupação pela segurança da filha. Ela me pediu para vir a Loretto e ajudá-la a afastar essas preocupações. Assim que...

— Realmente — interrompeu Albrecht de novo —, aconteceu um incidente desagradável não faz muito tempo, que poderia ter deixado Lindsay transtornada. Espero sinceramente que não. Mas você sabe, aconteceu aqui mesmo onde você está sentada.

— Por que o senhor não nos conta o que aconteceu? — pediu Cotten.

— Mas é claro, irmã Stone.

Albrecht abriu os braços em um gesto amplo que Cotten imaginou ter sido ensaiado diante do espelho umas mil vezes.

— Como pode ter ouvido falar, sou novo nesta congregação, transferido para cá recentemente. Aquele era apenas o meu segundo culto dominical quando Lindsay e a linda filha entraram na igreja e sentaram-se bem aí. — Ele apontou para Cotten e John. — Eu estava na sacristia fazendo os meus preparativos finais para o nosso culto das dez e meia. Quando o nosso pequeno, mas dedicado, coro deu início ao hino de abertura, apresentei-me no meio do santuário para conduzir o canto da congregação. Recordo-me de ter olhado para as faces das pessoas que ocupavam a primeira fila e foi naquele momento que a jovenzinha recebeu o meu olhar de boas-vindas. De repente, ela emitiu o grito mais horripilante que já tive o infortúnio de ouvir na vida. Devo dizer-lhes, parecia vindo das maiores profundezas do inferno.

— E qual foi a reação de Lindsay? — indagou Cotten, tornando-se cada vez menos à vontade na presença de Albrecht. Ela se lembrou da mãe usando a expressão *vendedor de óleo de cobra*.

— Bem, é claro que a mãe tentou inutilmente acalmar a filha, mas a menina logo ficou histérica. Não havia nada que a acalmasse. A pobre criatura precisou ser levada à força para fora da igreja por dois dos nossos paroquianos mais fortes. Foi o momento mais perturbador e embaraçoso para todos.

— E na sua opinião, qual seria a causa do incidente? — quis saber Cotten.

— Não faço absolutamente a menor ideia, irmã Stone. Só de lembrar o que aconteceu, ainda estremeço.

— Houve algum outro caso de explosão emocional como esse? De Tera ou alguma outra pessoa?

— Não. De maneira nenhuma. Foi um acontecimento único, posso lhe assegurar. Estamos todos sem saber o que poderia ter provocado o incidente.

— O senhor nos ajudou bastante, reverendo Albrecht. — Cotten levantou-se, John imitou-a em seguida. — Agradecemos pela sua atenção.

— Realmente não sei o que fiz para ajudar além de narrar um acontecimento estranho com aquela pobre criança. Tentei entrar em contato com Lindsay e perguntar se poderia ajudar de algum modo a ela e à filha. Deixei recados, mas ela não respondeu à minha ligação.

— Aparentemente, elas deixaram a região — comentou Cotten. — O senhor imagina algum motivo para elas acharem necessário deixar a cidade?

Albrecht abanou a cabeça.

— Temo que não, a menos que seja por vergonha. Infelizmente, o *desajuste* de Tera era o assunto da cidade. Mas espero que, onde quer que estejam, Lindsay consiga obter ajuda para aquela pobre menina.

— Obrigada novamente — disse Cotten, apertando a mão de Albrecht e voltando-se para sair pelo corredor.

Quando John a imitou, Albrecht disse:

— O senhor é um homem muito calado, irmão Tyler. Mas acredito que haja uma tempestade de pensamentos passando pela sua mente. Poderia lhe fazer uma pergunta pessoal?

John voltou-se e ficou de frente para o pastor.

— É claro.

— O senhor acredita no diabo?

Cotten observou enquanto a face de John se contraía, seus olhos tornavam-se mais escuros. O corpo dele se enrijeceu.

— Sim — respondeu ele, tenso. — Acredito.

— Bom. Lembre-se do que disse Pedro: "Sê vigilante".

— Obrigado pelo conselho, pastor Albrecht.

Depois de descerem os degraus à saída da Igreja do Salvador Ascensionado e irem para o carro, John comentou:

— Ele não pôde resistir a fazer o seu jogo.

CYBERSYS

No seu escritório no centro de Miami, Alan Olsen admirava a baía Biscayne ao longe. Vinte andares abaixo, os seus funcionários, juntamente com outros de empresas vizinhas, percorriam o bulevar Biscayne do outro lado do gramado exuberante para aproveitar o momento relaxante do horário do almoço próximo à água. Ele sentiu o estômago se contrair ao pensar que todos viviam um dia normal, enquanto Devin continuava ausente. Sumira havia quatro dias. Desaparecera no estacionamento do Estádio dos Dolphins enquanto 75 mil fãs se divertiam lá dentro.

Alan apoiou uma das mãos contra a vidraça e apoiou-se nela. Nem o trabalho o impedia de pensar no filho incessantemente.

— Alan, tem certeza de que não há nada que eu possa fazer por você? — Kai Chiang, em pé atrás dele, massageava-lhe os ombros.

Alan não se voltou para ela, mas via o seu reflexo no vidro. Pele de porcelana, olhos negros amendoados com cílios compridos e cabelo igualmente preto, comprido e liso, que refulgia como o ônix sob a luz. Ela começara a trabalhar na CyberSys seis meses antes, como a sua assistente pessoal, mas a relação entre os dois rapidamente passara ao plano físico, com a mesma paixão e imprudência de um casal de adolescentes no assento traseiro de um carro. Esse era o seu primeiro caso de amor desde a morte da esposa. Kai não fazia nenhuma exigência e certamente não era um grude. Ela estava sempre disponível quando ele precisava, sem cobranças, e ele começava a descobrir que precisava dela cada vez mais, especialmente desde o desaparecimento de Devin. A ela, Alan confiava os pensamentos mais íntimos, não só sobre os negócios, mas também sobre a vida pessoal.

Kai apoiou o corpo contra as costas dele e envolveu-o com os braços, beijando o seu ombro e pescoço.

— Gostaria de poder fazer alguma coisa — murmurou ela.

— Já está fazendo.

— Você ainda tem a reunião das duas horas. Ligaram alguns minutos atrás para saber se você estaria disposto... pensaram que quisesse cancelar. Eu disse que o consultaria e daria uma resposta.

Alan suspirou longamente.

— Não, estarei bem. Talvez isso ajude a não pensar em Devin.

Kai enfiou o braço por baixo do paletó de Alan e arranhou-lhe as costas com as unhas compridas, pintadas de vermelho, depois se afastou.

— Direi então que a reunião está de pé.

Depois de ouvir o ruído seco da porta ao ser fechada, Alan foi até a escrivaninha e sentou-se. Sobre ela, destacava-se o logotipo com um raio azul atrás do nome "CyberSys". Ele se recordava de ter escolhido a cor imediatamente depois de conhecer a condição especial de Devin. Se ao menos as notícias do paradeiro de Devin viessem tão rápido quanto a ideia para o desenho do famoso símbolo corporativo de Alan... Aquela espera — a falta de informação — era dilacerante. Os especialistas em negociação e os investigadores de polícia de Miami-Dade estavam de plantão na sua sala de reuniões particular. Se Devin tivesse sido sequestrado, eles estavam preparados para o telefonema de resgate. Afinal de contas, Alan era rico. Extremamente rico. E ele já recebera uma quantidade bem grande de ameaças e telefonemas irados.

Como fundador e presidente da CyberSys, Alan acumulara uma fortuna pessoal de centenas de milhões dirigindo o desenvolvimento da tecnologia de criptografia em alta velocidade para os sistemas de segurança do governo. Seus programas, produzidos pelos engenheiros da CyberSys, eram usados pelas agências governamentais norte-americanas ao redor do mundo, e as pesquisas da sua equipe sobre a última palavra em equipamento de computação quântica estavam prestes a levar à construção do primeiro modelo funcional do tão sonhado supercomputador para uso diário.

Até o momento, não se registrara nenhum telefonema nem exigências, e a polícia não tinha nenhuma pista, nenhuma informação, nada. Nada além da imagem borrada gravada pela câmera de vigilância de um furgão de porta basculante branco partindo do estacionamento com Devin dentro.

Fora emitido um alerta de segurança padronizado para todo o Estado, mas Alan só conseguira forçá-los a isso depois de telefonar para alguns amigos no governo. Um deputado estadual da Flórida que por acaso fora seu vizinho tinha ajudado a exercer pressão pela execução de lei para a emissão do alerta. O motivo da hesitação da polícia era a insistência em que Devin parecia ter deixado o estádio voluntariamente. Não se vira nenhuma evidência física de sequestro ou ameaça no vídeo. Devin estava jogando num videogame portátil e parecia acompanhar os dois meninos mais velhos sem um sinal de protesto ou resistência.

Isso era bobagem!

Sim, Devin era... diferente. Ele fora diagnosticado com uma modalidade especial de autismo — especificamente um tipo raro que produzia habilidades prodigiosas. Devin era capaz de enunciar ou escrever equações matemáticas complexas — algumas estendendo-se por centenas de páginas. Era capaz de nomear todas as cidades de acordo com o código nacional de chamadas telefônicas e pelo código de endereçamento postal. Não era nenhum desafio para ele identificar a maioria das composições musicais clássicas depois de ouvir apenas os primeiros compassos, e indicar a data em que a música foi escrita e a data de nascimento do compositor, além do local de nascimento e morte. Ao completar 7 anos de idade, ele já lera mais de quatro mil livros e era capaz de recitar o conteúdo de qualquer página de memória. Os médicos o rotularam de "gênio autista". Alan simplesmente considerava os talentos do filho como um dom excepcional.

Devin convivia com uma aptidão e uma inaptidão extraordinárias. Ele era resistente às mudanças, tinha dificuldade de expressar as suas necessidades e não sentia realmente medo do perigo. Um dos principais sintomas do autismo era a pouca interação social. Desde bebê ele já se enrijecia todo quando alguém o segurava no colo. Devin jamais teria deixado voluntariamente o estádio com um estranho. Isso seria impossível para ele.

Alan relanceou o olhar através do seu escritório na cobertura para uma porta que dava para um aposento contíguo — a sala de recreio de Devin, com uma escrivaninha pequena num canto — que ele montara para o filho. Ali era o lugar onde ele podia passar as tardes depois da escola. Devin adorava jogar videogames, de modo que Alan mandara instalar os favoritos dele no servidor central CyberSys, ligado a um computador pessoal que colocara na escrivaninha do filho. Agora mesmo, era capaz de imaginar o filho sentado à escrivaninha durante horas incontáveis, envolvido com os jogos de guerra — os seus favoritos. Devin chegara a pedir ao pai para lhe mostrar como acessar os códigos em linguagem de máquina que faziam os jogos funcionar. Ele era capaz de recitar qualquer parte dos códigos a Alan, para assombro dos engenheiros mais experientes da CyberSys.

Devin era especial, amado... e ele sentia muito a sua falta.

Uma vez mais, Alan foi até a janela. Um navio de cruzeiro navegava pelo Government Cut deixando o Atlântico para entrar no porto de Miami. O trânsito ao longo da MacArthur Causeway rebrilhava ao sol do sul da Flórida. Os edifícios altos ao longo de Miami Beach formavam uma espinha denteada até o horizonte.

A vida continuava.

Alan estava implodindo. Tudo o que ele sempre quisera fora que Devin tivesse uma vida normal. Menosprezava o rótulo de gênio autista e todo mundo imediatamente o associava ao personagem do filme *Rain Man*.

Havia um outro rótulo vinculado ao filho que ele preferira não mencionar à polícia. E que inspirara a cor do raio no logotipo da corporação.

Índigo.

MAGIC KINGDOM

A luz do dia vazava pelas placas finas das persianas, formando uma escada de luz na janela do furgão. Lindsay pensou que só tivesse conseguido adormecer havia pouco. Os rugido dos motores das carretas de dezoito rodas no estacionamento de caminhões durara a noite inteira, mas ao amanhecer o número aumentara substancialmente enquanto os grandes caminhões seguiam o seu caminho.

Lindsay sentou-se e girou a cabeça, esticando os músculos contraídos do pescoço. Quando deixaram Loretto, ela não sabia muito bem para onde iriam — só que precisavam partir e não voltar. Em algum momento durante a viagem noite afora, ela se decidira sobre o lugar que poderia ser o mais seguro para Tera. Uma vez ouvira um ancião dizer que, para impedir que algo fosse achado, era preciso escondê-lo em plena vista. Assim ela decidira levar Tera para um lugar onde ficasse cercada por milhares de crianças.

— Acorde, dorminhoca — chamou Lindsay, afastando o cabelo da face de Tera. — Precisamos continuar com esse passeio pela estrada. Eu tenho uma surpresa para você.

— O que é? — Tera quis saber, a voz apagada de sono.

— Você vai ver.

— Minha garganta está doendo — queixou-se Tera, sentando-se.

Lindsay encostou a palma da mão na testa da filha. Parecia morna. *Droga, Tera está com febre.* Pegando a bolsa, vasculhou-a até encontrar um frasco de um antitérmico e analgésico. Derrubando um comprimido na mão, pegou uma garrafa de água pela metade no suporte para bebidas.

— Muito bem, sua molenga, engula isto, depois vamos tomar um banho. Você vai se sentir melhor.

Minutos depois, dentro do centro de atendimento do estacionamento de caminhões, Lindsay comprou alguns artigos de toalete básicos que esquecera de pôr na mala, na pressa de partir da casa da fazenda. Pagou por um banho e recebeu uma toalha.

— Poderia me dar mais uma para a minha filha? — indagou Lindsay ao balconista.

— Você só pagou por um banho.

— Por favor — implorou Lindsay.

O balconista a encarou longamente, depois concordou.

— Obrigada.

Os chuveiros eram independentes, cada um com uma pequena área seca para a pessoa se vestir.

— Muito bem, Joaninha — falou Lindsay. — Tire a roupa.

Lindsay ajustou a temperatura do chuveiro e foi a primeira a entrar. Tera a seguiu.

— É como no acampamento, não é, Tera? — observou Lindsay, passando xampu no cabelo. Em seguida, fechou os olhos para enxaguar.

Além do ruído da água que jorrava como cascata, ela ouviu um ruído vindo da porta. Lindsay afastou rapidamente o xampu do rosto, tentando enxergar ao redor.

— Tera? — Ela estendeu o braço para tocar a filha com uma das mãos enquanto esfregava a água dos olhos com a outra. Piscando em meio à espuma que ainda restara sobre os olhos, ela conseguiu ver a filha, que estava assoprando bolhas de sabão pelo anel que fizera com o polegar e o indicador.

Maldição, Lindsay pensou. *Paranoia é pouco.*

— Está se sentindo melhor? — indagou Lindsay pela janela do furgão enquanto terminava de encher o tanque de combustível.

Tera balançou a cabeça, concordando.

— Para onde vamos?

Lindsay entrou e deu a partida.

— Se você pudesse escolher para onde ir, qualquer lugar, onde seria?

— O céu — respondeu Tera.

O coração de Lindsay disparou e ela sentiu o sangue inundar-lhe a face.

— Não, querida — disse, sem a mesma alegria de um momento antes na voz. — Eu quero dizer: se pudéssemos sair de férias, para um lugar realmente maravilhoso, para onde você gostaria de ir?

O rosto de Tera se iluminou.

— Para a Disney World.

Lindsay manobrou para ingressar na rodovia interestadual.

— Então que seja a Disney World.

Tera aplaudiu com as mãos alegremente.

— Uau, Disney World!

Ao ver a empolgação da filha, Lindsay foi varrida por uma onda de emoção. Não tivera muitas oportunidades de ver a filha simplesmente como uma menininha feliz, portanto desfrutou aquele breve momento.

No meio da tarde, elas chegaram a Orlando. Era como se a região inteira fosse um parque temático, iluminado de uma ponta a outra com luzes de néon, piscantes e animadas. Cada loja, cada posto de gasolina, motel e restaurante ao longo da International Drive competiam pelos turistas.

Lindsay entrou no estacionamento de um parque para saltos de *bungee jumping*. Ela sentiu a testa de Tera. Estava ligeiramente mais quente do que deveria estar, mas não muito. Talvez fosse só o começo de um resfriado, desejou Lindsay.

— Como está sentindo a garganta?

— Um pouco dolorida.

Chega de estacionamentos de caminhões, decidiu Lindsay. Se Tera estivesse adoecendo, precisaria de uma boa noite de sono e do conforto de uma cama de verdade.

— Bem, o negócio é o seguinte, Joaninha. Vamos procurar um motel agradável, tiramos uma soneca e descansamos por esta tarde. Depois compramos uma camiseta e um chapéu do Mickey Mouse e vamos jantar em um restaurante bem legal. E amanhã, quando você estiver se sentindo melhor, vamos para o *Magic Kingdom*. O que lhe parece?

Tera esticou o corpo para olhar pela janela.

— Eu quero ir agora — ela disse.

— Eu também. Mas acho que seria melhor se déssemos uma chance para a sua garganta melhorar. Você não vai aproveitar o passeio se estiver com o nariz escorrendo.

Dentro do quarto modesto do motel Tropical Breeze, o mais barato que conseguiu encontrar, Lindsay deixou-se cair numa extremidade da cama.

Tera saltou em cima e começou a pular.

— Acho que você está se sentindo melhor — observou Lindsay. — Ei, assim vai se arrebentar. — Ela agarrou as pernas da filha e puxou-a para baixo. Lindsay fez cócegas no corpo da filha, adorando o contato com a barriga agitando-se incontrolavelmente enquanto ela ria.

— Quem ama você, Joaninha?

— Você — respondeu Tera.

— É isso aí. — Ela abraçou a filha e a beijou no alto da cabeça. Passou-se um instante de silêncio. *Ninguém levará Tera de mim. Ninguém.*

— Depois de dormir um pouco, vamos procurar uma camiseta e um chapéu do Mickey. — Lindsay puxou as cobertas e elas se aconchegaram embaixo.

Lindsay foi acordada com um tapinha no ombro.

— Mãe. Mamãe.

Era a voz suave de Tera, quase um sussurro.

Lindsay virou-se e encontrou a filha em pé encarando-a.

— Podemos ir agora? Minha garganta quase não dói mais.

Eram quase cinco horas da tarde no relógio do criado-mudo.

— Uau, devíamos estar cansadas. Eu estava dormindo pesado. — Lindsay bocejou enquanto se sentava. — E aí, está pronta para fazer umas comprinhas?

O rosto de Tera se iluminou.

— Só me deixe fazer um telefonema primeiro — pediu Lindsay, estendendo a mão para o telefone. Ela tirou do bolso o papel em que anotara o número do celular de Cotten. Depois de debitar a ligação para o quarto, Lindsay ouviu finalmente o toque de chamada na outra extremidade, mas desapontou-se quando só obteve como resposta a gravação do correio de voz de Cotten.

— Oi, Cotten, aqui é Lindsay. Sinto muito não poder esperar mais por você. Tera e eu precisamos partir. Espero que tenha encontrado o meu bilhete. Estamos em Orlando. Decidi levar Tera à Disney World, onde estará misturada com todas as outras crianças. Vou tentar ficar dentro do parque, mas não sei quanto isso vai custar nem se poderei pagar. Volto a ligar com mais detalhes. Por favor, não deixe de vir. Encontrarei um meio de reembolsar as suas despesas. — Ela se interrompeu por um instante, imaginando se haveria mais alguma coisa que deveria dizer. Olhou para Tera, então concluiu: — Obrigada, Cotten.

Lindsay pôs o fone no gancho.

— Certo, então vamos indo — disse levantando-se. Ao dar a volta na cama, ela reparou em um bloco de anotações e um lápis do motel que se encontravam no chão. Várias folhas tinham sido arrancadas, rasgadas e espalhadas. Os desenhos de Tera. — Quer dizer então que você já estava há um bom tempo acordada.

— Estava — confirmou Tera.

Lindsay inclinou-se para apanhar os papéis.

— Vejamos o que temos aqui. — Mas antes que ela pudesse reunir as folhas, Tera surgiu por trás dela e pegou tudo.

— Um deles é uma surpresa para você — disse a menina. — Você tinha uma surpresa para mim, e eu tenho uma para você.

— E o que é? — quis saber Lindsay, os lábios abertos em um sorriso.

— Na verdade, são duas surpresas. — Tera pôs os papéis em ordem. — Este aqui — ela disse, oferecendo uma folha à mãe. — E este aqui. — Tera segurou o segundo papel sobre o coração.

— Ah, Tera — exclamou Lindsay quando terminou de ler o poema adorável que a filha escrevera sobre o amor de mãe. — Todas as palavras são verdadeiras. Eu *amo* você exatamente dessa maneira.

Tera adiantou a outra folha de papel. Lindsay a pegou, olhou e depois desviou o olhar para a filha. Ela balançou a cabeça, confusa e surpresa.

— Como é possível, Tera? Como você fez... — Lindsay estava tão surpresa que não sabia o que dizer.

Lindsay estendeu as duas folhas de papel sobre a cômoda e se ajoelhou para ficar no nível dos olhos da filha. Então segurou o rosto de Tera entre as mãos.

— Você é incrível, Tera Jordan. Você sempre me deixa impressionada. E eu adorei a sua dupla surpresa. — Lindsay tocou o desenho. — Mas como você sabe qual é a aparência dela?

Tera abriu um sorriso largo, seus olhos cintilaram como as estrelas no céu.

— Porque ela é minha irmã. Minha irmã gêmea.

TEMPESTADE

Apoiado contra a balaustrada da varanda à entrada do chalé na montanha, Ben Ray observava a floresta espessa que se estendia à frente a perder de vista. As folhas de outono, banhadas pelo vibrante sol da manhã, coloriam o vale de uma miríade de tons de laranja, vermelho e amarelo. A temperatura baixara desde o dia anterior — o frio do outono arrepiava-lhe a pele. Dali, podia observar as copas das árvores onduladas pelo vento, como se acariciadas por uma mão invisível.

Ben não dormira direito, revirando-se na cama por horas seguidas. Quando fechava os olhos, via o menino vendado, as mãos amarradas para trás, sendo arrancado do furgão como um saco de lixo. Ao fitar a escuridão do quarto, ouvia a voz irritada do homem barbudo de casaco. A cena se repetira várias vezes sem conta por toda a noite.

A reação de Ben em relação ao menino não fazia nenhum sentido. Afinal de contas, não fora rotulado como "o homem de gelo" na imprensa — o dirigente que permanecera impassível quando as economias de toda uma vida de milhares de trabalhadores se evaporaram depois que exaurira os cofres da empresa? Ele observara o valor falsamente inflado das ações da sociedade elevarem-se como a chama de uma vela romana, só para depois chegar a um pico e despencar para uma morte rápida. E apesar de tudo, todas as noites ele dormia profundamente. No entanto, o que acontecera no bosque no dia anterior tinha algo de diferente. Talvez porque o menino parecesse tão desamparado, vendado e equilibrando-se sobre as pernas trêmulas em frente à campina deserta.

Ben não se orgulhava do que fizera à empresa com o sócio. Considerava-se feliz por estar rico e escapar à prisão, mas não sentia orgulho disso. Talvez porque nunca vira o rosto daqueles que afundaram com o navio da empresa. Na verdade, também não vira o rosto do menino no bosque. Mas sabia que ele existia. Que estava só. Desamparado.

Se fosse procurar o menino, era bem provável que não encontrasse nada, enfim. A Floresta Nacional de Ozark era um lugar imenso — estendia-se por mais de meio milhão de hectares. A estrada poderia continuar por quilômetros. Talvez o furgão estivesse apenas passando por ali para cortar caminho.

Mas e se o menino estivesse em perigo de verdade? Valeria a pena correr o risco para tentar encontrá-lo? Até então, Ben conseguira manter-se escondido do mundo exterior. Limitara as viagens à cidade para comprar suprimentos e combustível a uma vez por mês, normalmente no meio das manhãs de segunda-feira, quando todo mundo estava trabalhando. Ninguém perderia tempo com um homem baixo e rechonchudo cuidando dos próprios interesses. Estariam todos suficientemente aborrecidos com o fato de o fim de semana ter acabado.

Sair em busca do menino estava fora dos planos de Ben. Aquilo o levaria ao desconhecido, acabando com a sua capacidade de controlar o ambiente. Aquilo não fazia parte da sua natureza. Ele precisava estar no controle, ou controlar as pessoas que tivessem o controle.

O máximo que Ben faria seria percorrer casualmente uma parte da estrada — nada mais do que isso. A floresta era grande, e ele ainda era uma sombra no meio dela. Com uma inclinação cautelosa de cabeça, ele se voltou e deu as costas para a visão do outono.

Usando calças jeans, botas de caminhar e camisa de flanela, ele vestiu um casaco antes de se encaminhar para a escada da varanda. Manobrando o jipe para fora da garagem, rumou para a estrada de terra, e a quase um quilômetro à frente saiu em uma estrada vicinal de duas pistas asfaltada que corria pela divisa entre a sua propriedade e a Floresta Nacional.

Virando para leste, dirigiu em velocidade baixa, correndo o olhar pela linha de árvores à entrada da estrada de terra. Um outro veículo se aproximava — uma caminhonete verde da Polícia Ambiental, vindo da direção oposta. O policial cumprimentou-o com um aceno amigável e ele retribuiu a saudação. Depois observou pelo espelho retrovisor enquanto a caminhonete desaparecia pouco a pouco na distância.

Mais à frente avistou outra saída para a estrada de terra. Parecendo pouco usada, ela consistia em dois sulcos paralelos com uma coluna de grama alta no meio que desaparecia em meio à escuridão do bosque. Ben engatou a tração nas quatro rodas do jipe antes de deixar o asfalto.

À medida que se aprofundava na floresta, o sol tinha cada vez mais dificuldade para penetrar entre as árvores bamboleantes, criando manchas variáveis de claro e escuro. Os bosques ainda conservavam o brilho da folhagem embora o mês de outubro estivesse quase no fim.

A estrada penetrava em um vale ladeado por encostas elevadas recobertas de arbustos densos. Uns dez minutos depois, Ben avistou o prado onde vira o furgão branco pela primeira vez. Fez uma parada que durou o tempo suficiente para abrir a garrafa térmica e tomar um gole de café fumegante enquanto escutava o vento soprar e o chamado distante de um corvo. Pensou no cervo que encontrara na caminhada do dia anterior à margem do lago Stone Creek. Era a temporada de caça.

Fechando a garrafa térmica e acomodando-a atrás do assento do passageiro, engatou a marcha no jipe e seguiu em frente.

A estrada seguia pela parte mais baixa do vale. Ben olhava de relance para as árvores que cobriam os declives íngremes das montanhas que ladeavam a estrada. Percebeu o ruído de água corrente e logo avistou um riacho que corria rápido acompanhando a estrada. A água fluía sobre pedras e troncos caídos na mesma direção em que ele viajava, o que significava que o caminho seguia gradualmente por uma inclinação descendente.

Depois de um quilômetro ou dois, a estrada desviou-se abruptamente para longe do riacho. O som da água cascateante enfraqueceu dando lugar a um vento cada vez mais intenso. Foi então que Ben percebeu que o céu tinha escurecido. Observando através da janela, avistou nuvens cinzentas bem escuras pelas frestas entre as árvores. Ameaçava cair uma tempestade súbita nas montanhas.

Ben ponderou se deveria continuar ou retornar. Se o tempo piorasse muito, não gostaria de ser surpreendido assim tão longe de casa.

Logo começou a cair uma chuva fraca. Ele havia dirigido por aproximadamente nove quilômetros, calculou, desde que deixara o asfalto. Através do chuvisco, as montanhas tornavam-se cada vez mais escuras. Estava quase prestes a dar a volta quando avistou uma cerca alta de tela um pouco mais à frente, à esquerda. A estrada corria ao longo do perímetro da cerca. Ao se aproximar da cerca, pôde ver que ela estava velha e decadente. O arame farpado de segurança que se enrolava no alto se rompera ou se soltara em muitos pontos e caía no chão. Uma placa de metal enferrujada e pouco legível presa à cerca trazia a advertência: *Entrada Proibida. Propriedade do governo.*

Ben dirigiu sob a chuva fina até encontrar uma clareira do outro lado da cerca, onde se aproximou de um portão. A estrada de terra continuava além do portão e desaparecia nos bosques ao longe.

Aproximando-se do portão, ele procurou alguma evidência de que o furgão tivesse atravessado ou continuado pela estrada de terra. Por causa da chuva, não havia rastro de nenhum veículo.

Do outro lado do portão, uma guarita pequena, para um guarda apenas, erguia-se como um fantasma do passado — a sua estrutura de madeira mostrava-se tristemente dilapidada. Uma trepadeira enredara-se pela armação decadente e parecia ser a única coisa que a mantinha em pé.

O portão estava trancado por um cadeado. A chuva reduziu-se a uma névoa clara, então Ben desligou o motor e saiu para observar mais de perto. O cadeado prendia as extremidades de uma corrente que se enrolava em espiral pela armação do portão. Embora a corrente fosse velha e enferrujada, o cadeado parecia bem novo.

Ele notou que o par de braçadeiras que sustentava uma parte da corrente junto à armação de metal tinha caído havia muito tempo. Com algum esforço, ele empurrou a grade do portão e abriu um espaço suficientemente grande para poder se esgueirar para dentro. Lançando um olhar rápido ao redor, decidiu entrar.

Depois de passar pela velha guarita, ele seguiu pela estrada de terra por uns cem metros mais ou menos até que uma grande construção de tijolos sobressaiu-se por entre o chuvisco. O prédio se destacava no meio de um conjunto de edifícios menores — aparentemente uns cinco ou seis ao todo. Quando os detalhes dos prédios tornaram-se mais nítidos, ele pôde perceber que todos se encontravam no mesmo péssimo estado de conservação da guarita e da cerca. Na maior parte, os prédios tinham um pavimento apenas, eram feitos de madeira, com as janelas quebradas e aberturas vazadas e escuras em lugar da porta.

O maior dos prédios era uma construção de tijolos, parecendo ter uns trinta metros de largura e erguendo-se a pelo menos três andares acima dele. A pintura estava descascada, as calhas e as canaletas pendiam do teto e a área em torno era coberta por um mato espesso. O que antes fora uma estrada asfaltada era agora de terra, com apenas algumas manchas de asfalto remanescente. A maior parte do pavimento estava coberta por ervas daninhas e pequenos arbustos. No telhado do prédio principal via-se um prato de radar direcionado num ângulo estranho e imobilizado pela ferrugem.

A entrada principal do edifício estava fechada por folhas de madeira compensada — grossos parafusos mantinham os painéis no lugar. A madeira exibia as manchas escuras resultantes do longo período de exposição ao tempo.

Decidindo demorar-se um pouco mais na exploração do lugar, Ben caminhou ao lado do edifício e descobriu uma porta com uma placa onde se lia: *Entrada Restrita a Pessoas Autorizadas*. Ele tentou girar a maçaneta mas ela não cedeu. Passando à parte de trás do edifício, encontrou outra porta identificada por uma placa: *Perigo. Alta Voltagem.*

De repente, os céus se romperam e a chuva caiu em cortinas. O vento engrossou, rugindo pela superfície aberta e transformando os pingos de chuva em alfinetadas picantes. O trovão fez o chão tremer enquanto um raio caiu próximo dali. Ele empurrou a porta, que não se abriu. Tentando novamente, a porta cedeu finalmente com um gemido de resistência. Ele apressou-se a entrar e sacudiu a chuva da cabeça e das roupas.

Deixou a porta entreaberta para que entrasse a pouca luz do céu escurecido. O trovão estrondeou de novo, fazendo as paredes do prédio tremerem novamente. Aparentemente, entrara em algum tipo de sala de serviço — a única entrada era aquela porta. Instalada na parede de trás via-se uma caixa de fusíveis, com todas as ligações elétricas. Devia medir no mínimo um e vinte de largura por um e oitenta de altura. Seis canos grossos de metal, cada um com o diâmetro aproximado de um taco de beisebol, saíam do alto da caixa e desapareciam no teto. Ele não era eletricista, mas era evidente que o prédio um dia costumava consumir uma enorme quantidade de energia.

Assim como o portão, a caixa elétrica também estava trancada com um cadeado. Ele o examinou — era um cadeado de alto desempenho usado pelas forças de segurança. Pesado, indestrutível e tão novo como no dia em que fora fabricado.

Por que proteger a entrada do sistema elétrico de um edifício abandonado com um cadeado tão caro? Curioso, Ben olhou ao redor. Além da caixa elétrica, o aposento parecia vazio.

Então ele viu...

Instalado acima da porta — pouco perceptível na obscuridade do local, o minúsculo ponto vermelho do detector de movimentos o observava como o olho frio de um predador.

LUA DE OUTONO

— Será que o comentário do velho e bom pastor sobre manter-se vigilante foi o que eu acho que foi? Uma advertência? — Cotten manobrou o carro alugado para fora do estacionamento da igreja e entrou na Burks Spring Road. Escurecia depressa e as sombras densas pesavam acima das colinas onduladas do Kentucky quando ela acendeu os faróis.

— Foi como interpretei — admitiu John, observando sobre o ombro a silhueta da igreja que desaparecia na distância. — Primeiro, para prender a minha atenção, ele pergunta se acredito no diabo; depois faz o comentário sobre ser *vigilante*. Acho que foi o modo que encontrou de nos informar com o que estamos lidando, como se isso já não estivesse ficando claro. Ele quis nos advertir para dar o fora.

— Isso explica tudo, então. De alguma forma, Tera deve ter reconhecido Albrecht como sendo mau. O que quer que ela tenha visto a assustou de verdade.

— Se Albrecht for um dos Nephilim, ou pior, um dos caídos originais, e Tera tiver a capacidade de identificá-los, então não resta dúvida de que eles querem que ela desapareça. E isso significa que ela está em grande perigo. Precisamos considerar que já estejam atrás dela. Precisamos encontrá-la antes deles.

Cotten apertou mais forte a direção.

— E eles sabem que estamos de olho neles, e também que vamos procurar Lindsay e Tera. Serão capazes de tudo para nos impedir.

Ela observou John ao seu lado, que parecia confuso e perdido em pensamentos.

— O que foi? — quis saber Cotten. — Em que está pensando?

John entrelaçou os dedos e bateu os polegares.

— Deve ter mais alguma coisa, algo mais do que isso, só que não consigo saber o que é. Sem dúvida nenhuma, Tera é uma menina excepcional, e ao que parece pode ser capaz de identificar os Nephilim e os Caídos, mas parece que isso não é tudo.

— O que você está querendo dizer com isso?

— Ela é uma menina criada no meio do nada, portanto não seria o caso de encontrar um grande número deles aqui no interior. O encontro com Albrecht pode ter sido uma coincidência. Ela se apavora quando vê o pastor, e daí? A cidade inteira pensa que ela está maluca. Por que Tera seria uma ameaça para eles?

— Pode ser que você tenha razão. Talvez seja exatamente por isso que Albrecht esteja aqui em Loretto antes de mais nada, porque Tera é uma ameaça.

— Quem sabe, quando o pessoal do Venatori em Washington me der o retorno sobre o cartão de crédito, saibamos onde começar.

— Vou telefonar para Ted e pedir mais algum tempo para investigar o caso.

— Cotten, eu posso continuar a partir daqui, caso você precise voltar para Nova York.

— Eu sei, mas Ted sabe que se trata de um assunto pessoal. Deixe-me ligar para ele primeiro e esclarecer as coisas. — Ela estendeu a mão para o console mas hesitou. — Veja se não sentou em cima do meu telefone. Ou quem sabe ele caiu no chão.

John inclinou-se para a frente e apalpou o banco, depois olhou para baixo, entre o assento e o console, em seguida entre o assento e a porta lateral.

— Não consigo encontrá-lo.

Cotten correu a mão por baixo de si e de ambos os lados do assento, depois vasculhou a bolsa.

— Eu seria capaz de jurar que o deixei no suporte do console.

John verificou de novo, incluindo dentro do porta-luvas.

— Ele deve ter caído debaixo do seu assento ou do meu — concluiu ela. — Vou verificar quando pararmos.

— Estou falando sério sobre cuidar do assunto a partir daqui — insistiu John. — Você não precisa pedir um afastamento.

Cotten abanou a cabeça energicamente.

— Não, não, não. Lindsay ligou *para mim* pedindo ajuda. Além disso, você sabe tão bem quanto eu que é isso o que devo fazer na vida... é um direito inato meu, por assim dizer. Certo, demorei muito tempo para chegar a essa conclusão, mas agora não posso mais me negar.

— É verdade, demorou bastante tempo — disse John. — Um caminho difícil para você.

Cotten sentiu os olhos arderem ao assomarem as lágrimas.

— Você tem razão... foi muito tempo sem acontecer nada. Eu sabia que algo assim ia acabar acontecendo, só não sabia quando. Eu até pensei que tudo tivesse acabado... que poderia começar a viver uma vida normal. Sem essa bobagem toda de sobrenatural. — Ela se voltou para John. — Isso não vai acabar nunca, não é?

John encaixou uma mecha solta do cabelo de Cotten atrás da orelha.

— Vamos tentar dar um passo de cada vez. Até agora, estamos só especulando. Especulando bem, acredite, mas não temos nenhuma prova concreta. Portanto, se estamos lidando aqui com o nosso velho adversário ou apenas com o excesso de imaginação de uma viúva deprimida e sua filha talentosa mas sensível, o nosso primeiro objetivo é encontrar Lindsay e Tera. Estamos de acordo?

Relutante, Cotten inclinou a cabeça, concordando. Ela conseguiu conter as lágrimas, permitindo apenas que só a primeira delas corresse. Esfregou os olhos, e isso foi tudo. A vontade de chorar não era por autopiedade; era por Lindsay, por Tera e por todos os amigos e conhecidos que perdera no caminho.

A introspecção foi finalmente rompida quando John comentou:

— Detesto mudar de assunto, mas minha barriga está roncando. Você não está com fome?

Cotten alcançou a mão de John e segurou-a.

— Obrigada por me dar alguns minutos para lembrar e considerar. Isso nunca foi fácil para mim.

— A missão que lhe deram não é fácil mesmo. Ninguém espera que você pense de outra maneira, especialmente eu.

Ela apertou a mão dele.

— Então, você está com fome. Poderíamos voltar à casa de Lindsay e tentar encontrar algo para comer. Mas não sobrou muita coisa nos armários dela. Há um restaurante a mais ou menos um quilômetro daqui. Quer experimentar a culinária rural?

— Para mim está ótimo. — John olhou através da janela. — Existe alguma coisa que tenha tornado famosa a sua cidade natal?

— Na verdade, estamos prestes a passar por ela. — Cotten fez um gesto para a direita na estrada. — Hoje eles já encerraram o expediente, mas ali está a entrada da Maker's Mark Distillery. Faz muito tempo que fabricam o verdadeiro bourbon do Kentucky. Quando menina, eu adorava o cheiro da fermentação quando passava por aqui de bicicleta a caminho da cidade. Aromaterapia de pobre.

— Quer dizer que desde cedo você já tinha potencial para se tornar uma viciada em aroma de bourbon?

— Muito engraçado. Na verdade, bem que adoraria uma vodca com gelo agora mesmo. Mas é pouco provável que encontre uma vodca de boa qualidade no restaurante a que estamos indo.

— Você gostava de morar aqui?

— Foram bons momentos. Muitos com amigas como Lindsay. Mas depois que o meu pai morreu, a minha mãe e eu não nos demos muito bem. Ela passou a sofrer de depressão depois que perdemos a fazenda. Então mudamos para Lexington e ela foi trabalhar em um moinho têxtil lá. Depois que me formei na Universidade de Kentucky, fui embora e nunca mais olhei para trás.

Cotten entrou no estacionamento do Goldenrod Grill.

— O ambiente não é grande coisa — observou ela —, mas a comida é boa.

Antes de entrar, Cotten procurou novamente o telefone celular dentro do carro.

— Talvez tenha esquecido na casa de Lindsay — comentou John.

— Não. Antes de entrarmos na igreja, eu verifiquei se tinha alguma mensagem ou ligação perdida. Deixei-o no suporte do console. — Ela soltou um suspiro. — Só faltava essa.

Cotten fechou a porta de carro e eles se dirigiram à entrada do restaurante. Uma vez lá dentro, sentaram-se a uma mesa em uma baia. Os assentos de vinil eram amarelo mostarda e as mesas, de madeira, cobertas com o que parecia ser uma camada de uns dois centímetros de verniz de poliuretano. O cardápio era embutido dentro da camada de poliuretano em quatro espaços.

— Adivinhe se o cardápio continua sempre o mesmo — observou John.

A garçonete trouxe copos altos de plástico com água gelada e canudinhos.

— Avisem quando quiserem fazer o pedido — ela disse. — Basta acenar. — Ela se virou para partir, mas fez um giro ao redor e inclinou a cabeça. — Não posso acreditar — exclamou ela com o lento sotaque sulista. — Mas é mesmo você. Cotten Stone. — Ela se aproximou mais da mesa. — Lembra-se de mim? Sou Caroline. Caroline Duckett. A irmã de Andy. Você namorou o meu irmão no colegial.

— Oh, meu Deus — exclamou Cotten, reconhecendo a garçonete como a irmã mais nova de uma antiga paixão que se transformara em um namoro passageiro de um mês durante o colegial. — Caroline. — Cotten levantou-se e abraçou a garçonete. — Nunca mais vi você. Como vai o Andy?

— Ele está ótimo — afirmou a garçonete. — Toda vez que a vê na televisão ele conta à esposa que vocês eram namorados. Ele acha que isso a deixa com ciúme, mas eu acho que só a aborrece.

Todos riram e Cotten voltou a acomodar-se à mesa.

— Caroline, este é John Tyler, um amigo meu.

— Prazer em conhecê-lo, John.

— Ei, você conhece Lindsay Jordan? — indagou Cotten.

— Claro. A cidade não é assim tão grande — respondeu a garçonete, girando os olhos para o alto. — Foi mesmo uma tragédia, a morte de Neil e tudo mais.

Cotten inclinou a cabeça concordando.

— Eu acho que um filho nunca se recupera da perda do pai. Tera é verdadeiramente diferente. Uma coisinha linda, mas um patinho feio. Também não se ajustava bem na escola, assim Lindsay começou a ensiná-la em casa. Acho que ela esteve sob muita tensão tentando fazer tudo sozinha.

— Estou certa disso — disse Cotten. — Você conviveu com Tera?

— Não muito. Ouvi dizer que ela é uma verdadeira artista. A mãe dizia que era porque Tera era... como é mesmo que ela a chamava? — Caroline bateu com a borracha do lápis no queixo. — Agora me lembro, uma criança Índigo, seja lá o que significa isso. Pelo menos foi o que ouvi. — Ela balançou a cabeça. — Não acontece muita coisa em uma cidade pequena, assim as fofocas se espalham como fogo num palheiro. Acredite em mim, se você fizer alguma coisa notável, todo mundo em Loretto saberá antes de você comemorar. Assim como o *ataque* que Tera teve na igreja alguns domingos atrás. As pessoas não paravam de comentar. E olhe que comentaram o ocorrido por vários dias. Ninguém mais viu Lindsay ou Tera desde aquilo.

— Eu vim para visitar Lindsay — comentou Cotten. — Mas parece que ela e Tera deixaram a cidade... e com muita pressa.

— Isso não me surpreenderia. Soube que elas já saíram antes. Mas sempre voltaram. Talvez dessa vez elas comecem uma nova vida em algum lugar, não em uma cidade pequena.

— Vamos esperar que sim — concordou Cotten.

Quando saíram do restaurante, a fome saciada pelas porções generosas de bife, couve, purê de batata e chá açucarado, John fez um gesto para o leste.

— A lua parece bem maior aqui no interior.

— É a lua do outono, John — disse Cotten, dando o braço a ele. — Pedi que ela fosse assim especial, só para você.

— Acho que vou precisar encontrar um lugar para passar a noite — disse ele. — Não vi nem sinal de um hotel razoável por enquanto.

— Você não vai precisar fazer isso — comentou Cotten. — Na casa de Lindsay há bastante espaço. E não se fala mais nisso.

— Nesse caso, acho que não tenho outra escolha a não ser me hospedar na fazenda dos Jordan esta noite — admitiu ele enquanto entravam no carro alugado.

Cotten manobrou em direção à rodovia, ainda aborrecida por ter perdido o telefone celular. Procurando desviar os pensamentos do assunto, comentou:

— Essa é uma lua surpreendente. — A imensa bola laranja trazia recordações dos momentos de amor muitos anos atrás.

— Parece que há algum tipo de brilho no horizonte embaixo da lua — observou John. — Existe alguma fábrica ou moinho naquela direção?

Cotten avistou o brilho a distância no céu noturno. À medida que avançavam naquela direção, a luminosidade tornava-se mais intensa. De repente, ela viu as luzes vermelhas flamejantes no espelho retrovisor, seguidas pelo lamento de uma sirene. Ela diminuiu a velocidade do carro enquanto um caminhão de bombeiros passava rugindo por eles, as suas luzes de emergência iluminando de vermelho escarlate o acostamento. Antes que Cotten pudesse voltar para a rodovia, um segundo veículo de emergência passou atrás do caminhão de bombeiros.

Quando fizeram uma curva na estrada, Cotten e John avistaram uma porção de luzes de emergência vermelhas e azuis aglomeradas à frente. Uma meia dúzia de veículos policiais e de bombeiros tinham convergido para o local. As chamas pareciam querer consumir o céu escuro enquanto a enorme lua de outono pendia sobre a cena. Ela parecia ainda mais luminosa — alimentada pelo calor do fogo.

Então tornou-se evidente. As chamas engolfavam a fazenda de Lindsay.

ANJO OU DEMÔNIO

Alan sentou-se no chão do banheiro, a imagem da face do filho ardendo dentro da cabeça. Durante a última hora, ele se precipitara para o banheiro e chegara a pensar que vomitaria as próprias vísceras. Mesmo que não restasse nada a purgar, o corpo não queria ceder. A náusea vinha e ia com os pensamentos em Devin, como ondas repugnantes gigantescas rolando pelo seu corpo. Finalmente hoje ela exigira o máximo dele.

Ouviu uma batida na porta de banheiro.

— Alan?

— Kai, não agora.

Ela abriu a porta e aproximou-se dele.

— Querido, só estou aqui porque me preocupo. — Ela fez com que Alan se levantasse, despiu-o e ajudou-o a entrar no chuveiro.

Ele ouviu o trinco da porta se fechar quando ela o deixou só.

Por muito tempo, permaneceu debaixo do fluxo de água quente, tentando lavar o medo e a tristeza assim como o odor do vômito.

Em meio à névoa espessa do vapor, ele finalmente saiu do boxe, enxugou-se e vestiu um roupão de banho. Então caminhou até o quarto às escuras e deitou-se na cama, exausto.

Sentiu quando Kai aproximou o corpo e afastou o roupão. Percebeu que ela estava nua quando montou sobre as suas coxas. Ela pingou óleo de massagem aquecido sobre as suas costas, então fechou o frasco e deixou-o do lado dela. De repente, o ar foi impregnado com o aroma pungente de amêndoa.

— Relaxe e deixe-me tentar dissipar um pouco da tensão — disse ela, espalhando o óleo. Em seguida, pressionou os polegares nos lados da coluna vertebral dele e deslizou-os para cima ao longo das costas, esticando pelo caminho músculos e tendões. — Isso vai fazer você se sentir melhor, eu prometo. Depois pediremos algo para o jantar, se tiver vontade. Por ora, deixe-me ajudá-lo a relaxar.

— Isso é muito bom — falou Alan, sentindo a tensão finalmente enfraquecer sob as mãos dela. Preocupara-se com Devin ao ponto do entorpecimento, e a sua mente não era mais capaz de pensar. Iria ceder a esse momento de alívio.

O formigamento e o calor, e a pressão firme das mãos de Kai, fundiam-se em uma única sensação. Alan não sabia se queria reagir... relaxando os músculos ou permitindo que a excitação sexual aumentasse. De qualquer maneira, seria um repouso total do pesadelo do sequestro.

As mãos mágicas de Kai massagearam os ombros, depois embaixo dos braços, voltando ao pescoço, em seguida pelas escápulas. Então as bases das mãos chegaram-lhe à nuca, aplainando todos os nós e tensões.

Sem nenhuma pressa, ela terminou as costas, depois correu os dedos pelo cabelo até as têmporas, massageando em círculos o couro cabeludo. Alan não percebera quanto os músculos faciais estavam tensos até sentir que eles começavam a relaxar.

— Você é um anjo? — ele sussurrou.

— Eu sou tudo o que você quiser que eu seja — Kai respondeu.

Deus, ela é boa, Alan pensou enquanto ela escorregava as pernas para baixo até sentar-se sobre os pés dele, as nádegas perfeitas sobre os tornozelos. Ela pingou um pouco mais do óleo sobre cada uma das coxas e panturrilhas. Alan não só sentia o óleo aquecê-lo ao toque dela, mas percebia o calor dela sobre os tornozelos.

Depois de massagear as pernas dele, ela virou as pontas dos dedos, que corriam para cima e para baixo, das panturrilhas até o alto das costas, fazendo cócegas delicadas sobre a pele dele. Ela beliscou-lhe a nádega ligeiramente antes de lhe pedir que se virasse.

— Hum, senhor Olsen — disse ela, vendo a ereção. — Era para eu deixá-lo relaxado, não...

— Você não acabou ainda — disse ele, rolando-a para baixo de si.

Kai sorriu e arqueou o pescoço quando ele o beijou.

— Podemos relaxar os dois — ele sussurrou, sentando-se.

Alan despejou uma pequena porção do óleo de massagem sobre a palma e fechou o frasco. Então, suavemente, deslizou a mão entre as coxas dela.

Kai ofegou instintivamente, soltando em seguida um longo, audível e profundo suspiro. Ela empurrou os quadris de encontro à mão dele.

Alan observou-lhe a face, os olhos fechados, os dentes às vezes mordendo o lábio inferior, a testa mostrando linhas de tensão. A cabeça virava de um lado para o outro, o cabelo brilhante deslizando sobre os lençóis como mercúrio preto. Ela engoliu com dificuldade, soltando em seguida um suave e prolongado gemido. Ele adorava vê-la assim, tão bela, inflamada, vulnerável naquele momento.

Kai puxou-o para si. Implorou baixinho para ele se apressar.

Quando ele a penetrou, ela o envolveu entre as pernas, oscilando os quadris ritmadamente, elevando-se, pressionando o corpo mais forte contra ele a cada empurrão até que, finalmente, seu corpo inteiro se enrijeceu. Antes que ela pulsasse e estremecesse na última agonia do orgasmo, Alan acompanhou-a no êxtase, e um instante depois eles se deitaram exaustos, ele com a face enterrada no pescoço dela.

Alan despertou com um movimento na cama. Abriu um olho e viu Kai deitar-se ao seu lado. Ela ainda estava nua, o cabelo despenteado. Sentiu um leve aroma de sabonete.

— Eu estava um pouco oleosa. Mas não pense que estou reclamando — disse ela, aconchegando-se junto a ele. — Receio que estragamos os lençóis. Acho que as manchas de óleo não vão sair.

— Fodam-se os lençóis — protestou Alan.

Kai riu.

— Foi o que fizemos.

Alan passou o braço ao redor dela e puxou-a mais para perto até que ela descansasse a cabeça em seu ombro.

— Da próxima vez que lhe fizer uma *massagem*, vamos nos deitar sobre uma toalha de praia.

Ele a beijou na testa.

— Eu precisava tanto disso. Talvez consiga me restabelecer agora.

— Sei que você não pode parar de pensar em Devin. Tirar um minuto ou dois para se esquecer do mundo pode ajudá-lo a se equilibrar. — Ela acariciou o macio tufo de pelos na barriga dele.

— Eu simplesmente não consigo entender — disse Alan. — Nenhum resgate, nada. Eu preferia que fizessem algum tipo de exigência. Pelo menos eu saberia o que eles querem, e então poderia dar isso a eles. Isso está mais para algum tipo de pedófilo ou depravado que ataca crianças.

— Não pense assim, Alan.

— Eu tento não pensar, mas é uma possibilidade.

— Eu também o amo, Alan — Kai disse. — Assim como ao pai. Até o momento, os sequestradores não quiseram dinheiro, isso poderia eliminar um motivo. Também pode se tratar, Deus não permita, de algum pedófilo. Que mais poderia ser?

Alan virou-se e tornou a beijá-la.

— Eu não contei isso a ninguém, mas há uma outra possibilidade que me assusta mais do que tudo. Poderia pôr Devin mais em perigo do que ele já está.

— Talvez você não devesse me contar também — ela disse.

— Não, eu preciso comentar com alguém que se preocupa com ele, que o ama.

Kai acariciou-lhe o queixo.

— Deixe eu contar desde o começo, assim você vai entender a história inteira. Você já sabe sobre os... talentos de Devin. Costumavam chamar as pessoas como ele de gênios retardados. Mas ele não tem nada de retardado. Desde que ele foi diagnosticado, passei anos estudando o autismo. As teorias mais recentes indicam que em casos extremos de gênios autistas como é o de Devin, não há nenhuma comunicação entre os hemisférios esquerdo e direito do cérebro. Quando pessoas normais, como nós, tentam aprender coisas, o nosso cérebro é bombardeado por outras informações e procura relações com experiências passadas ou maneiras de fazer generalizações, esse tipo de coisa. Assim, ocorrem muitas interferências. Mas o cérebro de Devin não funciona assim. Trata-se de pura aprendizagem sem interferência. É por isso que ele tem uma memória fotográfica. Há muito mais coisas também do que isso... um dos estudos mais recentes também indica um problema com neurônios-espelhos em crianças autistas. Mas o resultado é que Devin literalmente se lembra de tudo o que vê, ouve e lê.

— Interessante — comentou Kai. Ela levantou a cabeça e olhou para Alan. — Mas o que tem nisso para assustá-lo tanto?

Alan empurrou o cabelo para trás com a palma da mão.

— Você sabe que Devin memoriza livros da primeira vez que os lê?

— Sei.

— E você sabe que ele tem uma enorme facilidade para números.

— Sei. E para datas.

Alan continuou.

— Devin viu os códigos de programação do sistema operacional do Destino, o computador quântico em que estamos trabalhando. E uma vez que ele viu, sei que memorizou tudo, assim como memorizou todos os nomes e números de cem listas telefônicas.

Kai permaneceu calada por um instante.

— E então?

— E se alguém quisesse roubar essas informações? Você sabe que temos a segurança mais eficiente possível na CyberSys. Ninguém tem permissão para trazer ou tirar qualquer objeto do prédio. Nem mesmo um relógio de pulso ou aliança de casamento passam pelos detectores. E não é permitido tirar nada do prédio, nem mesmo um clipe de papel ou pedaço de pano.

Ele olhou fixamente para o teto.

— Mas toda vez que vem ficar comigo, Devin sai do prédio levando na cabeça os nossos dados mais valiosos. Kai, acredite em mim quando digo que existem pessoas que fariam qualquer coisa para conseguir os códigos do SO do Destino.

— SO?

— Sistema operacional. Veja, se tivermos tanto sucesso com o Destino como parece que teremos, isso tornará todos os métodos de criptografia atuais imediatamente arcaicos.

— Você está confundindo a minha cabeça, querido.

— Desculpe. A criptografia baseia-se na matemática. Quanto maior for a dificuldade computacional, mais difícil fica decifrar a criptografia. Não que seja impossível decifrar os códigos, mas é impossível decifrá-los por um período razoável de tempo. Levaria centenas, até mesmo milhares de anos para os computadores atuais decifrarem a maior parte das informações mais seguramente criptografadas do exército. Os códigos relacionados ao lançamento de armas nucleares, por exemplo. A maioria das redes de segurança do mundo, desde instituições financeiras a satélites de posicionamento global, depende de criptografias inventadas dessa maneira. O próprio computador da CyberSys não passa de *hardware*... um conjunto de componentes físicos, como laser, armadilhas de íons, espelhos, lentes e fotodetectores, tudo feito de metal, silicone e plástico. É preciso um programa operacional para controlar todos os componentes e interpretar os resultados da computação, assim como o PC de uma residência precisa de um sistema operacional para fazer o disco rígido se comunicar com o modem ou o leitor de DVD comunicar-se com a placa de som. Assim, se alguém souber que Devin memorizou os códigos do sistema operacional, depois que conseguirem dele o que precisam, não haverá nenhuma razão para mantê-lo vivo. — Alan olhou fixamente para ela. — Kai, eles vão matar meu filho.

— Mas você é o único que sabe que ele memorizou os códigos.

— Isso é o que espero — disse Alan. — É por isso que eu rezo, porque, senão, Devin estará morto.

Eles permaneceram abraçados durante algum tempo em um silêncio incômodo. Finalmente, Kai pulou para fora da cama.

— Quer pedir uma pizza? — indagou, dando a volta para o lado dele da cama. Ela o fitou de cima com as sobrancelhas arqueadas de um modo tentador. — Beber um pouco de vinho, assistir a um filme? Talvez ficar meio altos, mergulhar juntos, e transar como coelhos na banheira?

Alan empurrou a caixa de pizza sobre a mesa de cabeceira para poder ver o telefone e verificar o identificador de chamadas. Era Max Wolf, o diretor de engenharia da CyberSys. Ele pressionou o botão de conversação.

— Algo errado?

— Tudo, a começar pelos níveis de ruído de interação.

Alan ouviu o clique de um isqueiro acendendo um cigarro.

— Você não deveria fumar no laboratório.

— Você quer que essa merda funcione ou não?

Alan sentou-se na cama.

— Quero que você viva o bastante para ver isso funcionar e não exploda o meu prédio. Agora, o que aconteceu?

— A sua ideia de usar os vácuos de nitrogênio no diamante quase funcionou — Wolf disse. — Deu certo até a coisa toda ir pro buraco.

Alan visualizou Wolf com o cabelo castanho crespo, grosso como um arbusto, usando uma das suas centenas de camisas havaianas, bermudas, sandálias e um perpétuo cigarro pendurado no canto da boca. Às vezes achava difícil permanecer no mesmo ambiente que Max — ele era um cientista brilhante, mas cheirava a fumaça de cigarro. Max Wolf entrara na CyberSys vindo diretamente do MIT. Em seis anos, tornara-se o líder do projeto do computador quântico a que Alan dera o codinome de "Destino".

— Sugestões? — Alan perguntou.

— É a mesma bosta de sempre. Agora mesmo os nossos qubits viraram lixo quando experimentamos usar o laser. Ferve tudo até se reduzir a um buraco espectral. A sua sugestão de diamantes com impurezas foi o mais perto que conseguimos chegar....

— Max, vá para casa. Durma um pouco. Vamos fazer uma reunião amanhã e rever tudo. Acredito seriamente que vamos achar o material certo. Deve estar em algum lugar.

— Talvez você tenha razão, Alan — admitiu Max. — Já tive o bastante por esta noite.

— Vá para casa, ou considere-se demitido.

— Só pra você me readmitir amanhã.

Alan pressionou o botão de desligar e recolocou o telefone de volta à mesa de cabeceira. Ele se virou e viu Kai parada nua na porta segurando uma garrafa de vinho e duas taças.

Ela piscou significativamente e dirigiu-lhe um sorriso sedutor.

— Estou me sentindo mais um demônio do que um anjo.

CRASH

— Merda! — exclamou Ben, olhando para o detector de movimentos.

O indicador luminoso estava aceso, indicando que percebera a presença dele. Com tempestade ou sem tempestade, estava na hora de ir embora.

Puxando a porta, ele a entreabriu o suficiente para esgueirar-se por ela. A tempestade transformara a floresta em uma zona de guerra, com clarões quase constantes de raios e o estrondear de trovões.

Ben correu pela lateral do prédio e contornou o canto que dava para a estrada que conduzia ao portão.

— Ei, você! — alguém gritou.

Ben viu por cima do ombro o furgão branco de porta corrediça estacionado em frente a um dos prédios de madeira mais antigos. O sujeito de casaco vermelho pulou para fora e saiu gritando para Ben parar. Depois, voltou ao furgão e engrenou a marcha.

Ben sentia o coração batendo com força contra o tórax enquanto corria ao longo da estrada asfaltada. Mal podia ver a guarita e o portão ao longe — tanta era a força da chuva que toldava a visão. Acima da tempestade, ele ouviu o ruído do furgão se aproximando, o motor acelerado ao máximo.

No portão, Ben atravessou a abertura estreita. Um rolo do velho arame farpado que pendia do alto fez-lhe um corte na careca como um escalpelo. A dor foi intensa quando prendeu o pé na cerca e caiu na lama. Levantando-se, ele escancarou a porta do jipe e pulou para dentro. Virou a chave da partida e o motor funcionou. Quando manobrou o jipe na estrada, ele conseguiu ver seu rosto no espelho retrovisor. O sangue escorria em fios espessos, a cabeça tingida de vermelho.

Ben ouviu o furgão parar bruscamente atrás do portão, batendo com o para-choque contra a corrente presa à armação de metal.

A floresta retumbava com os trovões e o vento chicoteava as árvores em um rodopio ensandecido, enquanto Ben acelerava o jipe ao longo da estrada de terra. Limpou o rosto na manga da jaqueta e a viu sair retinta de vermelho.

— Maldição! — ele gritou, batendo no volante. — Eu sabia, eu sabia. — A pressão aumentava dentro do peito. O corte profundo na cabeça doía terrivelmente. — Foi um maldito erro!

O jipe derrapava ao longo da estrada que agora estava enlameada por causa das torrentes de chuva. Ben esfregou o sangue do rosto e cerrou os dentes. A dor no peito estava piorando. Galhos e folhas chicoteavam o jipe, os limpadores do para-brisa mal davam conta diante da força do aguaceiro.

Ele passou pelo riacho, agora do lado esquerdo. As águas corriam furiosamente, inchadas com o dilúvio que descia pelas escarpas da montanha.

Sentindo-se tonto, Ben teve dificuldade em manter a direção. A estrada parecia se dividir à frente. Ele não se lembrava de haver duas estradas. Qual era o caminho? Ele seguiria pelo...

O *airbag* inflado repentinamente arrojou as costas de Ben de encontro ao encosto quando o jipe deslizou para fora da estrada e colidiu com o tronco de um carvalho enorme. Um segundo depois, ele se esvaziou. Ben tentou respirar, o tórax queimando pelo impacto do *airbag* e a tensão no coração. Pelos olhos borrados e escurecendo, ele percebeu um movimento no espelho retrovisor.

Um furgão branco, um casaco vermelho.

FOGUEIRA

A fazenda dos Jordan queimava — as chamas subiam na direção do céu, saltando para as árvores e os campos ao redor. O antigo carvalho que dera sombra por mais de um século transformara-se em uma bola de fogo, um sol extravagante brilhando no céu noturno. Os quadros, a poesia — todos os vestígios de Lindsay e Tera Jordan estavam sendo apagados.

Cotten entendeu que o seu velho inimigo acabara de declarar guerra.

— O que deveríamos fazer? — indagou ela, reduzindo a velocidade quando chegaram à entrada da fazenda.

— Siga em frente — aconselhou John.

— Você ainda tem alguma dúvida sobre quem estamos enfrentando? — Cotten observou o brilho do fogo ficando para trás no espelho retrovisor.

— Nenhuma. — Ele se voltara no assento para olhar pela janela traseira. — Vamos seguir um pouco mais adiante, então voltamos e passamos por lá outra vez.

— Não há dúvida de que alguém quer apagar todas as evidências. Especialmente o quadro de Albrecht. O sinistro brilho vermelho ao redor do corpo dele não era muito elogioso.

Uma radiopatrulha estatal passou por eles, vindo da direção oposta, as luzes piscando, a sirene ligada no máximo.

— O que você concluiu com o comentário da sua amiga Caroline no restaurante? Que Tera é uma criança Índigo?

— Conheço bem a expressão — respondeu Cotten. — A SNN transmitiu um documentário especial sobre crianças talentosas cerca de seis meses atrás. Algumas das crianças foram chamadas "Índigo". Tem algo que ver com a cor da aura delas. Alguns médiuns afirmam que são capazes de ver uma aura da cor azul índigo em torno dessas crianças. E ela pode ser vista por meio de um tipo especial de fotografia.

— A fotografia Kirlian... Acho que o nome é esse.

— É, é isso mesmo.

— Portanto, se a aura de Tera é Índigo, então a de Albrecht deve ser vermelha. Foi o que ela pintou... Albrecht com a aura dele. Pode ser assim que Tera os identifica. Com a aura vermelha, muito adequado.

O telefone celular de John tocou.

— Sim — disse ele depois de abrir o aparelho. — Não, está tudo bem. O que você conseguiu? — Ele escutou atentamente durante alguns instantes. — Você pode providenciar as passagens para a senhorita Stone e para mim? Sim, de Louisville. O mais rápido possível. Podemos estar no aeroporto em umas duas horas. — Mais uma pausa, então ele se despediu: — Obrigado. — E fechou o telefone.

— O que eles descobriram? — quis saber Cotten.

— Lindsay abasteceu o carro em Brunswick, na Geórgia, quatro dias atrás. Ela usou o cartão novamente em um motel em Orlando no dia seguinte.

Cotten pensou durante um minuto.

— Nada depois disso?

— Não.

— Talvez ela tenha ido à Disney. Pense nisso, John. Qual seria o lugar mais perfeito para esconder Tera. Há milhões de crianças lá. Seria difícil de encontrá-la no meio de uma multidão assim. Bem inteligente, se for esse o caso.

— Nós também teremos dificuldade de encontrá-la.

Outra viatura estatal passou voando. Cotten manobrou para o acostamento da estrada.

— Pronto para voltar e dar mais uma olhada?

John olhou para o relógio no painel.

— Acho que já captamos o recado. Vamos seguir para o aeroporto de Louisville. Sua bagagem estava na casa de Lindsay?

— Nem sequer tinha pensado nisso — ela disse, voltando para a estrada.

— Conseguiremos tudo o que você precisar no aeroporto ou em Orlando.

— Ah, droga — exclamou Cotten.

— São só coisas materiais, Cotten.

Ela olhou rapidamente para John.

— Eu estava pensando naquela gata com os filhotinhos. Espero que tenham conseguido escapar.

— Estou certo que sim. Os animais têm um instinto quando se trata de fogo. Eles não ficam por perto.

O telefone celular de John tocou novamente. Ele o abriu e verificou o identificador de chamadas no mostrador aceso. Então olhou para Cotten com uma expressão confusa.

— Qual o problema? Quem está ligando? — ela perguntou.

— Você.

O VÍRUS HADES

— Os *onion routers* estão prontos — informou Tor*. — Eles foram acionados ontem à noite logo depois do ataque em massa inicial.

O rosto de Tor — óculos estreitos, cabelo curto, cavanhaque e um sorriso pomposo — enchia a tela de vídeo para a qual Rizben Mace olhava, no escritório sem janelas e com paredes escuras no porão da sua casa em McLean, no Estado da Virgínia. Ele se recordou de quando encontrara Tor pela primeira vez, vinte anos antes. Na ocasião, administrava o ritual de indução para o Exército Rubi a uma dúzia de Nephilim, descendentes dos Anjos Caídos e humanos mortais, e Tor fora um dos meninos de 8 anos de idade que recebera a honraria. Conversando com o menino depois da cerimônia, Mace percebeu depressa que Tor se sobressaía por ser extremamente inteligente e tecnicamente talentoso. Previu então que o menino viria a se tornar um recurso valioso para algum dia no futuro.

Quando recebera a incumbência de recrutar Rubis especiais para o recém-concebido Projeto Hades, Tor fora o primeiro candidato que lhe viera à mente. Encontrara-se com ele em uma convenção sobre ciência e tecnologia em Nova York. Na ocasião, com 28 anos e sendo um cientista respeitado, Tor presidia um consórcio de duzentas universidades na concepção da In-

* O nome do personagem refere-se à abreviatura de The Onion Router, um software de segunda geração desenvolvido pela Marinha dos Estados Unidos, projetado com o objetivo de assegurar a liberdade e privacidade dos usuários da Internet, bem como proteger negócios confidenciais, relacionamentos e a segurança de Estado. (N.T.)

ternet-2, e conduzia uma apresentação sobre o desenvolvimento de um serviço de transmissão óptica acima de cem gigabits por segundo usando fibras de cristal fotônicas. Quando Mace ofereceu-lhe o cargo de diretor do projeto, Tor aceitou imediatamente.

Sorvendo um gole de café preto de uma caneca de louça personalizada do Departamento de Segurança Nacional e encarando a face de Tor no monitor do vídeo, Mace quis saber:

— Em quanto tempo serão enviados os e-mails falsos, enfim, os *phishing*, como vocês técnicos dizem?

— Dentro das próximas 24 horas — confirmou Tor. — Serão enviados dez milhões na primeira onda. Criamos cerca de mil pacotes abrangendo tudo desde PayPal, eBay, maiores bancos, provedores de cartões de crédito, lojas virtuais de varejistas nacionais, incluindo até mesmo a Omaha Steaks e a Linens'n Things. Alguns são apresentados como pesquisa sobre satisfação do cliente e alertas de agências de crédito. Serão utilizados vários idiomas visando alvos internacionais. Cada pacote não se distingue do verdadeiro. Tivemos o cuidado de projetá-los para enganar até mesmo os especialistas em segurança das empresas que estamos representando falsamente. Todos os componentes, como gráficos e textos, são tirados diretamente em tempo real do site autêntico. Os links é que são nossos. É por meio deles que vamos fisgar as presas.

— A primeira fase do Hades é a mais crítica — lembrou Mace. — Tenho altas expectativas, Tor.

Na tela de vídeo, Mace podia ver as fileiras de servidores do chão ao teto por cima do ombro de Tor. Como se fossem um reflexo de um espelho em um espelho, pareciam continuar interminavelmente nos recessos desolados do centro de controle do Hades. Tor comentara uma vez que seriam capazes de gerar mais poder de computação do que a NASA precisara para lançar o ônibus espacial — umas mil vezes mais.

— Só não vá clicar em nenhum link de algum e-mail durante os próximos dias — observou Tor com um sorriso irônico. — Não iríamos querer que o computador da sua casa fosse infectado com o vírus Hades.

Mace acenou com a cabeça concordando.

— Esses *onion routers* lhe garantem o sigilo total?

— Com certeza. Estamos ocultos por trás de três camadas de anonimato, com um grau de criptografia por um algoritmo criptográfico de chave simétrica de até 256 bits entre as camadas.

— E você confia nesses vírus inteligentes que vocês chamam de *rootkit*? — Mace perguntou.

— Totalmente. No instante em que o alvo clicar em qualquer link, mesmo que não seja assinante, o *rootkit* embute o vírus no seu sistema. E podemos utilizar o *cross-site scripting*, um processo de inserir código em páginas da Internet para conseguir informações ou acessos restritos, e conduzi-los a um de nossos sites falsos. Não importa que esteja usando uma plataforma Linux, Solaris, Unix ou Windows... até mesmo Macs. Não pode ser descoberto.

— Você terminou o processo de lançamento?

— Você vai ficar orgulhoso com a simplicidade surpreendente do processo. Como eu dizia na minha proposta original, todos os computadores iniciam cada dia com o seu relógio sincronizado com relógios oficiais dos governos. O *payload* do nosso vírus, ou seja, a sua carga útil, o dado real que é transmitido, permanece adormecida até mudarmos o relógio atômico, dando ao Hades o comando de lançamento. Todas as informações colhidas dos alvos serão colocadas sobre servidores redes de compartilhamento ponto a ponto flutuantes para recuperação posterior. E como eu disse, no que diz respeito a todos os envolvidos, somos totalmente invisíveis. Uma vez que estamos usando uma rede distribuída, anônima, não é possível rastrear os endereços IP, os números de identificação da máquina na Internet ou, a propósito, absolutamente nada mais no cabeçalho das mensagens. A análise de tráfego também é impossível. Com as camadas múltiplas de nós de *onion routers*, seria preciso um computador quântico para decodificar a nossa criptografia.

— Vai demorar muito para terminar o nosso próprio computador quântico? — quis saber Mace.

— Vai ser antes do que você imagina — Tor inclinou a cabeça algumas vezes. — O filho do cara da CyberSys está prestes a terminar de nos dar os códigos. Mas ele é imprevisível. Num instante está digitando e no seguinte está olhando para o teto e desfiando os nomes de uma lista telefônica de alguma cidade do Meio-Oeste. Dependendo assim do estado mental dele, acredito que estamos a apenas alguns dias... uma semana... de dar início à fase dois. Chamo a isso "exfiltração" de informações e violação da rede.

— Inteligente. E quanto ao nosso amigo banqueiro aposentado do chalé nos bosques?

— Que golpe de sorte termos encontrado o sujeito. Enquanto esteve inconsciente, tiramos as impressões digitais. Você jamais adivinharia quem ele é.

— Eu me rendo.

— Ben Jackson é na verdade Benjamin Ray.

— Pensei que tivesse morrido de ataque cardíaco pouco antes da condenação federal.

— Ele forjou a própria morte. Vive escondido nos bosques desde aquela época. Levantou uma bolada de dinheiro, que escondeu em um velho aquecedor de água.

— Não se pode confiar mais em ninguém hoje em dia — comentou Mace com um sorriso. — Então ele fará o papel do sequestrador desesperado?

— Isso mesmo. Depois que obtivermos a parte final dos códigos do menino, levamos os dois de volta para o chalé. Jackson vai escrever um bilhete de resgate referindo-se a Devin Olsen, que por acaso estará amarrado no porão. Uma ligação anônima levará as autoridades ao chalé, onde encontrarão o sequestrador e a vítima mortos por um vazamento de gás acidental. A identificação confirmará que Jackson é na verdade o finado Benjamin Ray... um homem acostumado a viver como um lorde e que ficou desesperado por dinheiro. Isso explica por que se apossou do filho de um multimilionário e por que o bilhete de resgate nunca foi recebido... Jackson morreu antes de poder enviá-lo. Uma história triste com um fim triste.

— Você é um gênio, Tor.

— Eu sei.

— Estamos em dia para cumprir todos os prazos finais?

— No momento em que entrarmos na fase cinco, controlaremos o sistema de posicionamento global por satélite, o tempo vai parar, as comunicações mundiais serão interrompidas, os aviões cairão do céu e os mísseis balísticos intercontinentais serão lançados.

— E o Projeto Hades fará jus ao seu nome — concluiu Mace. — Bom trabalho. Mantenha-me informado. — Com um aceno de despedida, ele desligou o receptor de vídeo.

— Esse garoto foi uma escolha excelente, Pursan.

A voz soara de trás, mas Mace sabia quem estava falando. Raramente o chamavam pelo nome de Caído, e ouvi-lo fazia-o recordar-se de quando pertencera à Ordem de Tronos, a fileira de mais alta graduação na hierarquia celestial. Uma perda dessas ainda insuflava a chama da amargura, embora essa fosse uma história antiga. Com o Projeto Hades, ele próprio e todos os Caídos experimentariam o doce sabor da vingança.

Mace fez girar a cadeira para cumprimentar o visitante. Do canto mais distante e sombrio do aposento, o Velho adiantou-se. Mace observou-o encaminhar-se para uma cadeira forrada de veludo vermelho à frente da escrivaninha. Ele andava de modo tenso, como se todas as suas articulações estivessem rígidas. O cabelo era cor de cinza; a face, só um pouco enrugada e gasta — impressionante, considerando a sua idade. Usava roupas pretas e parecia envolto em uma névoa de escuridão, com exceção dos olhos, que faiscavam como brasas latentes.

Depois que o Velho se sentou, Mace retrucou:

— Tem razão, o jovem Tor é perfeito. Você deve se lembrar... eu predisse o talento dele muitos anos atrás, durante a cerimônia de iniciação.

— Você sempre teve bons instintos. — O Velho esfregou a face. — A menina ainda está perdida?

— Não. — Mace conteve um sorriso. — Pegamos o telefone celular de Cotten Stone do carro enquanto ela e o padre conversavam com Albrecht. Conseguimos usá-lo para interceptar uma mensagem da mãe da menina. Elas estão em Orlando. Nós a deixamos só com o cartão de crédito, assim podemos localizá-la. Ela está com pouco dinheiro em espécie e só tem esse cartão, então tomara que continue a usá-lo. Só para reforçar a advertência de Albrecht, ligamos para o celular do padre do telefone de Stone e lhes demos uma advertência para cair fora antes que as coisas se tornem fatais.

A face do Velho se iluminou.

— Belo gesto. — Mas em seguida a sua expressão tornou-se sombria. — Estou intrigado com essa criança, essa Tera Jordan. — Ele esfregou o nariz, fungando. — Está tão frio aqui, Pursan. Será que alguém tão importante quanto você não dispõe de um aquecedor?

Ignorando o sarcasmo do visitante, Mace disse:

— Também fiquei impressionado com as habilidades dela. Tomara não seja mais do que uma aberração e a única capaz de nos identificar.

— Só de pensar que haja outros é preocupante — comentou o Velho, fungando mais alto. — Mas acho que as chances de isso acontecer são poucas.

— Verdade? — reagiu Mace, incentivando o convidado a se explicar. Mas como o Velho não respondesse, Mace acrescentou: — A fase dois do seu Projeto Hades começará em breve. Gostaria de conhecer os detalhes técnicos do que vai acontecer então?

— E eu pareço querer saber?

Rizben riu.

— Não o culpo. — Ele se recostou na cadeira. O Velho estava sendo particularmente difícil naquele dia. — Posso lhe fazer uma pergunta, uma vez que foi você quem expôs a menina?

— E eu não respondo sempre às suas dúvidas?

Mace levantou-se e deu a volta na escrivaninha.

— Gostaria de uma bebida? — Ele se encaminhou para o bar.

— Para mim, nada. Você precisa de algo para lhe dar coragem antes de fazer a pergunta?

Mace não respondeu, em vez disso ergueu uma garrafa de tequila da prateleira inferior do bar e encheu dois cálices com uma dose. O Velho tinha razão — ele precisava de uma bebida para criar coragem para questionar seu superior. Mace engoliu uma dose pura, seguida de uma mordida em uma rodela de limão e uma pitada de sal.

— Desde o princípio, você ordenou que déssemos muita atenção a essa menina, enviando Albrecht a Loretto, para manter uma vigilância constante, e agora essa perseguição. O nível de atenção a ela chegou a um ponto que considero injustificado, a menos que ela seja uma ameaça maior do que você me contou. E o elemento mais enigmático é a sua política de não envolvimento. Por que gastamos toda essa energia para localizá-la, espreitá-la e acompanhá-la? Se ela é uma ameaça tão grande porque identificou Albrecht e pode ser capaz de identificar a todos nós, incluindo as nossas crianças Rubis, por que simplesmente não sumimos com ela, pondo um fim nisso? Não faltaram oportunidades... até mesmo para fazer parecer acidental. A menina e a mãe poderiam ter perecido no incêndio. Poderíamos ter incendiado a fazenda semanas atrás. Ou ter produzido algum tipo de acidente trágico na estrada. Sou capaz de pensar em uma dúzia de maneiras. — Mace engoliu a segunda dose de tequila de uma vez e pousou o copo. — Não consigo entender.

O Velho inclinou a cabeça concordando, as sobrancelhas enrugadas.

— Compreendo bem a sua perplexidade. Ao longo das eras, aprendi da maneira mais difícil a não apressar as coisas e correr o risco de cometer um erro. Toda decisão e ação que ordeno deve ser bem pensada... assim como você fez aproveitando a minha ideia e transformando-a no Projeto Hades. E a maneira como controlamos a menina também deve ser bem planejada e executada, sem atitudes precipitadas. — Os olhos penetrantes concentraram-se em Mace.

O secretário de Segurança Nacional recebeu aquele olhar ardente, sentindo o calor da tequila na barriga e o frio no ar.

— Entendo, e não estou questionando o seu julgamento. Tudo o que eu quero saber é o que você não me contou sobre a menina!

O Velho se levantou e encaminhou-se para a porta. Estendendo a mão para a maçaneta, voltou-se para Mace. Os seus traços se endureceram, como que imobilizados, empedernidos de raiva. Com uma voz reverberante que parecia vir de algum lugar diferente do seu corpo físico, ele disse:

— Acho que Deus nos pregou uma peça.

SUVENIR

Depois de se arrumarem e Tera tomar outra dose de antitérmico, Lindsay e a filha foram de carro a uma rua comercial perto dali e caminharam pela calçada onde se alinhavam diversas lojas de suvenires da Disney. Lindsay seguia imersa em pensamentos. O que será que Tera quisera dizer quando se referira à pessoa no desenho como sendo a irmã gêmea dela? Tera era filha única. No entanto, Lindsay reconhecera aquele rosto imediatamente. Que tipo de confusão se instalara na mente da filha?

Entraram em uma loja movimentada chamada *Heigh Ho, Heigh Ho*. As suas prateleiras e gôndolas estavam abarrotadas de brinquedos e fantasias de personagens da Disney, e dos corredores ecoavam os gritos entusiasmados de crianças cheias de energia, excitadas e felizes. Ao fundo, pelos alto-falantes, ouvia-se a trilha sonora do desenho da *Branca de Neve e os Sete Anões*. Lá dentro, Lindsay e Tera sentiram-se totalmente envolvidas pelo mundo de fantasia Disney.

Lindsay colocou na cabeça de Tera o tradicional chapéu de orelhas do Mickey Mouse e ambas rapidamente decidiram comprar também uma camiseta da Minnie. Lindsay acrescentou ainda uma camisola da Cinderela para Tera.

Assim que Lindsay entregou o cartão de crédito à balconista, Tera puxou-a pelo braço. Lindsay desviou o olhar da balconista, fixando-se na filha. Tera tinha o rosto todo contraído.

— O que foi? — Lindsay perguntou.

— Os Rubis.

— Que Rubis? O que está querendo dizer?

— Os Rubis estão aqui. — Os olhos de Tera encheram-se de lágrimas e o seu lábio inferior tremeu.

— Tudo bem, querida — disse Lindsay, olhando ao redor. Todos os corredores estavam lotados de turistas, ninguém em particular se destacava. — Procure ficar calma. Está bem?

Tera inclinou a cabeça concordando, mas a sua expressão exibia uma preocupação crescente. Os seus olhinhos se contraíram e as mãos tremiam dos lados do corpo.

A balconista entregou o recibo para Lindsay assinar.

Depois de devolver o recibo, Lindsay perguntou à balconista em voz baixa:

— Vocês têm um sanitário público?

— Ao fundo, à direita.

— Obrigada. — Ela pegou Tera pela mão e a levou consigo. — Finja que está procurando mais coisas para comprar — segredou-lhe Lindsay num sussurro. — Não olhe para mais nada a não ser para os produtos nas prateleiras.

Novamente, Tera inclinou a cabeça concordando e fixou os olhos nos suvenires.

Andando devagar, Lindsay foi percorrendo os corredores, fazendo um esforço para parecer distraída, como se ainda estivesse fazendo compras. Pelo canto do olho, observava intensamente os outros clientes.

— Quantos são? — indagou à filha num sussurro.

— Quatro.

— Onde?

— Dois na porta da frente. — Tera deu uma olhada rápida. — Um no próximo corredor e um no balcão.

— Está bem. Continue sorrindo e olhando para os brinquedos. Não deixe que saibam que os vimos.

Lindsay avistou um corredor nos fundos da loja. Uma placa em vermelho indicava: *Sanitários*. Os sanitários localizavam-se no fim do corredor, ao lado de uma terceira porta com uma tabuleta onde se lia: *Exclusivo para Funcionários*.

Segurando a mão de Tera enquanto chegavam ao fim do corredor, Lindsay abriu a terceira porta. Era um depósito de estoque, forrado do chão ao teto de prateleiras transbordantes de mercadoria e caixas empilhadas. Passando por uma estante de metal, ela avistou uma janela nos fundos. Lindsay destrancou a janela e levantou a parte de baixo. Empurrando a tela com força, conseguiu rasgá-la junto à moldura.

— Muito bem, princesa, você vai primeiro.

Lindsay ajudou a filha a subir num engradado para passar pela abertura. Depois, equilibrou-se ela própria sobre o engradado e esgueirou-se desajeitadamente através da janela. Um instante depois, estava do outro lado. Encontravam-se em uma ruela de serviço e parecia não haver mais ninguém.

Lindsay agachou-se à frente da filha.

— Muito bem, querida, vamos fazer o seguinte. Vamos correr o mais rápido que pudermos até o fim desta ruela, depois voltamos ao estacionamento e achamos o furgão. Você está pronta?

— Estou.

De mãos dadas, eles desceram pela ruela e em pouco tempo estavam de volta à calçada da rua comercial.

— Por aqui — orientou Lindsay. Correndo para o estacionamento, depois de passar pelas filas de carros estacionados, ela avistou o furgão finalmente.

— Já vi o nosso carro.

No instante em que alcançaram o furgão, Tera congelou.

— Mãe — ela gritou. — Eles estão vindo.

Lindsay já pegara o controle remoto para destrancar as portas. Agarrando a maçaneta do passageiro, escancarou a porta.

— Entre, entre!

No entanto, Tera permanecia paralisada no lugar.

— Vermelho, vermelho, vermelho-rubi! — exclamou ela, choramingando.

Batendo com força a porta do passageiro, Lindsay empurrou a porta lateral de correr e a escancarou. Em seguida, empurrou Tera para dentro, entrou aos tropeções atrás dela, e com um empurrão forte, fechou-a. Sem perder tempo, arrastou-se para o assento do motorista e enfiou a chave na ignição. O motor funcionou e ela deu ré sem sequer se preocupar se vinha outro carro. Depois de manobrar rapidamente, engatou a marcha e pisou fundo no acelerador. Com um guincho dos pneus e uma nuvem de fumaça, o furgão saiu em disparada do estacionamento.

Lindsay olhou pelo retrovisor mas não viu ninguém as seguindo enquanto aceleravam rua abaixo e se misturavam no trânsito. *Quem serão esses Rubis? Como conseguiram encontrar Tera e ela tão depressa?*

Então uma dúvida torturante a assaltou de repente. *E se não existissem Rubis? E se ninguém as estivesse perseguindo e tudo não passasse de um excesso de imaginação de Tera — apenas uma confusão de emoções da filha? E se tudo o que ela estava fazendo nada mais fosse do que agir de maneira estranha para atrair a sua atenção, por sentir-se incapaz de lidar com a morte do pai? E se estivessem fugindo de nada mais do que fantasmas e ilusões?*

INFECÇÃO

A mulher olhou para a tela do computador. A sua caixa de entrada de e-mail tinha 35 mensagens. Ela era capaz de dizer pelas linhas de assunto que a maioria era de spam. Os e-mail sem utilidade e não solicitados pareciam não ter fim — réplicas de relógios caros, produtos para melhorar o desempenho sexual, ofertas de medicamentos que só poderiam ser vendidos com receita médica, oportunidades de ganhar dinheiro fácil. Por mais convenientes que fossem os e-mail, às vezes ela sentia vontade de jogar o computador no lixo e voltar para as cartas e os telefonemas convencionais. Mas aquele era um meio rápido e fácil de manter-se em contato com a filha na faculdade e a mãe na Costa Oeste.

Delete, delete, delete. Ela pressionava a tecla uma vez após a outra depois de uma consulta rápida a cada mensagem. Espere. Atualização do programa de proteção *firewall*. Aquilo parecia importante. Quantas vezes lhe pediam para manter os programas antivírus e de proteção da rede atualizados de acordo com as versões mais recentes e códigos de segurança?

As escolhas eram: *Clique aqui para baixar e atualizar* ou *Clique aqui para ser lembrado depois*.

— Isso pode esperar — murmurou ela.

Precisava começar a preparar o jantar — o marido estava para chegar em casa. Baixaria a atualização à noite, depois de escrever um bilhete para a mãe. Às vezes, aqueles arquivos demoravam muito tempo para serem descarregados, era sempre necessário reiniciar o computador. Era problema demais no momento. Aquilo teria de esperar.

A mulher clicou o botão na mensagem para lembrá-la depois. Então ela se levantou e foi à cozinha. A barriga já estava roncando e ela queria abrir aquela nova garrafa de *shiraz* e beber um gole enquanto cozinhava. Quando saiu da sala, não percebeu a luz indicadora na frente do computador acender-se durante um segundo, indicando um aumento rápido de atividade no disco rígido.

— Claro que ouvi falar. Tem a ver com um tal CERT-ponto-org. — O rapaz era um terceiranista de informática que trabalhava durante a noite como técnico de manutenção na WebCorps, um provedor de serviços da Internet que hospedava 65 mil websites. A empresa ficava em um porão de dois andares no centro da cidade de Cincinnati. — Só se eu vivesse em outro planeta para não ter ouvido falar disso.

— Só estava perguntando. — O amigo, um estudante de comunicações, encontrava-se em pé atrás do técnico enquanto usava uma desparafusadeira sem fio para retirar uma quantidade de parafusos da prateleira onde ficava o equipamento do servidor. — Deve ter sido um acontecimento e tanto tirar do ar tantos fornecedores de acesso à Internet ao redor do mundo.

— Acontece o tempo todo — desdenhou o técnico. — Alguns idiotas na China gostam de invadir os nossos equipamentos, só para mostrar que apesar de tudo são desprotegidos. Parece que não têm nada melhor para fazer, acho. — Ele tirou o servidor da prateleira e colocou-o em um carrinho de serviço.

— O que você acha que é preciso fazer com isso? — quis saber o amigo.

— Trocar o disco rígido. Este aqui foi tirado de serviço algumas horas atrás. — Quando ele começou a empurrar o carrinho pela longa fileira de prateleiras de computadores, uma mensagem surgiu no monitor de vídeo de serviço ao seu lado. — Outro aviso? Jesus Cristo, será que é só isso que o Bill Gates tem tempo para fazer, enviar mensagens de atualizações de programas?

— Para que é essa agora? — quis saber o amigo.

O técnico leu o código de referência.

— Mais um problema de sobrecarga na memória da máquina. Não sou eu quem deve decidir instalar o pacote de dados para corrigir o problema.

— O que você pretende fazer?

— Deixar para os gênios do turno diurno. — O técnico pegou o mouse na prateleira escamoteável do teclado e clicou o cursor em *download: não instale*. — Pronto, agora é problema de outra pessoa. — Ele continuou empurrando o carrinho para a sala de manutenção. — Vamos comer alguma coisa.

O supervisor da Rede de Notificações de Emergência do Controle de Tráfego Aéreo localizada no centro da Federal Aviation Administration, em Seattle, ouvia a conversa do controlador do tráfego aéreo pelo alto-falante na escrivaninha. Uma grande tela de plasma na parede mostrava uma imagem ao vivo do sistema do Centro de Controle Terminal (TRACON) da torre do Aeroporto Internacional de Tacoma-Seattle. Enquanto escutava, ele lia o boletim instantâneo no monitor do seu computador. O Comando Conjunto de Controle de Testes de Operações Interligadas do Departamento de Defesa programara um teste nos sistemas de segurança para aquela noite. Era necessário seguir as regras estabelecidas e o teste fora designado pelo chefe do Comando Conjunto, no Forte Huachuca, Arizona.

— Acabaram de fazer o mesmo teste uma semana atrás — resmungou ele para ninguém, uma vez que estava sozinho no departamento. — Coisa de algum burocrata que não tem o que fazer.

O problema era que os testes do Departamento de Defesa tomavam muito tempo e sempre pareciam acontecer nos momentos de maior tráfego aéreo. Agora mesmo, um temporal de granizo procedente do Canadá vinha provocando um atraso de trinta minutos nos voos. Dessa vez, ele os faria esperar. Orientou o cursor para reprogramar o teste, o que fez com que a janelinha de mensagem exibisse uma ampulheta momentânea antes de ser fechada. *Já vai tarde*, ele pensou, e voltou a observar o painel do TRACON.

O DESENHO

— Eu só sei que Lindsay já teria ligado no meu celular — protestou Cotten.

John olhou pela janela do avião para admirar os flocos de nuvens delgadas que iam ficando para trás. Iluminadas pelo brilho da Lua cheia, elas tiveram um aspecto quase sobrenatural que atraía os seus pensamentos. Ele se imaginou no meio delas, sentindo a brisa fria passando. Elas pareciam representar um modelo de simplicidade e paz, um santuário naquele mundo tumultuado.

Ele olhou para Cotten, o rosto contraído, os olhos vidrados.

— Por que você não descansa um pouco antes de pousarmos em Orlando?

— Acho que não consigo. John, eles estão com o meu celular, e se Lindsay ligar... Eles não vão responder, vão esperar que ela deixe uma droga de recado. — Cotten empurrou o assento para trás. — Eles vão pegá-la primeiro.

— Não há nada que você possa fazer no momento. Se não descansar um pouco, não será capaz de pensar com clareza depois.

— Eu sei, eu sei, mas não consigo parar de tentar desvendar essa trama. E como você disse, por que eles jogariam tão pesado para perseguir uma menininha? Só porque ela pintou uma aura vermelha ao redor de um pastor do interior?

— Isso é o que está me intrigando também — admitiu John.

— Maldito telefone. Foi culpa minha. Eu devia ter fechado o carro. Mas estávamos no estacionamento de uma igreja... em Loretto, Kentucky. Não é como parar em um beco em Detroit ou algo parecido.

— Pare de se torturar. Não vai adiantar nada. Você pode continuar com isso eternamente, mas os fatos permanecerão os mesmos. Direcione toda essa energia para uma solução... para algo mais positivo.

Cotten suspirou.

— Você é tão bom comigo.

Mesmo depois de todos os altos e baixos por que passara nos últimos anos, ela ainda conservava uma inocência, pensou John. Isso fazia parte do charme dela.

— Venha cá — sugeriu ele, envolvendo a cabeça dela com a mão. — Descanse no meu ombro. Permita-se sentir um pouco de paz.

Cotten se rendeu, inclinando o corpo contra o dele. Ele pegou a mão dela na sua. Em poucos minutos, sentiu que ela relaxava e a sua respiração ganhava um ritmo lento e profundo. Segundo o plano de voo, deveriam pousar dentro de 45 minutos. Ele estava feliz porque ela conseguira dormir, não só porque precisava desse cochilo, mas também porque isso lhe dava tempo para pensar... pensar na ligação do celular dela.

A voz fizera uma clara advertência, dizendo que se John realmente se preocupava com Cotten, deveria convencê-la a se afastar. O homem ao telefone admitira que não podiam matá-la — afinal de contas, ela era da mesma linhagem deles, e eles não matavam um dos seus. Mas poderiam feri-la — mutilá-la, desfigurá-la, causar-lhe imensa dor e sofrimento. E sem dúvida o fariam, sem hesitação. Tudo o que John deveria fazer para salvar Cotten de tais consequências era fazer com que ela parasse de procurar mãe e filha. Só isso. Estavam deixando a escolha nas mãos dele.

John acariciou o dorso da mão de Cotten com o polegar. Ela dependia dele, pensava que ele era capaz de fazer milagres. Mas ele era apenas um homem, não um santo milagreiro. Não contara a ela exatamente o que disseram na mensagem — só que se tratava de uma advertência para se afastar.

Os tímpanos de John reagiram no momento em que o avião iniciou a descida. O que ele deveria fazer? Convencer Cotten a cancelar a busca de Lindsay e Tera? Ele já sabia qual seria a resposta, mas se continuassem ela correria um grave perigo. Seria difícil continuar a viver com a sua consciência se algo viesse a acontecer a ela. Sabia que no instante em que as rodas tocassem a pista precisaria chegar a uma decisão.

— Sinto muito, mas não fiz reserva — Lindsay disse ao recepcionista no balcão de entrada do Contemporary Hotel na Disney World. Ela seguira as placas quando chegaram ao parque temático e escolhera o Contemporary ao acaso. Pelo menos, dentro das instalações da Disney, sob o seu sistema de proteção e segurança rígida, ela achava que estariam seguras, e mais difíceis de encontrar.

— Bem, você está com sorte — observou o balconista. — Estávamos totalmente lotados, mas um grupo de excursionistas europeus ficou retido no norte por causa de uma tempestade. Os quartos deles estão disponíveis para uma noite.

Quando ele pediu um cartão de crédito, Lindsay teve uma revelação repentina. Fora assim que eles a localizaram tão rápido — rastreando o seu cartão de crédito.

— Ah, não — ela gaguejou. — Meu marido me mataria se gastasse mais um centavo pelo cartão. Não posso usar os cartões. Vou pagar em dinheiro. Quanto é?

O balconista fez uma careta.

— Eu sinto muito, mas precisamos do número do cartão no arquivo — ele disse. — Política da empresa. Mas não debitamos nada no seu cartão sem a sua autorização até o fechamento da conta na saída. Então você pode escolher pagar a fatura em dinheiro quando sair, se preferir.

Um mal-estar incômodo cresceu dentro de Lindsay. Uma noite era tudo o que poderia pagar, e aquilo a levava ao limite. Com relutância, entregou o cartão de crédito ao recepcionista.

Na manhã seguinte, Lindsay fechou a conta no hotel, pagando em dinheiro pelo quarto e pelos passes de permanência por um dia no *Magic Kingdom*. Ela indagou novamente se haviam debitado alguma coisa no seu cartão de crédito. Aliviada por não haver nenhum débito, conseguiu que o hotel guardasse a bagagem para retirar depois.

No quarto andar do hotel, ela e Tera pegaram o monotrilho que as levaria ao parque.

Tera queria visitar o castelo da Cinderela primeiro, e foi isso que fizeram. A menina parou encantada e de olhos arregalados no meio da avenida principal, torcendo o pescoço para admirar o castelo azul e branco, as flechas das suas torres espetando o céu azul, exatamente com tudo o que era narrado nos contos de fadas. Elas passearam pelo castelo e ficaram sabendo que nos andares superiores originalmente ficava o apartamento onde Walt Disney se hospedava durante as suas visitas. Tera ficou um pouco desapontada porque por dentro não era realmente um castelo, embora parecesse intrigada com os belos mosaicos nas paredes retratando a história de Cinderela.

Lindsay conferiu o resto do dinheiro na carteira.

— O que acha de comermos alguma coisa aqui mesmo no castelo? Isso não seria divertido?

Era bem caro, mas seria a sua última extravagância. Ficariam ali por apenas um dia. Ela queria que fosse uma experiência tão memorável como também segura, além de ser uma diversão para Tera. Mas, para a surpresa de Lindsay, Tera abanou a cabeça.

— Este não é o verdadeiro castelo da Cinderela, mãe — justificou-se a filha.

Depois que Tera se declarou satisfeita por ter visto tudo o que podia ser visitado no castelo, as duas sentaram-se em um banco e estudaram o mapa do parque. Então decidiram-se pela primeira parada — *It's a Small World*.

Não era uma caminhada muito longa, e o sol não estava tão quente, à temperatura de 22 graus. A fila serpenteava ora para um lado, ora para outro, estendendo-se por todo o caminho que mais parecia um labirinto, mas avançava muito mais rapidamente do que Lindsay previra. A espera foi de menos de cinco minutos.

— Muito bem, Joaninha, pule no barco — ordenou Lindsay.

Na verdade, não era mesmo um barco, mas apenas um carro de parque temático com fileiras de assentos que se deslocava sobre um trilho sobre uma lâmina de água de não mais que cinco centímetros de profundidade. Chapinhando na água, o barco partiu em direção à boca escura do túnel, e em um instante elas se viram envolvidas em um jorro de ar frio e pelo coro repetitivo da música-tema do *It's a Small World*.

Tera parecia hipnotizada, olhando em todas as direções para os personagens animados e para as cenas mágicas ao seu redor. Os seus olhos faiscavam deliciados.

O barco planava suavemente ao longo do percurso sinuoso pela água, proporcionando constantemente novos cenários e personagens para ser apreciados. Bonecos, vestidos com trajes típicos de vários países ao redor do mundo, cantavam e dançavam, balançando-se em cintilantes luas crescentes cor-de-rosa, bamboleando-se embaixo de moinhos de vento, navegando em gôndolas e caminhando pelo Taj Mahal. Nos seguidos ambientes da caverna, centenas e centenas de bonecos animados entoavam a contagiante canção temática. Às vezes notava-se uma breve e sutil influência nativa, como uma guitarra havaiana ao fundo quando passaram pelos dançarinos da dança havaiana, e o violão espanhol nas cenas do México. Mas sempre claro e acima de tudo destacavam-se as palavras lembrando a todos como o mundo é pequeno. *Não é de admirar que chamam isto de Reino Mágico*, pensou Lindsay. Realmente era — um breve intervalo do real mundo.

Lindsay observava a filha e sentia-se feliz por terem ido ali. Não tivera a coragem de dizer a Tera que não poderiam ficar mais um dia — era preciso muito dinheiro. Sabia que já tinha excedido o que podia gastar, mas valera cada centavo gasto ver a filha tão feliz.

Tera gritou de alegria quando o barco fez a curva seguinte e entrou em um cenário revelando novos personagens e gigantescas girafas de pescoço comprido no meio da selva.

Lindsay passou o braço ao redor da filha e puxou-a para mais perto de si.

— Está gostando?

A face de Tera se iluminou.

— Esta é a melhor coisa do mundo — disse.

Lindsay recordou-se da angustiante corrida do estacionamento da rua comercial no dia anterior. Ela ficara dando voltas na região durante uma hora, olhando várias vezes pelo espelho retrovisor para confirmar que ninguém as seguira. Não vira nenhum sinal disso.

Mas mesmo sentada com a filha bem junto de si, em um lugar repleto de alegria e felicidade, ela não conseguia se livrar do medo sombrio que permanecia instalado bem fundo. Seu coração batia apressado e ela sentia-se nervosa e apreensiva.

Lindsay encostou o dorso da mão na testa de Tera. Um pouquinho quente, ou quem sabe não? Ela espirrara e tossira várias vezes durante a noite, portanto Lindsay desconfiava que Tera estivesse apenas contraindo um resfriado. Ainda bem que não se tratava de nada mais grave.

Virando-se, relanceou o olhar pelas pessoas nas fileiras de trás do barco. Ao atravessar um túnel escuro, os seus rostos ficaram momentaneamente escondidos. Seriam todos turistas como ela? Encontravam-se ali apenas para desfrutar o passeio? De qualquer maneira, se alguma daquelas pessoas fosse Rubi, certamente Tera teria comentado algo antes de entrarem no barco.

De repente, Lindsay sentiu-se dominada pelo pânico. Estavam rodeadas por milhares de estranhos. Não sabia se poderia suportar a realidade de que aquelas pessoas todas estivessem sentadas naquele barco na escuridão. Se acontecesse alguma coisa, não haveria nenhum lugar para se esconder, nenhum lugar para onde correr. A sua pulsação se acelerou quando voltou a olhar para a frente, procurando localizar uma rota de fuga. Um suor frio banhou-a por todo o corpo — sentia um gosto amargo na boca.

Imediatamente, o passeio perdeu todo o encanto para Lindsay, e em todos os cantos do corpo ela se sentia completamente vulnerável. Segurou Tera mais apertado, olhando uma vez mais para trás.

Então, finalmente, margaridas e amores-perfeitos pintados em cores vivas, flores de todas as variedades e tamanhos as cercaram, anunciando o fim do passeio com a palavra *adeus* escrita em vários idiomas diferentes nas suas cabeças gigantescas.

Adios.

Ciao.

Em seguida, a gravação automatizada fez-se ouvir cada vez mais alto. *"Por favor, permaneçam sentados até que o seu barco esteja totalmente parado no cais e lhes peçam para desembarcar."*

Lindsay avistou a luz do dia à frente e a respiração acelerada começou a se acalmar. Logo sairiam do barco. Não queria mais saber de passeios. Não queria mais saber de túneis escuros. Aquela fora uma má ideia afinal.

Ela pulou depressa para fora do barco, puxando Tera pelo braço.

— Mãe, está tudo bem? Você não gostou do passeio?

— Sim, querida. Só senti um pouco de claustrofobia lá dentro. Vamos sair para o sol.

Lindsay sentia o mundo desmoronar. Restava tão pouco dinheiro. Não poderia mais usar o cartão de crédito. Onde iriam passar a noite? Dentro do furgão? Onde estava Cotten? Por que não respondera ao seu telefonema? Assim que saíssem do parque, ela ligaria de novo e imploraria que viesse encontrá-las. Se Cotten não viesse, então não restaria mais ninguém.

John alugou um carro no aeroporto de Orlando, e depois de um percurso de trinta minutos eles chegaram ao estacionamento do motel Tropical Breeze, onde Lindsay usara o cartão de crédito pela última vez.

— Vou fingir que Lindsay é minha irmã e que tínhamos combinado de eu vir encontrá-la aqui — disse Cotten. — Depois improvisamos, acho.

— Eu não tenho um plano melhor.

John estacionou o carro e eles entraram, indo em direção ao balcão da recepção.

— Bem-vindo ao Tropical Breeze — o recepcionista os cumprimentou. — Em que posso o ajudar?

— Estou procurando a minha irmã. Ela está hospedada aqui. Lindsay Jordan — informou Cotten.

O balconista conferiu na lista de hóspedes.

— Jordan? Jordan... não, eu sinto muito, ela não está mais.

— Droga — exclamou Cotten, então olhou para John, rolando os olhos para o teto como se estivesse exasperada. — Ela é desmiolada mesmo. — Tornou a encarar o rapaz. — Você não faz nenhuma ideia sobre para onde ela poderia ter decidido ir, não é mesmo?

Ele abanou a cabeça.

— Por acaso, ela deixou algum recado para mim?

— Seu nome?

— Cotten...

O recepcionista procurou em uma caixa embaixo do balcão.

— Não, sinto muito. — Ele sorriu. — Eu me lembro de que ela saiu no mesmo dia em que se registrou. Na verdade, fui eu que atendi a ligação. Ela disse que iam sair do motel, pediu para fechar a conta e debitar no cartão de crédito.

Cotten franziu a testa.

— Você tem certeza de que não há nenhum recado para mim? Por favor, poderia verificar novamente?

O recepcionista vasculhou nas caixas de correspondência atrás dele, depois voltou ao balcão e apalpou o que pareciam ser alguns documentos.

— Não mesmo. Ah, espere um minuto. — Ele ergueu e baixou a cabeça. — Estou vendo num bilhete aqui que estamos com uns pertences dela no setor de achados e perdidos. Ela esqueceu alguma coisa no quarto.

— Ora, isso não é bem típico dela? Caçoamos dela o tempo todo por parecer tão distraída — disse Cotten e riu. — Será um prazer levar para ela.

— Você precisa assinar um recibo para isso — o balconista disse.

— Claro. Vamos ter mais um motivo para caçoar dela.

O recepcionista desapareceu em uma saleta aos fundos por um instante e reapareceu com uma mala pequena e uma sacola plástica. Ele arrancou uma etiqueta de papel que estava grudada na sacola e grampeou-a junto a outro que tirara da mala. Então colocou o papel sobre o balcão para Cotten junto com uma caneta.

Cotten assinou... *Cotten Tyler*. Olhou para a assinatura por um instante.

— Obrigada — disse, fazendo um esforço para desviar o olhar da assinatura.

— Deixe que eu levo isso — adiantou-se John, pegando os pertences da mão do recepcionista. Do lado de fora, ele abriu a porta de carro para ela. — Você está bem?

— Estou. — Ela se acomodou no assento dianteiro. Em seguida, pegou a sacola plástica da mão dele e depositou-a no colo. Ouviu o porta-malas se abrir e a mala cair dentro com um ruído surdo. Enquanto John dava a volta no carro para chegar ao lado do motorista, Cotten vasculhou o interior da sacola plástica. Um batom. Duas escovas de dentes. Pasta de dentes. Um bloco de anotações de hotel e folhas soltas com desenhos. Ela pegou os desenhos.

— O que encontrou? — interessou-se John, sentando-se atrás do volante, com a chave pronta para acionar a ignição.

— Várias coisas. — Cotten começou a folhear os desenhos.

— Então, faz alguma ideia sobre para onde vamos a partir daqui? — Ele deu a partida no motor.

Abruptamente, Cotten parou de examinar a sacola. Por um instante, ficou imobilizada, olhando para um dos desenhos de Tera, então correu o dedo por ele e depois passou-o a John.

— Olhe isto. — Ela notou a expressão de John tornar-se sombria antes de lançar um olhar direto para ela.

— Será que estou certa? — ela perguntou, sabendo que John entenderia a pergunta.

Ele inclinou a cabeça concordando e olhou novamente para o desenho.

— Sem a menor dúvida, é você.

TOR

Ben abriu os olhos. As pálpebras pesavam como se estivesse presas por tijolos. Lentamente, virou a cabeça de um lado e depois para o outro. Dor. O pescoço doía, assim como o tórax. O *airbag* golpeara-o com força. O rosto formigava — provavelmente por causa do calor dos gases do *airbag* ao se esvaziar. Ainda usava a mesma roupa, mas a jaqueta sumira. Bem devagar, estendeu a mão e apalpou o topo da cabeça. Um curativo. Alguém tratara o corte.

Ben tentou sentar-se mas não teve forças para superar a dor. Tudo nele doía. Fez um esforço para se apoiar sobre um cotovelo.

Encontrava-se no que parecia ser um pequeno dormitório. Viam-se oito camas de solteiro — quatro alinhadas em cada parede lateral do quarto —, cada uma delas tendo ao lado um armarinho de metal. O quarto era iluminado por um conjunto de lâmpadas fluorescentes no teto — apenas uma estava acesa.

Observando melhor à volta, ele percebeu que não estava só. Havia alguém deitado em uma cama na outra extremidade do quarto. Um menino pequeno, coberto por uma manta até o pescoço, de costas para Ben. Pareceu estar adormecido.

Ben reuniu todas as suas forças e bem devagar lançou as pernas pela borda da cama. Sentiu tontura. Inclinando-se para a frente, escondeu a face entre as mãos. *Isso vai ser difícil*, pensou. Mas precisava descobrir onde estava e depois tentar partir antes que alguém o reconhecesse.

— Vinte e oito mil, oitocentos e quarenta e seis.

Ben ergueu os olhos. A voz viera da direção do menino. Suave, quase sussurrada.

— O quê? — indagou Ben. — Você disse algo?

— Vinte e oito mil, oitocentos e quarenta e seis. — O menino repetiu um pouco mais alto.

— Não estou entendendo. — Ben inclinou-se para a frente para tentar ouvir melhor. — O que você está querendo dizer?

— Quanto tempo você esteve dormindo — explicou o menino. — Vinte e oito mil, oitocentos e quarenta e seis segundos.

Ben balançou a cabeça.

— E como é que você sabe isso? Você tem um cronômetro ou algo parecido?

— Eu simplesmente sei.

— Você quer dizer que contou todos os segundos em que estive dormindo? — Enquanto falava, Ben deu uma olhada ao redor do quarto. As paredes eram pintadas de cinza e o chão, recoberto por um linóleo fosco, bege claro. Cada cama tinha uma manta e um travesseiro. Comum e básico, como num alojamento temporário de um posto de bombeiros ou de uma guarita militar. Ele se lembrou de fotos que vira em uma revista dos beliches para o pessoal da aeronáutica que guardavam os silos de mísseis subterrâneos. Então se lembrou do prédio de concreto desolado com o velho prato de radar no telhado. Seria onde ele estava? Mas não existia nenhum silo de mísseis intercontinentais no norte de Arkansas.

— Eu simplesmente sei — repetiu o menino.

Ben observou o menino. Acaso seria o mesmo que vira ser arrancado vendado de dentro do furgão junto ao prado?

— Isso é incrível — Ben disse, condescendendo com o menino. — O que está acontecendo? O que você está fazendo aqui?

— Jogando. — O menino coçou a orelha mas não se virou.

— Jogando? — Ben tentou se levantar. — Que tipo de jogo?

— Mostro a eles como jogar.

— Eles quem? — Ele se levantou com as pernas trêmulas esticando os braços para se equilibrar.

— Eles querem que eu lhes mostre como jogar.

— Certo — Ben resmungou consigo mesmo. — Compreendido.

Sentindo que recuperara parte das suas forças, ele caminhou até o pé da cama onde o menino se encontrava. Uma porta conduzia para fora do quarto e Ben experimentou a maçaneta. Trancada.

Ele baixou o olhar para o menino. Devia ter uns 8 ou 9 anos. Cabelo louro curto, rosto redondo.

— Qual é o seu nome?

O menino rolou sobre as costas e abriu os olhos. — Olsen.

— Bem, oi, Olsen.

— Não, Olsen é o meu sobrenome. — Ele sorriu. — Eu sou Devin Olsen.

— Certo, Devin Olsen. Prazer em conhecê-lo. Meu nome é Ben. — Ele sentou-se na borda da cama em frente à de Devin. — Você sabe onde estamos?

Devin sentou-se na cama. Em um tom impessoal, ele recitou:

— Estamos em Arkansas, o vigésimo quinto Estado. Ele passou a integrar a União em quinze de junho de 1836. A divisa do Estado é *Regnat populus*, uma expressão latina que significa "Governado pelo povo". A população é...

— Espere, espere — Ben interrompeu-o. — Onde fica este lugar? — Ele apontou para o chão. — Este prédio.

Devin encolheu os ombros, olhou para fora e começou a se balançar. Então pôs fim ao seu silêncio.

— Arkansas — disse.

— Você é um menino bastante inteligente. Como sabe que estamos em Arkansas?

Devin parou de balançar, mas ainda não estabeleceu contato visual.

— As últimas estações no rádio eram todas estações do Arkansas.

— As estações de rádio que você escutou no furgão branco com o sujeito de jaqueta vermelha?

— Hã-hã.

Menino inteligente, pensou Ben. A porta se abriu.

— Senhor Jackson?

Ben ergueu os olhos e viu um homem baixo e magro parado no vão da porta. Parecia ter 30 anos de idade ou um pouco mais e usava sapatos de corrida pretos, calças *jeans* e uma camiseta com os dizeres pintados: "Qubits ou Cubits, tanto faz". Seu rosto era afilado com um cavanhaque escuro, usava óculos com armação de metal e o cabelo castanho estava cortado curto. Ele estendeu a mão enquanto fechava a porta atrás de si.

— Como está a cabeça?

Ben levantou-se, mas não apertou a mão dele. Pouco antes de a porta se fechar, conseguiu lançar um olhar rápido para uma sala grande, pouco iluminada, com a parede forrada de prateleiras com equipamentos eletrônicos — chegara a ouvir o zumbido de ventoinhas de computador.

— Quem é você?

— Me chame Tor. — Ele acenou para Ben voltar a sentar-se na cama.

Permanecendo de pé, Ben interrogou:

— O que você está fazendo com este menino? — Ele apontou para Devin, que agora estava sentando com as pernas sobre a cama. O menino pusera a manta de lado e Ben pôde ver que usava uma camiseta amarela e calças jeans. Um jaqueta dos Miami Dolphins e um par de tênis estavam caídos no chão ao lado da cama.

Tor sorriu e disse:

— Devin está aqui para nos ajudar em alguns assuntos de computador. Depois que terminar, ele irá para casa.

Ben virou-se para o menino.

— Devin, onde fica a sua casa?

— Miami. — Ele olhou para o teto. — Fundada no dia 28 de julho de 1896. A população na ocasião era de 444...

— Obrigado, Devin — Tor disse.

O menino dirigiu a Tor um olhar pétreo e cruzou os braços.

— O que está acontecendo aqui? — indagou Ben. — Você sequestrou este menino? — Se isso fosse verdade, Ben imaginava que tinha acabado no meio de uma encrenca enorme.

— Senhor Jackson — disse Tor, segurando a habilitação de motorista de Ben —, assim como Devin, você é agora nosso convidado aqui. Se você se comportar, terá permissão para voltar ao seu chalezinho confortável na montanha e continuar fazendo o que quer que faz lá. Por ora, sugiro que se sinta em casa. Você e Devin serão bem tratados contanto que façam o que lhes pedirem. — Ele inclinou a cabeça para o menino. — Eu odiaria que acontecesse alguma coisa a ele porque você decidiu dar uma de herói e fazer algo estúpido como tentar fugir.

Ben sentiu o pulso acelerar. Aquele imbecil estava lhe dizendo o que fazer. Dando-lhe ordens. Naquele instante, concluiu que precisava permanecer tranquilo. No que dizia respeito àquele cretino, ele era Ben Jackson, banqueiro aposentado que amava a solidão dos bosques de Ozark. Nada mais.

— Compreendeu bem, senhor Jackson? — certificou-se Tor.

Ben inclinou a cabeça concordando e voltou a sentar-se na cama.

— Boa decisão. — Tor sorriu. — Agora está na hora de irmos jogar os nossos jogos, Devin. — Ele esperou enquanto Devin calçava os sapatos, levantava-se e se encaminhava para a porta.

Enquanto Tor a abria, Ben indagou:

— Que lugar é este?

Tor correu o olhar pelo pequeno dormitório como se ele fosse um museu, com as paredes forradas com grandes obras de arte. Um sorriso estudado, malévolo, entreabriu os seus lábios, produzindo um calafrio em Ben.

— Isto, senhor Jackson, é Hades.

LÁGRIMAS DE PRATA

— Isto aqui é uma merda — praguejou Cicatriz, o adolescente de cabelo comprido preto, tingido. A bainha do capote impermeável escuro que usava roçava a grama enquanto ele caminhava sobre as botas de couro com uma plataforma de quinze centímetros de altura ao longo da estrada de terra perto do rio Potomac. Levava uma lanterna para iluminar o caminho entre os bosques escuros de Maryland.

— Cale essa maldita boca — ordenou Corvo, um pouco mais alto que Cicatriz e trajado em estilo igualmente gótico todo de preto num conjunto que incluía camisa gótica, bandana amarrada no pescoço, fivela de cinto tríplice, impermeável de lã e botas altas. A cabeça raspada ia escondida sob o capuz. A luz da lanterna se refletia nos cravos e arcos prateados dos seus *piercings* no rosto.

— Como você pode saber onde encontrar isso? — perguntou Cicatriz, olhando por cima do ombro para a lua alaranjada através das árvores.

— Lendas, cara — explicou Corvo. — Lendas urbanas-ponto-com.

— Todo mundo diz que essas histórias são uma bobagem.

— Bem, então hoje à noite vamos descobrir se essa lenda é mesmo uma bobagem ou se é verdadeira — provocou Corvo. — Só se pode ver isso acontecer no Dia das Bruxas. Muito bem, veja só, cabeça de ovo, hoje é o Dia das Bruxas. E vamos descobrir tudo hoje à noite. Agora foda-se e cale essa maldita boca!

— Então o que deve estar enterrado lá? — insistiu Cicatriz.

— Que parte do cale-essa-maldita-boca você não entendeu?

Cicatriz parou e virou-se para ficar de frente para o amigo.

— Ei, foda-se você, cara. Estou aqui neste maldito frio quando poderia estar lá na festa encoxando aquela cadela loira do segundo ano, que por acaso disse que chuparia o meu pau na hora que eu quisesse. Portanto, foda-se você.

Corvo olhou para Cicatriz e fraquejou ligeiramente.

— Ó noite fodida! Você é um cacete. Primeiro, você pode comer ela na hora que quiser. Segundo, hoje é o Dia das Bruxas. A única noite em trezentos e sessenta tantas outras do ano em que se pode ver isso. Assim, vai se foder você. Ou você vai comigo descobrir ou não vai. Decida.

Cicatriz projetou a luz no rosto do amigo.

— Imbecil.

Eles retomaram a caminhada.

— Você já imaginou que podemos estar mexendo com umas merdas em que não deveríamos pôr a mão? — indagou Cicatriz. — Quer dizer, com todos esses feitiços de bosta e encantamentos de merda de Satanás?

Corvo jogou o capuz para trás.

— Porra, eu desisto. O que deu em você? Tudo que eu quero é um pouco de uma merda de sossego para poder me concentrar nessa bosta toda e você não cala essa maldita matraca!

— É isso aí, idiota. — Cicatriz virou-se e começou a voltar pela estrada de terra. — Vá descobrir sozinho. — Ele deu a lanterna para Corvo. — Foda-se!

Corvo ficou olhando enquanto Cicatriz se afastava, até que o perdeu de vista na escuridão. *Ele que se foda! Se quer perder o maior acontecimento da vida, ele que vá se foder!*

Enquanto a lua subia acima da copa das árvores, Corvo continuou em frente, pensando no que acharia escondido no coração dos bosques de Maryland.

O vento zumbia através da floresta, levando consigo o chamado da grande coruja cornuda. Corvo puxou o capuz para cima da cabeça, querendo se tornar parte da noite e do vento. Ele se imaginava um vapor, um espectro, um espírito do mundo dos subterrâneos. Esquecendo depressa de Cicatriz, ele deslizou pelas sombras.

Ouvira sobre aquela lenda muitas vezes — a história do anel de fogo assombrado, o que só podia ser visto no Dia das Bruxas. A história era que, no início dos anos 1700, um grupo de aldeãs dizia ser capaz de ver e se comunicar com o diabo. Elas foram rotuladas de bruxas e queimadas vivas na praça da cidade. Em uma sepultura comum sem inscrições bem no meio dos bosques de Maryland, os anciões da aldeia enterraram os corpos das moças — o local marcado por um anel de pedras. No entanto, a lenda dizia que em todos os Dias das Bruxas, as meninas se levantavam e vagavam pelos bosques, gritando atormentadas enquanto procuravam o diabo em meio à floresta espessa. Os que afirmavam ter testemunhado as aparições diziam que as jovens tinham o corpo engolfado em chamas.

Corvo deparou-se com um pequeno marco de pedra entre as ervas daninhas ao lado da estrada de terra. Era um marcador de distância colocado ali quando o tráfego de colonos era intenso pela estrada, centenas de anos antes. Em pé ao lado do marco de pedra, ele recordou as instruções do website. Seiscentos e sessenta e seis passos ao norte do marco situava-se o lugar de descanso das Bruxas de Potomac embaixo do anel de fogo assombrado.

Ele respirou fundo e começou a contar os passos, ansioso por tornar-se um mestre infernal da adoração oculta a Satanás e da magia negra.

Mace estacionou o BMW na alameda de hamamélis e nogueiras altas. Outros carros já se encontravam lá — ele era o último a chegar. Ao descer do carro, observou as sombras projetadas pela lua sobre o chão — prateadas e bruxuleantes. *Que noite maravilhosa. Um Dia das Bruxas perfeito.*

Sentiu o ar frio enquanto envergava a túnica escarlate cerimonial e descia por um caminho levemente íngreme pela encosta da colina que levava ao círculo de pedras. Sentiu o cheiro de fumaça — pungente mas doce. Ela se espalhava pela floresta como tentáculos delgados que o atraíam para o seu coração aquecido.

— Boa noite, Pursan — disse um homem alto em um roupão preto esvoaçante parado ao lado do caminho. Ele se curvou ligeiramente.

— Urakabarameel — disse Mace. — Sentimos a sua falta nas últimas reuniões.

— Passei um bom tempo no Oriente Médio. A guerra é um inferno.

Mace riu.

— E é mesmo. — Ele pousou a mão sobre o ombro do outro enquanto eles caminhavam ladeira abaixo. — Então isso é tudo o que você tem feito neste lado do mundo?

— Não posso receber todo o crédito sozinho. Ezekeel e Dagon deram uma mãozinha no caso.

— Dê-lhes os meus cumprimentos — disse Mace enquanto eles se aproximavam do círculo de fogo: um anel de pedras de uns nove metros de diâmetro. No centro, ardia uma pilha de troncos em forma de cone, enviando faíscas para o céu. Em volta do fogo, uma dúzia de crianças permanecia de pé com as mãos dadas, as faces escondidas pelos capuzes dos roupões pretos. Também em círculo atrás das crianças, um grupo de adultos vestidos de túnicas formava um anel exterior.

— Uma boa reunião — comentou Urakabarameel.

— Sim — concordou Mace. — O nosso novo Exército Rubi cresce muito depressa.

— Como está o seu Projeto Hades? — quis saber Urakabarameel.

— Um desafio. — Mace interrompeu-se quando um dos adultos trouxe-lhe um cálice dourado de vinho e uma adaga incrustada com pedras preciosas. — Eu lhe conto mais depois da iniciação.

Urakabarameel inclinou a cabeça concordando e tomou lugar entre os adultos. Mace segurava o cálice e a adaga ao passar por uma abertura no círculo de crianças e disse:

— Está na hora. — Olhou ao redor para todos os presentes. — Comecemos invocando Samael, o Guardião do Portão.

Em uníssono, as crianças entonaram:

— Samael.

Um sopro de vento correu pela floresta ao lado, fazendo os ramos das árvores se curvarem sob o céu estrelado.

— Eu invoco Azazel, o Guardião da Chama — declarou Mace —, a Centelha no Olho da Grande Escuridão.

Novamente, as vozes das crianças ecoaram:

— Azazel.

Uma labareda projetou-se da fogueira e crepitou como se alimentasse a si mesma.

— Eu invoco a Luz do Ar, o Filho do Amanhecer.

— O Filho do Amanhecer — as crianças repetiram.

O Velho veio se posicionar ao lado de Mace, a face incandescente pelo calor das chamas.

— A hora está se aproximando — ele disse. — Vocês são os nossos guerreiros mais novos. — Ele abriu os braços em um gesto abrangente como se reunisse as crianças em um abraço. — O grande Exército Rubi logo estará formado e vocês serão a nossa futura linha de frente. Orgulhem-se do propósito, pois este mundo pertencerá a nós. Logo pegaremos de volta tudo aquilo que Ele nos roubou. Agora, avancem e dediquem as suas almas a mim e ao futuro do nosso mundo novo.

Mace bebeu um gole do cálice antes de dizer:

— Em nome da sua espada poderosa e da essência vital abundante que lhe confere o poder da conquista, penetre as mentes, corações e almas destes jovens guerreiros e inunde-os com a sua força terrível e esmagadora.

Mace ergueu os braços para o alto enquanto as crianças formavam uma fila única. Cada uma veio beijar a lâmina da adaga, depois tomou um gole do cálice. Feito isso, elas regressaram ao seu lugar no círculo de fogo e retiraram os capuzes.

— Ó grande Filho do Amanhecer, contemple os mais novos soldados do seu exército triunfante.

O Velho inspecionou os jovens guerreiros.

— Assim seja — declarou.

Cada criança, menino ou menina, virou-se para ser felicitada pelo pai — um Anjo Caído.

A cerimônia terminou, Mace devolveu a adaga e o cálice a um dos irmãos Caídos mais próximo. Depois disso, aproximou-se desse mesmo Caído e sussurrou:

— Temos uma visita: um rapaz encantado pelo atrativo das lendas e das trevas.

O irmão Caído disse:

— Estou ciente da presença dele, espreitando-nos por entre as sombras.

Mace sorriu.

— Providencie para que encontre o que procura.

— Mas é claro.

Mace inclinou a cabeça em agradecimento antes de voltar-se e caminhar pelo declive onde viu Urakabarameel esperando.

— Ah, sim — exclamou. — Pretendia lhe contar mais sobre o Projeto Hades. — Eles caminharam lado a lado enquanto Mace falava. — O que vamos fazer vai chegar ao nível do maior engodo, desde que o Filho do Amanhecer tentou Eva a comer o fruto da Árvore do Conhecimento. E, como dizem, um pouco de conhecimento é uma coisa perigosa. Esse é o argumento decisivo de toda essa ideia. Os homens tomarão decisões de acordo com o que pensam que veem, com o que acreditam esteja acontecendo, com base no seu conhecimento, quando na verdade não haverá nada realmente para ver e nada realmente estará acontecendo. Só uma ilusão que criamos. E com base nessas ilusões, eles acabarão se voltando uns contra os outros e cometerão o mais grave dos pecados contra Deus.

— O que você quer dizer exatamente? — indagou Urakabarameel.

— Talvez seja prematuro entrar em tantos detalhes, mas deixe-me dar-lhe um exemplo. Digamos que alteremos o diagnóstico e o controle do satélite de GPS, mostrando um problema ou um erro. Vendo isso, o operador humano fará correções adequadas. No entanto, uma vez que o problema foi inventado, quando o operador fizer as correções, a sua reação na verdade estará criando um problema. Em outras palavras, alteramos alguns números, o operador compensa e altera todas as coordenadas de GPS.

— Interessante.

— E isso fica melhor ainda. — Mace apreciava a sua posição na hierarquia dos Caídos e não pôde resistir à oportunidade de ostentar que era um dos participantes escolhidos pelo Filho do Amanhecer. Ele não perderia essa oportunidade. — Talvez eu não devesse divulgar tanto — continuou ele —, mas a grandeza do plano é magnífica, e devo compartilhar com você. Digamos que as autoridades recebam a notícia de que cem aviões voltando para casa foram sequestrados e se apressem a pousar todos os aviões.

Urakabarameel sorriu.

— Uma vez que as coordenadas de GPS estão erradas, os aviões pousam em lugares errados.

— Sim. Os controladores de tráfego aéreo se apavoram e orientam os pilotos a tomar medidas drásticas para pousar, resultando em numerosos desastres enquanto outros aviões ficam sem combustível e caem do céu.

— Isso é bastante original, Pursan, mas imagino que haja mais do que aviões caindo...

— Ah, sim. Vamos afetar os sistemas como os de bancos, defesa, comunicações, serviços públicos e finalmente as redes de transmissão de energia de uma maneira igualmente caótica. O resultado final será a completa paralisação de todos os recursos em escala mundial. Na noite do último dia da humanidade, cada pessoa estará em guerra contra a pessoa mais próxima. Muitos tirarão a vida dos outros antes da própria, e daremos boas-vindas às suas almas de braços abertos.

— Eu já gosto da ideia — disse Urakabarameel. — E você vai conduzir tudo desde o início?

— Eu já comecei.

— Mantenha-me informado.

— Você está voltando ao deserto? — quis saber Mace.

Urakabarameel inclinou a cabeça concordando.

— Lidar com terroristas é como se comunicar com vira-latas, mas gosto do desafio.

Ao chegar ao seu carro, Mace acenou para Urakabarameel. Despindo a túnica, Mace olhou brevemente para os bosques escuros ali perto, sabendo que o jovem curioso ainda estava lá. Podia sentir o cheiro do medo do menino.

Mace sentou-se ao volante e saiu para a longa viagem para fora da floresta e em direção aos subúrbios de Virgínia. As cerimônias de iniciação Rubi sempre o revigoravam, e sorriu de empolgação por saber que o Projeto Hades estava prestes a se tornar uma realidade.

Por detrás da cobertura da floresta, Corvo viu quando o BMW partiu. Logo, todos os carros haviam partido e a noite estava quieta, o vento calmo, e a lua espalhava uma neblina metálica sobre os bosques de Maryland.

No entanto, Corvo não estava nem tranquilo e nem quieto. Já despira o pesado impermeável ao sentir o corpo coberto de suor.

— Mas que merda foi essa? — ele sussurrava.

Apoiado nas pernas trêmulas, ele descera aos tropeções pela ladeira inclinada até o anel de fogo. Precisava confirmar o que tinha visto ou encontrar argumentos para rir do seu engano. Ele rezou para que fosse o último. De qualquer modo, tinha de saber.

A fumaça pesada pairava no ar, quase como um sentinela nebulosa montando guarda. Cautelosamente, Corvo aproximou-se do círculo de pedra. O fogo tinha se extinguido, só as brasas ardiam fracamente em meio à massa preta de troncos gastos.

Corvo ainda não entendia direito o que testemunhara. E mesmo assim sabia que era algo que ia muito além das encenações dos feitiços e encantamentos fictícios que fazia com Cicatriz. Cicatriz nunca acreditaria nisso. Ninguém acreditaria nisso.

Corvo olhou para as pedras e tocou uma com o pé. O calor ardeu através do sapato. O cheiro acre de fumaça picava as narinas e ele não teve nenhuma dúvida de que ingressara em um lugar maligno. O ar, carregado com o odor de enxofre, estivera dentro dos corpos daquelas criaturas vis momentos atrás. Agora estava nos seus pulmões. Esse pensamento o convenceu de que já experimentara o bastante.

De repente, as brasas ganharam vida, com o brilho de um sol explodindo. Uma chama saltou para a cabeça de Corvo, levando consigo uma explosão de calor. Ele retrocedeu, temendo que os seus pés se fundissem ao chão.

Então ele as viu. As Bruxas de Potomac.

Elas apareceram diante dele, pouco além do anel de pedra, a apenas alguns metros de distância, os corpos nus consumidos pelo fogo.

Ele se virou para correr, fugir para tão longe daquele lugar quanto possível. Mas quando o fez, as bruxas se materializaram de repente na frente dele, bloqueando o caminho, forçando Corvo a retroceder para o fogo que agora se enfurecia. Ele sentiu um intenso calor morder-lhe o pescoço. A camisa e as calças se incendiaram no mesmo instante. O ar se encheu de uivos enquanto as bruxas avançavam. Os seus queixumes só se igualavam aos gritos agudos de terror que ele soltava. Quando ele foi envolvido pelo seu abraço, os objetos de metal que lhe perfuravam a pele derreteram-se e escorreram pela sua face como lágrimas de prata.

O CÓDIGO

Ben acordou ao som de alguém assobiando o hino nacional. Deitado de lado, longe das outras camas do pequeno dormitório, ele se virou para ver que era.

— Você devia estar de pé. — Era o menino, Devin Olsen, sentando na cama na outra extremidade do quarto. Ele assobiou outro compasso, então sentou-se no estilo índio sobre o colchão.

— O quê? — espantou-se Ben, passando as pernas lentamente sobre a borda da cama e esfregando o sono dos olhos.

— Devia estar de pé em sinal de respeito ao ouvir o hino nacional.

— Tem razão — admitiu Ben, olhando para o relógio. Fazia cerca de cinco horas desde que Tor levara Devin dali. Devia estar dormindo quando o menino voltara, porque não ouvira nada. — Mas vejo que você não está de pé.

— Agora terminou. Você não precisa ficar de pé depois de terminar. — Devin mantinha os braços estendidos como para enfatizar a falta óbvia de qualquer som.

Ben olhou para a bandeja de plástico que continha um prato ao pé da cama. Nele se via um sanduíche de presunto e queijo parcialmente comido e uma lata de refrigerante. Tor trouxera-lhe um lanche instantes depois de levar Devin. Ben perguntara para onde ele levara o menino, mas o sujeito não dissera nada a não ser "bom apetite".

Ben ficou contente ao ver que Devin voltara e parecia estar bem. Ele se encaminhou para uma cadeira perto do menino e sentou-se.

— Tudo bem com você?

O menino não o olhou nos olhos. Em vez disso, olhava para um ponto à esquerda, não muito distante, mas o suficiente para que se notasse. E o rosto do menino quase não tinha expressão.

Devin coçou a cabeça, coberta por uma massa de cabelo louro despenteado. Continuou fitando o espaço ao lado, agitando as mãos próximo à cabeça como se os dedos estivessem entorpecidos e ele tentasse devolver-lhes a circulação. Ben vira-o fazer aquilo várias vezes, como um tique nervoso. O menino mostrava-se brilhante em alguns aspectos e ainda assim mostrava essa deficiência estranha, inexplicável.

— Devin? — Ben esperou que o menino deixasse de agitar as mãos e prestasse atenção. Finalmente, indagou: — Para onde Tor o levou?

— Jogos. — Ele aquietou as mãos, mas não alterou o foco da visão.

— Você consegue olhar para mim?

Os olhos do menino vagaram antes de pousar em Ben.

— Que tipo de jogos? — Ben perguntou. — Videogames?

— Eles me deixaram jogar *Titan Quest*, *Warlords*, *Prey*, e às vezes *Ghost Recon*. — Tornou a coçar a cabeça. — O jogo do Tom Clancy. Ouviu falar do Tom Clancy?

— Claro que ouvi falar. — Ele teve a sensação de que o menino, de algum modo estranho, o menosprezava. — Então é só isso? Eles deixam você jogar videogames? — Devia haver mais coisas ali do que simplesmente o entretenimento do menino, ele pensou. O que estava acontecendo ali?

— Depois eu digito. — Devin estendeu as mãos e fingiu digitar sobre um teclado no ar.

— Digita o quê?

— O código.

— Você quer dizer... algo como o Código Morse?

Devin dirigiu um olhar para Ben como se a pergunta fosse estúpida.

— O código do Destino.

— Certo, eu me rendo. O que é o código do Destino?

— O computador de meu pai. Ele o chama de Destino.

Ben inclinou-se ligeiramente à frente, percebendo que estava prestes a obter algumas respostas.

— Quem é o seu pai?

— Alan Olsen.

— O que ele faz?

Devin pareceu confuso.

Ben decidiu reformular a frase.

— Qual é o trabalho dele?

Devin respondeu, ainda com a expressão distraída.

— É o chefe da CyberSys.

Agora estava começando a fazer sentido. Ben assistira aos noticiários sobre o sequestro do menino Olsen. Estádio dos Dolphins. Criança autista. Não fora pedido nenhum resgate. Não havia rastros nem pistas. CyberSys era o computador quântico. Ben até mesmo possuíra ações da empresa alguns anos antes. Dera um retorno de dezoito por cento, se ele não estivesse enganado. Não muito ruim pelos seus padrões. Agora estava todo mundo procurando o menino que se encontrava sentado à frente dele. Isso não era nada bom, pensou Ben. Pior do que havia pensado. Se o FBI conseguisse localizar Devin, também encontraria Ben Jackson, o banqueiro aposentado de Atlanta, e começaria a fazer perguntas. Em seguida era óbvio, Ben Jackson se tornaria Ben Ray, recém-condenado à prisão federal a ser encarcerado... Merda!

Ben pôs-se de pé. Quem sabe o menino não estivesse contando a verdade sobre quem ele era ou o que fazia quando o levavam para jogar videogames.

— Como você conhece os códigos do programa, Devin?

— Eu os memorizei quando jogava videogame no escritório do papai.

Ben abanou a cabeça, incrédulo. Desde muito jovem ele sabia sobre códigos de computador: não havia como um menino, ou qualquer pessoa, ser capaz de fazer tal coisa. Ben sorriu.

— Você está querendo me passar a perna, não é?

Devin olhou para as pernas de Ben.

— Por que eu faria isso?

Essa era outra descoberta sobre Devin Olsen. Ele considerava todas as coisas literalmente.

— Quero dizer, não seria muita coisa para memorizar?

— Na verdade, não. Cem mil linhas de códigos do Destino, dez mil de códigos do computador pessoal convencional.

— Você está me dizendo que memorizou cento e dez mil linhas de códigos de programas? Isso é impossível.

— Não, é fácil. É como memorizar livros.

— Quantos livros você já memorizou? — Ben queria saber se o menino não estaria só querendo confundi-lo.

Devin encolheu os ombros.

— Seis mil, quatrocentos e vinte e oito. O último que li foi *A Linguagem de Deus*.

Ben nunca ouvira falar desse livro.

— Certo, se estiver me dizendo a verdade, qual é a primeira linha da página... trinta e três?

Sem hesitação, Devin respondeu:

— *Se você começar a ler este livro como um cético...*

Ben olhou para o menino como se ele tivesse acabado de revelar onde Ben escondia as suas revistas *Playboy* quando era adolescente. Ele não tinha como confirmar se aquelas eram mesmo as primeiras palavras da página trinta e três do livro, mas a confiança impressionante de Devin o convenceu de que a resposta provavelmente estava correta.

— Digamos que eu acredite que você memorizou os códigos do computador Destino do seu pai. Não levaria muito, muito tempo, para digitar todo ele? Quero dizer, a que velocidade você é capaz de digitar?

— Eu não sei. O recorde mundial pertence a Barbara Blackburn, da cidade de Salem, a capital do Estado de Oregon. População, três milhões, quatrocentos e vinte e um mil. Barbara Blackburn é capaz de digitar cento e cinquenta palavras por minuto. Isso represente trinta e sete mil e quinhentas batidas no teclado. A velocidade máxima dela foi de duzentos e doze em um teclado modificado. Está no livro dos recordes mundiais do *Guinness*.

Ben sentiu a cabeça rodar. Eles sequestraram aquele menino de 8 anos de idade para roubar os códigos de computador que ele tinha memorizado. Obviamente, ele era algum tipo de gênio ou prodígio. A pergunta mais importante era o que pretenderiam fazer com ele depois de terem conseguido o que queriam.

Devin apertou as mãos novamente.

— Devin, você faz alguma ideia sobre por que Tor precisa do código?

— Não.

Ben era um homem impaciente, mas por alguma razão simpatizara com o menino. Como seria estar na cabeça de Devin? O que estava guardado dentro daquele menino de 8 anos de idade? E aqueles imbecis não tinham nenhuma consciência. Ele ficou pensando no que eles fariam assim que obtivessem tudo que precisavam de Devin. De qualquer maneira, ainda demoraria algum tempo para ele digitar as cento e dez mil linhas de códigos, mesmo à velocidade do *Guinness*. Pelo menos o processo demorado de digitar o código lhe daria algum tempo para descobrir um modo de escapar, e levar o menino com ele.

Havia a pergunta sobre o que eles pretenderiam fazer com Ben Jackson. Ele não tinha nada a oferecer como Devin — não tinha nenhum valor. O *destino* de Ben era desanimador. Ajudaria se ele soubesse quanto tempo lhe restava. Quanto do código ainda faltava? E se eles precisassem só de uma parte?

— Devin, ainda falta muito do código para digitar para Tor?

— Bastante.

— Quanto é bastante? Quanto tempo vai levar?

Devin encolheu os ombros.

Ben sentiu o estômago se contrair.

— Uns dois dias?

Novamente, Devin encolheu os ombros.

— Talvez menos?

Devin olhava para o vazio inexpressivamente.

Ben soltou um longo suspiro. Assim que tivessem o código do Destino, eles provavelmente não teriam mais necessidade de Devin. E, Ben pensou, não havia nenhum motivo para retardar o seu próprio falecimento. Isso poderia acontecer a qualquer minuto. Estava impressionado por já não terem dado cabo dele. Por que o estavam mantendo vivo?

— Então é melhor eu pensar rapidamente em algo para nos salvar... é como se estivesse escrito nas paredes*.

Devin ergueu a cabeça de um salto e olhou de uma parede para a outra.

— Não, não, não há nada escrito em nenhuma parede. Isso é só uma expressão.

---

* Tradução livre de "the handwriting is on the wall", expressão originária da Bíblia (Daniel 5:5), com o significado de uma catástrofe inevitável.

Ben andou de um lado para outro.

— Devin, enquanto penso em uma maneira de escapar, precisamos manter os nossos planos em segredo desses assassinos. Entende?

— Sim — respondeu Devin, arrastando o dedo pelo pescoço como um pirata cortando a garganta de um prisioneiro.

ARTEFATO

— Secretário Mace, a sua coleção é mesmo magnífica — elogiou a mulher.

Num vestido de noite elegante, ela caminhava graciosamente de uma caixa expositora para a seguinte no grande estúdio da residência de Mace. A iluminação fraca, indireta, contrastava com o brilho suave dos expositores, fazendo-os parecer ilhas adornadas com joias em um mar de madeira escura e tapetes persas. Ela se deteve diante de uma caixa contendo artefatos egípcios. Sussurrando ao marido em pé ao seu lado, ela apontou para um bracelete disposto sobre veludo escarlate.

— Esse é um dos meus favoritos — observou Mace, ao ver a reação dela. Enquanto outros convidados para o jantar se aproximavam, ele tomou um gole de champanha da taça de cristal e continuou: — Os antigos egípcios adotaram o escaravelho ou o besouro-do-esterco como um símbolo do deus Sol, porque costumavam ver o inseto rodando uma bola de esterco no chão. Esse gesto sugeriu-lhes a força invisível que faz o Sol girar pela cúpula do céu.

— É impressionante — exclamou a mulher. — Querido, compre-o para mim. — Ela golpeou com o cotovelo o marido, que fingiu pegar a carteira.

O grupo riu enquanto Mace sorria radiante, orgulhoso da coleção que levara tantos anos para acumular. — A propósito, o ouro é incrustado com lápis-lazúli.

— E este aqui, secretário Mace? — outra convidada perguntou, apontando para outro expositor. — Conte-nos sobre este.

— É um artefato de origem asteca. — O grupo o seguiu e reuniu-se ao redor do vaso multicor, que rebrilhava banhado delicadamente pelos refletores estrategicamente apontados. — A face na frente é do deus Tlaloc. Aquelas são serpentes enroladas ao redor dos olhos dele. O vaso simbolizava a água, que produzia colheitas generosas.

— Parece assustador — comentou a mulher, inclinando-se para ver mais de perto.

— De várias maneiras, os astecas eram um povo brutal, e a sua arte reflete isso. — Mace sorriu por saber que muitos integrantes da Fraternidade dos Nephilim foram um dia sacerdotes e guerreiros astecas.

— Secretário Mace? — Um homem de smoking fez um gesto na direção de uma caixa de cristal trabalhado, mais ou menos do tamanho de uma torradeira, dentro do seu próprio expositor. — A sua coleção tem tantas peças surpreendentes, mas o expositor mais empolgante contém o que parece ser apenas um pedacinho de madeira preta. O que há de tão especial com este aqui?

Dentro da caixa de cristal, por cima de cetim branco, encontrava-se um objeto do tamanho de um lápis de sobrancelha. Era tão preto que parecia não ter nenhum detalhe, nem a luz se refletia da sua superfície.

— Este é o meu bem mais precioso — declarou Mace.

— Um pedacinho de madeira, senhor secretário? — estranhou a primeira mulher. — Mais do que o seu bracelete de besouro de cinco mil anos de idade?

A observação dela produziu um sorriso em Mace e risos entre os convidados para o jantar.

— Nunca pensei nos egípcios como fãs dos Beatles — um trocadilho com a palavra *beetle*, besouro em inglês, usada pela mulher. — De agora em diante, vou me lembrar daquela peça como o bracelete do Ringo Star. — Esse comentário produziu um riso mais alto.

— Quer dizer que isto é mesmo de madeira? — um convidado perguntou.

— Você chegou perto. Começou como madeira. O que vocês estão vendo é na verdade seiva cristalizada. Mas a madeira de que ela se originou é o que a torna tão especial.

— Você está nos deixando em suspense, senhor secretário — um convidado disse. — Por favor, conte a todos do que se trata.

Mace deixou a taça sobre uma mesa auxiliar e aproximou-se do expositor. Em seguida, tirou um jogo de chaves do bolso e destrancou a caixa.

— O caso é uma mistura intrigante de história bíblica e lenda. Deixe-me perguntar a todos, alguém de vocês ficaria impressionado se eu lhes dissesse que possuí um unicórnio?

A grande maioria inclinou a cabeça afirmativamente.

— De várias maneiras, a peça para a qual vocês estão olhando é tão rara quanto o unicórnio mítico. — Ele abriu o expositor e tocou a parte superior da caixa de cristal com as extremidades dos dedos, quase como se estivesse acariciando a pele de uma amante. — Para os que conhecem bem o livro do Gênese na Bíblia, Deus instruiu a Noé para construir uma embarcação para fazer frente ao Grande Dilúvio iminente. Era para Noé construir essa embarcação com madeira resinosa e betume. Ao longo dos séculos, muitos homens procuraram o lugar de descanso final da Arca. Vários anos atrás, um grupo de exploradores localizou o que acreditaram ser os restos da Arca nas encostas cobertas de neve do monte Ararat, na Turquia Oriental. Alguns restos da seiva cristalizada das pranchas de madeira resinosa detalhadas no Gênese foram encontrados preservados. Portanto, o que vocês estão vendo é um pedacinho da Arca de Noé que sobreviveu ao Grande Dilúvio mais de cinco mil anos atrás.

Mace observou as expressões sempre previsíveis de surpresa nos rostos dos convidados toda vez que revelava a identidade do minúsculo objeto preto.

— Está falando sério? — reagiu o homem, encarando Mace. — A verdadeira Arca de Noé?

— Sim. — Mace deu a volta para o lado oposto do expositor para poder ficar de frente para os amigos. — Esta peça em particular, juntamente com mais algumas outras, encontrava-se no Museu de Bagdá, levada para lá pela expedição que descobriu a Arca. O Museu de Bagdá era um repositório notável de antiguidades. Vocês se lembram de que, em abril de 2003, logo depois do colapso do regime de Saddam Hussein, o museu foi saqueado. Foi um ato desprezível de pilhagem comparável em escala ao saque de Constantinopla e ao incêndio da biblioteca de Alexandria. Pessoas como eu que valorizam as antiguidades da humanidade ficaram arrasadas. Só entrei na posse deste artefato imediatamente antes do começo da Guerra do Iraque.

— Se ele fazia parte da coleção do museu, como você o conseguiu? — outro convidado perguntou.

Mace praticara várias vezes em frente ao espelho do banheiro a encenação que estava prestes a apresentar, testando as expressões faciais que tornariam a sua mentira convincente. Conforme o ensaiado, a sua expressão tornou-se melancólica.

— Apesar das imensas fortunas acumuladas por Saddam Hussein — ele disse —, só uma pequena parte do dinheiro dele ia para a preservação dos bens herdados ao longo de gerações na região... nem mesmo para os tesouros arqueológicos do seu próprio país. A maior parte ia para os seus palácios e para sustentar um estilo de vida extravagante. Assim, de vez em quando, para levantar fundos para o museu, o curador promovia um leilão. Na verdade, era mais parecido com uma rifa. A compra de um bilhete dessa loteria custava a cada patrocinador um milhão de dólares. — Era nesse momento que ele permitia que o seu rosto se iluminasse. — Este foi o prêmio que eu ganhei.

Mace analisou a sua audiência. Nem uma única sobrancelha elevada em questionamento. Ele forçou um sorriso conciliador.

— Os outros pedaços roubados da Arca foram recuperados? — um convidado perguntou.

— Não — respondeu Mace. — Na realidade, os ladrões podem nem sequer ter percebido o que eram esses pedaços. Eles podem ter sido facilmente negligenciados entre os milhares de outras obras de arte mais notáveis, esculturas e tudo mais que levaram. O saque foi muito mais caótico do que se possa imaginar. Infelizmente, este pode ser o único pedaço que sobrou da Arca de Noé.

— Incrível — exclamou um convidado. — Sorte sua tê-lo conseguido antes desse acontecimento terrível.

— Senhor secretário, um telefonema urgente para o senhor.

O grupo voltou-se em conjunto quando um rapaz de terno preto aproximou-se, segurando um telefone sem fio na mão estendida.

— Se me derem licença por um instante — falou Mace. Ele fechou o expositor, trancando a caixa de cristal com o artefato dentro antes de pegar o telefone. Só depois de se encontrar na privacidade de um corredor adjacente foi que segurou o telefone junto à orelha e disse.

— Aqui é Mace.

— Sou eu, Tor.

— Essa notícia vai me aborrecer?

— Vai.

MOTNEES

— Como pôde uma menina de 8 anos de idade com quem você nunca se encontrou desenhar um retrato tão detalhado de você? — perguntou John, olhando para o desenho.

— Deve haver uma explicação lógica — disse Cotten. Ela observava o trânsito inconstante de entrada e saída no estacionamento do motel Tropical Breeze enquanto ela e John continuavam sentados no carro alugado.

— Estou certo de que você tem razão — ele disse. — Afinal de contas, estamos chegando perto e tendemos a ver um sinal em quase tudo. — Ele coçou a barba de um dia. — Tera deve ter visto um retrato seu.

— É claro, é isso aí — concordou Cotten. — No álbum de recortes. Encontrei uma fotografia de Lindsay comigo na época do colegial. Estava com o bilhete que ela deixou me informando que estavam fugindo.

— Mas essa era uma fotografia antiga. O desenho não é de uma garota no colegial. É do jeito que está agora. A menos, é claro, que você não tenha mudado muito.

— Gostaria de poder dizer isso, mas aquilo foi há dezessete ou dezoito anos. — Cotten lançou-lhe um olhar desafiador, provocando-o a fazer um comentário sobre a sua idade.

Ele pareceu entender a sua expressão e estendeu a mão em atitude defensiva.

— Não consigo imaginá-la mais bonita do que está hoje.

Ela não pôde conter um sorriso.

— Resposta certa — disse, pousando a mão sobre a dele, os olhos exibindo uma expressão travessa. — Você tem razão, o retrato não se baseia na minha fotografia do colegial. Mas Tera poderia ter-me visto na televisão. Depois do incidente russo, apareci em toda a mídia.

Cotten virou-se para olhar através da janela quando um pensamento lhe ocorreu de repente.

— Mas parece haver uma coincidência muito grande nisso. — Ela apertou a mão dele, depois a soltou e o encarou. — Acho que ela deixou o desenho de propósito para o caso de nós virmos. Acho que ela queria que eu o encontrasse. Como uma espécie de mensagem.

— E que mensagem seria essa?

— Não faço a menor ideia. Mas não vamos descobrir sentados aqui.

— Bem, esse é outro problema que precisamos discutir.

— Que problema?

— O telefonema. Aquele que partiu do seu telefone celular em Kentucky.

— Você disse que havia uma advertência para desistir. Portanto, qual é a novidade? Quantas vezes os Nephilim recorreram a essa mensagem velha e desgastada? — Ela encolheu os ombros. — Já ouvimos isso antes. Você e eu sabemos que eles não vão me matar. Isso vai contra a aliança que protege os descendentes dos Caídos. John, o meu pai era Furmiel, o Anjo da Décima Primeira Hora. Se ele não se arrependesse e se tornasse mortal, eu não teria nascido. Eu *sou* Nephilim... pelo menos metade de mim é. Portanto eles não podem me matar.

— Mas podem ferir — lembrou John. — Foi essa a advertência, Cotten. Desista ou eles *vão* ferir você. Gravemente. — Ele pegou a mão dela entre as suas. — Podem mutilar, desfigurar, deixá-la à beira da morte... fazê-la sentir uma dor constante. Será que encontrar uma menina que se indispôs com um pastor do interior compensa o risco?

— Não se trata só disso, John. Você sabe que é muito mais do que isso. — Cotton apoiou a cabeça no encosto do banco e olhou pelo para-brisa. — Aconteceu uma coisa estranha quando toquei a fotografia de Tera. Uma coisa muito estranha, intensa. Foi como se houvesse uma ligação especial, como se eu estivesse em contato com a minha própria mortalidade, a minha própria alma. O meu reflexo perfeito. — Ela se virou e olhou-o nos olhos. — Isso está muito além de desenhos, pinturas, poemas e auras vermelhas ao redor do pastor Albrecht. Sinto-me compelida a encontrá-la. — Ela se deteve a ponto de revelar quem pensava que fosse Tera. Talvez John pensasse que perdera finalmente a razão.

John pegou o desenho e examinou-o por um instante antes de deixá-lo sobre o painel do carro.

— Você disse "meu reflexo". Por acaso estaria se referindo a Motnees, a sua irmã gêmea?

Cotten inclinou a cabeça concordando. *Deus, ele me conhece tão bem*, pensou. Não havia outra pessoa no mundo que soubesse tanto sobre ela... que conhecesse tudo sobre ela, o seu lado bom, e o não tão bom assim.

— O nome dela parece uma tolice agora. Mas era assim que eu a chamava. Seu nome de anjo. Embora ela tivesse morrido ao nascer, seu espírito aparecia para mim quando eu era criança. Eu lhe contei como ela aparecia no meu quarto e me confortava quando eu estava doente... conversava comigo na nossa linguagem inventada de irmãs gêmeas. Quando toquei na fotografia de Tera lá na fazenda, foram exatamente as mesmas recordações que se apossaram de mim, o mesmo laço forte, a ligação incrível. Eu podia quase ouvi-la me chamando.

— Em enoquiano, a língua dos anjos... em que vocês conversavam?

Cotten sentiu as lágrimas assomarem.

— Sim. — Demorou um instante para ela se recompor. — Se Tera for a encarnação de Motnees, morro de medo só de pensar.

— Por que você teria medo dela? Eu não entendo.

— Não, não dela. Tenho medo do que isso significa. Por que ela voltaria depois de tantos anos? Nós ainda não sabemos a razão, mas a presença dela certamente significa que algo terrível está prestes a acontecer. Ela deve ser uma enorme ameaça para os Caídos. É por isso que eles a estão procurando com tanta ferocidade. Tera deve ter um papel fundamental no confronto com eles, e eles devem suspeitar disso. Eles nunca irão desistir da caçada enquanto não conseguirem apanhá-la.

— E eu não quero que aconteça nada a você.

— Eu sei — ela disse, inclinando-se para ele, sentindo a segurança que a proximidade dele sempre lhe dava.

John acariciou-lhe o cabelo.

— Mas estou vendo que não vou conseguir nada tentando dissuadi-la de continuar. Se a ligação é assim tão forte, então deve haver algo por trás disso. E não vamos descobrir enquanto não encontrarmos Tera. Se conseguíssemos saber por que eles querem tanto encontrá-la! Que ameaça uma menina poderia representar para as Forças de Mal?

De repente, Cotten endireitou-se no assento. Depois fitou John, os olhos arregalados de surpresa.

— Meu Deus, como podemos ser tão burros?

— Não estou entendendo.

— Queremos saber por que eles têm tanto medo dela? John, eles estão com o meu telefone celular.

— Claro — ele disse, balançando a cabeça.

Cotten sorriu.

— Então vamos ligar e perguntar.

DEGRADAÇÃO

— O que você está querendo dizer com "não está funcionando"? — indagou Mace. Ele se afastara dos convidados do jantar para atender ao telefonema de Tor. Com o fone junto à orelha, foi caminhando até o pátio de pedregulhos, de onde se avistava a zona rural de Virgínia.

— Eu bem que desconfiava desde o princípio — alegou Tor. — O tódio se degradou depois de milhares de anos de exposição nas montanhas geladas turcas.

— Quer dizer que você está me dizendo que não vai funcionar?

— Eu não disse isso. Só que não é cem por cento confiável. Vou precisar de mais tempo para isolar uma amostra manipulável a partir do material que você me deu.

— Quanto tempo?

— É muito cedo para prever.

— E o que me diz de usar o artefato que tenho aqui?

— Vem tudo do mesmo lugar. Posso tentar, mas sem nenhuma garantia de que vai funcionar melhor.

— E qual é a alternativa?

— A menos que você consiga me encontrar uma fonte pura de tódio, voltamos à estaca zero.

Mace esfregou o queixo.

— Como está indo com o menino?

— Devagar. Ele é totalmente imprevisível.

— E o nosso amigo banqueiro?

— Ele e o menino estão se dando bem. Mas Jackson, aliás Benjamin Ray, também não está tendo muita sorte com o menino. Às vezes, acho que deveríamos ter pirateado os códigos direto do computador central da CyberSys em vez de tentar conseguir com um menino de 8 anos de idade... especialmente este aqui.

— Seria como na história da galinha e do ovo se fizéssemos isso. Você precisa de um computador quântico para entrar no sistema mas só vai ter um computador quântico depois que conseguir entrar no sistema. O menino é o caminho mais direto entre os dois.

— Então você devia vir aqui em Hicksville e ver se tem mais sorte.

— Eu não tenho paciência para esses assuntos. Continue persistindo. Enquanto isso, vou mandar alguém lhe levar o outro artefato de tódio. Ele vai de avião até Little Rocks e de carro até você.

— Está bem, mas como eu disse, não existe nenhuma garantia de que vai funcionar melhor do que com o que você já me deu.

— Eu não preciso de garantias, só de resultados.

— Diga a quem for entregar o artefato para me ligar no celular quando chegar à cidade. Este lugar é o cão para se encontrar, então eu prefiro ir ao encontro da pessoa. E a propósito, a pessoa não deve se alojar aqui. O lugar já está ficando muito lotado com o filho de Olsen e o banqueiro. Eu projetei o sistema e posso cuidar de tudo sozinho.

— Certo, continue assim, e consiga o resto do código com o menino.

Mace pressionou o botão de desligar o telefone. Não contara que o tódio pudesse se degradar. Isso poderia representar um grande problema na sua programação. Onde encontraria outras fontes? A resposta estaria enterrada em algum lugar na história do Grande Dilúvio, disso ele tinha certeza.

Enquanto caminhava pelo pátio, Mace tentou se recordar dos muitos aspectos do Dilúvio que se mantiveram ocultos ou se perderam ao longo das eras. Muitos detalhes do acontecimento não foram documentados nas Escrituras, graças à influência dos Caídos sobre a arrogância e os egos dos homens que aprovaram e montaram a Bíblia. Muitos textos antigos, pergaminhos e livros foram omitidos porque não estavam de acordo com os ensinamentos da Igreja ou porque o Filho do Amanhecer decidira eliminá-los. Inspiração seletiva, foi como chamara.

Um fato estava relacionado à construção da Arca. Mace sabia que, no Gênese, a madeira usada na construção da Arca era chamada madeira de gôfer ou madeira resinada — um material obscuro, antediluviano, que por desígnio não fora bem definido — e não existia em nenhum lugar do mundo atual. Na realidade, a madeira usada para construir a Arca eram pranchas originalmente cortadas da Árvore da Vida, a leste do Jardim do Éden. Depois do Dilúvio, a Arca foi desmontada e a madeira levada pelos descendentes de Noé para terras distantes enquanto eles repovoavam o mundo. Mas era a seiva que a madeira excretava que se constituía no grande segredo. Uma vez cristalizada, ela se transformava em um material com poderes e propriedades incomuns — próprios de um material que se originara no Jardim. A resina cristalizada da Árvore era o que Tor chamava de tódio, a energia por trás do computador do Hades.

A Árvore desaparecera para sempre, depois de ter legado os seus últimos ramos e galhos para a Arca cinco mil anos atrás. Mas o fato de que a madeira fora dispersada pelos descendentes de Noé significava que outros objetos poderiam ter sido feitos eventualmente da madeira e ainda poderiam existir.

Para ele, fora tão fácil conseguir os poucos pedaços remanescentes da Arca no monte Ararat — o saque do museu de Bagdá fora uma diversão conveniente para roubá-los. A tarefa que se apresentava agora de encontrar outros objetos provenientes da Arca não seria assim facilitada. Ele precisaria se consultar com o Filho do Amanhecer e recorrer à sabedoria e ao profundo conhecimento do seu líder, acumulados ao longo das eras, sobre a Bíblia e outros documentos antigos. Em algum lugar, repousaria à sua espera uma fonte pura de tódio. Agora, era uma questão de encontrá-la antes que o Projeto Hades fosse descoberto e o futuro do Exército Rubi estivesse comprometido.

Com um sentimento renovado de determinação, Mace retornou ao grande salão onde os convidados esperavam e declarou:

— Senhoras e senhores, vamos à sobremesa.

TÓDIO

Max Wolf olhou para a câmera enquanto o repórter da Satellite News Network dizia:

— Doutor Wolf, por favor diga ao Sr. Olsen que todos nós estamos rezando pela pronta recuperação do filho dele, Devin.

— Obrigado — falou Max. — Vou comunicar isso para ele.

Ele e o repórter, juntamente com a equipe avançada da SNN, estavam reunidos à sombra das palmeiras do Biscayne Boulevar próximo à sede da CyberSys, no centro da cidade de Miami. Uma frente fria se aproximara do sul da Flórida na noite anterior. No momento o ar estava fresco e revigorante sob um céu totalmente azul enquanto a brisa do fim do outono sussurrava entre as folhagens das palmeiras e se misturava com o zumbido do trânsito vespertino.

O repórter gostaria de conduzir a entrevista dentro dos laboratórios da empresa, mas os regulamentos de segurança corporativos proibiam câmeras de qualquer espécie dentro das áreas restritas de pesquisa, assim eles concordaram com o luxuriante parque tropical próximo ao prédio da CyberSys, tendo o seu dinâmico logotipo em forma de raio azul ao fundo.

— Sem ser técnico demais, o senhor poderia explicar para os nossos espectadores do que trata exatamente o Projeto Destino?

Max disse:

— Destino é o nome em código do que esperamos que venha a se tornar o primeiro computador quântico em funcionamento no mundo — respondeu Max.

— E o que é um computador quântico?

— Talvez uma maneira de visualizá-lo seja compará-lo ao tradicional computador pessoal que estamos acostumados a ver. Imagine o computador tradicional como o venerável ônibus espacial *Enterprise* e o computador quântico como a fictícia nave espacial *Enterprise*. Um se desloca a dezenas de milhares de quilômetros por hora, enquanto o outro viaja perto da velocidade da luz... nos filmes pelo menos. Portanto, uma das principais diferenças entre os dois computadores é a velocidade ao realizar as suas operações.

— Essa é uma comparação bastante impressionante, doutor Wolf, e um enorme salto em matéria de tecnologia.

— A velocidade é tudo na computação quântica — admitiu Max. — Por exemplo, algumas simulações modernas que atualmente levam anos para ser feitas no supercomputador Blue Gene da IBM levariam apenas alguns segundos num computador quântico.

— Impressionante — admitiu o repórter. — Muitas pessoas do nosso público conhecem a CyberSys e o fato de que vocês são os líderes tanto em desenvolvimento de tecnologia de criptografia de alta velocidade quanto nas pesquisas de computação quântica. Diga-nos, qual é o principal obstáculo no seu caminho para tornar o sistema Destino operacional?

— Em uma palavra — resumiu Max — a incoerência. Em um computador quântico, todos o dados são armazenados no que chamamos de *qubit:* basicamente um bit de informação por átomo. No processo computacional, precisamos que os qubits interajam entre si, mas não com o ambiente, que pode induzir ruídos e outros resultados indesejáveis. Precisamos manter o computador em um estado coerente... a menor interação com o mundo exterior faz com que o sistema se torne incoerente, criando assim o nosso maior inimigo, a incoerência e a corrupção das nossas computações.

— E falta muito para encontrarem uma solução?

— Ainda temos caminhos a percorrer. O problema está em armazenar os qubits. Já tentamos usar quase tudo. Usamos praticamente todos os tipos de átomos... até mesmo algo tão exótico quanto as falhas de nitrogênio nos diamantes... para descobrir o material de armazenamento ideal. Nada funcionou bem o bastante para evitar algum nível de incoerência.

— Portanto, se vocês experimentaram todos os materiais existentes, então podemos concluir que é impossível construir um computador quântico de verdade?

— Bem — disse Max com um sorriso —, eu estava me referindo a todas as substâncias conhecidas que podemos controlar. Na natureza, existem apenas 92 elementos, mas os cientistas têm descoberto alguns outros, sob determinadas condições especiais de laboratório. Uma descoberta recente que acreditamos capaz de produzir resultados positivos é um elemento chamado tódio, um átomo até então desconhecido, muito acima da tabela periódica.

— E como sabem que daria certo?

— Até o momento, não passa de uma teoria com base em quantidades de um ou dois átomos criados em testes de aceleradores de partícula.

— Não são o bastante para as suas necessidades?

— Não. Não somos capazes de produzir o bastante para confirmar positivamente a sua compatibilidade, e infelizmente não temos conhecimento de nenhuma fonte para a produção natural. No momento, a existência natural do elemento é hipotética.

— Devo admitir que nunca tinha ouvido falar desse tódio.

— Assim como alguns outros elementos teóricos ou extremamente raros — explicou Max —, normalmente o tódio restringe-se às notas de rodapé das publicações científicas.

O repórter assentiu com a cabeça concordando.

— Lembro-me de alguns deles na faculdade. Nunca soube por que nos dávamos ao trabalho de estudar algo tão escasso que o total existente mal preencheria um dedal.

— Você provavelmente está pensando na astatina ou no frâncio. Calcula-se que existam apenas trinta gramas de astatina em todo o mundo, e os cientistas nos informam que existem aproximadamente quinhentos gramas de frâncio em toda a natureza.

— O senhor poderia nos explicar sobre o tódio?

— Tecnicamente, é uma forma específica de resina cristalizada. As nossas simulações mostram que essa resina exibe todas as características necessárias para evitar incoerência no armazenamento de qubits. Se as teorias estiverem corretas, o tódio seria um material perfeito para o buraco espectral. Com ele, seríamos capazes de alcançar os átomos de tódio usando os nossos raios laser e compreender os seus estados sem problemas. Teoricamente, achamos que os átomos de tódio interagem fortemente entre si, permitindo-nos criar portões quânticos de processamento lógico rápido. E nós acreditamos que ele possua uma transição atômica de dois níveis de energia hiperfina que são tão maravilhosamente isolados do ambiente adjacente que um qubit poderia permanecer ativo ali efetivamente para sempre, sem ser perturbado pelo ruído ou pela incoerência.

— Então, tudo o que vocês precisam fazer é controlar um punhado de tódio e então construir o primeiro sistema Destino completamente funcional?

— Teoricamente, sim.

O cameraman sinalizou que o tempo do segmento estava quase acabando.

— Isso é fascinante, doutor Wolf. Estou certo de que os nossos telespectadores mal podem esperar por novas notícias da CyberSys, informando que conseguiram resolver o problema da incoerência e construíram o primeiro computador quântico Destino em operação. Quando o fizerem, esperamos que nos convidem para contar a história.

— Mas é claro — afirmou Max.

— Mais uma pergunta, doutor Wolf.

O Max inclinou a cabeça concordando.

— Se alguém fosse capaz de construir um computador tão potente quanto o seu Projeto Destino, como isso afetaria a todos nós?

— Ele tornaria inúteis todos os sistemas criptografados em uso atualmente. — Pensando melhor, Max acrescentou: — E abalaria a confiança de todas as agências de segurança existentes no mundo.

SALA DE JOGOS

A porta se abriu e Tor entrou no pequeno dormitório. Sentando na borda da cama, Devin imediatamente começou a agitar as mãos, como se quisesse secá-las no ar. Na outra extremidade do quarto, Ben apoiou-se contra a parede e observou.

— Devin, está na hora dos seus jogos — Tor disse.

— Jogar, jogar, jogar, jogar. — Devin repetiu as palavras a uma velocidade de metralhadora.

— Você sabe quanto gosta de jogar, Devin. — Tor permaneceu em pé ao lado do menino. — Acabamos de instalar a versão mais recente de *Companhia de Heróis*. Você adora esse jogo, lembra-se?

— *Companhia de Heróis, Companhia de Heróis.* — O menino passou a entoar o título do jogo.

— Você está dificultando as coisas, Devin — insistiu Tor.

— O Ben vai, o Ben vai, o Ben vai.

— Acho que ele quer que eu o acompanhe — observou Ben, satisfeito por ver que o menino seguia o plano. Esperava que Devin se lembrasse de tudo.

— O senhor Jackson não joga videogames, Devin — atalhou Tor.

Devin pôs as mãos no colo e começou a balançar, olhando fixamente à esquerda de Tor.

— Que mal poderia fazer? — interveio Ben novamente, tentando não parecer muito insistente. — Talvez ele coopere mais.

Tor voltou-se e olhou para Ben.

— Talvez. — Ele hesitou por um instante, como se considerasse a ideia. Voltando-se para Devin, disse: — Você ouviu isso? Seu novo amigo vai nos acompanhar e vê-lo jogar. Agora você vem, Devin?

Devin parou de balançar e se pôs de pé.

— As coisas já estão melhorando — elogiou Tor. Encaminhando-se à porta, ele a abriu. — Venham por aqui, cavalheiros.

Ben seguiu atrás de Devin enquanto os três deixavam o dormitório. Eles entraram no aposento muito maior que Ben só vira de relance anteriormente. A primeira coisa que ele notou foi o ar refrigerado — frio o bastante para ver a própria respiração. Ele presumiu que fosse para impedir que as fileiras de computadores se aquecessem demais. Ele e Devin acompanharam Tor, passando por 25 prateleiras de metal enfileiradas de quase dois metros de altura cada, enquanto se encaminhavam para a extremidade da sala. Ben calculou que cada fileira se prolongasse por mais de quinze metros de profundidade, considerando o zumbido dos equipamentos eletrônicos perturbadores. Milhares de indicadores luminosos minúsculos, multicores, piscavam nas fileiras escuras de equipamentos como olhos alienígenas. Ben observou que ninguém mais caminhava junto com eles, mas sentiu que Tor poderia não estar sozinho ali. E ele vira o homem de casaco vermelho nos bosques e pouco antes da colisão. Aquela era uma operação grande demais para uma só pessoa.

Ele lançou uns olhares de relance para o teto, para confirmar a colocação dos exaustores a jato — exatamente iguais aos instalados no teto dos departamentos de computação dos seus hospitais muitos anos antes da proibição do uso dos clorofluorcarbonetos. Mas a regulamentação isentou determinados usuários críticos como as forças armadas. Se fosse esse o caso ali, e os tanques de Halon ainda estivessem em funcionamento, então o seu plano funcionaria perfeitamente.

Do outro lado da sala, Tor levou Ben e Devin por um lance de degraus metálicos para um segundo pavimento, onde Ben imaginou terem ficado um dia os escritórios — cada um com uma janela grande que dava para a sala dos equipamentos eletrônicos.

No pouco tempo desde que tinham deixado o dormitório, os dentes de Ben tinham começado a bater.

— Você precisa manter isso assim tão frio? — perguntou a Tor.

— Esses equipamentos derreteriam num instante se não fizéssemos isso — explicou Tor. — Além do mais, você acaba se acostumando.

— Talvez *você* se acostume — retrucou Ben.

Conduzindo os dois para dentro do primeiro escritório, Tor fechou a porta e acendeu as luzes fluorescentes do teto. Era sensivelmente mais quente dentro do escritório, pelo que Ben ficou muito grato. Casualmente, olhou para a instalação das lâmpadas. Bem ao lado via-se um exaustor Halon.

Dentro do escritório havia uma escrivaninha e com uma cadeira disposta contra uma parede, com um computador portátil, teclado, monitor e *joystick*. Na parede oposta, estavam encostadas duas outras cadeiras dobráveis.

— Vamos lá, Devin. Essa é a mais recente versão de *Companhia de Heróis*. Sente-se. Você tem os trinta minutos de sempre para detonar alguns bandidos. Então eu volto para recomeçarmos de onde paramos ontem. — Ele deu um tapinha no encosto da cadeira e Devin sentou-se.

Em um instante, o som de tanques e aviões da Segunda Guerra Mundial tomou conta da sala, enquanto Devin movia-se por um campo de batalha virtual em cinzas em algum lugar do teatro de guerra europeu.

— Sente-se, senhor Jackson — disse Tor, indicando as cadeiras dobráveis ao longo da parede. — Voltarei daqui a pouco.

Quando ele estava de saída, o telefone celular tocou.

— Sim. — Tor escutou por um instante. — Certo, você está a apenas vinte minutos daqui. Siga pela estrada municipal que corre ao lado da Floresta Nacional de Ozark. A entrada principal para a velha base militar estará à sua direita. Parece tudo fechado. Não se preocupe. Simplesmente, espere por mim no portão que eu o encontrarei lá. — Ele escutou novamente por mais um instante. — Algum problema para passar com o tódio pela segurança? — Uma pausa final. — Bom. Encontro-me com você lá.

Tor pressionou o botão do radiocomunicador no telefone.

— Fala! — ouviu-se uma voz masculina.

— Venha até a sala de jogos e vigie o menino e o senhor Jackson. Preciso ir me encontrar com o mensageiro.

— Certo — a voz respondeu.

Ben ouviu o ruído de passos nos degraus metálicos. O homem barbudo de casaco vermelho apareceu. Tor falou com ele em voz baixa, depois encaminhou-se para os degraus da escada. O homem pegou uma das cadeiras dobráveis da sala de jogos e sentou-se do lado de fora junto à porta, de costas para a janela de observação.

— Não suporto o som desses jogos — disse ele, fechando a porta.

Pelo ruído da fechadura, Ben concluiu que a porta se trancara automaticamente. Ficou olhando para a nuca do homem até ter certeza de que o sujeito se distraíra completamente.

— Devin — chamou em voz baixa. — Não se vire. Continue jogando. Precisamos alterar o nosso plano.

O menino continuou manipulando o *joystick* e o teclado. Ben quis saber se ele tinha escutado.

— Devin, você ouviu o que eu disse?

Devin parou por um segundo e agitou as mãos. Em seguida, voltou a explodir tanques.

Ben levantou-se e caminhou para trás do menino. Colocando as mãos sobre os ombros de Devin, disse:

— Certo, quero que você faça o seguinte.

RASTREADOR

— Está certo — disse John ao telefone celular. Em seguida, deu o número de Cotten ao chefe da seção do Venatori na Embaixada do Vaticano em Washington. Enquanto falava, ele inclinava a cabeça afirmativamente para Cotten. — É um Nextel Motorola iDEN equipado com AccuTracking.

Eles estavam sentados em um banco debaixo de um grande carvalho com o tronco recoberto de musgo à margem do lago Eola, no centro da cidade de Orlando. Uma enorme fonte circular que lembrava a Cotten um disco voador dominava o centro do lago, esguichando borrifos de névoa sob o sol morno da Flórida Central. Mães com carrinhos de bebê, filas de patinadores e turistas passavam pelos caminhos que contornavam os doze hectares do lago no centro do parque.

— Estamos prontos para fazer a ligação. Volte a me ligar assim que conseguirem localizar. Obrigado. — John fechou o telefone e voltou-se para Cotten. — Estamos todos a postos.

— Estou nervosa — disse ela, voltando a olhar para a fonte no centro do lago. — Não sei muito bem o que dizer.

— Diga só o que combinamos. Pergunte-lhes por que querem fazer mal a Tera. Veja se gostariam de nos encontrar e discutir o assunto.

— Parece tão fácil agora. — Ela torcia as mãos. — Mas quando estiver falando com eles, sei que vou me perder.

Um casal de idosos passou por eles conversando em espanhol. Assim que ficaram fora do alcance da voz, John disse:

— Muito bem, vamos fazer o que é preciso.

Com relutância, Cotten pegou o telefone dele. Ela o abriu e olhou para o teclado. Quem atenderia? Homem ou mulher? Eles veriam no identificador de chamadas que a ligação era do número de John. A sua voz precisaria aparentar confiança. Não poderia haver hesitação. Nem gaguejar. John lhe dissera para ser assertiva e confiante.

Segurando o telefone com firmeza, discou o número do seu telefone celular. Levando o aparelho à orelha, escutou, olhando nos olhos de John, grata por ele estar ao seu lado.

O telefone chamou uma vez, duas vezes, três vezes.

Oi, você ligou para Cotten. Não posso atender no momento, mas deixe o seu recado que responderei o mais rápido possível.

Bipe.

Ela segurou o telefone junto à boca e disse.

— O que vocês querem com Tera Jordan? Ela é só uma criança. Deixem a menina em paz. Deixem a mãe dela em paz. Elas não fizeram nada a vocês. Se quiserem uma confrontação...

John inclinou a cabeça concordando.

— Por que não nos encontramos? — continuou Cotten, mantendo a voz firme. — Liguem para este número. Estou disposta a conversar com vocês. Parem de molestar Tera. Deixem a menina em paz! — Seu tom de voz subiu ao pronunciar as últimas palavras. Ela respirou fundo, fechou o telefone e apertou os lábios. — Foi mau?

— Não — respondeu John. — Você deu o seu recado. Sabíamos que eles não responderiam afinal. Não é surpresa. Agora relaxe e vejamos o que acontece. — Ele se levantou. — Vamos comer alguma coisa.

Cotten devolveu-lhe o celular. Será que eles retornariam a ligação? Ela concluiu que seria mais provável encontrar-se com os alienígenas do disco voador do meio do lago Eola.

— Eles vão nos deixar nos hospedar de graça, Joaninha — disse Lindsay quando ela e Tera chegaram à porta do apartamento 14 do Dos Palmas Motel, a alguns quilômetros ao sul de Key Largo. — Não é uma ótima notícia?

Tera encolheu os ombros.

— Acho que sim.

Lindsay enfiou a chave na fechadura e abriu a porta. Depois de entrarem ela ligou o interruptor da luz. Um abajur acendeu-se na mesinha ao lado da cama. O quarto era pequeno e gasto — havia muito precisava de uma pintura, móveis e carpete novos. A geladeira era compacta, da metade do tamanho normal da de uma residência, e o conjunto de forno e fogão também era de uma versão reduzida. Mas era o bastante. O sujeito da recepção informara que estavam num processo de reforma, mas Lindsay não viu nenhum sinal de ferramentas ou trabalhadores em nenhuma parte ao redor do velho e desgastado motel meio fora de mão de Florida Keys.

O trato que ela fizera com o gerente em troca da hospedagem incluía o trabalho de limpeza, serviço de lavanderia e alguma contabilidade necessária na recepção. O trabalho era de sete dias por semana, mas o motel tinha só vinte unidades. A gerente lhe assegurara que estaria livre no meio da tarde todos os dias. Provavelmente era mentira, ela pensou enquanto guardava os seus parcos pertences nas gavetas da cômoda. Imaginou que muitas pessoas vinham ali só para se esconder, assim como ela.

Tera pulou na cama e usou o controle remoto para ligar o televisor. A imagem surgiu enevoada.

— O que tem de errado com essa imagem? — ela perguntou.

— Você precisa ajustar a antena, querida — disse Lindsay, apontando para as duas varetas de metal presas atrás do aparelho.

Nunca imaginara viver dessa maneira, mas pelo menos ela e Tera estavam seguras. Não precisaram se registrar nem usar o cartão de crédito. Ela informara nomes falsos e não lhe pediram nenhum documento de identidade. Pelo seu trabalho, receberia uma pequena gratificação sem nenhum registro — consideravelmente menor do que o salário mínimo — mas pelo menos seria o bastante para a alimentação. Elas sobreviveriam.

Enquanto Tera se ocupava da antena, tentando obter uma imagem decente, Lindsay parou junto a uma janela, admirando a baía da Flórida. Além dos campos gramados, por entre as palmeiras, era possível ver as ondas quebrando suavemente na praia. De repente, ela sentiu-se vazia e cansada. Sua vida se resumira a um minúsculo quarto encardido em um motel dos anos 1950. Não era nem um pouco diferente dos sessentões derrotados, sem outra opção na vida, que continuavam presos aos valores e ideias dos anos sessenta e que procuravam refúgio naquela parte do chamado Estado

Ensolarado. Tinha uma filha superdotada que poderia estar enlouquecendo, e não havia nem sinal de Cotten Stone.

Lindsay sentia-se só, abandonada, desamparada. Tentando sufocar os soluços para que Tera não ouvisse, ela cobriu a boca e chorou.

Cotten e John tinham acabado de comer um sanduíche no Terrace Restaurant ao lado do lago Eola quando o telefone celular dele tocou.

— Bem, aqui vamos nós — ele disse, pegando o telefone preso ao cinto da calça. — Tyler falando.

Cotten observava distraída alguns barquinhos a remo em forma de cisne vagando pelas bordas do lago enquanto bebericava o seu chá. Ao ouvir a advertência de John, ela se enrijeceu de expectativa em relação ao que o rastreador do GPS poderia ter indicado.

— Verdade? — Ele arqueou as sobrancelhas. — Você tem certeza absoluta? Muito bem, agradeço pelo esforço a mais para confirmá-lo.

— E então?

John fechou o telefone e abanou a cabeça. Ficou olhando para o lago por um instante e então voltou-se para ela.

— Você não vai acreditar nessa.

— Diga logo — apressou-o Cotten, sentindo como se estivesse prestes a explodir.

— Eles não tiveram nenhum problema em localizar o local onde está o seu telefone. Mas o resultado foi tão... incomum, que eles repetiram a operação por mais três vezes. — Ele se inclinou para a frente como se as suas palavras pudessem ser ouvidas por todo o mundo no restaurante. — Seu telefone celular está em Washington.

— Sério?

— Na Casa Branca.

HALON

Ben fez pressão nos ombros de Devin para obter a atenção dele, enquanto o menino continuava usando o joystick para espalhar a destruição pela zona rural francesa virtual.

— Está lembrado de como vamos entrar no sistema de segurança e desligar os alarmes de incêndio hoje à noite?

— Incêndio, incêndio, incêndio — ecoou Devin, nunca perdendo um lance no jogo.

— Não, não, psiu. Não fale. Só escute. — Ele se apoiou sobre Devin como se estivesse assistindo à ação do jogo mais de perto. — Precisamos mudar os nossos planos. Quero que você desligue os alarmes em três minutos... em cento e oitenta segundos.

Ben olhou para trás, para verificar o guarda. O homem reposicionara a cadeira e agora achava-se de frente para eles. Os seus olhos estavam fixos em Ben.

Ben acenou para o sujeito de uma maneira amigável e voltou à posição em cima dos ombros de Devin. Esperava conseguir fazer com que o menino entendesse sem afastar a mão. Eles precisavam tirar proveito da ausência de Tor.

— Certo, Devin — disse em voz baixa, batendo levemente nas costas do menino como se o estivesse felicitando por alguma vitória no jogo. — Desligue os alarmes em oitenta segundos. Então desligue o Halon cinco segundos depois. Mas... e isto é muito importante — continuou ele com as mãos descansando sobre os ombros do menino —, faça o gás sair só nesta sala. Você pode fazer isso?

Devin balançou a cabeça concordando. Em seguida, interrompeu o jogo e abriu o painel de controle para mudar as disposições do jogo. Ao mesmo tempo, abriu outra janela exibindo os ajustes da configuração de segurança interna das instalações.

Assim que ele fez isso, Ben verificou o relógio e se posicionou de modo a bloquear a visão do Casaco Vermelho sobre a tela do computador. Ben não era um entendido em computadores e não tinha como ter certeza sobre os ajustes que Devin fazia. Só podia esperar.

— Devin — chamou Ben quase num sussurro. — Assim que ouvir os alarmes, esteja pronto para correr para a porta. Aquele sujeito vai entrar para nos pegar. Quando fizer isso, o gás de Halon vai escapar. Eu cuido dele enquanto você sai da sala. Você precisa sair rápido ou não conseguirá respirar. O gás substitui todo o oxigênio no ar. Entendido?

O menino já tinha voltado ao jogo. Ele inclinou a cabeça concordando enquanto explodia um tanque alemão.

Ben rezava para que o menino tivesse entendido e fizesse o que ele pedira. Mas Devin era imprevisível, e além da inclinação de cabeça, Ben não percebia nenhuma indicação convincente de que Devin compreendera. Ele não podia forçar uma conversa olho no olho com Devin sob a observação atenta do guarda. Só podia contar com o movimento de cabeça do menino. Ben deu um tapinha no ombro do menino como se em referência a um movimento que Devin tivesse feito no jogo. Então sussurrou. — Assim que sair do quarto, desça a escada correndo e encontre uma porta que dê para fora do prédio. O sistema deve destrancar todas as portas automaticamente. Saia e vá para o mato. Não pare. Não espere por mim. Só continue correndo. Você entendeu?

Devin balançou a cabeça concordando novamente.

Ben permaneceu parado atrás de Devin até faltarem dezoito segundos.

— Muito bem. Eu vou me sentar. Lembre-se, quando os alarmes soarem, esteja pronto para correr.

Ben voltou para a cadeira. Inclinou a cabeça e sorriu para o Casaco Vermelho. *Espero que você goste de uma cadeira na cara, imbecil.*

Olhando casualmente para o relógio, ele se deixou cair na cadeira dobrável e esticou o braço para o encosto da cadeira vizinha. Lentamente, segurou firmemente a parte de cima.

Cinco segundos.

Ben sentiu a pulsação se acelerar. O suor escorria-lhe por baixo dos braços. Estava na hora. O gesto mais corajoso que já fizera na vida. Muito mais do que permanecer em pé na sala do tribunal e negar com uma expressão vazia que fizera alguma coisa de errado quando escondera bilhões de dólares em dívidas e eliminara os fundos de aposentadoria de milhares de funcionários. Muito mais ainda do que forjar a própria morte. Esse seria o momento mais importante da sua vida — salvar um menino de 8 anos de idade da morte certa. A coisa mais próxima da redenção que ele...

Os alarmes soaram e as luzes estroboscópicas iluminaram a sala dos computadores lá embaixo enquanto as luzes de emergência giratórias vermelhas banhavam as paredes com uma tonalidade escarlate.

Devin congelou no assento, choramingando e acenando com as mãos freneticamente próximo às orelhas, balançando a cabeça.

— Devin, levante-se! — Ben gritou, então agarrou o menino e o obrigou a ficar de pé com violência.

Devin piscou repetidamente e baixou as mãos para os lados do corpo.

— Quando a porta se abrir, corra — instruiu Ben. Em seguida, agarrou a cadeira de metal pelo encosto e segurou-a, preparando-se para girá-la sobre o Casaco Vermelho. — Pronto?

Quando o homem abriu a porta, o Halon jorrou do bocal, o seu assobio que brotava das aletas divididas assemelhando-se ao lançamento de um foguete. O Halon normalmente incolor formou uma nuvem branca enquanto a liberação súbita da pressão resfriou o gás quando entrou em contato com a umidade do ar.

Ben girou a cadeira com toda a força. Ela atingiu o homem na face e no tórax, e ele foi projetado contra a janela.

Devin continuava imobilizado no mesmo lugar.

— Corra! Devin, corra! — gritou Ben.

Enquanto puxava a cadeira para um segundo ataque, sentiu a primeira punhalada do ataque cardíaco. Ela o golpeou com um impacto tamanho que ele se dobrou. Fazendo um esforço para permanecer de pé, ele viu o Casaco Vermelho cambalear na sua direção através da névoa de Halon, o sangue escorrendo pela face, os braços se agitando no ar.

Ben empurrou Devin para a porta.

— Corra, droga!

Quando o homem deu mais um passo na sua direção, Ben girou a cadeira novamente, batendo no assaltante com toda a sua força. Ouviu-se o som inconfundível de ossos fraturados. Um grunhido de Casaco Vermelho informou a Ben que o atingira com um golpe devastador.

Com a mesma velocidade, a dor no tórax de Ben explodiu. Ele caiu de joelhos, consciente de que também fora atingido por um golpe fatal. O som estridente de gritos pareceu enfraquecer. Quando a falta de oxigênio obscureceu sua visão, ele se lembrou de quando estava na margem do lago Stone Creek ao amanhecer. A névoa matinal cobria a água imóvel. Ao lado dele encontrava-se a corça, observando-o com olhos calmos e tranquilos. Neles captou um vislumbre fugaz da sua redenção enquanto ia desaparecendo como uma sombra na floresta.

O CARLYLE

— General — disse o presidente olhando por sobre a mesa para o chefe do Comando Central. — Agradeço pela franqueza do seu relatório sobre a guerra contra o terrorismo. A sua análise detalhada foi ao mesmo tempo esclarecedora e instigante.

O presidente, juntamente com o seu gabinete e vários oficiais militares visitantes, achava-se sentado na Sala do Gabinete na Casa Branca quando a reunião de 45 minutos terminou.

— E senhora secretária — ele se voltou para o secretário de Estado. — Confio que transmita a minha mensagem ao primeiro-ministro em termos exatos.

Ela assentiu com a cabeça.

O presidente inclinou-se para a frente e olhou para Mace ao seu lado na mesa.

— Secretário Mace, obrigado pelo relatório detalhado de acompanhamento do recente ataque cibernético mundial pela Internet. Acho que posso falar em nome de todos que estamos aliviados com as notícias de que houve tão poucos danos às redes e à infraestrutura virtual internas.

— De nada, senhor — retribuiu Mace, consciente de que a maior parte do relatório fora meticulosamente forjada para minimizar o recente ataque em massa e ocultar a propagação generalizada do Vírus Hades. Se tivessem visto o mais recente relatório de progressos de Tor, o presidente e os conselheiros teriam convocado uma reunião de emergência do Conselho de Segurança Nacional.

Todos na Sala do Gabinete levantaram-se quando o presidente ergueu-se e encaminhou-se para a porta. Embora a maioria dos participantes presentes permanecesse para conversar, Mace foi para o corredor e pegou o telefone celular do bolso do paletó. O aparelho começara a vibrar dez minutos antes do fim da reunião.

Sabendo que o secretário de Imprensa ainda se encontrava na Sala do Gabinete, Mace seguiu pelo corredor e entrou no escritório vazio dele.

— Sim? — atendeu quase num sussurro.

— Você ainda está com o telefone celular de Stone? — Era o conselheiro principal de Mace dentro do Departamento de Segurança Nacional.

— Estou — confirmou Mace, observando o corredor para o caso de o secretário de Imprensa aparecer.

— Livre-se dele! A divisão de vigilância do Venatori acabou de acionar o rastreador em tempo real do GPS para localizá-lo.

Mace fechou o telefone com força suficiente para mandá-lo de volta para a assistência técnica. Saiu para o corredor e encaminhou-se para o corredor que levava à sala oculta no primeiro piso, no saguão da Ala Oeste. Entrando no grande vestíbulo aberto, puxou o pesado sobretudo do cabide e vestiu-o. Sabia que devia ter-se livrado do telefone de Stone, mas fazê-lo significaria perder todo o contato com Lindsay Jordan e a filha na eventualidade de deixarem mais algumas mensagens. Sem as suas mensagens de voz, poderia fazer pouca coisa para localizar o paradeiro das duas. Mas não tinha escolha. O telefone era uma ligação direta a ele.

— Rizben, você pode pegar o meu já que está aí? — Era o seu único adversário no gabinete, o conselheiro de Segurança Nacional, Philip Miller. Mace voltou-se para Miller, consciente de imediato que ele descobrira o seu esconderijo de descarte. — Certo, Phil. Qual é?

— O azul-marinho, dois abaixo de onde o seu estava pendurado.

Mace virou as costas para Miller. Enquanto puxava o casaco do conselheiro presidencial do cabide, enfiou a mão dentro do seu e pegou o celular de Cotten Stone. Em um movimento rápido, deixou-o cair no fundo do bolso lateral do pesado casaco de lã de Miller.

— Aqui está. — Mace entregou o sobretudo ao colega. — Não vá se resfriar lá fora.

— Ted, quero ver o rosto de Tera Jordan por toda parte na SNN — falou Cotten pelo telefone de John. — Dê-lhe tanto tempo no ar que seja quem for que esteja atrás dela e de Lindsay possa ver e comece a se preocupar.

— Jesus, Cotten — exclamou Ted Casselman. — Tenha calma.

Cotten e John corriam em alta velocidade pela via expressa Bee Line a caminho do Aeroporto Internacional de Orlando.

— Não quero me acalmar. — Ela percebeu que estava quase gritando.

— Tenho bastante influência por aqui — observou Ted. — Mas não sei quanto posso fazer fora dos canais normais.

— Ted, não estou pedindo muito. — Ela ouviu John dar uma tossida nervosa. — Mas quem roubou o meu celular... quem ameaçou a minha vida... quem pôs fogo na fazenda Lindsay... está em Washington. O rastreamento do Venatori localizou o meu celular na Casa Branca, pelo amor de Deus! Quanto mais interesse jornalístico você vai querer?

Cotten olhou para John, que tentava manobrar em meio ao trânsito pesado. Ela fechou o bocal do telefone com a palma da mão.

— Quanto tempo falta?

Ele apontou para uma placa indicando a rampa de saída para o aeroporto.

— Só é preciso devolver o carro. Estaremos no nosso voo daqui a mais alguns minutos.

— Ted, estaremos pousando em Washington às 3h47. Consiga uma equipe de reportagem e um furgão de transmissão remota para me encontrar na área de desembarque.

— Não podemos levar essa reportagem ao vivo, você sabe — observou Ted.

— Não estou lhe pedindo isso. Vamos gravar em fita, e eu lhe mando a edição final editada assim que cheguemos à sucursal.

— Uma ligação com a Casa Branca poderia ser algo grande, Cotten, ou então queimar o seu filme de uma vez.

— Cuide para que a equipe esteja pronta. Assim que John conseguir que o Venatori rastreie novamente o telefone saberemos o local exato, e vou descobrir quem está por trás disso.

O constante zumbido da rodovia Interestadual 395, a um quarteirão de distância, ouvia-se ao longo da South 28th Street em Arlington quando o conselheiro de Segurança Nacional Philip Miller saiu do restaurante Carlyle. Ao lado dele seguia a sua esposa — dois agentes do FBI esperavam por eles do lado de fora. Os Miller voltavam para casa depois de jantar um macarrão com molho picante de frutos do mar, acompanhado de perca do mar ao estilo de Hong Kong. A temperatura caíra abaixo do congelamento e Miller usava o sobretudo pesado todo fechado ao redor do corpo.

Quando o Lincoln Town Car estacionou junto ao meio-fio, a luz forte dos holofotes montados sobre uma câmera de vídeo acendeu-se, banhando a calçada com luz branca.

— Doutor Miller.

O conselheiro de Segurança Nacional voltou-se na direção da luz da câmera.

Cotten aproximou-se de Miller segurando um microfone na mão estendida.

— O senhor pode nos dar um instante para responder a algumas perguntas esta noite?

Um agente posicionou-se entre eles, mas Miller ergueu a mão indicando que não havia perigo.

— Olá, senhorita Stone — cumprimentou Miller. — É bom vê-la sã e salva depois da sua aventura na Rússia. Se sua pergunta for sobre a culinária excelente aqui do Carlyle, posso lhe assegurar que eu e a minha esposa saboreamos uma refeição excelente, especialmente o creme *brulée* de baunilha.

Ele começou a se encaminhar na direção do carro, obviamente querendo com esse movimento sinalizar o fim da entrevista improvisada.

— Na verdade, eu estava querendo saber por que o senhor está tentando prejudicar uma menina de 8 anos de idade.

Miller fez sinal para a esposa entrar no carro, mas voltou-se para Cotten.

— O que foi que disse?

— Tera Jordan? E a mãe dela, Lindsay? Os nomes lhe parecem familiares?

Miller olhou fixamente para Cotten.

— Não faço a menor ideia sobre o que você está falando.

— Então o senhor nega a responsabilidade por incendiar completamente a fazenda delas em Kentucky?

Ele abanou a cabeça.

— Posso lhe dizer francamente que nunca estive no grande Estado de Kentucky. O que significa tudo isso? — Ele se empertigou e cruzou os braços. — E por favor, podemos desligar essa câmera?

— Então o senhor não furtou o meu celular do carro em Loretto, Kentucky, que depois usou para ligar para o cardeal John Tyler, um diplomata do Vaticano, dizendo-lhe que era para eu desistir da minha busca a Tera e Lindsay Jordan ou mais? — Apesar da raiva que chegava ao ponto de ebulição no seu íntimo, Cotten conseguiu se controlar e aparentar tranquilidade e firmeza. — O que exatamente o senhor quis dizer com "ou mais" quando me ameaçou, doutor Miller?

— Senhorita Stone. — As palavras soaram com a sutileza do vapor escoando por um tubo de exaustão. — Eu nunca a ameacei. Nem sequer a conheço a não ser pela sua fama. Não tive nada a ver com nenhum incêndio nem com nenhuma fazenda de Kentucky. Não conheço nenhuma pessoa chamada Tera Lindsay.

— Tera Jordan — corrigiu Cotten.

— Que seja. — Ele agitou a mão de maneira condescendente. — E não furtei o seu telefone celular, absolutamente. Isso é ridículo. Agora, se me der licença...

Cotten fez sinal para a sua produtora, a poucos metros de distância. A mulher digitou um número no telefone que segurava.

— Doutor Miller — avisou Cotten. — Ela está discando o meu número neste instante.

Houve cinco segundos de silêncio na calçada fria em frente ao restaurante Carlyle enquanto o zumbido do trânsito preenchia o vazio.

Miller encolheu os ombros.

— O que significa isso?

Cotten esperou pela campainha do celular dela, mas só seguiu-se o silêncio. Ela afastou o microfone da frente de Miller. De alguma forma, tinham dado um fora. O telefone fora rastreado ali no Carlyle, e Miller era a ligação óbvia com a Casa Branca. Como poderiam estar errados?

FUGA

Devin estava parado na porta, tossindo e balançando-se de um lado para o outro — cobrindo as orelhas com as mãos para bloquear o som horroroso dos alarmes. Reagindo às luzes intermitentes, ele piscava repetidamente. Os sentidos sobrecarregados o induziram a um estado de pânico e ele arquejava, o nariz e a garganta secos e doendo.

Um golpe pesado chamou sua atenção e ele viu Ben chutar a porta, batendo-a com força. Reconheceu o ruído familiar da fechadura, que o deixou sozinho no corredor do segundo andar. Ele se imobilizou, o corpo enrijecido, as mãos ainda erguidas em cima das orelhas. Finalmente, girou sobre si mesmo e para a escada de metal. O gemido da sirene e a pulsação das luzes concentravam o foco da sua atenção para uma necessidade compulsiva de fugir.

Devin precipitou-se sobre os degraus, cada passo seu retinindo, ecoando na sala gelada dos computadores. Ele correu de parede a parede, procurando uma saída, um modo de escapar daquela gritaria terrível e das luzes flamejantes.

Finalmente, conseguiu avistar uma porta depois da última fileira de prateleiras de equipamentos eletrônicos. Esta se achava entreaberta, destrancada automaticamente para permitir uma fuga de emergência do edifício. Devin empurrou-a até escancará-la e saiu para a luz do sol. As sirenes ficaram distantes sem o eco do interior do prédio.

Ele não parou para olhar para trás, mas seguiu as últimas ordens de Ben e correu o mais depressa que pôde, evitando a estrada de terra e indo em direção a uma clareira que dava para a divisa com a floresta.

Por fim, em meio às sombras da floresta, Devin tirou as mãos das orelhas — o ruído do sangue latejando dentro da cabeça parecia mais alto que o dos alarmes que deixara para trás. O coração estrondeava dentro do peito, as suas batidas aceleradas fazendo-se sentir no pescoço, nas têmporas, nas barrigas das pernas — e os pulmões ardiam a cada vez que tragava freneticamente o ar. Uma câimbra muscular do lado do corpo o fez cambalear. Exausto, esgotado e confuso, ele mergulhou cada vez mais profundamente na cobertura dos bosques. Em pouco tempo, sem poder avançar mais, caiu no chão.

Devin caiu de frente sobre o solo e o seu nariz encheu-se do odor úmido de terra molhada e da vegetação em decomposição escondida sob a crosta frágil de folhas caídas recentemente. Ele espirrou e cuspiu um feixe de detritos grudado nos lábios.

Depois que a respiração se acalmou, Devin rastejou para o lado de uma árvore e apoiou-se contra a casca grossa do seu tronco. Por mais de uma hora, ele permaneceu sentado, contando folhas de outono — algo que nunca vira no sul da Flórida — empilhando-as em montes de cem cada. Em pouco tempo estava cercado de montes pequenos de folhas coloridas, numa mistura de dourado, vermelho e laranja.

O estômago roncou e Devin deu-se conta de que estava com fome. Levantando-se, virou em círculo, como se procurasse um marco ou uma pista sobre qual caminho tomar. Mas não havia nenhum marco, nada familiar, só bosques escuros infinitos. Escolhendo uma direção oposta à de onde viera, ele começou a andar.

Passaram-se horas e a floresta tornou-se mais densa, engrossando com a vegetação baixa e espessa de amoreiras-pretas e outras espécies de amora silvestre com espinhos afiados que picavam e esgarçavam as suas calças jeans.

Quando o sol se pôs, Devin sucumbiu ao cansaço. Escolheu um lugar entre os troncos robustos de duas árvores e limpou um lugar para se alojar no chão. Um espinho picou-o no polegar, abrindo um corte raso na pele fina. Devin soltou um uivo abafado, então enfiou a extremidade do dedo na boca e chupou as minúsculas gotas de sangue.

Por fim, ele se enrolou de lado, agitando freneticamente a mão esquerda junto à orelha. O estômago trovejava de fome e a pele se arrepiava à medida que a temperatura caía. Ele se encolheu todo e fechou o corpo como uma bola, apoiando a mão esquerda sob o queixo para acalmá-la. Manteve a cabeça levemente virada, para poder ver uma pequena nesga do céu acima das árvores. Quando o céu escureceu, ele encontrou algum consolo contando as estrelas, choramingando até pegar no sono.

Devin acordou com o primeiro raio de luz entre as árvores. Sentira tanto frio durante a noite que juntara as folhas ao redor de si e jogara quantas delas foi capaz para cima do corpo. Ele precisava urinar, mas estava muito frio e muito escuro para se levantar. No entanto, não conseguia controlar a bexiga. Fazia dias que não praticava a rotina do banheiro. Devin sentiu o calor da urina nas pernas quando ela vazou para baixo. O calor o confortou a princípio, mas depressa se transformou em uma umidade fria que penetrava o corpo até os ossos.

Devin sentou-se, as folhas cascateando como uma moldura ao redor do corpo. A terra estava coberta por uma névoa tão espessa que ele era capaz de ver as gotinhas de água no ar. Ainda fazia muito frio e ele continuava muito faminto. O menino se encolheu, esfregando os braços com as mãos. Precisava urinar de novo, mas controlou-se, pensando no frio. Finalmente, não conseguiu esperar mais.

Devin levantou-se e caminhou várias metros além da sua cama improvisada na floresta. Quando alcançou o zíper da calça, ele ouviu um estampido. Uma súbita punhalada de dor golpeou-o embaixo da clavícula direita, queimando tudo até as costas. Atordoado, ele viu um orifício perfeitamente redondo, mais ou menos do diâmetro de um lápis, na camisa sobre a parte superior direita do tórax. Uma pequena mancha vermelha ao redor começou a saturar o lado anterior direito da camisa.

Ele ouviu vozes se aproximando e observou por um instante. Gritos de blasfêmias sobressaíram ao ruído e ao silvado dos arbustos sendo pisoteados.

Devin fechou a mão em cima do orifício no tecido e olhou para a borda da palma que se recobriu por uma teia formada de raias de sangue. Perplexo, por um instante ele fitou a mão embasbacado antes de dobrar os joelhos afivelados.

Alan passou como um furacão pelas portas de vidro da recepção do Centro Médico de Stone Creek, Kai seguindo-o alguns passos atrás. O piso azulejado do salão, de um cinza brilhante, parecia estender-se por centenas de metros entre ele e o balcão de informações.

— Devin Olsen — desabafou à senhora de uniforme cor-de-rosa de voluntária.

Kai posicionou-se ao lado, enlaçando o braço dele com o seu. Ela segurou-lhe a mão e eles entrelaçaram os dedos.

— Quarto 406 — informou a mulher depois de olhar para uma prancheta. — Setor de pediatria.

Alan deu as costas à voluntária e correu os olhos pelo saguão da entrada, localizando rapidamente os elevadores.

Kai apressou-se a acompanhá-lo.

— Obrigada — disse à mulher, procurando seguir os passos largos de Alan.

Ele pressionou repetidamente o botão de subir até que a porta do elevador finalmente se abriu.

A subida até o andar do quarto transcorreu em silêncio, com Kai apoiando a cabeça no ombro de Alan e acariciando-lhe o braço. Ele olhava para o reflexo deles no aço imaculado. Fora muita sorte em vários sentidos. Graças a Deus o filho ficaria bem. A bala atravessara diretamente o ombro, milagrosamente sem atingir nenhum órgão vital e nenhum osso. Alan tinha uma porção de perguntas para fazer à polícia, mas primeiro ele só queria ver o filho.

As portas se abriram. Os quartos 400 a 418 ficavam à direita. Alan observou o corredor e descobriu imediatamente qual porta era a do quarto de Devin. Havia um policial uniformizado sentado em uma cadeira ao lado dela.

— Eu sou Alan Olsen — disse ele quando se aproximou.

O policial se levantou.

— O investigador Zimmer está lá dentro.

Alan inclinou a cabeça em agradecimento e entrou no quarto de Devin. Kai seguiu atrás dele, os braços de ambos afastados, mas ainda de mãos dadas.

Com a chegada de Alan, o homem sentado num canto do quarto levantou-se.

— Alan Olsen — disse Alan, erguendo a mão para o homem que ele presumia ser o investigador Zimmer.

— Posso conversar com o senhor lá fora? — indagou Zimmer.

Alan fuzilou o homem com o olhar. *O que esse policial está pensando?* Aquela era a primeira vez que veria o filho desde o sequestro.

Kai estendeu o braço sobre o peito de Alan com a mão pousada em cima do seu coração, um sinal silencioso de apoio mas também um lembrete para ele manter o controle. O gesto simples o acalmou, e em vez de responder ao investigador, Alan aproximou-se do lado da cama de Devin.

Adormecido, o filho parecia muito pálido e pequeno contra a brancura dos lençóis esticados com firmeza e em meio aos tons de cinza do quarto estéril do hospital. Alan afastou o cabelo do rosto do filho.

— Ei, campeão — chamou ele. — O papai está aqui.

Lentamente, Devin abriu os olhos. Ele piscou duas vezes, a cada vez contraindo a face e os olhos.

— Está tudo bem, Devin. Sou eu — confortou-o Alan, inclinando-se.

Ele puxou uma cadeira de armação de metal para baixo de si para poder sentar ao lado do filho. Foi quando percebeu as amarras que restringiam os movimentos do menino. Então tocou a mão de Devin. *Jesus, por que será que eles fizeram isto?*

Devin fechou os olhos e pareceu voltar a dormir.

Alan levantou-se e olhou para Kai.

— Fique com ele. Estarei de volta em um minuto.

— Senhor Olsen — insistiu Zimmer. — Nós precisamos conversar.

— Só me dê um maldito minuto, tudo bem? — falou Alan em voz baixa. Saindo apressado, ele se dirigiu ao posto da enfermaria.

— Quero que tirem as amarras do meu filho — disse ele à enfermeira à escrivaninha. — Vocês não podem fazer isso com ele. Vocês não entendem.

— Eu sinto muito, senhor, o senhor é...?

— O meu filho está no 406, e as mãos dele estão amarradas. Eu quero que tirem as amarras.

— Devin está sedado, senhor Olsen, porque às vezes ele se agita e arranca os tubos intravenosos. — Ela olhou para Alan. — O nome é senhor Olsen, certo?

Alan inclinou a cabeça concordando.

— Se ele está sedado, então por que diabos vocês precisam das amarras? — Alan correu os dedos pelo cabelo.

— É para a própria segurança dele, senhor.

— Não, não, não — retrucou Alan mudando de posição. — Devin é autista. Ninguém lhes disse isso?

A enfermeira abanou a cabeça.

— Quem foi o idiota que deu as ordens? — Assim que perguntou, ele percebeu que isso não importava naquele momento. — Olhe, Devin costuma fazer alguns gestos... que precisa fazer... como apertar as mãos ao lado da cabeça. Impedi-lo de fazer isso vai lhe causar uma quantidade insuportável de frustração. E se você tivesse uma coceira torturante e alguém lhe prendesse as mãos para que não pudesse se coçar? O que isso faria com você depois de permanecer horas amarrado? É a mesma coisa. Você precisa falar agora mesmo com alguém, porque eu estou voltando lá e vou cortar as amarras. Faça o que tiver de fazer para manter os tubos intravenosos no lugar, mas amarrá-lo não será uma opção. Será que fui bem claro?

— Vou ver o que posso fazer — disse a enfermeira.

— Bom. — Alan marchou de volta para o quarto de Devin, já procurando o canivete que usava no bolso das calças. Se tivesse viajado em um avião comercial e não no jato particular da CyberSys, o canivete estaria na bagagem.

O investigador Zimmer o esperava do lado de fora do quarto de Devin.

— Eu não pretendia apressá-lo.

Alan passou por ele sem tomar conhecimento do comentário e entrou. Kai inclinou a cabeça e sorriu. Devin ainda dormia pacificamente. Sem dizer nada, Alan cortou as amarras.

— Pronto, campeão — ele sussurrou. Voltando-se para Kai, pediu: — Se ele acordar, me chame. Estarei no corredor.

Kai pegou a mão de Alan, levou-a aos lábios e a beijou.

— Não se preocupe.

Alan retirou-se do quarto e deixou a porta entreaberta.

— Certo — ele disse a Zimmer. — Fale.

— Senhor Olsen, nós encontramos o sequestrador de Devin.

MILLER

Cotten recuou atordoada. Tinha certeza de que surpreenderiam Miller diante da câmera. Mas, não, nenhum telefone celular tocou.

Totalmente embaraçada, ela estava pronta para se desculpar e até se ajoelhar se fosse o caso. Mas, de repente, viu a expressão de Miller mudar de agressiva para confusa, e ele pousou a mão direita sobre o bolso lateral do sobretudo.

— O que há em seu bolso, senhor Miller? — ela apressou-se a perguntar, quase incapaz de pronunciar as palavras com a boca seca.

Com uma expressão de choque estampada no rosto, o conselheiro de Segurança Nacional baixou os olhos para o sobretudo. De maneira indecisa, ele enfiou a mão no bolso e tirou um telefone celular vibrando. Com um olhar de confusão, ele o segurou diante de si como se fosse uma cobra prestes a dar o bote.

— O senhor não vai responder? — insistiu Cotten.

— Eu não faço a menor ideia de como isto veio parar no meu sobretudo — respondeu Miller, olhando para o celular na mão.

— Ou faz, sim, e está mentindo — continuou Cotten — ou alguém na Casa Branca descobriu que rastreamos a localização dele com o GPS e o plantou no seu casaco para nos despistar.

Em seguida, ela continuou.

— Senhor Miller, não fizemos isto às cegas. Conseguimos obter uma lista de todos os que se encontravam na Casa Branca no momento do rastreamento. O segundo rastreamento identificou o Carlyle como o local atual do celular. Em seguida, a nossa equipe verificou todos os presentes no restaurante. Aquela pequena comemoração de aniversário lá dentro foi encenada pela SNN de modo que pudéssemos fotografar todo mundo no restaurante sem despertar suspeitas. Nós enviamos as fotos para o nosso departamento de pesquisa, e adivinhe qual foi o resultado? O senhor era a única face que estava na lista da Casa Branca. A que outra conclusão eu deveria chegar?

Miller deu uma olhada para a calçada como se calculasse a reação dos outros presentes.

— Antes de transmitirmos esta entrevista como uma reportagem isolada, o senhor gostaria de discutir o assunto em particular comigo?

Ele consultou o relógio. Então indicou a entrada do restaurante.

— Talvez eu tenha alguns segundos para você, senhorita Stone.

Instantes depois, Cotten e Miller reuniam-se a sós no escritório do gerente do restaurante. A equipe da SNN esperou do lado de fora no furgão de transmissão enquanto os dois agentes do FBI e a esposa de Miller ocuparam um reservado no restaurante fechado às pressas.

— Em primeiro lugar, estou impressionado com a sua atenção aos detalhes que a conduziram até mim — começou Miller. — Mas não me importo se você acredita em mim ou não. O fato é que não estou mentindo. — Ele se inclinou para a frente na cadeira. — O que me preocupa mesmo é como o telefone veio parar no meu casaco antes de mais nada. Isso significa que alguém o colocou ali intencionalmente. — Ele fitou Cotten, que estava em pé do outro lado da escrivaninha. — Estamos falando aqui sobre um grupo de pessoas com o nível de segurança mais alto do país, a começar do presidente. — Ele mordeu o lábio inferior. — O gabinete inteiro, mais dois integrantes da Chefia Conjunta e o chefe do Comando Central estavam presentes na mesma reunião a que compareci. Para não mencionar o vice-presidente e o pessoal de apoio de mais alto nível da Casa Branca. Depois há todo um outro pessoal presente, até o próprio cozinheiro:

— Alguém estava lá pela primeira vez ou fora da rotina comum? —perguntou Cotten.

— Eu não saberia dizer além dos que estavam presentes à reunião. — Miller fitou o espaço como se estivesse se lembrando de todos os presentes. Por fim, ele disse: — Pelo menos, não na reunião de gabinete. Até mesmo os generais já estiveram lá várias vezes.

— O senhor mencionou o pessoal de apoio? Havia alguém novo na Casa Branca? Alguém que nunca viu antes?

— Não notei nenhum rosto pouco conhecido. Aparte o Salão Oval, a Sala do Gabinete onde estávamos é o lugar mais sagrado do poder executivo. Ninguém entra lá se não fizer parte dele. É impossível. Não posso responder pelos que estavam fora da Sala do Gabinete e que pudessem ter acesso para o vestíbulo. Mas acho que esse tipo de oportunidade não faz parte da realidade.

Cotten deixou-se cair sobre uma poltrona em frente à escrivaninha, não querendo acreditar que alguém do alto da hierarquia política pudesse estar ligado à Fraternidade dos Nephilim, ou pior, que fosse um dos Anjos Caídos.

Tentando pensar em uma alternativa, ela perguntou:

— Alguém poderia ter posto o telefone no bolso do seu casaco antes de o senhor chegar à reunião?

Miller deu de ombros.

— Eu cheguei atrasado hoje, e fui de carro diretamente da minha casa para a Casa Branca. Apenas duas pessoas trabalham para mim: uma empregada e um secretário. A empregada estava doente, e era o dia de folga do meu secretário. Assim, restam apenas a minha esposa e o meu cachorro. Ambos são leais a mim além de repreensão. — Ele sorriu.

— Acredito no que diz — afirmou Cotten, retribuindo o sorriso — e na sua lealdade. — Ela tirou o bloco de anotações do bolso e rabiscou alguma coisa nele. — Isso não muda o fato de que o senhor estava com o meu celular — que foi levado do meu carro em Loretto, Kentucky, enquanto investigava o desaparecimento de uma mãe e da sua filha. O mesmo celular que foi usado para fazer ameaças contra a minha vida. — Cotten tamborilou com a extremidade da caneta sobre o bloco. — Parece que chegamos a um beco sem saída.

Miller cruzou os braços sobre a escrivaninha. Em voz apagada, ele indagou.

— Mas que diabos vem a ser tudo isso?

Trinta minutos depois, Cotten e Miller, juntamente com a esposa dele e os agentes, saíram do Carlyle. Cotten permaneceu na calçada observando o conselheiro de Segurança Nacional ajudar a esposa a entrar no banco de trás do Lincoln Town Car. Depois de acompanhá-la para dentro do carro, Miller virou-se e dirigiu uma inclinação de cabeça tranquilizadora para Cotten. Um instante depois, o carro saiu em disparada na noite da Virgínia.

Caminhando pelo meio quarteirão até o furgão de notícias da SNN que a aguardava, Cotten concluiu que, se o que Miller lhe contara fosse verdade, abalaria a nação completamente.

RACKY-SACKY

O corredor do hospital era frio e incolor. Apenas o acinzentado, o branco e uma rara mancha verde apagada estendiam-se em todas as direções. *É possível uma pessoa adoecer aqui só por causa do frio e da decoração enfadonha*, pensou Alan.

— Seu filho é um menino de sorte — comentou o investigador Zimmer.

— Assim parece — respondeu Alan. — Obviamente, não conversei com o médico ainda, mas falei com ele ao telefone. Devin vai ficar bem. — Alan olhou para o policial que continuava sentado do lado de fora do quarto, depois voltou a encarar Zimmer. — Acho que preciso de mais explicações sobre o que aconteceu. Você está me dizendo que pegaram o filho da mãe? Espero que ele queime no inferno.

— Seu desejo pode estar se realizando enquanto conversamos. O sujeito está morto — falou Zimmer. — Nós o achamos esta manhã.

Alan olhou para Zimmer.

— Quem? Por que ele fez isso? Por favor, diga que não era nenhum louco, um molestador de crianças. Como não houve pedido de resgate, não tínhamos mais nada em que pensar a não ser que... Bem, sei que o médico disse que Devin não mostrava nenhum sinal de abuso sexual. Mas, droga, será que você não pode dizer o que o sujeito poderia ter feito com o meu filho?

— Senhor Olsen, o senhor pode relaxar — assegurou Zimmer. — Não aconteceu nada desse tipo. Por que não nos sentamos na sala de espera?

— Não, eu quero ficar aqui perto de Devin.

— Entendo. Então deixe-me começar com uma pergunta e continuaremos daí. O senhor se recorda do recente escândalo financeiro com a Presidium Health Care, o conglomerado médico comercial?

— Claro que sim — disse Alan. — O que é que isso tem a ver com alguma coisa?

— E por acaso se recorda de um dos figurões da empresa sob investigação, Benjamin Ray?

— Sim — confirmou Alan, inclinando a cabeça aborrecido. — O sócio dele está preso. Li em algum lugar que Ray morreu antes de ser condenado.

— Isso é o que parecia. Aparentemente, o senhor Ray tinha dinheiro suficiente para mandar forjar a própria morte... desde a certidão de óbito à cremação. Ray não morreu. Ele estava se escondendo em um chalé distante, perto da Floresta Nacional de Ozark, e usando o nome de Ben Jackson. O problema é que ele estava ficando sem dinheiro. O governo conseguiu fazer uma transação com os bancos estrangeiros para suspender os fundos dele para assim poder devolver o dinheiro aos acionistas proprietários. Ray viu-se em uma situação desesperada e decidiu tentar a sorte fazendo um sequestro em troca de um resgate. Ele o escolheu por ser um sujeito rico com um filho único. Acho que não tinha intenção de machucar o seu filho... ele é um criminoso de colarinho branco, não um assassino... mas contava com obter dinheiro bastante com esse lance para se manter pelo resto da vida.

— Mas não houve nenhuma exigência. Não recebi nenhum pedido de resgate.

— Ele simplesmente não tinha enviado nada ainda. Vai saber por que se segurou. Talvez só estivesse esperando as coisas esfriarem. Aparentemente, ele vinha mantendo Devin no chalé. Foi lá que encontramos Ray... caído no chão do porão ao lado de alguns pertences do seu filho. Ironicamente, parece que morreu de um ataque cardíaco... a mesma coisa que fingiu pouco antes da sua condenação no tribunal. Uma verdadeira ironia do destino, não acha? — Zimmer fez uma pausa por um instante e, como Alan não risse, continuou. — Encontramos um bilhete de resgate dirigido ao senhor exigindo 2,5 milhões de dólares. Considerando os exames preliminares, parece que Ray teve o ataque antes de poder enviar o bilhete.

— Jesus Cristo — exclamou Alan, esfregando a face. — Eu pagaria muito mais do que isso, sem fazer perguntas.

— Estou certo de que sim, senhor Olsen. Mas antes de receber o resgate, ele caiu morto e Devin fugiu para os bosques. Parece que há males que vêm para bem, o senhor não acha?

— Com exceção de que Devin levou um tiro.

— Não, claro que eu não quis dizer isso. Mas ainda assim, foi muita sorte as coisas acontecerem da maneira como aconteceram. Os caçadores que atiraram em Devin poderiam ter-se apavorado e fugido, mas não foi o que fizeram. A manhã estava muito nublada e acreditamos que foi um acidente. Na verdade, a névoa foi de certo modo uma bênção. Se Devin estivesse a uns cem metros em vez de trinta, a bala daquela 30.30 teria rasgado o ombro em dois. Ele provavelmente teria sangrado até a morte antes que eles o levassem para fora dos bosques. Mas estando tão perto, a bala atravessou diretamente. Vou lhe dizer uma coisa, aqueles sujeitos estavam completamente abalados quando chegaram aqui. Eles ligaram para o serviço de emergência e informaram que estavam a caminho do centro médico. O caso está nas mãos do promotor do município, mas no momento imagino que o processo seja arquivado. Não consegui ainda falar com o FBI, mas acredito que provavelmente vão considerar o caso do mesmo modo.

— Tudo bem, está certo — concordou Alan. — Entendo que tenha sido um acidente.

— Alan ? — A voz de Kai soou de dentro do quarto de Devin.

— Com licença. — Alan deixou Zimmer no corredor.

— Alguém acordou — disse Kai em uma voz melodiosa. Ela acariciou a cabeça de Devin. — Seu pai está aqui, querido.

Alan beijou a testa do filho.

— Como está se sentindo, campeão? — Devin piscou várias vezes e olhou para o lado.

— Ele não disse nada a ninguém — falou Zimmer, entrando atrás de Alan. — Não se comunica. Ele fala?

— Claro que fala — reagiu Kai energicamente. — Ele é autista, não mudo.

Zimmer encolheu os ombros e ergueu as mãos.

— Não sei nada sobre essa coisa de autismo. Não tive nenhuma intenção de ofender.

— Tudo bem — falou Alan. Fazendo um gesto para Zimmer, encaminhou-se à porta entreaberta. Então falou em voz baixa, abaixo do nível do zumbido dos monitores ligados a Devin. — Nem mesmo os especialistas entendem direito. Devin fala. Ele é extremamente brilhante em determinadas áreas. Demora para falar, mas não assim... É difícil explicar. O cérebro dele funciona de maneira diferente.

— Talvez consiga que ele fale conosco — pediu Zimmer. — Precisamos fazer algumas perguntas.

— Bem, isso é incerto — objetou Alan. — Ele é imprevisível no que diz respeito a relações sociais, contato com estranhos, relacionamentos... a não ser pelo fato de que tem essas habilidades pouco desenvolvidas.

— Poderíamos usar a ajuda dele para resolver o caso.

— Podemos tentar — prometeu Alan. — Mas não há nenhuma garantia de que ele lhe conte algo que possa aproveitar. No momento, estou exausto e eu só quero passar algum tempo em paz com o meu filho. Importa-se se fizermos isso amanhã?

— Sem nenhum problema — concordou Zimmer. — Mas os federais também farão algumas perguntas. Eles devem chegar aqui logo mais. Fui informado de que estavam a caminho. Uma palavra de advertência: não acho que sejam tão sensíveis quanto nós da cidade. — Zimmer arqueou as sobrancelhas. — Essa é só a minha opinião. De qualquer maneira, vou dispensar o policial da porta agora que o senhor está aqui. Mas eu estarei de volta pela manhã.

— Ótimo — respondeu Alan.

Alan apertou a mão do investigador, depois voltou para junto da cama e contemplou Devin.

— E aí, campeão, você viveu mesmo uma aventura. Tem vontade de falar sobre isso?

Devin abanou a cabeça. Desviou os olhos para a porta, depois olhou ao redor do quarto como se procurasse alguém que o atendesse. Então tornou a olhar para o pai.

— Suco — pediu.

— Você quer um pouco de suco de maçã? — indagou Kai.

Devin abanou a cabeça.

— Laranja? — tentou Kai.

De novo, Devin fez um gesto negativo.

— Suco cem por cento vegetal. Ingredientes concentrados, tomate concentrado, uma mistura de suco vegetal reconstituído, água e sucos concentrados de cenoura, aipo, beterraba, salsa, alface, agrião, espinafre, sal, vitamina C... ácido ascórbico, condimento, ácido cítrico...

— Suco V-8 — lembrou Alan, reconhecendo os ingredientes que o filho desfiava. Ouvira aquilo um milhão de vezes. Devin memorizava tudo o que lia, até mesmo os rótulos de produtos alimentícios. *Maravilha de criança*, pensou Alan. Gostaria de poder entender a mente do filho. — Não sei se eles têm V-8 — disse, sorrindo para o menino. — Mas podemos providenciar suco de tomate.

Devin pareceu desaprovar, mas inclinou a cabeça concordando.

Uma batida de leve na porta chamou a atenção para uma silhueta escura na entrada.

— Senhor Olsen? Sou a agente Roselli, do FBI.

— Falarei com você lá fora, se não se importar — respondeu Alan. — Na sala de espera.

A agente se retirou da entrada.

— Parece que chegaram mais visitas para o seu pai — disse Kai para Devin. — Mas nós ficaremos bem, não é, Dev?

Alan deu um beliscão na bochecha de Kai, esfregou o cabelo do filho e depois foi se encontrar com a agente Roselli.

— *Boom-a-racky-sacky* — falou Devin para Kai depois que o pai saiu.

— Ah, não — retrucou Kai. — Você sabe que eu não sou boa nisso.

— *Boom-a-racky-sacky* — insistiu Devin, abrindo um grande sorriso.

Aquele era um jogo que ele gostava sempre de jogar. Alan ensinara-lhe o jogo, que era uma versão revisada de um outro que envolvia bebida, da época da faculdade. Kai sabia que Devin gostava de jogar especialmente com ela, porque ganhava com facilidade. Um deles começava a contar, começando pelo número um, e eles alternavam cada número. Começando depois disso com três e cada múltiplo de três ou qualquer número contendo um três, em vez de dizer o número, eles diziam *boom-a-racky*. Para o número sete e os seus múltiplos e números contendo um sete, eles diziam *boom-a-sacky*. Para múltiplos tanto de três quanto de sete ou com qualquer combinação de três e sete, eles diziam *boom-a-racky-sacky*. Por jogar muitas vezes, Kai seguia bem até cerca de 252, mas depois disso errava logo. Alan normalmente precisava de uma calculadora depois de 1.225. Devin permitira isso, só para poder continuar jogando. Quando jogava com Kai, ele parecia simplesmente gostar de ganhar.

— Tudo bem — concordou Kai. — Um.

— Dois — falou Devin.

— *Boom-a-racky* — disse Kai.

— Quatro.

— Cinco.

— *Boom-a-racky.*

— *Boom-a-sacky* — falou Kai. Ela suspirou. — Você não ficou com medo lá na floresta sozinho? Deve ter sido terrível.

— Oito — falou Devin.

— *Boom-a-racky.* — Ela afastou o cabelo de Devin da testa. — Estou feliz por você ter voltado para casa. Sabendo como não consegue ficar parado, você deve ter ficado terrivelmente entediado.

— Dez. Eu brinquei com jogos. Jogos. Jogos. Jogos. — Devin sacudiu as mãos no ar.

Kai agarrou os braços dele e os abaixou.

— Calma, Devin, você vai tirar os tubos intravenosos.

— *Boom-a-racky-sacky. Boom-a-racky-sacky. Boom-a-racky-sacky.*

— Certo, Devin, está bem. Acalme-se — falou Kai. — Onze. Os jogos eram divertidos? Que tipo de jogos? Você se saiu bem neles?

— *Boom-a-racky. Companhia de Heróis.* Código. *Companhia de Heróis.*

— *Boom-a-racky.* Você se saiu bem no jogo *Companhia de Heróis*, Devin?

— *Boom-a-sacky.* — Devin simulou os efeitos sonoros e começou a mover controles de videogame fictícios.

— *Boom-a-racky* — disse Kai. — E sobre o código? Você se saiu bem nisso também? Conte-me mais sobre isso, Devin.

— Dezesseis. Devin é inteligente.

— Como Devin é inteligente? Você terminou o jogo do código?

— Jogue, Kai. Jogue.

— Vou jogar depois que você me contar mais sobre o código. Era o jogo do código do Destino?

— Diga *boom-a-sacky*. Devin é inteligente. Diga isso, Kai. Jogue o jogo.

— *Boom-a-sacky* — falou Kai. — Conte-me como você é inteligente.

Devin elevou a voz como se estivesse agitado.

— *Racky sacky, racky sacky, boom, boom, boom.*

Kai deu um suspiro exasperado.

— Eu *estou* jogando, Devin. Dezoito. Quero dizer, *boom-a-racky*.

— Dezenove. *Racky sacky, boom, sacky, racky, boom.*

— Pare com isso, Devin. Apenas me conte sobre o código.

— *Boom, boom, boom, racky*. Jogue o jogo.

— Vinte — Kai xingou. — Maldito vinte, tudo bem. Agora me explique como você é tão inteligente. Você terminou o jogo do código?

Devin começou a agitar a cabeça de um lado para o outro no mesmo ritmo em que entoava o nome do jogo.

— *Boom-a-racky-sacky. Boom-a-racky-sacky. Boom-a-racky-sacky*. Esse é o nome do jogo, não *racky sacky, boom, boom*. É assim que Devin é inteligente.

Ele agitou as mãos próximo às orelhas e Kai o ignorou.

Empalidecendo de repente, Kai agarrou os pulsos de Devin para acalmá-los.

— Você quer dizer que misturou tudo? Misturou o código?

O rosto de Devin iluminou-se de orgulho.

— Devin é inteligente.

Kai soltou os pulsos de Devin e apanhou a bolsa do chão, vasculhando dentro dela. Finalmente, ela pegou o telefone celular e o abriu num gesto brusco. Encaminhando-se à janela, deu as costas para Devin e pressionou o botão de discagem rápida.

O LIVRO DE EMZARA

Mace manteve-se afastado e esperou até que o grupo de turistas asiáticos saísse da frente do memorial comemorativo de James Smithson's, dentro do Castelo do Instituto Smithsonian. O guarda o informara de que aquele era o último grupo a passar e ele teria cerca de dez minutos de privacidade antes do fim do expediente. Ele sentia-se atraído pela significativa coleção existente no Instituto e vinha ali com frequência para meditar entre as relíquias de várias épocas. Parado em atitude reverente em relação ao fundador do Smithsonian, ouviu uma voz.

— Ele era o filho ilegítimo do duque de Northumberland e de Elizabeth Hungerford.

Mace voltou-se e viu o Velho parado atrás dele.

— Alguns dos melhores homens da história eram filhos bastardos — afirmou Mace. — Este aqui morreu na Gênova, mas Alexander Graham Bell trouxe o corpo para cá.

Mace olhou nos olhos do mentor, esperando amenizar o golpe das más notícias que transmitira antes, quando pedira a reunião. Notícias de que não só o menino escapara antes de fornecer a Tor o código completo do sistema operacional para o computador Hades, mas também que o menino podia ter embaralhado partes do que fornecera. Depois havia o fato de que o banqueiro e o assistente de Tor estavam ambos mortos. Finalmente, o segundo artefato de tódio enviado a Tor só era ligeiramente mais seguro do que o original degradado.

— É uma vergonha que Smithson não se preocupasse em acrescentar artefatos feitos de tódio à sua vasta coleção aqui.

— Isso tornaria tudo muito fácil, Pursan. — O Velho postou-se ao lado de Mace. — Tor localizou o menino?

— Ele passou o dia todo procurando nos bosques mas não encontrou nenhum sinal do menino. Mandei que levasse o corpo de Jackson para o chalé do banqueiro juntamente com alguns pertences do menino.

— Tor precisa se certificar de que não tenham restado vestígios de nenhum dos dois nas instalações do Hades — disse o Velho. — Se as autoridades aparecerem por lá, não devem encontrar mais nada além de um conjunto de prédios desgastados de uma instalação de radar abandonada.

— Temos toda a papelada em ordem para comprovar que um dos prédios está sendo usado por uma empresa de armazenamento de dados da Internet que opera no Meio-Oeste. Eles têm um contrato de arrendamento a longo prazo com o Departamento do Interior para o uso da propriedade. Toda a documentação está em ordem para o caso de Tor precisar comprovar que tem uma licença para estar lá. — Mace observou a expressão estoica na face antiga do Velho. — Estes problemas podem ser todos contornados. O maior problema é onde vamos conseguir uma fonte de tódio não degradada. Até agora só pudemos trabalhar com alguns pedaços brutos de pranchas que sobraram da Arca. Até mesmos extrair da madeira a seiva cristalizada tem sido uma dificuldade.

O Velho sorriu — com a expressão onisciente que sempre aborrecia Mace.

— Então precisamos descobrir se restaram outros artefatos fabricados a partir da Árvore.

Mace concentrou-se, tentando recordar a história bíblica, mas nada lhe ocorreu.

— Mas, se restaram, eles não teriam desaparecido no Grande Dilúvio?

— Talvez tenha restado algo que foi levado a bordo da barcaça de Noé. Certamente, se existisse algum objeto feito da Árvore da Vida, ele teria um valor sacrossanto extraordinário para Noé. Um artefato desses não seria deixado para trás. E depois, é claro, o óbvio... a madeira da Arca foi distribuída e usada no mundo novo para construir casas, móveis e ferramentas. Poderia valer a pena rastrear a linhagem da família. Quem sabe o que pode ter sido passado de geração a geração?

— Senhor secretário — disse um jovem agente do FBI, aproximando-se de Mace. — Precisamos partir em cinco minutos.

Mace acenou-lhe com um sinal significando "esteja a postos" e esperou até que o homem retornasse à entrada para o santuário do fundador do Smithsonian. — Como iremos descobrir o que pode ter sobrevivido?

— Existem vários textos antigos tratando de Noé e o seu clã... documentos que acabaram sendo rejeitados pela Igreja no Primeiro Concílio de Niceia. A razão alegada foi que alguns deles seriam contrários aos ensinamentos da Igreja na época e possivelmente conduziriam a fé em um sentido diferente. Em consequência disso, eles foram destruídos ou mantidos afastados dos olhos do mundo.

— E qual deveríamos buscar então? — perguntou Mace.

— Um deles me ocorre agora... o Livro de Emzara.

— Como é?

— Pursan — disse o Velho em um tom condescendente. — Eu pensei que você fosse mais versado nesses assuntos.

— As escrituras antigas não são um assunto que me interesse.

— Para que o Projeto Hades tenha sucesso, escritos antigos como o Livro de Emzara serão fundamentais. — Ele olhou para Mace com severidade. — Emzara era a esposa de Noé. Ela não é citada no Gênese, mas o Livro dos Jubileus a identifica. Na tradição judaica, ela é chamada Naamah, mas eu prefiro o outro. Emzara foi designada como a relatora de todas as provações por que passaram, por isso ela manteve um bom registro dos acontecimentos, incluindo um manifesto do inventário da Arca. Talvez ela tenha registrado o histórico familiar depois do Dilúvio. O Livro de Emzara pode nos levar à sua fonte de tódio alternativa.

— Senhor secretário — insistiu o agente, aproximando-se de Mace.

— Estou indo. — Ele esperou até que o homem tivesse se retirado. — Onde se encontra esse Livro de Emzara?

— Entre uma coleção de outros remanescentes cobiçados de antiguidades religiosas.

Em um instante, Mace compreendeu que sabia qual era a localização.

Quando eles se viraram para partir, o Velho disse:

— Há um outro problema que precisa ser resolvido... a questão do seu colega de gabinete.

Mace sorriu.

— Isso está sendo providenciado neste exato momento em que conversamos.

O NOTICIÁRIO

Lindsay afofou os travesseiros, tentando fazê-los parecer um pouco mais atraentes nas fronhas amareladas. Aquele era o terceiro quarto que limpara naquela manhã e ainda eram só 8 horas. A maioria dos hóspedes eram pescadores que se levantavam antes do amanhecer ou caminhoneiros que percorriam longos trajetos e deixavam o sinal "não perturbe" na porta na maioria das vezes.

Ela alisou as rugas da colcha e deu um passo para trás. Era o melhor que podia fazer. A roupa de cama era velha e desbotada, assim como as paredes e o carpete de todos os quartos do Dos Palmas Motel. Os lençóis e as toalhas estavam limpos, porque ela própria lavara tudo antes. A administração não fornecera alvejante, só uma marca genérica de sabão em pó. Disseram-lhe que o alvejante encurtaria a vida dos tecidos, consumindo-os gradualmente. Mas quem sabe melhorar um pouco o aspecto de parte da roupa de cama e de banho fosse uma boa ideia? Por isso, comprara um alvejante no supermercado próximo e guardara-o no quarto, levando-o com ela quando ia lavar a roupa do motel assim como também as dela.

Enquanto ela trabalhava, Tera sentara-se no chão, encostada ao pé da cama, com um pacote de salgadinhos na mão.

— Levante-se — ordenou Lindsay, fazendo uma careta ao pensar nos micróbios que poderiam estar escondidos entre as fibras do carpete. Pegando uma toalha puída mas limpa no carrinho de limpeza estacionado fora do quarto, atirou-a à filha. — Sente nisto.

Tera desdobrou a toalha sobre o carpete e deixou-se cair sobre ela, o pacote de salgadinhos em uma das mãos e o controle remoto da televisão na outra.

Lindsay adiantou-se para limpar o banheiro e ouviu Tera mudar de canal.

— Espero que vá assistir a algum programa educativo — disse ela. — Se estivéssemos em casa, estaríamos no horário de estudar.

Lindsay esfregou a banheira, mas a camada lustrosa de porcelana havia muito se deteriorara, e não importava o quanto a limpasse, ela continuaria parecendo sombria e opaca. Uma mecha de cabelo caiu-lhe sobre o rosto e ela usou as costas do antebraço para afastá-la. *Quando isto vai acabar?* Ela queria voltar à vida normal. Lindsay sentou-se sobre os calcanhares com as mãos calçadas com luvas de borracha no colo. Mal conseguia se lembrar da última vez que a sua vida fora normal. Devia ser antes de Tera nascer. Era difícil lembrar agora de como era a sua vida na época.

Apoiando-se novamente na banheira, ela borrifou mais um pouco de detergente como se aquilo pudesse fazer alguma diferença.

E por onde andava a sua amiga, Cotten? Ela nem sequer respondera ao recado que deixara. Depois de não obter retorno da parte de Cotten na primeira vez, Lindsay não se incomodara em ligar mais, presumindo que se tornara uma amolação para a velha amiga. E afinal de contas, fazia anos que não se viam. O que pensara ela, que Cotten Stone, a famosa jornalista da televisão, deixaria tudo de lado e viria ao seu encontro correndo?

— Você foi uma idiota, Lindsay. Nada mais que uma idiota — ela disse em voz alta. — Você e Tera estão agora por conta própria.

— Mãe — Tera chamou.

Lindsay teve dificuldade para responder. Estava prestes a debulhar-se em lágrimas, e não queria que Tera a ouvisse fraquejar.

— Sim — ela conseguiu dizer finalmente.

Lindsay esfregava a porcelana opaca em círculos. Então começou a esfregar cada vez com mais força, como se isso ajudasse a sufocar a vontade de chorar. Em seguida, como a filha não tivesse respondido, ela parou e escutou.

— Tera?

Nenhuma resposta. Lindsay atirou a esponja na banheira e se levantou de um salto.

— Tera?

Lentamente, ela saiu do banheiro, olhando com cuidado ao redor da porta.

Tera estava sentada em frente ao televisor, o olhar fixo na tela, o saco de salgadinhos aberto, uma grande quantidade deles espalhados pelo chão.

— O que foi? — indagou Lindsay, arrancando as luvas e atirando-as sobre a cômoda.

Tera tocava a tela do televisor com o dedo indicador.

Lindsay desviou a atenção da filha para a reportagem do noticiário da manhã, captando apenas o trecho final.

— E assim, o que poderia ter sido uma tragédia termina como um final feliz — comentava o repórter. O vídeo de um homem abraçando um menino tomou conta da tela. — Devin Olsen está seguro em casa novamente. — Houve uma pausa. — Outras notícias...

— Precisamos nos encontrar com ele — disse Tera.

Lindsay tinha visto várias reportagens nos jornais e na televisão sobre o desaparecimento do menino e ficava feliz em saber que fora encontrado e estava em segurança. Sentira muito pelo pai e compreendera quanto ele devia estar se sentindo desamparado. E acima de tudo o menino ainda era autista. A maioria das histórias sobre crianças com deficiências desaparecidas não tinha um final feliz. Por que será que Tera estava tão interessada?

— Por que precisamos nos encontrar com ele, Tera?

— Eu o conheço — respondeu a menina.

— Não conhece, não, querida. Ele é de Miami, não de Loretto.

— Não — insistiu Tera. — Eu quero dizer de antes.

— Antes do quê? — Lindsay pegou as mãos da filha entre as suas e disse: — Nós nunca nos encontramos com aquele menino.

— Não você, mãe. Eu.

Lindsay puxou Tera para perto da cama e fez com que ela se sentasse na borda. Então envolveu o rostinho da filha entre as mãos.

— Isso é impossível — disse.

Tera sorriu com uma compreensão que parecia ir além da sua idade.

— Você não estava comigo na época.

— Onde, Joaninha? Onde você foi sem mim? Onde você o conheceu?

— Antes de nascer. No céu.

EXFILTRAÇÃO

Tor consultou o relógio. Faltavam cinco minutos. Mace ligaria para receber uma atualização e ele queria estar pronto.

— Está gelado aqui — disse para si mesmo, esfregando a ponta do nariz para aquecê-lo.

Baixara a temperatura para dez graus mais cedo naquele dia. Manter o prédio resfriado a esse ponto era necessário aos preparativos para o enorme dilúvio de informações que começaria a despejar no sistema durante as 24 horas seguintes, quando o Vírus Hades — adormecido dentro de milhões de computadores ao redor do mundo — entrasse em ação no instante em que cada sistema procurasse sincronizar-se com o relógio atômico internacional.

Embora os dados dos sistemas individualmente infectados depurassem gradualmente as informações sobre os usuários, sobre os computadores e sobre as redes de empresas comerciais, a quantidade global de dados seria enorme. Os equipamentos nas instalações do Hades funcionariam na sua capacidade máxima, e a última coisa de que ele precisava era de processadores superaquecidos.

Parecia que tudo mexia com os seus nervos à medida que a pressão aumentava e o prazo final da fase dois se encurtava. Para começar, agora achava-se sozinho na velha base militar, no meio das florestas de Arkansas, uma vez que seu assistente fora morto quando o menino escapara. O enterro do corpo no terreno rochoso consumira metade de um dia de trabalho, o que não fora nada bom em primeiro lugar. O maldito computador quântico ainda não se mostrava tão estável quanto ele gostaria. Mesmo que todas as fases do Projeto Hades transcorressem sem falhas, se o computador não mantivesse a estabilidade usando a amostra de tódio degradado, ele nunca seria capaz de decifrar os códigos de criptografia do governo. E para agravar as coisas ainda mais, Mace ligava duas, três, às vezes quatro vezes por dia.

Tor preferia muito mais conversar com Kai — em muitos sentidos. Não podia acreditar que Mace fosse idiota o bastante para acreditar que a beldade chinesa se sentisse atraída por ele — e se dedicasse à sua causa. Mace não entendia que Kai Chiang preferia sempre quem lhe oferecesse mais. Anos antes, Tor fora uma vez o sujeito com a maior oferta. Como, diabos, Mace achava que Kai conseguira entrar na sua vida, afinal? Tor fora apenas um degrau... ele sabia disso e realmente não dava a mínima. Ela fora uma aventura esfuziante por pouco tempo... sem despesas, sem compromisso. Convinha-lhe bem. Tor sabia que aquela meretriz se vendia a qualquer um... assim como estava fazendo com Alan Olsen. Um dia montaria em Rizben Mace como o degrau seguinte.

Como se aproveitasse a deixa, o telefone tocou.

— Estamos no horário? — indagou Mace.

Tor olhou novamente para o relógio.

— Faltam trinta segundos para a meia-noite GMT.

A partir de 12h00 GMT e a cada hora seguinte, à medida que cada fuso horário chegasse à meia-noite, o Vírus Hades entraria em ação e começaria a identificar os servidores em cada rede afetada. Uma vez que os servidores fossem identificados, seria feita uma tentativa de conexão para entrada no sistema, por meio da anulação da senha de autenticação — buscando todos os nomes de usuários com senhas em branco. Se o vírus se instalasse em um computador cujo usuário tivesse privilégios administrativos, ele sequestraria as credenciais do usuário e completaria a conexão para entrada no sistema.

Depois que o vírus tivesse acesso ao sistema com os privilégios administrativos emprestados, passaria a agir como o usuário autorizado e instruiria o computador infectado a começar a procurar outros hospedeiros na rede. Utilizando *ping requests* básicos, ou solicitações de disponibilidade, que se pareceriam com tráfego benigno, ele tentaria se conectar com os nomes de domínio específicos seguidos pelos seus respectivos *ponto-com*, *net*, *org*, *edu*, *gov*, e extensões *mil*. Cada um desses hospedeiros especificos guardariam partes do vírus. À medida que cada solicitação de disponibilidade atingisse o hospedeiro, a resposta ao computador infectado incluiria cada vez mais partes do vírus.

Tor sabia que a grande vantagem de usar esses pacotes de *ping* comuns era a capacidade que eles tinham de armazenar dados ocultos em partes não usadas do cabeçalho do pacote. Os antivírus jamais pensariam em procurar nos cabeçalhos para descobrir as partes do código do Projeto Hades. Como num videogame para encontrar objetos espalhados, o computador infectado acabaria coletando todas as partes para montar e executar um programa de *rootkit*, com a missão exclusiva de dar ao Projeto Hades o controle total e o acesso clandestino ao computador infectado.

Um *hacker* novato faria o vírus se conectar ao computador hospedeiro através dos endereços IP, e não por nomes de domínio hospedeiros. Nessa situação, quando as autoridades localizassem o endereço IP, o jogo terminaria. Mas Tor projetara o vírus para procurar computadores hospedeiros por nomes de domínio. O endereço de nome de domínio poderia indicar tantos endereços IP diferentes quanto houvesse versões espelhadas de hospedeiros do vírus. Melhor ainda, a Interpol e o FBI estariam perseguindo endereços IP o dia inteiro, enquanto novos endereços IP eram designados ao nome de um único domínio. Uma vez que Tor já penetrara em servidores hospedeiros do mundo inteiro e escondera neles o vírus, as autoridades deveriam interromper a caçada depois de lidar com as dores de cabeça de ter provedores hospedeiros em vários países. No momento em que chegassem ao fim da linha, a fase dois do Projeto Hades seria coisa do passado.

— Estamos preparados para dar início à fase três? — quis saber Mace.

Já informei umas mil vezes a esse idiota filho da mãe, pensou Tor. Era assim que gostaria de responder a Mace, mas pensou melhor. Não importava que Tor fosse um Nephilim, um descendente dos Anjos Caídos e humano — o que fazia dele um integrante das forças Rubis —, Mace lhe mandaria para o olho da rua ou coisa pior, se demonstrasse insubordinação.

— Sim, estamos seguindo o prazo estabelecido — disse Tor. — Lembre-se, Rizben, estamos criando milhões de computadores zumbis mundo afora. Levará tempo para distribuir os *rootkits*. Assim que fizermos isso, a fase três começará imediatamente.

Tor gostava de chamar a fase três de "ID Recon" — a identificação dos alvos principais, para manipular os sistemas. O sucesso final dependeria de uma reação humana previsível, causando um efeito dominó de proporções catastróficas.

Mace disse:

— Temos só uma bala na agulha desta vez. A reação que estamos prevendo deve ser correta — disse Mace.

— Eu só faço a parte do *nerd*. Você é aquele que calcula como as pessoas vão pensar. Não tenho nada a ver com essa parte.

Tor revisou mentalmente os alvos principais. Os sistemas de diagnóstico e de controle do Satélite de GPS; a Grade de Notificação de Emergência do Controle de Tráfego Aéreo; a rede bancária mundial; a Rede da Agência dos Sistemas de Informações de Defesa e a sua Grade de Informações Mundiais; a Grade da Rede de Distribuição de Energia norte-americana e todas as redes correspondentes estrangeiras; o canal de manutenção para o Sistema de Exibição dos Parâmetros de Segurança que monitorava e controlava as usinas nucleares; oitenta redes de controle supervisionado e de aquisição de dados que incluíam eletricidade, gás natural, água, esgotos, ferrovias e telecomunicações; e o maior de todos os alvos — a estação de monitoramento do Satélite de Comunicações Mundiais da AT&T.

Ele olhou para o monitor que exibia a interface do sistema operacional para o computador quântico Hades. *O merdinha acreditou que era muito inteligente*, pensou Tor, imaginando Devin Olsen digitando na sala de jogos, tentando enganá-lo embaralhando os dados. Mas não fora Devin que se doutorara em física teórica e engenharia mecânica. Tor, sim. Depois do telefonema de Kai para adverti-lo de que o menino tentara ser esperto, Tor só precisara de algumas horas para corrigir e concluir os códigos. Quem era o garoto esperto agora?

Uma última vez, Tor consultou o relógio. Faltavam poucos segundos para começar.

A tela estava em branco. Ele sentia o coração batendo acelerado no peito. Apesar do frio, começou a suar. Segurou o telefone com mais força. Do outro lado da linha, ouviu Mace tomar fôlego.

Meia-noite.

Tor prendeu o fôlego. Pronto. Não haveria segunda chance.

De repente, o monitor de controle principal do Projeto Hades piscou. Uma linha de texto apareceu na base do monitor.

XOCSSOV.MOLDAVID.echo.YORK.0022039.

Ele se inclinou para a frente. Quase imediatamente, uma segunda linha apareceu embaixo da primeira, fazendo a linha original subir.

XOCSSOV.LANCAST.echo.ABBY 0022048.

Antes de a segunda linha terminar, uma terceira apareceu na base da tela e depois uma quarta. À medida que cada uma aparecia, as linhas anteriores subiam na tela. Então, como um comporta se abrindo, as linhas vieram rapidamente às dezenas, centenas e depois milhares. A progressão de uma linha aparecendo e empurrando o texto anterior para cima tornou-se um borrão.

Tor sorriu.

— Rizben?

— Sim — disse Mace.

— Bem-vindo ao Hades.

AZUIS

Lindsay atirou os seus pertences na parte de trás do furgão e lançou um último olhar para o Dos Palmas Motel antes de se acomodar no assento do motorista.

— Estamos voltando para casa? — indagou Tera, afivelando o cinto de segurança.

— Ainda não sei. — Lindsay deu a partida no motor e girou no banco para ter uma visão melhor da retaguarda enquanto manobrava de ré no estacionamento.

— Então por que estamos levando todas as nossas coisas?

— Porque pode ser que não voltemos mais aqui.

— Mas você está com a chave do quarto — lembrou Tera, apontando para a chave pendurada na argola.

Lindsay olhou para os dois sentidos da estrada, depois arrancou em direção ao norte pela rodovia federal U.S. 1, a Overseas Highway.

— Você também precisa pôr o cinto de segurança — observou Tera. — Nós vamos passar a noite em Miami?

— Pode ser — respondeu Lindsay.

— Eles não vão sentir a sua falta no trabalho amanhã, se fizermos isso? Você pode ter problemas.

Lindsay suspirou exasperada.

— Sim, Tera, você tem razão. Escute, vamos fazer o seguinte. Você disse que queria se encontrar com aquele menino, Devin Olsen, então é para lá que nós vamos. Não sei o que vai acontecer depois disso. Talvez você saiba a resposta, porque eu não sei. — Ela olhou para a filha. — Afinal, você, misteriosamente, sempre parece saber mais sobre tudo do que me diz. — Imediatamente, ela se arrependeu das suas palavras.

Tera virou-se e ficou olhando pela janela lateral.

Elas seguiram em silêncio por quilômetros. Lindsay sabia que se encontrava no limite e fora brusca com Tera mais de uma vez sem um motivo justo naquele dia. Tera só estava sendo criança, querendo saber o que aconteceria. Ultimamente, a vida de ambas era tão imprevisível. Tera simplesmente queria saber com o que poderia contar — o que esperar do seu futuro imediato. A quem mais poderia perguntar a não ser à mãe? As crianças sentiam-se seguras com a rotina e uma vida estruturada, dois elementos de que a vida delas carecia totalmente.

Lindsay esfregou a testa. Tera merecia mais do que a falta de habilidade que demonstrava ultimamente como mãe. Travando o cinto de segurança, ela estendeu a mão sobre o console central em busca da mão de Tera.

— Sinto muito, Joaninha. Você sabe o quanto a amo.

— Eu também amo você.

— Quer fazer uma parada no Mundo das Conchas? Você pode escolher uma concha bonita.

O rosto da menina se iluminou.

No Mundo das Conchas, Tera passou quase meia hora procurando uma concha que servisse, até que finalmente escolheu um búzio. Admirando a camada brilhante da sua superfície interior, concluiu que aquele tipo de concha era muito bonito. Na caixa registradora, o funcionário contou-lhe que aqueles búzios eram usados antigamente nas ilhas para anunciar os casamentos, e Tera ficou intrigada. Ele pegou um búzio grande embaixo do balcão e soprou por um buraco feito artificialmente de um lado, produzindo um som exótico parecido com o de um berrante. Tera falou para a mãe que adorara aquele tipo de búzio e que queria levá-lo na mão — não na sacola.

Depois que voltaram à rodovia, Tera fez vários desenhos do seu búzio, mas reclamou que não estava satisfeita com eles porque o lápis escorregava com o movimento do furgão.

Quase duas horas depois a U.S. 1 fundiu-se com o Biscayne Boulevard no centro da cidade de Miami. Com o rádio em alto volume, Lindsay e Tera entoavam o coro de "You're the One That I Want", junto com Olivia Newton John e John Travolta. Estavam no meio do refrão "Ooo, ooo, ooo" quando o prédio da CyberSys apareceu mais adiante, à esquerda. Lindsay baixou o tom de voz e dúvidas passaram pela sua cabeça. *Afinal, o que teria para dizer quando entrassem no prédio? Como explicaria por que vieram?*

A canção terminou e Tera contemplou a mãe, ela própria também já sem entusiasmo para cantar.

Lindsay parou o carro em um estacionamento ao lado.

— Você sabe, pode ser que não nos deixem entrar — disse ela, pondo as chaves na bolsa. — O pai de Devin não nos conhece. Ninguém nos conhece. — Ela penteou o cabelo de Tera para trás com os dedos. — Tenho certeza de que o pai de Devin o ama assim como eu a amo. E ele acabou de trazer Devin de volta de uma experiência negativa. Deve estar mais cauteloso e protetor em relação ao filho, e quer mantê-lo seguro, assim como eu quero protegê-la. Provavelmente ele não vai entender por que estamos aqui. — *Eu mesma não entendo por que estamos aqui.* Lindsay inclinou-se para perto de Tera. — E eu também não estou muito segura, Joaninha.

— Não se preocupe. Vou dizer ao pai dele que Devin é como eu.

— O que você está querendo dizer, querida?

— Ele é azul.

Lindsay demorou alguns segundos para entender o significado de *azul*.

— Você quer dizer Índigo? Você acredita que Devin seja um menino Índigo? Acha que ele tem dons especiais assim como você?

Tera balançou a cabeça vigorosamente.

— Sim, sim. — Ela sorriu, os olhos faiscando. — Devin é muito especial. Assim como eu.

Lindsay uniu os dedos em forma de concha e levou-os aos lábios antes de falar.

— Devin é especial, querida, mas não da mesma maneira como você. Ele tem algo chamado autismo. Digamos que isso o faz pensar e sentir as coisas de modo diferente.

— Assim como eu — afirmou Tera.

— Não, não como você.

— Ele não desenha — falou Tera. — Mas faz outras coisas.

Lindsay imaginou o que um menino autista poderia fazer que Tera considerasse um dom especial.

— Devin sabe das coisas como eu. Ele vai se lembrar de quando eu escolhi você e de quando ele escolheu o pai dele — explicou Tera.

— O quê?

— Todos nós escolhemos.

Lindsay abanou a cabeça, confusa.

— Nós olhamos para baixo e escolhemos a nossa mãe e o nosso pai. Eu escolhi você e o papai. Devin escolheu o pai e a mãe dele. Todos os Índigos escolhem.

— Tera, já conversamos uma vez quando você me perguntou sobre os bebês... de onde eles vêm. Lembra-se disso? Eu lhe disse como...

— Eu não me lembro de quando era um bebê dentro de você. Eu não me lembro de quando tinha 1 ano de idade.

— Claro que não lembra. Ninguém se lembra de quando era bebê.

— Mas eu me lembro de antes de ser bebê. Eu me lembro de Devin e de todos os outros e da minha irmã... a minha irmã gêmea... que já estava aqui.

Lindsay pressionou a coluna contra o encosto e inclinou-se para trás, olhando para o letreiro pendurado.

— Você não pode sair por aí falando assim, Tera. As pessoas vão pensar que você é...

— Devin não vai. Ele estava lá. Existem muitos de nós. Ele vai se lembrar.

— Nós?

— Os azuis. Você sabe, Índigos.

Lindsay ficou sentada em silêncio. Como, diabos, ela poderia chegar até Alan Olsen e lhe dizer que a filha queria falar com o filho dele, que acabara de ser vítima de sequestro, porque eles estiveram em algum lugar juntos antes de nascer? Mas que droga se passava na cabeça dela? *Quem era a louca, Lindsay Jordan? Quem dirigira por todo o caminho até Miami com uma ideia tão estranha?*

— Você vai ver, mãe. Eu prometo. Por favor, acredite em mim. Eu sei por que eles levaram Devin.

— O que está querendo dizer agora?

— Eles precisavam dos números que estava na cabeça de Devin.

— Certo, olhe — disse Lindsay. — Se o senhor Olsen concordar em nos receber, provavelmente é melhor não comentarmos sobre o sequestro ou sobre você conhecer Devin antes de nascer e todas aquelas coisas. Isso poderia assustá-lo. — Ela afastou uma mecha de cabelo do rosto da filha. — Procure acompanhar o que eu disser. Está entendendo?

Tera inclinou a cabeça concordando.

— Está bem.

Lindsay desafivelou os cintos de segurança das duas, então puxou Tera para os braços e apertou-a com força, balançando ligeiramente de um lado para outro como fazia anos antes ao segurar Tera no colo quando ela era bem pequena. Inspirando a doce fragrância do cabelo da filha, sentiu-lhe a suavidade da pele contra a sua. Gostaria de poder absorver Tera, envolver a sua filha preciosa e ser capaz de protegê-la do mundo para sempre.

— Amo você, querida — murmurou Lindsay. Finalmente, soltou Tera e olhou longamente nos seus olhinhos azuis. — Vamos conhecer o pai de Devin.

SEGREDOS

— Bulhufas — declarou Ted Casselman. — Você não conseguiu absolutamente nada.

— Isso não é exatamente verdade — protestou Cotten.

Ela estava sentada sozinha em uma das baias do departamento de vendas nos estúdios da SNN em Washington. Ted a fizera prometer que telefonaria para a casa dele em Nova York assim que terminasse a entrevista com Miller. Eram 12h30.

— Então deixe-me recapitular — disse ele. — Você organiza esse confronto elaborado com o conselheiro de Segurança Nacional dos Estados Unidos, leva uma dúzia do meu pessoal de Washington para organizar uma falsa festa de aniversário... e eu pagando pelas horas-extras de todo mundo, devo acrescentar... utiliza um dos nossos furgões de transmissão a distância, convoca uma produtora, ocupa um equipamento de vídeo suficiente para a produção do próximo filme de Steven Spielberg e me faz parecer um idiota. — Ele fez uma pausa. — Que parte disso não é exatamente verdade?

— Você está exagerando os fatos. E eu saí com uma pista. Miller me disse que acha que sabe quem plantou o telefone no casaco dele.

— Está claro por que ele lhe falou isso, Cotten. Estava ficando tarde e ele queria ir para casa. Ele teria dito que desconfiava do Coelho da Páscoa se você o tivesse pressionado o bastante.

— Ele disse que foi alguém da Casa Branca, do Gabinete. — Ela ouviu Ted soltar um suspiro exasperado.

— Olhe, gosto de você como se fosse a minha própria filha. Confio em você explicitamente. Aprendi que os seus instintos são como uma navalha. E conheço os seus segredos... segredos que vão além...

Ela ouviu um ruído fraco enquanto ele esfregava o rosto e imaginou-o sentado do lado da cama no escuro, tentando não acordar a esposa. Cotten odiou desapontar Ted a esse ponto.

— Mas dessa vez — ele disse — você está entrando em uma briga de cachorro grande. O maldito Gabinete presidencial, pelo amor de Deus. Você faz alguma ideia em que tipo de posição estaria colocando a rede se essa coisa vazar?

— Eu entendo que há muita coisa em jogo — disse Cotten.

— Muita coisa em jogo? Cotten, esqueça a perda do seu emprego. Diabos, o que me diz de eu perder o meu? E quanto à credibilidade da rede? — Ele fez uma nova pausa. — Às vezes, você parece se esquecer de que há todo um grupo de pessoas a quem tenho de responder, e eles têm um grupo inteiro em cima deles chamado conselho de administração. E o conselho responde aos acionistas e investidores. E nenhum deles dá a mínima para os seus instintos ou os seus... segredos. Lembre-se de que um repórter é tão bom quanto a sua última reportagem. Será que você não entende isso?

Ele se deteve como se soubesse que era uma futilidade tentar argumentar com ela. Fez-se silêncio durante um minuto inteiro. Então Ted disse:

— Miller lhe deu um nome, não foi? Quem ele desconfia que tenha plantado o telefone?

— Eu prometi que não revelaria o nome enquanto ele não tivesse uma prova concreta.

— Como eu posso lhe dar algum apoio se não souber com que estou lidando? É o cozinheiro ou o presidente? E a propósito, por que, em nome de Deus, alguém na Casa Branca iria querer roubar o seu telefone celular, incendiar completamente uma fazenda em Kentucky e fazer ameaças contra a sua vida? Isso não faz nenhum sentido, Cotten.

— Pelo que descobri sobre Lindsay e a filha, Tera, acho que isso vai muito além do roubo de um telefone celular.

— Ótimo, assim em lugar de Watergate, agora chegamos a *Loretto-gate*. Faça-me o favor, Cotten. Isso não parece uma estupidez?

— Eu lhe pedi que confiasse em mim no caso da Conspiração do Graal, e eu tive razão, não tive?

Ela o ouviu grunhir.

— Eu lhe pedi que confiasse em mim quando você concordou com a transmissão ao vivo de Londres pouco antes de abrirmos a cápsula do tempo e acharmos a placa de cristal. Lembra-se de quantas vidas foram poupadas? Eu tive razão naquela ocasião também, não tive?

Outro grunhido seguido por um suspiro pesado.

— Você disse que os meus instintos não tinham comparação, certo?

Silêncio.

— Que você conhece os meus segredos, meus...

— Está bem, disse — admitiu Ted. — Agora chega. Não adianta discutir com você. Nunca adiantou, e não vai adiantar. — Ele fez uma pausa como se refletisse. — E pensando bem, agradeço a Deus por não ter ganho nas nossas discussões. Mas, desta vez, preciso de alguma coisa para continuar... alguma orientação... algo que me ajude a justificar as despesas e o tempo gasto. De quem Miller desconfia?

Cotten ouviu os fragmentos de sons que vinham de todo o prédio — o turno morto da SNN. Ouviu a campainha longínqua de um telefone, uma conversa distante, o rádio de alguém tocando um jazz suave, um riso. Mas além do descanso e da calma, em algum lugar no meio da noite, os Caídos e os Nephilim reuniam as suas forças. Todos os sinais apontavam ainda para outra tentativa de dar um golpe na coisa que Deus mais valorizava — a sua amada criação — o homem. Eles procuraram fazê-lo na tentativa de clonar o Cristo e de criar o Anticristo. Eles procuraram causar uma epidemia de suicídios mundial que resultou na morte de milhares, talvez milhões de pessoas. E agora, eles voltavam a levantar a sua cabeça maligna. Ela sabia disso porque um fato obscurecia todos os demais. Deus enviara-lhe uma mensagem — devolvera-lhe a sua irmã, Motnees — Tera. Só poderia haver uma razão — as duas seriam necessárias para deter as Forças da Escuridão. Ela precisava encontrar Tera antes que eles o fizessem. Como em qualquer batalha, só poderia haver um vencedor.

— Cotten? Você está aí? — Ted perguntou. — Qual é o nome?

— É o secretário de Segurança Nacional — confessou ela. — Rizben Mace.

A CONCHA

Lindsay segurou a mão de Tera — a palma da mão da filha estava morna, mas a sua estava fria e úmida. Elas entraram pelas portas de vidro duplo para o salão de entrada do prédio de vinte andares da CyberSys. Embutido no piso de mármore via-se o logotipo da empresa com o seu raio azul.

— Olhe — disse Tera, apontando para o símbolo. — Igual ao meu.

Lindsay olhou para o logotipo, depois para a filha, com uma sensação de que as coisas estavam saindo do controle.

Elas pararam em frente ao balcão da segurança.

— Nós gostaríamos de nos encontrar com o senhor Olsen — falou Lindsay.

— Vocês têm hora marcada? — o guarda da segurança particular da empresa perguntou.

— Não — Lindsay respondeu. — Mas é muito importante. É sobre o filho dele.

Pelo semblante do guarda, Lindsay calculou que ele a considerava mais um dos malucos que perambulavam pelo centro da cidade de Miami.

— Qual é o seu nome? — ele perguntou.

— Lindsay Jordan. — Ela inclinou a cabeça para Tera. — E esta é a minha filha, Tera.

Sem desviar o olhar de Lindsay, ele pegou o telefone e fez uma ligação, falando em voz baixa junto ao bocal. Quase imediatamente depois que ele desligou, vários funcionários da segurança, trajando o mesmo uniforme verde e branco, apareceram e se encaminharam na direção dela.

— Por favor — falou Lindsay, erguendo a mão, prevendo que a segurança estava prestes a escoltá-la para fora do prédio ou coisa pior. — Nós não queremos causar nenhum mal. Acho que temos algumas informações que o senhor Olsen gostaria de conhecer. Por favor, apenas nos deem um minuto para falar com ele.

— Com licença, senhorita — adiantou-se um homem de terno azul-marinho surgindo de trás dos guardas. Ele se aproximou de Lindsay.

Ela imaginou que ele não fazia parte da equipe de segurança, mas que fosse um assistente pessoal ou alguém das relações públicas da CyberSys.

— O senhor Olsen quer que todo mundo saiba que ele aprecia todas as demonstrações de simpatia em relação à sua recente situação e está verdadeiramente grato pelo apoio. Mas ele não está recebendo ninguém no momento. Estou certo de que a senhorita é capaz de entender e de respeitar a privacidade dele.

Lindsay apertou a mão de Tera, consciente de que aquilo estava fadado ao fracasso desde o começo — a reunião com Alan Olsen não iria acontecer.

— É claro — ela disse. — Só que eu acho que o senhor Olsen gostaria de saber o que temos para lhe falar. É sobre o sequestro do filho dele. Se eu pudesse conversar com o senhor Olsen por um instante e explicar...

— Tenho certeza de que a senhorita tem razão, mas se tiver alguma informação importante, deveria entrar em contato com o FBI. — O homem enfiou a mão no bolso e folheou a carteira. — Aqui está — disse ele, oferecendo um cartão. — Ligue para este número e peça para...

— Eu tenho uma coisa para Devin — disse Tera, adiantando-se e oferecendo o búzio. — É um presente.

— É muita gentileza. — O homem estendeu o braço para pegar o búzio. — Será um prazer...

Mas antes que ele pudesse pegar o presente, houve uma comoção vindo da direção dos elevadores — o rangido de solados de couro duro sobre o piso de mármore ecoou ao longo do salão de entrada. Um homem segurando um menino pela mão surgiu do elevador cercado por um grupo de guardas uniformizados. Eles atravessaram o salão de entrada até a entrada da frente.

Lindsay soube que tinha de ser Alan Olsen e o filho. Um dos guardas com quem estivera falando pegou-a pelo braço e puxou-a junto com Tera para o lado.

— Venham por aqui, por favor — disse ele.

De repente, Tera fugiu na direção do grupo e arremessou-se para junto do menino antes que alguém fosse capaz de detê-la.

Ao ver a menina vir na direção deles, dois dos guardas tentaram bloqueá-la, mas Tera já tinha aberto caminho entre eles para chegar a Devin.

O grupo parou quando Tera estendeu a mão para o menino. Nela, ela segurava o búzio. Todos permaneceram em silêncio enquanto o menino abria um sorriso largo.

Tera ergueu a concha até a orelha de Devin.

Lindsay livrou-se dos guardas e correu para o lado da filha. Uma calma caiu sobre o salão de entrada enquanto todas as pessoas pareciam imobilizadas no lugar, hipnotizadas pelo que estava acontecendo enquanto Devin escutava o som do búzio.

Ele fechou a mão por cima da de Tera, apertando o búzio mais perto. Então Tera sussurrou.

— Oi, Devin, lembra-se de mim?

O rosto de Devin se iluminou. Em uma voz fraca, ele disse:

— Oi, Motnees.

RELÂMPAGO GLOBULAR

Cotten deixou John na Embaixada do Vaticano para que ele pudesse se atualizar com as mais recentes informações classificadas pelo Venatori. Começou a chover e ela ouviu o trovão distante enquanto seguia pela Wisconsin Avenue e virava à esquerda na O Street, em Georgetown. O conselheiro de Segurança Nacional Philip Miller dera-lhe as instruções sobre como chegar à sua residência, um palacete de dois andares na cidade, dizendo que obtivera a prova de que ela precisava para confrontar Rizben Mace.

Quando se aproximou do palacete em estilo vitoriano, ela viu uma van preta estacionada na frente da casa. Miller mencionara que era vigiado por dois agentes do FBI, de serviço do lado fora, sempre que estivesse em casa.

Cotten fez a baliza em um espaço no meio-fio e desligou o motor. A chuva engrossara naquele momento — a parte inferior das nuvens furiosas inchada e ameaçadora.

Ela saltou do carro e abriu o guarda-chuva. Vendo que a porta lateral do passageiro começara a se abrir no veículo do agente, ela ergueu a mão. Não havia necessidade de que ambos se encharcassem. A porta se fechou novamente, e parou junto à janela, que se abriu em alguns centímetros.

— Senhorita Stone, posso ver alguma identidade? — perguntou o agente, enquanto o aguaceiro se intensificava. — É uma formalidade. Sinto muito, especialmente com um tempo destes. — As últimas palavras foram abafadas por um trovão ensurdecedor.

Cotten pegou as credenciais de imprensa de dentro do bolso do casaco e passou-as pela janela.

O agente correu uma lanterna sobre eles e depois olhou atrás da janela para o rosto dela. Em seguida, devolveu a identidade a Cotten.

— Cuidado para não se molhar. O doutor Miller a está esperando.

Ela correu pela calçada da frente e subiu os degraus da entrada. Chegando à porta, ela se encolheu embaixo do pórtico e tocou a campainha.

Um instante depois, a senhora Miller abriu a porta.

— Senhorita Stone. Que bom vê-la novamente — disse a senhora Miller, fazendo um gesto para que entrasse.

— Obrigada — agradeceu Cotten, fechando o guarda-chuva e tentando não gotejar água no piso de madeira. — Vocês têm uma casa maravilhosa.

— Obrigada. — A senhora Miller levou o casaco de Cotten e pendurou-o em um cabide de metal para casacos. — Ela foi construída em 1790. Nós a reformamos completamente do piso ao teto e tentamos manter intacta a sua arquitetura original. Ao longo dos anos, foi a residência de três integrantes do gabinete presidencial e dois embaixadores.

— Senhorita Stone. — Philip Miller atravessou a sala de estar com a mão estendida. — Que noite feia está fazendo.

— E parece que está piorando — observou Cotten, apertando-lhe a mão. A observação dela foi pontuada por outro raio. — Obrigada por cooperar. Preciso me desculpar novamente por abordá-lo e à sua esposa numa calçada de Arlington.

— Você só estava fazendo o seu trabalho — respondeu ele. — E aproveito para agradecer por ter acreditado em mim. — Ele fez um gesto para que ela se sentasse em um dos dois sofás de frente um para o outro no meio da sala de estar. Achas de madeira em brasa crepitavam e chiavam na lareira a alguns metros.

— Posso lhe trazer algo quente para beber? — a senhora Miller perguntou. — Café, chá?

— Chá seria ótimo.

— Philip? — a senhora Miller perguntou.

— Chá estaria bem para mim, também.

Cotten observou a esposa dirigir-se por um corredor. Depois que ela saiu de vista, Cotten disse:

— Sei que isso é embaraçoso para o senhor, que trabalha tão próximo ao secretário Mace. Mas acredito que identificar a pessoa que tem espionado a minha amiga e a filha dela é mais importante do que possa imaginar.

— Embaraçoso nada — falou Miller. — Estava na hora de ele acertar as contas.

— Verdade? — surpreendeu-se ela. — Quer dizer que vocês dois não se dão bem?

— Nós nos comportamos em público. Mas eu tenho uma boa razão para não gostar dele. Vários anos atrás, eu apoiava um candidato a governador de Arkansas. Rizben dotou o meu adversário com uma quantidade surpreendente de fundos e de apoio. Ele acabou comprando o candidato e a eleição até onde fui informado. E um dos temas mais importantes da campanha era converter antigas bases do exército em centros de pesquisa particulares. O argumento dele era que isso criaria empregos e aumentaria a base tributária. Tudo o que isso realmente fez foi filtrar de volta o dinheiro a Rizben, estou certo disso. Ele investiu pesadamente em algumas dessas instalações de pesquisa destacadas no plano. E essas instalações poderiam ter sido utilizadas para o bem público de muitas outras maneiras. Muitos nomes que circularam na época foram atirados na lama. Em consequência disso, restou muita animosidade entre nós. Portanto, em vez de confrontar Rizben, prefiro revelar o que descobri e deixar que você faça isso através da mídia. Não tenho nenhum problema em atirá-lo aos leões.

— Ele converteu realmente alguma das velhas instalações militares em projetos comerciais?

— Uma, talvez. Toda a questão pareceu perder importância depois da eleição. Acho que chamei muita atenção para o fato, e ele acabou se tornando um verdadeiro abacaxi. Como eu disse, não vou perder nenhum amigo. — Ele enfiou a mão no bolso, de onde tirou uma fita cassete em miniatura. — Isto fará o serviço.

— De que trata essa fita? — quis saber Cotten.

— Ela contém gravações telefônicas de conversas feitas clandestinamente por um araponga... outra razão para que isso passe para as suas mãos. Você protege as suas fontes?

— Absolutamente.

Miller agitou a fita no ar.

— Isto jamais poderá ser ligado à minha pessoa, mas o que tenho aqui é a prova irrefutável de que Rizben ordenou o incêndio da fazenda Jordan. O que não se explica é por quê.

— Não precisa se preocupar com isso — prometeu Cotten. — Descobrir isso é o meu trabalho, e garanto que nunca ela jamais será ligada de alguma forma à sua pessoa. Tem a minha palavra.

— Bom. E parece haver mais uma coisa. Eu não estou bem certo do que se trata, talvez você descubra isso também. Deixe-me lhe perguntar uma coisa: a palavra tódio significa alguma coisa para você?

Cotten estava prestes a dizer que não, quando uma intensa luz branca entrou de chofre pelas janelas, quando o raio caiu do lado de fora. O ruído explosivo do trovão foi instantâneo, revelando a Cotten que a casa provavelmente fora atingida.

— Meu Deus — exclamou Miller, pondo-se de pé.

Um estouro alto acompanhado de um chiado fez com que ambos se voltassem em direção à lareira. O brilho das chamas aumentou enquanto as labaredas de fogo invadiam a sala. Então uma esfera azul brilhante do tamanho de uma bola de beisebol surgiu do fogo e flutuou a pouco mais de um metro acima da lareira.

Do globo luminoso projetavam-se tentáculos radiais enquanto ele avançava lentamente em um ziguezague errático. Atrás de si arrastava uma cauda de luz branca como um cometa.

Antes de qualquer um deles pudesse reagir, a esfera projetou-se da lareira, atingindo Miller diretamente na testa.

Miller gritou e esfregou o rosto, o cabelo em chamas. Em seguida ele desabou no chão.

Cotten apressou-se a pegar uma almofada do sofá e sufocou o fogo.

— Oh, meu Deus — exclamou a senhora Miller. A bandeja com as xícaras de chá e os pires desprendeu-se das suas mãos e espatifou-se no chão.

— Philip! Philip! — Ela correu para o lado do marido.

Cotten ajoelhou-se perto dele e pressionou as pontas dos dedos sobre o pescoço de Miller, procurando a pulsação na carótida.

Nada.

— Faça alguma coisa — gritou a senhora Miller.

— Ligue para o resgate — ordenou Cotten. — Vá!

Ao mesmo tempo, ela se levantou de um salto e correu até a porta da frente. Deixando-a aberta, ela parou nos degraus da frente e acenou com os braços para os agentes na van preta. Depois de se certificar de que a viram e que vinham vindo, ela voltou correndo para perto de Miller, ajoelhou-se e começou a praticar a técnica de ressuscitação. O cheiro de cabelo chamuscado e de pele queimada tomou conta das suas narinas quando ela se apoiou nele e bombeou o tórax.

— Mas que inferno é esse? — exclamou o primeiro agente, correndo para dentro da sala. Ele levava uma arma na mão, mas devolveu-a ao coldre enquanto acionava o rádio e transmitia um alerta de socorro.

— Fique longe do doutor Miller — o segundo agente ordenou para Cotten. Ela o ignorou e continuou aplicando a respiração boca a boca.

— Eles estão vindo — gritou a senhora Miller voltando às pressas para a sala. — A ambulância está a caminho.

— Senhorita Stone — disse o agente. — Preciso que se levante e se afaste daí.

Cotten levantou-se relutantemente e recuou enquanto o agente assumiu a respiração boca a boca.

— O que aconteceu? — o outro agente perguntou à senhora Miller.

— Deixei o meu marido e a senhorita Stone conversando enquanto fui buscar um pouco de chá. Ouvi uma explosão alta lá fora. Um segundo depois, o meu marido gritou. Quando vim correndo para a sala, Philip estava estirado no chão com a senhorita Stone ajoelhada ao lado dele.

Acima dos ruídos da chuva e da trovoada, Cotten ouviu o clamor fraco de uma sirene.

O agente olhou para Cotten.

— O que aconteceu com ele?

— Nós estávamos conversando quando um raio deve ter atingido a casa. Um raio ou uma descarga elétrica ou algo assim parecido com uma bola azul em chamas entrou na casa pela lareira. No instante em que o vimos, o doutor Miller foi golpeado na cabeça. Ele desabou na hora. Os cabelos pegaram fogo e eu o apaguei. — Ela apontou para a almofada enegrecida no chão.

Houve uma comoção à porta da frente quando os membros do resgate entraram e se encaminharam para o corpo de Miller. Cotten ouvia a estática dos rádios e o ruído seco de plástico e papel atritados quando um paramédico abriu o equipamento de primeiros socorros e tirou dali a embalagem de agulhas e tubos, enquanto o outro paramédico abria a camisa de Miller.

Ela estava certa de que eles fariam tudo o que pudessem para reavivar o paciente, mas no fundo, Cotten sabia que seria inútil. Esse era mais do que um acidente extraordinário. Era mais uma mensagem dirigida a ela. Estava chegando perto demais. Afaste-se.

Enquanto via os paramédicos fazendo o seu trabalho em Philip Miller, ela notou que os sapatos dele tinham sido arrancados e partes das suas roupas estavam queimadas. Via-se apenas uma única mancha vermelha na testa dele. Um dos botões da camisa de Miller derretera sobre o peito dele.

A senhora Miller permanecia ao lado deles, chorando, a mão em cima da boca. O choque devia ser tão grande que ela nem mesmo fora capaz de tomar consciência do que acontecera, pensou Cotten.

Quando o paramédico ergueu a mão de Miller para dar início à injeção intravenosa, Cotten viu-o largá-la depressa.

— Mas o que... — ele disse.

A carne da mão direita de Miller tinha-se fundido à fita cassete derretida.

ÍNDIGOS

Alan, Devin, Lindsay e Tera saltaram do elevador no vigésimo andar da CyberSys.

— Está tudo bem — disse Alan, deixando os guardas para trás.

Lindsay ficou impressionada com a decoração reluzente — tudo era feito de vidro, alumínio e aço inoxidável polido como espelhos imaculados, e não se via uma única marca de impressão digital ou mancha em qualquer lugar que ela pudesse ver.

Tera segurava na mão de Devin enquanto Alan os conduzia ao seu escritório particular.

Quando entraram, Lindsay viu uma mulher em pé ao lado da escrivaninha, olhando para uma tela de computador. Ela girou para o lado, aparentemente assustada.

— Alan — arquejou ela. — Eu estava arrumando aqui. Pensei que você fosse ficar fora durante algum tempo.

— Nós íamos — confirmou ele. — Mas aconteceu algo inesperado. Kai, estas são Lindsay Jordan e sua filha, Tera. — Ele voltou-se para Lindsay. — Kai Chiang é a minha assistente pessoal.

Kai inclinou-se sobre Alan e o beijou na bochecha como se quisesse imprimir uma apresentação mais esmerada.

— Bem, ela é mais que apenas uma assistente — confessou Alan. — Kai e eu...

— É um prazer conhecê-la — adiantou-se Kai. — Nós tentamos ser discretos. Relacionamentos mais íntimos no local de trabalho normalmente não contribuem muito para o moral.

Tera se aconchegou contra o corpo da mãe.

— Por que todos não nos sentamos? — sugeriu Alan, indicando os sofás de couro e poltronas enormes combinando.

Lindsay ocupou uma das poltronas e Tera sentou-se no colo dela. Kai e Alan ocuparam um sofá enquanto Devin se esparramou no chão aos pés do pai.

— Então, o que vem a ser tudo isto? — quis saber Kai.

Alan esticou o braço sobre o encosto do sofá atrás dos ombros de Kai.

— A senhora Jordan diz que tem algumas informações em relação ao sequestro.

Tera apertou a mão da mãe.

— Verdade? — disse Kai. Ela fuzilou Lindsay com o olhar. — Você deve saber que o caso foi encerrado... o sequestrador foi identificado...

Lindsay inclinou a cabeça concordando.

— Sim, assisti a tudo na televisão, mas espero que me ouçam.

Devin pôs o búzio sobre a orelha, olhou para Tera e sorriu.

O prazer de Alan ao ver como o filho reagia a Tera era evidente.

Kai escorregou a mão sobre o joelho de Alan e olhou para Lindsay.

— Você entende que o senhor Olsen e o filho acabam de passar por uma dura provação. Estamos tentando voltar à normalidade e não gostaríamos que nada interferisse nisso.

— Não, claro que não — admitiu Lindsay.

Kai continuou.

— E Devin é um menino especial. Não podemos deixar que seja explorado.

— Então vocês provavelmente estarão mais abertos ao que eu vou lhes falar — disse Lindsay. — Assim como Devin, Tera também é especial.

Kai inclinou-se para a frente.

— Acho que você não está entendendo — disse de maneira condescendente. Em seguida, baixou o volume de voz a quase um sussurro, como se isso impedisse Devin de ouvir. — Devin é um gênio autista.

— Índigo — disse Tera.

— Psiu — Lindsay sussurrou sobre o cabelo dourado da filha. — Lembra-se do que combinamos?

— Índigo, Índigo, Índigo — ecoou Devin.

Lindsay penteou as mechas do cabelo de Tera para trás.

— Bem, eu não ia começar assim, mas... você alguma vez ouviu falar de crianças Índigo? — indagou ela a Alan.

Devin agitou uma das mãos ao lado da orelha.

— Fiz uma pesquisa razoável sobre a condição do meu filho — começou Alan. — E, sim, um das informações que encontrei foi a menção a uma ligação entre algumas crianças com autismo e o que estão chamando de crianças Índigo. O mesmo se dá com crianças extremamente dotadas... e, a propósito, crianças diagnosticadas com distúrbio de deficiência de atenção e distúrbio de deficiência de atenção com hiperatividade. Portanto, sim, dei uma olhada nisso um pouco. Sei que eles foram chamados pelo nome Índigo por causa da suposta aura azul-escura que envolve o corpo delas e que eles têm determinados talentos inexplicados. Mas preciso confessar que deixei o assunto de lado e não procurei ir muito além disso... a não ser por me inspirar na escolha da cor para o logotipo em forma de raio da CyberSys. Considerei o conceito como um todo fascinante.

É muito mais do que fascinante, pensou Lindsay. *É totalmente assustador.*

— E certamente encontrei diversas características no meu filho, mas acho que detesto que atribuam rótulos a Devin. A mim, rotular equivale a dar um nome, só que em um nível socialmente aceitável. Por fim, para mim foi o que bastou. Devin é Devin.

— Eu concordo — admitiu Lindsay com simpatia. Ela sabia muito bem o que era proteger um filho dos falsos conceitos do resto do mundo. Passara por muitas dores de cabeça. — Talvez durante a sua pesquisa, você tenha lido sobre uma recente onda de nascimentos dessas... perdoe o rótulo... crianças Índigo. Acredita-se que sempre existiram Índigos, mas não muitos. Então durante os anos 1970, aconteceu uma onda significativa de nascimentos, mas nada se compara aos Índigos nascidos pouco antes e depois do ano 2000. Acredito que sejam almas antigas realmente sábias que estão aqui para nos liderar através de tempos terríveis. Para nos preparar para a iluminação, dizem alguns. Essas crianças são *excepcionalmente dotadas*. Tera é um Índigo. Eu não sou capaz de ver auras, mas Tera, sim. Quando viu Devin na televisão, ela o reconheceu imediatamente como um deles.

Kai girou os olhos para o alto.

— Alan, acho que deveríamos agradecer à senhora Jordan pela visita e...

— Não, por favor, senhor Olsen. Deixe-me terminar. Prometo que ficará contente com o que vai ouvir.

Alan descansou os antebraços sobre as coxas e bateu as pontas dos dedos unidas.

— Você se importaria se Devin e Tera fossem para a sala de jogos? Fica aqui ao lado do meu escritório. Eu a construí especialmente para Devin. Ela é praticamente independente... tem banheiro, geladeira, brinquedos, jogos. Não há outro meio de entrar ou sair dela a não ser por aqui. Eles estarão seguros, e eu vou me sentir mais à vontade para a nossa conversa.

Lindsay observou a expressão de Tera.

— Tudo bem com você, Joaninha?

Tera inclinou a cabeça concordando.

— Kai, você levaria as crianças para a sala de jogos e providenciaria um lanche para elas? — indagou Alan.

Pela expressão azeda de Kai, Lindsay concluiu que a sugestão de Alan não casou bem com a posição dela como *assistente especial*. Mas Kai concordou e levou as crianças.

— Ela só está tentando nos proteger — disse Alan, inclinando a cabeça para a porta. — Estou interessado no que você tem a dizer e não pretendo apressá-la, mas receio que tenho pouco tempo nesta manhã.

— Obrigada pela sua paciência — falou Lindsay. — Eu me sinto como uma desmiolada, mas há tanta coisa a dizer.

Alan inclinou a cabeça concordando e fez um gesto para ela continuar.

Lindsay respirou fundo.

— Tera tem uns dons excepcionais. Ela é uma artista, é poeta, e acima de tudo uma menina mística. Todos os Índigos sabem que são místicos. Estou convencida de que eles têm uma espécie de ligação celestial. E sei como você deve estar se sentindo agora. Tenho convivido com tudo isso, tintim por tintim, durante oito anos.

— Mas essa coisa de Índigo — interveio Alan. — Como eu lhe disse, pensei a respeito durante algum tempo. Mas no fim cheguei à conclusão de que Devin é um gênio autista, nada mais, nada menos, e esse já é um fardo suficiente para ele carregar.

— Não conheço a especialidade dele, mas entendo que os gênios têm dons imensos. Ele não precisa ser um poeta ou um artista, ou um virtuose. Devin tem alguns dons especiais, certo?

Alan olhou para o chão.

— Tem, considerando a habilidade dele com números e datas. Ele memoriza tudo o que lê. — Ele olhou para cima, aparentemente satisfeito com o pensamento seguinte. — Devin é capaz de ler duas páginas ao mesmo tempo... uma com o olho esquerdo, a outra com o direito. — A expressão dele se apagou. — Senhora Jordan, você me deu muito sobre o que pensar, mas não vejo o que alguma coisa disso tenha a ver com o sequestro de Devin. Portanto, por que não damos a nossa conversa por encerrada?

Lindsay percebeu que as próximas palavras dele seriam para lhe pedir educadamente para partir. Era difícil acreditar que ele a tivesse escutado por tanto tempo. Ela precisava fazer alguma coisa. Não podia parar agora.

Alan começou a se levantar.

— Eu lhe agradeço por toda sua preocupação com o meu filho, mas...

Lindsay não se moveu.

— Eu não queria vir aqui. — A sua voz tremeu e foi tornando-se mais alta. — Mas Tera insistiu tanto, tinha tanta convicção, que precisei trazê-la. Estou convencida de que há uma ligação entre Tera e Devin que levará à descoberta de mais coisas sobre o sequestro de Devin.

Alan mudou de posição.

— Devin foi sequestrado por dinheiro, por ganância pura e simples.

— Mas eu li que nunca enviaram um pedido de resgate. Você pagou alguma coisa a alguém?

— Não. Mas as autoridades encontraram um bilhete. Só que não fora enviado ainda.

— Por que alguém sequestraria um menino por dinheiro e esperaria tanto tempo para exigir o resgate? Não faz sentido. Acho que... Tera acredita que há outra razão para que alguém quisesse sequestrar o seu filho.

Alan inquietou-se, seu rosto empalideceu e ela percebeu que acertara um nervo.

— Certo, senhora Jordan, e qual a razão que a sua filha acha que tenha sido?

— Tera disse que os sequestradores queriam roubar as informações que o seu filho tinha memorizado... números que ele tem na cabeça.

O MOTIVO

Alan ficou olhando para Lindsay, a expressão paralisada com o choque. Parecia estar calculando se deveria confiar nela. Ela diria que ele estava considerando o que dissera sobre o motivo de Devin ter sido sequestrado.

— A sua filha propôs uma teoria interessante — admitiu Alan. Ele continuou olhando para ela, e ela sentiu que os pensamentos se entrecruzavam na cabeça dele.

Finalmente, ele disse.

— Sim, há uma outra possibilidade. A sua filha está certa... Devin pode ter sido sequestrado para que obtivessem informações. Os números na cabeça dele.

— Que tipo de números? — Lindsay perguntou.

Ele esfregou as mãos.

— A minha companhia, a CyberSys, está prestes a terminar o primeiro computador quântico em operação no mundo. Ele irá revolucionar a velocidade do processamento de dados e o poder de criptografia... as consequências para a segurança e a seguridade mundiais são enormes. Mas nós não somos os únicos que estão tentando desenvolver um computador quântico. Existem alguns outros. Como você pode imaginar, a corrida para ser o primeiro no mercado é altamente competitiva. Obter os códigos confidenciais e as informações do computador que pudessem ajudar alguém a nos derrotar valeria milhões, talvez bilhões de dólares.

— Então Devin pode ter sido sequestrado para extorquir isso de você?

Alan inclinou a cabeça concordando.

— Isso foi o que me impressionou na observação da sua filha... que quisessem algo da memória de Devin. Eles não precisariam de mim para isso. Por causa da sua extraordinária capacidade de memorizar e recordar quantidades imensas de informações, Devin tem tudo o que eles querem dentro da própria cabeça. Tentei pressionar Devin para saber de detalhes do que aconteceu, mas ele se fechou em relação a todo o episódio. A polícia acha que foi tudo por dinheiro... uma espécie de criminoso de colarinho-branco fingiu a própria morte, depois sequestrou Devin em troca de um resgate. As informações que Devin leva no cérebro valem muito mais do que qualquer resgate. — Depois de uma pausa para respirar, ele continuou: — Também a polícia não teve sorte nenhuma em conseguir que o meu filho revelasse o que aconteceu. Eu esperava que isso fosse sendo revelado pouco a pouco depois que Devin se sentisse em segurança em casa. Mas tudo o que ele me contou foi que, enquanto esteve cativo, passou o tempo jogando videogames. No entanto, as autoridades não encontraram um computador no chalé do sequestrador nem mesmo um PlayStation ou Nintendo.

— Isso não faz sentido — observou Lindsay.

Alan balançou a cabeça concordando.

— Não, quanto mais penso a respeito, mais concluo que não tem lógica.

— Ouça, não sei muito sobre computadores ou espionagem industrial, mas sei que de algum modo Tera e Devin estão ligados ao que está acontecendo aqui. Senhor Olsen, Tera e eu estamos fugindo. Alguém está atrás da minha filha. Acho que a razão por Tera estar tão aflita e mostrar-se inflexível em vir encontrar-se com Devin é que ela acha que eles têm o mesmo inimigo... o que ela chama de pessoas vermelhas, os Rubis. Acho que existem mais coisas por trás disso do que podemos entender por nós mesmos. Mas eu tenho uma sugestão.

Inclinando-se para a frente, os antebraços descansando sobre as pernas, ele disse:

— Estou escutando.

— Se no fundo você acha que há mais coisas por trás disso do que apenas dinheiro de resgate, então precisamos fazer alguma coisa. Eu tenho uma amiga que poderia nos ajudar. Ela é uma repórter investigativa com anos de experiência. Você não terá nada a perder se eu lhe pedir que ajude. Pode ser que a conheça da televisão. Cotten Stone?

— Claro — admitiu Alan. — Da SNN. Teve aquele incidente envolvendo o Santo Graal... eu acompanhei as aventuras dela com interesse... ela parece ser uma moça de coragem.

— Correto. Se conseguirmos envolvê-la, talvez até mesmo pedir-lhe que venha a Miami, acredito que ela poderá ajudar a desvendar tudo isso.

— Não consigo ver totalmente a ligação dela com Devin e Tera.

— Ela é perita em resolver mistérios fora do comum. — Ela examinou a expressão de Alan enquanto esperava uma resposta. — Não lhe custaria nada pelo menos falar com ela.

Ele se recostou meditando profundamente. Por fim, levantou-se, encaminhou-se à escrivaninha e apertou um botão no telefone.

— Sim, senhor Olsen? — a voz de uma mulher soou pelo alto-falante.

— Ligue para o escritório da Satellite News Network, em Nova York, e veja se consegue entrar em contato com uma das repórteres de campo. O nome é Cotten Stone. Quando você a puser na linha, passe para mim.

— Pois não, senhor Orsen — prometeu a mulher.

Alan sentou-se na cadeira da escrivaninha e girou para olhar pela janela.

— Parece um pouco de exagero para mim, mas eu faria praticamente qualquer coisa para encontrar o filho da mãe que tenha sido realmente o responsável pelo sequestro do meu filho.

— Eu não o culpo — falou Lindsay. — Há muitas perguntas sobre Tera e as pessoas que a têm perseguido que eu gostaria de ver respondidas. Eu verdadeiramente acredito que Cotten pode ajudar a nós dois.

Kai voltou ao escritório.

— As crianças estão se dando muito bem. Eu fiz sanduíches para elas e piquei alguns morangos. Tudo bem para você, senhora Jordan?

— Para mim, tudo bem. Tera adora morangos. E por favor, me chame Lindsay.

Kai estava atrás da cadeira de Alan e massageava-lhe os ombros.

— Quer me contar sobre o que perdi?

Alan aquietou as mãos dela antes de se virar.

— Lembra-se de lhe falei que temia que Devin pudesse ter sido sequestrado por causa dos códigos do Destino?

— Certo, mas...

— Talvez tenha sido isso mesmo.

Kai abanou a cabeça como se sentisse pena de Alan.

— Ah, querido, não se torture mais do que deve. Não há nenhuma prova de que o motivo tenha sido esse. Nós sabemos quem sequestrou Devin. Benjamin Ray. Ele estava desesperado por dinheiro e só não mandou o bilhete de resgate antes porque teve um ataque de coração. Você não deveria deixar alguém perturbá-lo com algo que não tem nenhum fundamento. — Ela olhou para Lindsay. — Sem ofensa, senhora Jordan, mas a polícia já nos contou o que aconteceu. E Devin não disse que tenha sido outra coisa.

— Não estou bem certo — disse Alan. — Mas não acho que venhamos a descobrir por Devin. Acho que precisamos agir por conta própria.

— Você... nós recuperamos o seu filho — lembrou Kai. — Isso é tudo o que importa.

Alan voltou a atenção para Lindsay.

— Acho que você e Tera deveriam ficar aqui por enquanto. Se a ameaça à sua filha for tão real quanto diz, a segurança da CyberSys cuidará do problema. Há uma sala de conferências no fim do corredor. Lá tem um sofá e uma cama de armar, com um banheiro particular. Não é nenhuma acomodação de quatro estrelas, mas...

— Isso seria maravilhoso — apressou-se Lindsay. — Não sei como poderíamos...

— Alan, ela é uma completa estranha. Tem certeza de que isso é sensato?

Alan olhou para a sala de jogos. Pela janela, ele podia ver Devin e Tera sentados lado a lado, assistindo a desenhos na televisão.

— Sim — ele disse. — Tenho certeza.

O telefone na escrivaninha tocou.

— Senhor Olsen — soou a voz pelo alto-falante. — Estou com Cotten Stone na linha.

MÁS NOTÍCIAS

Lindsay encontrava-se na sala de conferências da CyberSys observando do alto o porto de Miami. Estava acordada havia algumas horas e tentava permanecer o mais quieta possível para que Tera pudesse dormir. Então ouviu um ruído e voltou-se, vendo a filha sentada no sofá-cama.

— Bom dia, Joaninha — disse ela. — Você dormiu bem?

Tera abanou a cabeça, esfregando os olhos.

— Esta cama é tão encaroçada.

— Mas devemos agradecer ao senhor Olsen por nos deixar ficar aqui, sãs e salvas, não é mesmo?

— Acho que sim.

Lindsay sentou-se na borda da cama e passou os braços ao redor da filha.

— Entendo como é difícil. Você deve sentir falta de casa. Eu também sinto.

Ela acariciou os braços de Tera.

— Sei que vamos poder voltar para Kentucky logo... estou sentindo isso. O senhor Olsen vai nos ajudar. E você ouviu a boa notícia. A minha amiga Cotten está vindo para ver você. Ela também vai nos ajudar.

Tera sorriu para a mãe.

— A minha irmã, mamãe.

Lindsay examinou os olhos de Tera. Não havia nem sinal de fantasia, só a pura expressão do que a filha pensava que fosse fato.

— Portanto, as coisas poderiam ser piores, certo, princesa?

— Eu não gosto de Kai.

— Por que não, querida?

— Ela não é boa com Devin.

— O que você quer dizer?

Tera encolheu os ombros.

— Eu só não gosto dela — disse a menina, contraindo o rosto e balançando a cabeça.

— Vamos guardar os nossos sentimentos sobre Kai para nós mesmas. Tudo bem? — Ela cutucou as costelas de Tera. — Você está pronta para um café da manhã?

Um sorriso largo floresceu na face de Tera.

— Panquecas — disse ela, batendo palmas.

— Bem, não sei quanto a isso, mas o senhor Olsen disse que há uma cozinha bem abastecida no fim do corredor. Vamos arrumar você e depois ir até lá verificar.

Tera pulou da cama e pôs a sacola dela no chão. Então tirou uma calça jeans e uma camiseta laranja luminosa, depois correu para o banheiro.

Lindsay viu a filha desaparecer atrás da porta antes de voltar à janela. Como tudo aquilo tinha acontecido? Ela e Tera eram apenas interioranas de Kentucky. Não eram nada de especial, e ainda assim, de alguma maneira, tinham submergido em um oceano de loucura. As pessoas com o corpo envolvido pela aura vermelho rubi que só Tera podia ver estavam tentando lhes fazer mal. Ainda assim, ela não tinha absolutamente nenhuma prova de que nada daquilo fosse verdade. Era melhor deixar algumas coisas sem ser ditas. Índigos e Rubis eram o bastante. Alan Olsen nunca teria acreditado que a filha pudera escolher os pais antes de nascer ou que conhecesse Devin no Céu. E tudo aquilo sobre Cotten ser a irmã gêmea de Tera. No coração, Lindsay acreditava em tudo. Mas na mente, no intelecto, ela resistia. E o mesmo deveria acontecer com Alan.

Era um milagre que ele tivesse lhes dado o tempo do seu dia e ainda um lugar seguro para ficar. Ele deveria querer fazer tudo o que pudesse para encontrar quem tinha sequestrado Devin.

Além de eles serem Índigos, qual seria a grande ligação entre Tera e Devin? Lindsay rezou para que encontrassem a resposta, assim ela e Tera poderiam ir para casa e ter uma vida normal. Isso era tudo o que ela queria.

Isso era tudo o que sempre quisera.

Ela ouviu uma batida de leve na porta e foi abri-la.

— Bom dia — falou Alan. — Eu espero que vocês estejam com fome. — Ele segurava uma grande bolsa de comida para viagem em cada mão.

— Senhor Olsen, realmente não precisava fazer isso. Nós teríamos achado algo na cozinha do escritório.

— Só Deus sabe o que tem lá. — Alan sorriu, segurando as bolsas. — Eu trouxe fruta fresca, toucinho, ovos, pão, até mesmo *waffle* e panquecas.

— Panquecas! — Tera gritou enquanto atravessava a sala correndo, e passou os braços ao redor dele.

— Acho que é isso o que ela quer — disse ele.

— É o prato favorito dela — falou Lindsay, tentando aliviar o abraço de urso da filha em Alan.

— Então ela vai adorar estas — falou Alan. — Eles são do restaurante favorito de Devin a alguns quarteirões daqui. — Ele apontou com o polegar para o corredor. — Vamos à cozinha e começar a comer antes que esfriem.

— Devin está aqui? — Tera perguntou.

— Ele está esperando por você.

Tera saiu correndo na frente deles.

— Não sei como posso lhe agradecer, senhor Olsen — Lindsay disse.

Enquanto eles seguiam na esteira de Tera, Alan disse:

— Em primeiro lugar, é Alan, não senhor Olsen. E segundo, você já me agradeceu. Sabe, Devin não falou em outra coisa a não ser em Tera depois que nos despedimos de vocês ontem à noite. Ele está mais tranquilo, mais coerente, mais... normal do que nunca vi. Não sei o que há com a sua filha, mas ela tem uma influência profunda sobre meu filho. E por isso sou eternamente grato.

Lindsay pegou um das sacolas de Alan.

— Tera pensa muito nele também.

— Muito bem, então — disse Alan quando entraram na cozinha. — Quem quer panquecas?

Kai estava de braços cruzados, olhando pela janela do escritório de Alan. Lindsay encontrava-se sentada no sofá em frente à escrivaninha dele e folheava um exemplar de uma revista. A filha dela e Devin estavam na sala de jogos assistindo à televisão.

Era quase meio-dia, e Alan passara os últimos trinta minutos em silêncio revisando uma pilha de demonstrativos financeiros. O telefone tocou. Quando ele pressionou o botão, a voz de uma mulher soou pelo alto-falante.

— Senhor Olsen, Cotten Stone e o cardeal Tyler estão aqui.

— Faça-os entrar — respondeu Alan. Ele olhou para Lindsay. — Isto deve fazê-la sentir-se melhor.

Lindsay fechou os olhos, aliviada.

— Eu só sei que Cotten pode nos ajudar. Estou certa disso.

Alan olhou para a sala de jogos. O televisor estava ligado, mas Tera e Devin o ignoravam, preferindo em vez disso usar as folhas de papel do quadro que Alan tirara do cavalete da sala de conferências.

— É impressionante ver como os dois são unidos.

— Tera precisava desesperadamente de um amigo — observou Lindsay. — Eles são bons um para o outro.

— Eu concordo.

Kai voltou-se da janela quando a porta do escritório se abriu. Lindsay pensou ter notado uma aspereza na expressão da mulher. Talvez fosse só a claridade da janela que fizera Kai estreitar os olhos e contrair o rosto.

Lindsay levantou-se quando Cotten entrou no escritório. Ela sorriu à vista da velha amiga. Aproximando-se dela, abriu os braços.

— Cotten, muito obrigada por ter vindo.

— Lindsay — disse Cotten, abraçando-a. — Faz tanto tempo. — Ela se afastou à distância de um braço. — Eu sinto muito quanto ao Neil. Sei que tem sido difícil para vocês duas. E agora com toda essa loucura. Só gostaria de ter podido vir antes até você.

— Mas você está aqui agora — falou Lindsay, abraçando-a novamente. — Isso é tudo o que importa.

Finalmente, elas interromperam o abraço e Lindsay disse:

— Cotten, eu gostaria que conhecesse Alan Olsen, presidente da CyberSys.

Alan já estava se encaminhando para elas. Ele apertou a mão de Cotten.

— É um prazer, senhorita Stone. Sou um grande fã seu.

— Obrigada por cuidar da minha amiga e da filha dela.

— De nada — disse ele.

Lindsay interveio.

— E esta é Kai Chiang, a... assistente pessoal do senhor Olsen.

— Tudo bem, Lindsay — reagiu Kai. — Alan é o meu namorado — ela anunciou, mas não se incomodou em sair de perto da janela.

Cotten inclinou a cabeça para Kai, então se voltou.

— Este é meu amigo, o cardeal John Tyler.

— Cardeal Tyler — disse Alan. — Realmente é uma honra conhecê-lo. Ainda me lembro de quando acompanhei as reportagens sobre a surpreendente Conspiração do Graal no noticiário. Deve ter sido uma aventura e tanto.

— Aquilo nos manteve bem ocupados — observou John. Ele cumprimentou Kai com um aceno. — É muito bom conhecer os dois.

— Por que todos não ficamos mais à vontade? — disse Alan, apontando para os sofás.

Cotten e John sentaram-se com Lindsay enquanto Alan esperou que Kai viesse se unir a ele no sofá oposto.

Quando sentou-se, Kai disse:

— Então, senhorita Stone, a sua amiga *insistiu* para que viesse aqui para ajudar a resolver o mistério da ligação da sua filha com o filho de Alan. Alan e Devin passaram recentemente por um momento difícil, com o sequestro e tudo mais, e nós...

Alan bateu de leve na perna de Kai.

— No momento estamos todos sob muita tensão, então, por favor, perdoem Kai. Ela só quer que passemos o mais depressa possível por isso e voltemos às nossas vidas.

— Alan, você não precisa se desculpar por mim — disse Kai, colocando a mão sobre a dele.

— Eu entendo as suas preocupações — disse Cotten. — E agradeço a ambos por ajudar Lindsay e Tera. Infelizmente, não creio que cheguemos muito depressa à raiz do que está acontecendo. — Cotten respirou fundo. — Definitivamente, Lindsay e Tera estão em perigo. Não se trata de algo imaginado. Elas não só estão sendo perseguidas, mas também os que estão atrás delas são... pessoas... extremamente perigosas.

Kai recostou-se no sofá com um suspiro.

Cotten voltou-se para Lindsay.

— Eu fui a Loretto para encontrá-la, mas você já tinha ido embora. Estive na sua fazenda e revivi muitas recordações queridas. Passei algum tempo andando por lá. Vi as pinturas de Tera, os desenhos, li os poemas dela. Está claro que a sua filha tem dons especiais, não só talento. — Cotten engoliu em seco, então disse: — Lindsay... Eu sinto muito ser portadora de más notícias. Odeio lhe contar. É tão terrível. Tudo se foi. Alguém ateou fogo à sua casa e destruiu-a completamente. A casa, o celeiro, o carvalho grande, todo o belo trabalho de Tera, está tudo destruído.

— Ah, não — gemeu Lindsay, perdendo a cor das bochechas. Ela escondeu o rosto nas mãos, balançando a cabeça e sussurrando. — Não, não, não. — Finalmente, ela ergueu os olhos e falou com a voz contraída no esforço de conter as lágrimas. — Aquilo era tudo o que tínhamos.

— Quem teria feito isso? — Alan perguntou.

— Enquanto estive em Kentucky — falou Cotten. — O meu telefone celular foi roubado. Foi por isso que não consegui receber os seus recados, Lindsay. A pessoa que roubou meu celular usou-o para ligar ao cardeal Tyler e fazer ameaças à minha vida. Falaram que era para eu desistir de encontrar Lindsay e Tera. Eles também disseram que o incêndio da fazenda de Lindsay era uma advertência de que coisas piores que estariam por vir.

— Parece uma brincadeira de adolescente — observou Kai.

— Não era uma brincadeira — atalhou John. — O telefone de Cotten tem um sistema automático de localização por GPS embutido, e nós pudemos localizar o telefone em Washington.

— Alan, isso não passa de tolices — falou Kai. — Eu não percebo o que isso tenha a ver com Devin ou com o sequestro.

Cotten olhou para Kai e depois para Alan. Estava travando uma batalha perdida com Kai. Seria melhor direcionar tudo a Alan.

— O telefone foi localizado com alguém na Casa Branca.

Alan empertigou-se no assento.

— Você está falando sério? Isso é incrível. Você sabe quem?

— Sim — disse John.

— Ontem à noite — disse Cotten. — Eu me encontrei com o doutor Philip Miller, o conselheiro de Segurança Nacional. Ele estava prestes a me dar uma fita com o registro de conversas telefônicas que provariam sem dúvida nenhuma quem roubou meu telefone, quem ordenou a destruição da fazenda de Lindsay, quem ameaçou a minha vida e quem está tentando encontrar e matar Lindsay e Tera.

— Você tem a fita? — indagou Kai, a voz subindo de tom.

— Não — informou John. — O doutor Miller foi morto em um acidente extravagante no instante em que estava prestes a entregar a prova para Cotten. A fita foi destruída.

Kai suspirou.

— Aí está, Alan. Mais um monte de conjeturas, suposições, rumores. Acho que já ouvimos bastante.

— O doutor Miller já tinha me revelado a identidade da pessoa na fita — observou Cotten.

— E quem é, senhorita Stone? — Alan perguntou.

— O secretário de Segurança Nacional, Rizben Mace.

O silêncio que se abateu sobre a sala foi repentinamente quebrado por um grito penetrante vindo da sala de jogos.

— É Tera — falou Lindsay, pondo-se de pé.

Alan correu logo atrás de Lindsay até a sala de jogos.

Devin encontrava-se sentado no chão, apertando as mãos ao lado da cabeça e balançando.

Lindsay correu para Tera, agarrando a filha nos braços.

— Querida, o que foi? O que aconteceu?

ALERTA VERMELHO

Tera parou de gritar e apontou para a tela do televisor.

— Ele é vermelho! Mamãe, ele é um dos Rubis.

Todo o mundo se voltou para a imagem de um homem falando no que parecia ser uma entrevista coletiva para a imprensa. No alto da tela via-se uma chamada, *A Morte Trágica do Doutor Philip Miller*. Embaixo do orador via-se a legenda de texto, *Rizben Mace, secretário de Segurança Nacional*.

— Meu Deus — falou Alan. — Ela está apontando para Rizben Mace. E diz que ele é...

— Vermelho. Um Rubi — disse John. Ele se voltou para Cotten. — Isso combina com as suspeitas de Miller ligando Mace ao roubo do seu telefone.

Ao contrário dos outros, Cotten não estava olhando para o televisor. Os seus olhos estavam fixos em Tera. Os outros falavam, mas para Cotten as vozes eram ruídos de fundo, como o vento entre árvores distantes. Nem ela era capaz de ver outra coisa a não ser Tera entre cascatas de luzes girando sobre ela, cegando Cotten para qualquer outra coisa. Ela se sentia como se a contemplasse por um túnel de luz branca deslumbrante com Tera no centro.

— Cotten? — indagou John. — Você está bem?

Lindsay mantinha os braços ao redor da filha. Então a soltou quando a menina encontrou o olhar fixo de Cotten. Um sorriso lento, largo, cresceu na face de Tera.

— Oi — disse ela quase num sussurro.

— Oi — respondeu Cotten, sentindo-se soterrada por uma avalanche de emoções. — Motnees... — disse Cotten suavemente, caindo de joelhos.

Tera aproximou-se dela, tocando o rosto de Cotten marcado de lágrimas.

— Eu sabia que você viria — ela disse. — Eu falei para a mamãe que você viria.

Cotten envolveu a menina nos braços. Por um instante, ela recobrou recordações da infância quando Motnees aparecia à noite no seu quarto. Elas conversavam durante horas sobre as coisas da vida que Cotten agora percebia serem, na ocasião, além da sua idade.

Por fim, ela segurou Tera à distância de um braço.

— O momento está próximo, não é? — indagou em voz baixa.

Tera inclinou a cabeça concordando.

— Devin é azul, como eu... Índigo. Mas as pessoas ruins são vermelhas... Rubis.

Naquele momento, Cotten entendeu o perigo, a urgência e o risco. O conflito final estava prestes a acontecer. Só uma força poderia vencer. O bem ou o mal. Índigos ou Rubis.

Depois da cena na sala de jogos, todos eles, incluindo Tera e Devin, voltaram ao escritório de Alan.

— Então, o que é um Rubi? — quis saber Alan quando todos estavam sentados.

— Antes de eu explicar, deixe-me lhe dar alguns antecedentes — falou Cotten. — Estive recentemente em Moscou. Você deve ter ouvido falar no noticiário da tentativa de assassinato do presidente russo.

— Foi um gesto valente da sua parte — elogiou Alan.

— Obrigada — agradeceu Cotten. — Pouco antes de voltar para casa foi que recebi um telefonema urgente de Lindsay. Ela me contou que Tera estava correndo perigo... que alguém iria chegar para levar a filha dela.

Tera balançou a cabeça concordando enquanto sentava no colo da mãe.

— Rubis.

Lindsay a abraçou.

— Silêncio, querida.

— Tudo bem, Lindsay — disse Cotten. — Na realidade, Tera pode saber mais sobre isso que todo mundo. — Ela olhou de novo para Alan. — Você mencionou quando me telefonou que não acreditava que o seu filho tivesse sido sequestrado por causa de um pedido de resgate. Disse que poderia ter sido por causa de espionagem industrial... que Devin tinha memorizado os códigos de computador essenciais para o seu projeto Destino e que os sequestradores queriam que lhes revelasse. Isso está certo?

— Está — confirmou Alan. — Isso faz mais sentido para mim do que a teoria do pedido de resgate.

— Então, nós precisamos encontrar uma ligação — falou Cotten. — E acreditamos que seja o que Tera chama de Rubis.

— Isso é ridículo — interveio Kai. — Não há nenhuma ligação. Alan, isto é um desperdício total de tempo.

— Por favor, Kai — Alan disse. — Se você tiver razão, então estaremos todos fora daqui lá pela hora do almoço. — Ele se voltou para Cotten. — Então você acredita que Rizben Mace é um...

— Mace, Mace, Rizben Mace — ecoou Devin, balançando uma das mãos em cima do peito.

Alan falou com o filho:

— Devin, deixe os adultos...

Devin olhou para o teto.

— Sempre sua, Kai. Com amor, Kai.

— Sobre o que ele está falando? — surpreendeu-se Kai. — Alan, você não pode fazê-lo se calar?

Então Devin agitou vigorosamente as mãos de cada lado da cabeça.

— Retorno. Kai no Cybermailserv. Recebido de mxm-0-um ponto corp para rmace em dhs ponto gov.

Kai levantou-se e saiu andando, o rosto avermelhado.

Em um tom único, Devin continuou:

— Rizben, não posso aguentar mais isso. Eu preciso de você, eu preciso de você, eu preciso de você. Sempre sua, Kai.

— O que ele está dizendo? — Cotten perguntou.

— Está recitando um e-mail. Devin está repetindo um e-mail que leu — disse Alan, os olhos pousando vagarosamente em Kai enquanto começava a entender.

— Isso é bobagem — protestou Kai. — Eu não posso acreditar...

— Retorno — falou Devin. — Rizben Mace em dhs ponto gov. Recebido de zzp-0-seis ponto corp para kaic em cybermailserv ponto com. Tor trabalhando com o pequeno bastardo. Projeto Hades quase completo, mas o elemento está instável. Encontre um meio de falsear o sequestro. Não falta muito tempo. Eu preciso de você também. RM.

Devin parou de balançar, soltou as mãos no colo e a exemplo de todos no escritório os seus olhos dirigiram-se para Kai.

A VERDADE

— Ele está inventando toda essa droga, Alan — protestou Kai, afastando-se de Devin. — Ele não sabe sobre o que está falando.

Por um instante, Alan ficou perplexo, tentando dar um sentido para o que acabara de ouvir. Aquele sujeito, aquele Rizben Mace, era o amante de Kai? E o Projeto Hades devia ser um computador quântico que ele estava montando. Kai soubera desde o princípio quem fora o sequestrador de Devin. Ela fazia parte daquilo. Ele abanou a cabeça.

— Você tem razão — disse Alan por fim. — O meu filho não sabe do que está falando. Ele está simplesmente relatando algo que viu, como faz com todos aqueles milhares de textos que leu. Mas desta vez foi o seu e-mail, Kai. Devin não inventa coisas. Ele não sabe como fazer isso.

— Maldito moleque retardado — resmungou Kai. — Bisbilhotando onde não devia. Ele me dá nojo.

Alan aproximou-se perigosamente dela, forçando-a a encostar-se contra a parede. Ele tinha o maxilar contraído e os tendões no pescoço salientes.

— Desde o princípio, você tem fornecido a Rizben Mace as informações sobre o que acontece na minha empresa e sobre o nosso produto. Mas não pôde entregar o código do Destino porque não sabia como ter acesso a ele. Assim, você consentiu que Devin fosse tirado de mim. — Ele a fuzilava com o olhar, os punhos cerrados dos lados do corpo. — Pelo amor de Deus, Kai, quem é você? Nós lhe demos o nosso amor. Eu confiei em você. E durante todo esse tempo... — Alan correu os dedos pelo cabelo e correu o olhar por todos na sala. — Maldição! — Ele se voltou para Kai. — Vá se danar!

Depois de um longo silêncio, Lindsay falou:

— Acho melhor levar as crianças para a sala de jogos. — Ela pegou Devin e Tera pela mão e os conduziu para a saleta contígua, fechando a porta atrás de si.

Kai atirou o cabelo azeviche para trás e alisou o vestido de brocado de seda vermelha sobre os quadris.

— Muito bem. É verdade. Mas não é nada pessoal, Alan. Eu não estou apaixonada por Rizben Mace. Aquilo era só para tranquilizá-lo. Era algo em que eu sabia que ele queria acreditar. — Ela levantou uma sobrancelha para Alan. — A propósito, eu não o amo como não amo a ninguém mais. Esse é o meu trabalho. Só isso. Depois deste aqui, haverá outro. Como se costuma dizer, toda mulher tem o seu preço.

— Engraçado que você diga isso, porque acho que não calculou o preço que *você* vai pagar — retrucou Alan. — Vou mandar prendê-la por conspirar para o sequestro do meu filho e por espionagem industrial. O código do Destino vale milhões, e o meu filho não tem preço. Você vai ter bastante dificuldade para arranjar o seu próximo trabalho de dentro de uma prisão federal. Vou fazer o máximo possível para que você fique um bom tempo fora de circulação.

— E que prova você tem? — zombou Kai. — A palavra daquele monstrinho frenético recitando algum e-mail que há muito tempo foi deletado? A polícia já lhe disse quem sequestrou Devin e por quê. Vou sair dessa livre, leve e solta.

— Primeiro vai ter de se explicar para o FBI — ameaçou Alan, apunhalando o ar com o dedo. — Pode contar com isso.

Cotten levantou-se e Alan voltou-se para ela.

— Sinto muito por fazê-la presenciar isto, senhorita Stone. Peço desculpas por qualquer constrangimento por que tenham passado, você e o cardeal Tyler. Este é um assunto pessoal, uma desgraça. — Ele tornou a se voltar para Kai. — Você é uma desgraça. Você me enoja.

— Você não faz nem ideia sobre para quem está trabalhando, não é mesmo, Kai? — indagou Cotten.

— Eu sou independente. Trabalho para mim.

Cotten riu.

— Uau, você ainda nega.

Os olhos negros e amendoados de Kai faiscaram.

— Sobre o que está falando? Eu fui recrutada por Tor, um amigo meu, para trabalhar para Rizben Mace.

— Você foi completamente enganada — afirmou Cotten. — Mace é um peixe grande em um oceano sulfúreo ainda maior.

— Sobre o que está falando? — quis saber Alan.

— Antes de chamar o FBI, talvez fosse o caso de se perguntar o que realmente está acontecendo — disse Cotten.

Alan voltou-se, dando as costas para Kai.

— Acho que já sei, mas por que você não me diz de qualquer maneira?

— É evidente que você foi traído. Kai pôs em risco a vida do seu filho. Ela ajudou a roubar os segredos do seu computador Destino. Isso tudo nós podemos presumir. Certo?

Alan cruzou os braços e inclinou a cabeça concordando.

— Onde você quer chegar?

— Em vez de perguntar por que Kai fez o que fez, o que é óbvio, pergunte-se por que Rizben Mace, o secretário de Segurança Nacional, quer o código de sistema operacional do seu computador quântico.

— Bem... — refletiu Alan. — Talvez ele esteja investindo na nossa concorrência.

— E quem é a sua concorrência? — indagou Cotten.

Alan esfregou o queixo.

— Considerando que a tecnologia ainda está na infância, os nossos maiores concorrentes são instituições de pesquisa e universidades.

— Então você acredita mesmo que seja provável que uma instituição de pesquisa ou uma universidade se prestariam a sequestrar o seu filho e infiltrar Kai na sua organização para roubar os seus segredos?

— Bem... — considerou Alan.

Cotten continuou.

— Se não foram institutos de pesquisa e universidades, então quem mais poderia ser? E para que propósito?

— Eu só imaginei que pudesse ser a concorrência...

— De acordo com o que descobri sobre a CyberSys, vocês estão na liderança da tecnologia. Vocês têm concorrentes, mas neste exato momento não uma concorrência de verdade — ponderou Cotten. — Então por que nós não prosseguimos e os descartamos?

— Eu sou um empresário, senhorita Stone — lembrou Alan. — É assim que vejo tudo.

— E se fossem terroristas? — interveio John.

— Terroristas? — surpreendeu-se Alan. — Acho que até poderia ser o caso... Mas seria preciso muito capital e talento. Essa é uma possibilidade.

John continuou.

— Você sabe de outro país que possa estar desenvolvendo a mesma tecnologia que vocês?

— Talvez os chineses — considerou Alan. — Mas acredito que essas informações vazariam ou seriam evidentes. Os grupos que procuram desenvolver um computador quântico formam uma comunidade muito pequena. Embora muitos estejam tentando, nós somos os que realmente estão na frente para desenvolver um de fato. E os nossos progressos específicos só são conhecidos em um círculo muito pequeno dentro da CyberSys. Eu, Max... — Alan olhou para Kai.

Kai elevou ambas as mãos.

— Você está completamente por fora — disse ela. — Eu não trabalho para os malditos chineses. Pelo amor de Deus, sou americana de quinta geração. E tenho certeza de que Rizben também não trabalha para eles. Ele me disse que responde a um sujeito velho que quer esse computador quântico para vender... por lucro. Milhões e milhões. Eles não são terroristas. Isso é só por dinheiro.

Ela realmente não faz nenhuma ideia, pensou Cotten. *E o sujeito velho a quem Rizben responde...* Cotten sabia o que era aquilo. Como poderia fazer com que Alan chegasse a essa conclusão sem que ele pensasse que ela era totalmente perturbada?

— Portanto sabemos que o cabeça é Rizben Mace — raciocinou Cotten. — Se ele não é um concorrente, nem um terrorista, nem trabalha para outro governo que quisesse roubar o seu computador Destino, então quem é ele? Para quem ele trabalha?

— Eu não sei — Alan disse.

Cotten correu o olhar pela sala.

— Pense nisso, senhor Olsen. Tera já respondeu a essa pergunta.

NEGOCIAÇÃO

Cotten percebeu que estava entrando em terreno perigoso. Mas aquilo precisava ser feito.

— Senhor Olsen, o senhor disse que era um fã meu. Devo supor com isso que acompanhou a minha carreira?

— Isso mesmo — confirmou Alan.

— Então está familiarizado com o tipo de reportagens que tenho feito. Caso se recorde da reportagem sobre a Conspiração do Graal, deve se lembrar que alguém estava tentando obter o DNA por meio do Santo Graal e produzir um clone de Cristo... a criação do Anticristo em um tipo de Segundo Advento blasfemo. E depois, vários anos atrás, houve uma epidemia de suicídios ao redor do mundo que se suspeitou ser por possessão demoníaca.

— Sim — confirmou Alan. — Eu me lembro muito bem das duas reportagens.

— Por várias razões, estou convencida de que estamos agora diante do mesmo grupo que orquestrou aqueles dois acontecimentos... o mesmo grupo que Tera chama de Rubis, e ela identificou Mace como um Rubi. Ele não é simplesmente um ladrão de segredos industriais. Não está fazendo isso por dinheiro como Kai pensa. Ele sequestrou Devin para obter a tecnologia para construir aquele Projeto Hades mencionado no e-mail. Ele tentou matar Tera por uma razão... porque ela é capaz de identificá-lo e aos integrantes do grupo com que ele trabalha.

Alan enlaçou as mãos na parte de trás da cabeça e alongou o pescoço, os olhos fechados.

— Você está me pedindo para dar um grande salto com toda essa conversa sobre Rubis. Entendo essa coisa de Índigo porque eu fiz aquela pesquisa, porque conheço o meu filho, mas agora você está me falando de uma outra coisa inteiramente diferente.

— O senhor tem razão, será um salto enorme — afirmou Cotten. — Mas mesmo que dê ou não esse salto, não muda o fato de que os dois grupos existem. Os Índigos estão sendo trazidos a este mundo com um propósito... para fazer as boas obras de Deus. Os Rubis estão aqui por uma razão radicalmente oposta.

— Eu sinto muito, senhorita Stone, mas não sou um homem religioso. Não sei se posso dar o salto que está me pedindo para dar — admitiu Alan, agora olhando para ela.

— Muito bem — interveio John. — Estaríamos sendo negligentes se não lhe contássemos o que pensamos, mas não precisa acreditar em tudo. A única coisa que precisa fazer é entender que Rizben Mace está desenvolvendo um computador quântico para ser usado para um propósito terrível. Será que nos concede apenas isso?

Alan inclinou a cabeça concordando.

— Por ora.

Cotten voltou-se subitamente para Kai.

— Você sabe que ela tem as respostas. E ela é uma mulher de negócios.

Alan voltou-se vagarosamente para ela como se recebesse uma revelação.

— Talvez você possa me ajudar a dar o salto que a senhorita Stone sugere. Qual é o seu preço, Kai?

— Isso é sempre negociável — admitiu Kai, sorrindo.

— Não exatamente — observou Alan. — Posso chamar o FBI ou, como sugere Cotten, você pode cooperar.

— Se lhe contar o que sei, vou querer algumas garantias — propôs Kai.

— De que tipo? — quis saber Alan.

— Quando tudo isto acabar, quero ficar livre. Mas tenho gostos caros, você sabe disso. O meu estilo de vida exigiria uma grande compensação. — Com um gesto rápido, ela jogou o cabelo por cima do ombro direito e deixou-se cair em uma das grandes poltronas de couro. Então cruzou as pernas e a bainha do vestido escorregou para o meio da coxa.

Alan contraiu o maxilar, os músculos se repuxando e relaxando.

— Talvez isso possa ser arranjado. Mas será uma transação só, Kai. Quando você estiver fora da minha vida, se tentar voltar, estarei esperando com uma escolta do FBI.

Kai rolou os olhos e deu um risinho rápido.

— Bastante justo.

— Certo, então — interveio Cotten. — Vamos voltar a um daqueles e-mails de que Devin nos falou. Eu tenho algumas perguntas. Importa-se, senhor Olsen?

— Me chame de Alan — pediu ele. — E claro, não me importo.

— Projeto Hades. O que é isso?

Kai recruzou as pernas.

— É como Rizben chama um plano que tem para o computador.

— Detalhes — pediu Alan.

— Não sei de nada... só que ele e Tor passaram uma porção de tempo elaborando um plano.

— Esta é outra pergunta que tenho — disse Cotten. — Quem é Tor?

— Ele é o gênio da computação... o sujeito que projetou o Plano Hades e o computador. Rizben não sabe tanto sobre computadores. Ele confia em Tor. Tor foi quem tentou tirar os códigos do Destino de Devin... e como lhe disse um minuto atrás, foi Tor quem me recrutou. — Ela piscou languidamente para Alan, quase como num flerte. — A minha missão era estabelecer uma relação com você. No princípio, pensamos que eu conseguiria obter o código do Destino, mas isso não deu certo, assim tudo o que fiz foi mantê-los atualizados sobre os seus progressos e mais alguns fragmentos de informação que consegui obter.

— Você lhes contou tudo sobre Devin, não foi? — inquiriu Alan.

Kai inclinou a cabeça indiferente.

— E sobre quando você levaria Devin para assistir ao jogo de futebol. Era uma grande oportunidade para Rizben. Ele vinha tentando encontrar um meio de chegar a Devin, mas essa não era uma tarefa fácil. O jogo caiu como uma luva... multidões, confusão e nenhuma regra de segurança especial para crianças desaparecidas. Sabíamos que Devin não resistiria à oportunidade de experimentar um videogame novo.

— Maldita! — exclamou Alan, com a expressão de quem experimentava um gosto ruim na boca.

— Você está pagando pela verdade — retrucou Kai. — Avise quando não quiser ouvi-la. — Ela sorriu para Alan, erguendo só um lado da boca e arqueando uma sobrancelha.

— Onde está esse Tor? — perguntou Cotten.

— Está nas instalações do Hades — respondeu Kai.

— E onde é isso? — quis saber Alan.

— Não faço ideia. Tudo o que sei é que fica em algum lugar bem longe.

— Você não sabe muita coisa — observou Cotten. — Acho que Alan está lhe pagando mais do que devia.

— Eu tenho uma pergunta — falou Alan. — Havia algo no e-mail sobre um elemento que não estava funcionando. Sobre que elemento era esse de que ele falava?

— Uma porcaria estranha de que eles precisavam para o computador. Parece que tinham um pouco, mas não era confiável, não funcionava o tempo todo. Sódio. Pódio. Algo como...

Alan levantou a cabeça subitamente.

— Tódio? — indagou Cotten.

— Sim, é isso — confirmou Kai.

Alan voltou-se para Cotten.

— Como você sabe sobre o tódio?

— Miller me perguntou se o palavra *tódio* tinha algum significado para mim.

Alan já tinha atravessado a sala e pressionado o botão do telefone.

— Peça para Max Wolf vir aqui em cima.

CUBITS OU QUBITS

— Este tal de Mace tem uma fonte de tódio — falou Alan para Max depois de ter explicado o que descobriram até aquele momento.

— Pode ser que ele tenha descoberto um meio de produzir mais do que alguns átomos de cada vez, mas duvido muito — afirmou Max.

— Você quer saber onde ele conseguiu o tódio? — indagou Kai. — Céus, Alan, pelo preço que você irá me pagar, tudo o que precisava fazer era perguntar.

— Desembuche, Kai — ordenou Alan. — Se você tem essa informação, dê. Dá para fazer isso?

— Bem, tenho de admitir, está me divertindo observar toda essa reviravolta — comentou Kai. — Mas tudo bem, entendi o recado. — Ela apertou as mãos, estalou os dedos e os apontou para Alan. — No entanto, acho que você não vai acreditar em mim.

— Tente — falou Alan.

— Rizben tem uma coleção de artefatos arqueológicos. Ele é um colecionador. De qualquer maneira, pelo que me contou, na coleção dele havia um fragmento da Arca de Noé. A maneira como ele trouxe a peça do Museu de Bagdá para a sua coleção é uma longa história, e realmente não importa, portanto não vou me prender a isso... a menos, é claro, que você queira que eu não me preocupe com o tempo.

Cotten percebeu quanto o tom exageradamente polido de Kai irritava Alan. Ela resolver intervir.

— Não, nós não precisamos de todos os antecedentes.

Kai afundou-se entre as almofadas.

— Rizben disse que a Arca foi construída com a madeira que saiu de alguma árvore mencionada no texto da Bíblia... no Gênese... vocês conhecem?

— A Árvore do Conhecimento ou a Árvore da Vida? — indagou John.

— A segunda — falou Kai. — A Árvore da Vida. E essa madeira em particular segregou uma seiva, ou resina, que foi como acho que ele chamou. Depois de muito tempo, a resina se cristaliza no material que ele precisa para o computador... o tódio. Ele conseguiu extrair o tódio de algumas lascas da Arca de Noé. Na verdade, achei isso muito estranho. Árvore da Vida. A maldita Arca de Noé. — Kai olhou para Alan. — Você nunca foi bom em esconder sentimentos. Eu posso dizer pela sua expressão que você não acredita em mim.

— Você tem razão — Alan disse. — Eu não acredito.

— Talvez ela esteja dizendo a verdade — falou John. — Em uma tradução da Bíblia, Deus diz para Noé construir a Arca com madeira gôfer. Em outra tradução, Deus diz para usar madeira resinosa.

A porta para a sala de jogos se abriu e Lindsay saiu trazendo uma folha de papel do quadro contra o peito, o lado em branco voltado para a frente.

— Encontrei isto entre os desenhos das crianças. Eu não sei, mas acho que poderia ser importante.

— O que é? — quis saber Cotten.

— Tera disse que desenhou isto de acordo com o que Devin descreveu para ela. Ela diz que é um retrato do homem que manteve Devin preso.

— Vire do outro lado — pediu Alan.

Lindsay virou o papel para que todo mundo pudesse ver a imagem.

— Certamente não é Ben Ray — disse Cotten.

— Não, este é Tor — falou Kai. — Uau, ela é realmente uma boa artista.

— Obrigado, Lindsay — agradeceu Alan, parecendo desapontado. — É importante, sim, mas nós já identificamos...

John levantou-se inesperadamente.

— Espere um minuto — disse, aproximando-se do desenho do rapaz de óculos e cavanhaque usando camiseta. — Olhem isto — ele disse, tocando a camiseta. — Aqui diz *Cubits ou Qubits, tanto faz*.

— O que significa? — quis saber Cotten.

John voltou-se.

— Qubits com *Q* não é um termo de computação?

Max disse:

— É a abreviatura de *quantum bit*, ou bit quântico, uma unidade de informação quântica armazenada em um computador quântico.

Alan disse.

— "Qubits e cubits" formam um jogo de palavras interessante.

John continuou:

— Parece que Kai está sendo sincera sobre onde Mace obteve o tódio. É coincidência demais que esse sujeito, Tor, esteja usando uma camiseta com uma inscrição dizendo *cubits ou qubits*. A camisa sugere que existe uma ligação entre os dois. *Cubits*, escrito com C, refere-se a uma medida antiga de comprimento, "cúbito". Deus deu a Noé as dimensões da Arca em cúbitos... trezentos cúbitos de comprimento por cinquenta cúbitos de largura, por trinta cúbitos de altura.

— O que foi que disse? — Max indagou piscando repetidamente. — Poderia repetir isso?

— Trezentos cúbitos de comprimento por cinquenta cúbitos de largura, por trinta cúbitos de altura.

Max ergueu os braços para o ar.

— Não é possível!

O SALTO

— O que significa isso, Max? — quis saber John.

Max segurava a cabeça com as duas mãos, assombrado.

— Essas medidas, as dimensões da Arca, são exatamente iguais às dimensões do cristal de tódio que pretendemos usar no computador Destino: trezentos átomos por cinquenta átomos por trinta. Cada um desses átomos guarda um qubit de informação. O Destino terá capacidade de armazenar quatrocentos e cinquenta mil qubits.

Alan exibia uma expressão solene, e estava sem palavras.

— Você está bem, Alan? — indagou Cotten.

— Sim, sim — ele disse, inclinando a cabeça. — Eu estou bem. — Em seguida, olhou para John. — Você me disse que não precisava acreditar em tudo... e eu não acreditei. Mas agora... não sei. Isso é demais para eu ignorar. E não gosto disso. Sempre me considerei fundamentado em certezas... fatos científicos. Mas acabamos de dar um salto da ciência para outra coisa. Algo estranho para mim.

John pousou a mão no ombro de Alan.

— A lacuna imaginada entre a ciência e a religião não é tão extensa quanto parece depois que se dá o salto. Confie em mim, Alan. Vi isto acontecer mais vezes do que me lembro, portanto não tenha pressa.

— Não é uma questão de apressar nada, só que eu me sinto como se fosse um bitolado. Quando me levantei esta manhã, nunca poderia imaginar uma coisa dessas. — Ele correu a mão pelo rosto. — Assim, onde podemos conseguir um pedaço da Arca de Noé?

— Kai disse que Mace obteve o dele no Museu de Bagdá — lembrou John. — Isso obviamente está fora de questão. Quem sabe por onde andarão agora quaisquer outros artefatos da Arca... o museu foi saqueado logo depois da invasão americana. E sabem o que é engraçado? Quando esses pedaços da Arca foram descobertos originalmente, houve muito poucas notícias a respeito. Acho que, principalmente, ninguém acreditou. Foi considerado uma brincadeira na maior parte do mundo científico. Assim como o Ossuário de Tiago. Lembro que pouco antes da Guerra do Iraque, estavam sendo programados testes para autenticar os fragmentos... pelo menos para datá-los e coisa parecida. Depois, é claro, o museu foi destruído, assim nada mais aconteceu.

— Você acha que poderia haver restos da Arca em algum lugar? — indagou Cotten. — Poderíamos encontrá-los?

— Esqueça — falou Kai. — Rizben gosta de contar a história de que teria comprado os fragmentos num leilão do museu, mas na realidade ele foi o mentor intelectual por trás do saque. Tem todos os pedaços da Arca.

— Beco sem saída — concluiu Max.

— A única maneira de deter Mace e o Projeto Hades é antecipar-se a ele — Alan disse. — Será preciso outro computador quântico. O Destino.

— Não existe alguma outra fonte de tódio? — indagou Cotten.

Max abanou a cabeça.

— Nós não conseguimos encontrar uma.

— A madeira da Arca deve ter-se tornado bastante valiosa depois que as águas de Dilúvio recuaram — disse John. — Eles precisavam dela para construir, fazer fogo, ferramentas, para muitos usos diferentes. Pode ser que exista alguma construção, algum artefato remanescente. Ou talvez outros objetos tenham sido feitos a partir da Árvore.

— Como poderíamos descobrir? — perguntou Cotten. — Por onde deveríamos começar? Não há menção a outros artigos no Gênese?

— Não — disse John. — Não acharemos a resposta na Bíblia desta vez. Mas há outras fontes.

— Como os Manuscritos do Mar Morto? — arriscou Alan.

— Você chegou perto — falou John. — Há uma igreja chamada Santa Maria de Sião, onde estão guardados milhares de textos gnósticos antigos, pergaminhos, códices e evangelhos. O que estamos procurando poderia estar no que é chamado o Livro de Emzara. Lembro-me de ter lido muitos anos atrás que esse livro encontrava-se entre os documentos guardados nessa igreja. Não se ouve falar muito do depósito da igreja, a não ser pela suspeita de que a Arca da Aliança estaria escondida lá. Ou pelo menos muitas pessoas acreditam que é lá que esteja. Mas não existe nenhuma prova concreta disso.

— Como nos *Caçadores da Arca Perdida?* — indagou Kai.

John sorriu para ela.

— Exatamente.

— Então, quem é Emzara? — perguntou Cotten.

— A esposa de Noé — esclareceu John.

— E onde fica essa igreja? — quis saber Max.

John apontou para o leste, além da janela do escritório de Alan.

— Em Axum, na Etiópia.

AXUM

As turbinas propulsoras gêmeas rugiram quando o DHC-6 da Ethiopian Airlines guinou para fazer a aproximação do pequeno campo de pouso em Axum. Cotten e John ocupavam os primeiros dos seis assentos de passageiros. O voo desde a capital, Adis-Abeba, fora cheio de turbulências por causa do mau tempo causado por uma frente que viera do mar Vermelho.

A luz do fim de tarde projetava longas sombras quando Cotten olhou para a zona rural que cercava a velha cidade. Cumes denteados formados pelos remanescentes de antigos vulcões pontilhavam a paisagem do planalto, enquanto algumas estradas de terra estendiam-se através das terras de cultivo ressequidas.

Ela estava ansiosa — não se sentia à vontade em nenhum avião, muito menos num assim tão pequeno. Agarrando os descansos para os braços, ela olhou para John através do corredor estreito.

— Odeio aterrissagens — disse.

Os pneus tocaram a pista de aterragem poeirenta e o avião vibrou enquanto o piloto puxava os freios e invertia os motores. Em instantes, o avião reduzia a velocidade o bastante para virar e taxiar para o pequeno terminal. Assim que a aeronave estacionou e os motores foram desligados, os passageiros receberam permissão para desembarcar. Carregando uma pequena maleta cada, Cotten e John atravessaram o campo aberto até o terminal e seguiram pelo prédio até o estacionamento de cascalho.

Um homem negro, baixo e barrigudo caminhou na direção deles. Usava um terno puído, boné de beisebol dos Yankees de Nova York e sandálias. Com um forte sotaque, ele disse em inglês.

— Eminência, é uma honra extrema para mim poder cumprimentar pessoalmente um príncipe da Igreja Romana. — Ele segurou a mão de John, abaixou-se sobre um joelho e levou a mão dele à testa.

John abençoou o homem com o sinal da cruz.

— A sua presença é bem-vinda — disse o homem, levantando-se. — Eu sou Berhanu, o seu guia. — Ele apertou a mão de John e depois a de Cotten. — E também é um imenso prazer conhecer uma pessoa famosa, como a senhorita. — Ele voltou a olhar para John. — Recebi a transferência bancária com o adiantamento pelo pagamento dos meus serviços e também dos seus quartos no African Hotel. Quanto tempo pretendem ficar?

— Só esta noite — disse John. — Vamos partir no voo de retorno para a capital amanhã de manhã.

Berhanu apontou para um jipe muito velho estacionado a alguns metros dali. A sua cor era uma combinação de laranja esmaecido com verde-limão entre remendos enferrujados. A janela lateral exibia uma espécie de teia de aranha com a propagação de rachaduras provocadas por um buraco de bala.

— Alguém usa o seu jipe para treinar tiro ao alvo? — indagou Cotten quando se aproximaram do veículo.

— Ah, não. Estavam mesmo tentando me matar. — Berhanu riu enquanto segurava a porta lateral aberta para ela. — Felizmente, não tinham boa pontaria. A guerra está sempre por perto na Etiópia.

Cotten acomodou-se no assento traseiro enquanto John sentava-se ao lado de Berhanu na frente, e eles partiram do aeroporto para a cidade.

A viagem era ruidosa e Cotten precisava inclinar-se para ser ouvida na frente.

— Contaram a você por que estamos em Axum?

— Sim — confirmou Berhanu. — Querem visitar a santa igreja de Santa Maria de Sião. — Ele fez o sinal da cruz.

— Correto — falou John. — Foram tomadas providências para que nos encontremos com o monge guardião.

— E eu sou quem vai traduzir tudo o que ele falar.

— Podemos ir diretamente para lá agora, Berhanu? — quis saber Cotten. — Eu sei que já está meio tarde, mas estamos ansiosos para falar com ele.

— Eu sou o seu motorista — falou Berhanu. — Se querem ir imediatamente, então eu levo vocês.

Cotten observava enquanto passavam por lojinhas diversas e barracas de comida ao longo da rua de terra. A poeira grossa, assim como a pobreza, estava em todos os lugares. Meninos aglomeravam-se em volta do carro com a mão estendida, perseguindo o jipe, pedindo lembranças ou trocados. Os prédios eram velhos e em abandono — só se viam ruas de terra e caminhos precários ligando os aglomerados de casebres. Pilhas de lixo espalhavam-se pela paisagem. Cotten sentiu-se um tanto culpada ou envergonhada por ter dinheiro no bolso e o estilo de vida que desfrutava com o seu trabalho na SNN.

— Berhanu, você mora aqui em Axum? — quis saber Cotten.

— Moro. Nasci aqui e trabalho para o Ministério da Cultura. O meu trabalho é manter a vigilância dos tesouros de Axum. — Ele virou o jipe à direita por uma estrada esburacada e apontou para a direita. — O que podem ver lá é tudo o que restou do palácio da rainha de Sabá. Ela foi casada com o rei Salomão.

A uns cem metros abaixo por uma colina suavemente inclinada, Cotten divisou os restos de paredes baixas que formavam as ruínas de uma construção antiga.

Pouco mais de um quilômetro à frente pela estrada acidentada, Berhanu disse:

— E aí está o destino para o qual vocês vieram. — Ele apontou para um conjunto espaçoso cercado por muros à esquerda. O lugar continha duas igrejas, a maior parecendo antiga, e a menor um projeto muito mais recente, com uma cúpula e um campanário em forma de obelisco.

— Qual é a Santa Maria de Sião? — indagou Cotten.

— As duas — informou Berhanu. — A igreja antiga data do século dezessete. O prédio foi construído por ordem do grande imperador Fasilidas.

— E quanto à nova? — quis saber John.

— A igreja do tesouro foi construída há cerca de 35 anos.

— É verdade que a Arca da Aliança está guardada lá dentro? — perguntou Cotten.

— Isso mesmo — respondeu Berhanu.

— E você a viu? — indagou John.

— Não, não. — Com um rápido movimento dos dedos ele fez o sinal da cruz novamente e olhou para o teto dentro do jipe como se pedisse perdão por até mesmo pensar em ser merecedor daquilo. — O monge guardião é o único que vê o que está dentro da igreja do tesouro. Só ele pode olhar para a Arca abençoada.

— E você conhece o monge? — John perguntou.

Ele abanou a cabeça.

— O monge guardião vive em reclusão. Ele recebeu o chamado antes de eu nascer, portanto nunca foi visto pelos meus olhos.

Berhanu aproximou o jipe do portão da frente da igreja de Santa Maria do Sião.

— E agora chegamos.

Do lado de fora, Cotten admirou a mais antiga das duas igrejas. Ela lhe lembrava um castelo, com as suas grandes torres altas com ameias no alto das paredes.

Atravessando o portão, eles se aproximaram das grandes portas duplas gradeadas e entraram no prédio antigo. No seu interior vagamente iluminado, Cotten viu que as paredes e o teto eram quase inteiramente recobertos por murais, entre os quais um que representava a vida de Maria e uma série que mostrava a Crucificação e a Ressurreição. Parecia haver um véu perpétuo de fumaça de velas e de incenso, recobrindo tudo com um brilho esbranquiçado e suave. Dos recessos distantes da igreja além do altar ouviu-se o ruído arrastado de passos sobre o piso de pedra. Uma figura apareceu. Devia ter ouvido quando entraram.

Cotten observou o homem, inclinado sobre um cajado de orações, arrastando os pés na direção dela. Era um velho barbado, trajado com um hábito branco e folgado. Quando finalmente parou diante dela, falou desembaraçadamente em tigrigna, o idioma local. A sua voz era mansa, lembrando o ruído de uma dobradiça de porta mal lubrificada. Ela notou que não tinha dentes. Quando ele terminou, Cotten e John viraram-se em conjunto para Berhanu.

Este, que mantinha os olhos baixos na presença do homem santo, conversou brevemente com o monge e depois voltou-se para Cotten e John.

— Ele perguntou quem são vocês, e eu lhe disse que são os visitantes que ele concordou em receber. Ele diz que ele está feliz por recebê-los e que está aqui para servi-los.

— Diga a ele que também estamos felizes — disse Cotten.

Berhanu olhou novamente para o chão enquanto traduzia.

As apresentações terminaram, o monge lentamente estendeu a mão para John. Então voltou-se para Cotten e fez o mesmo. Quando a segurou, Cotten sentiu o cheiro fraco mas inconfundível de incenso de olíbano.

— É uma honra, padre — disse ela.

O monge guardião empertigou-se. Os olhos dele encontraram os dela, e embora estivessem toldados pela catarata e afundados com a idade, ele a focalizou atentamente.

Quando um esboço de sorriso cruzou os lábios dele, Cotten sentiu um mal-estar percorrê-la e tentou libertar a mão. Ele manteve o aperto firme.

O monge falou em pouco mais de um sussurro antes de deixar que retirasse a mão.

John olhou para Berhanu.

O guia encolheu os ombros, boquiaberto.

— Me desculpem, mas não entendi. — Ele parecia perplexo e frustrado. — Ele falou numa língua estranha aos meus ouvidos.

Cotten olhou para o monge impressionada. Ele tinha falado em enoquiano, o idioma do Céu, a língua dos anjos — um idioma que ela entendia claramente, o que significava que ele entendia quem era ela, qual o seu legado e o seu destino.

E as palavras dele a deixaram maravilhada.

ALÉM DO VÉU

— O que foi que ele disse? — quis saber John. Eles se encontravam atrás do santuário da Igreja de Santa Maria de Sião. O monge guardião tinha aberto uma porta que dava para um jardim murado da igreja menor, que guardava os tesouros.

— Que ele conheceu o meu pai — contou Cotten, ainda atordoada por ouvir o monge falar com ela em enoquiano. — Que meu pai estava contente por eu ter vindo aqui e que há coisas lá dentro que eu deveria ver.

— Isso é impossível — John sussurrou. — Como ele poderia ter conhecido o seu pai?

Cotten abanou a cabeça e encolheu os ombros.

— Eu não sei...

— Receio que não possamos ir além desta porta — disse Berhanu, levantando a mão para John. — O monge santo diz que é proibido. Só a senhorita Stone pode entrar na igreja do tesouro.

John voltou-se para encontrar o olhar de Cotten.

— Você não precisa ir sozinha se não se sentir à vontade para isso. Vamos simplesmente dizer a ele o que precisamos... dê-lhe uma lista.

— Eu quero ir — disse Cotten. — Depois do que ele disse, sinto-me compelida a ir.

— Tem certeza? — John tocou-lhe o braço.

Cotten fechou os olhos e apreciou o toque por um instante.

— Tenho. Talvez descubra alguma coisa sobre o meu pai... no mínimo, se ele está finalmente em paz.

O monge guardião falou novamente com Cotten. John dirigiu-lhe um olhar interrogativo.

— Ele disse que vai me mostrar o Livro de Emzara... que vai revelar tudo o que buscamos.

— Não estou gostando muito disto — insistiu John.

— Eu sou bem crescida. — Cotten sorriu. — Deixe-me conseguir o que precisamos e vamos acabar logo com isto.

Sem poder esconder a sua relutância, John recuou um passo.

— Vou ficar esperando aqui mesmo.

Enquanto acompanhava o monge para dentro da igreja, Cotten olhou para John por cima do ombro antes que a porta se fechasse com um sentido de fatalidade.

O crepúsculo se avizinhava da zona rural. O luar pálido e o brilho da cidade fundiam-se com o céu africano repleto de estrelas, já sem nuvens depois da passagem do mau tempo. A igreja do tesouro ficava depois de uma breve jornada por um caminho através de um bosque fechado de árvores copadas. O prédio assomou da escuridão, uma construção de pedras quadradas de uns cinquenta metros quadrados. Ela era cercada por um muro alto de tijolos encimado por uma grade de ferro.

O monge destrancou um portão de grades de metal e conduziu Cotten por mais alguns metros até a entrada do tesouro — uma porta de madeira imponente na qual fora pintado um retrato de Santa Maria cercada por santos e anjos, José e o Menino Jesus. Ele introduziu uma chave na fechadura e abriu a porta enorme.

Enquanto o seguia, Cotten foi envolvida por uma fragrância intensa de fumaça de vela e incenso. Por toda a volta do grande salão pendiam centenas de candeeiros suspensos das vigas de madeira pesadas por correntes de comprimento variado — cada chama encaixada por trás de lentes de vidro vermelhas. O quarto refulgia com uma luz brilhante vermelha da cor rubi que se movia constantemente como raios de sol através da água.

As paredes eram revestidas de estantes, lembrando a Cotten que sua mãe chamava de nichos e escaninhos. Cada um deles tinha tamanhos variados e continha livros, rolos ou pilhas de papel e pergaminho, além de outros objetos pequenos. Havia milhares.

No meio do aposento erguia-se um altar de mármore sobre o qual descansava uma coleção do que pareciam ser centenas de objetos antigos — coroas, cruzes, punhais, livros velhos encadernados com capas de couro grosso incrustadas de joias, além de muitos outros artigos que Cotten não conseguiu identificar inteiramente através da cortina de fumaça.

Enquanto permanecia hipnotizada pela singularidade do ambiente, uma brisa quente passou por ela, fazendo-a imaginar por onde entrara naquele prédio fechado. Ao longe, através da névoa, Cotten divisou um véu tênue semelhante à gaze pendendo do teto ao chão — a brisa movera-o apenas o bastante para que ela o distinguisse em meio à fumaça.

Em inglês, o monge guardião disse:

— Você quer ir além do véu e lançar um olhar sobre a Arca da Aliança?

Atordoada, Cotten girou sobre si mesma.

— O senhor fala inglês?

— Eu falo muitos idiomas.

Um frio a envolveu. Um estremecimento dominou-a tal como os primeiros tremores de um terremoto. *Talvez vir sozinha tenha sido uma decisão errada.* Sentindo-se atordoada, Cotten apoiou-se contra uma estante de madeira repleta de livros. Sua visão se estreitou como se olhasse através de um túnel. A escuridão se fechava, toldando a visão periférica.

— Algo errado? — quis saber o monge, as suas formas tornando-se menos distintas enquanto ele ia e vinha em meio à fumaça.

Ela apertou as pontas dos dedos sobre as têmporas.

— Não. Eu estou bem. — Um zumbido intenso enchia as suas orelhas e o coração golpeava com batidas violentas dentro do peito.

— Eu perguntei se você quer olhar a Arca Sagrada.

— Não — disse Cotten, fazendo um esforço para manter o equilíbrio. — Estou aqui por causa de uma outra Arca... a Arca de Noé. E o livro da esposa dele, Emzara. Eu preciso ver...

Ela precisava fazer um grande esforço para concentrar os pensamentos. *Continue falando. Concentre-se na sua tarefa.*

— Precisamos procurar no Livro de Emzara alguma referência sobre objetos que poderiam ter sido feitos ou tirados da Árvore da Vida. Preciso saber se existe uma relação desses objetos.

Ela olhou para o monge que a observava com um sorriso irônico. A voz dele chegou às orelhas de Cotten como um eco.

— Mesmo que não queira ver a Arca Sagrada, essa é mais uma razão para vê-la. Pois dentro dela encontra-se o seu destino. Deixe-a revelar os segredos relativos ao seu pai, Furmiel.

Indiferente, surpreendentemente destituída de todo livre-arbítrio, Cotten o seguiu até a borda do véu de tecido fino — uma barreira ligeiramente transparente que protegia o que ela supôs ser o artefato mais sagrado, o Santo dos Santos, a Arca da Aliança.

Cotten percebeu uma luz projetando-se do outro lado. Mais velas, intensamente vermelhas, iluminavam a câmara atrás do material diáfano.

Com a extremidade do cajado de orações, o monge separou uma costura do véu. Segurando-o aberto, ele fez sinal para Cotten aproximar-se.

A exemplo do santuário principal, aquele também continha dúzias de candeeiros pendurados, com a sua luz cor de rubi rebrilhando. No meio da câmara, um pálio comprido de gaze sedosa pendia do teto e alargava-se na base. O monge aproximou-se do pálio e passou a mão pelo espaço deixado entre duas costuras. De maneira reverente, ele afastou o material, expondo um cofre dourado descansando sobre uma base de mármore.

Cotten arquejou quando os seus olhos se encheram com a luz refletida pelos candeeiros. Era como se o objeto tivesse aprisionado as estrelas. As laterais douradas eram ornadas de relevos com a imagem de uma árvore copada e sobre o cofre viam-se dois querubins ajoelhados. Eles estavam de frente um para o outro, e a extremidade das suas asas estendiam-se até se encontrarem no centro. O ar se adensara e parecia mais difícil respirar. Gotas de suor escorriam e pingavam no meio das suas costas e entre os seios — as suas pernas vacilaram.

— Aproxime-se — sussurrou o monge. — Aguente testemunhar a maravilha.

Cotten chegou a poucos centímetros da arca dourada. Estendendo a mão, manteve-a pouco acima da relíquia, sentindo o fluxo de energia atravessá-la. Como um fraco formigamento elétrico, ele estimulava a sua pele.

O monge segurou a parte superior da Arca presa por dobradiças, abrindo a tampa com os seus querubins reluzentes. Assim como na superfície exterior, o interior era todo forrado de ouro. Cotten inclinou-se e contemplou o conteúdo. O que ela viu a fez recuar instintivamente, e ela percebeu naquele instante que cometera um erro terrível.

CINZAS

Quando contemplou o interior da Arca da Aliança, Cotten não viu as esperadas tábuas dos Dez Mandamentos. Em vez disso, ela fitou as labaredas eternas do Inferno.

O odor repugnante de enxofre substituiu o incenso aromático e um sopro de vento devastador atirou-a ao chão. Como o papel falso de um mágico, o pálio de gaze sedosa que envolvia a Arca ardeu em chamas. Um instante depois, as cinzas do tecido frouxo flutuaram no ar como as folhas enegrecidas de uma árvore doente.

Gritos de almas atormentadas encheram a igreja, um som que se assemelhava ao de gigantescas máquinas de metal colidindo. Cotten apertou as mãos contra as orelhas para proteger-se do barulho penetrante. Girando em arcos largos sobre ela, as velas nos candeeiros cor de rubi brilharam como estrelas explodidas.

Como uma explosão luzidia dentro de uma fornalha, o brilho proveniente da Arca intensificou-se até que o artefato de valor inestimável fundiu-se em uma massa informe.

Piscando, Cotten percebeu que o monge guardião tinha se transformado. À frente dela encontrava-se um homem grisalho — Velho, mas não curvado nem barbado ou desdentado. As rugas na sua face não eram dobras de pele cansada, mas linhas caprichosamente cinzeladas, e os seus olhos se inflamavam com fogo entranhado nas íris escuras.

Ele usava um terno da cor de penas pretas. Na mão trazia um livro — a capa e as presilhas antigas e gastas como uma luva de couro muito usada, as páginas começando a esfarelar e se desprender em minúsculos pedaços.

— É isto o que você busca? — ele perguntou.

As suas palavras sobressaíam aos gritos e lamentos vindo das profundezas da Arca, embora Cotten tivesse coberto as orelhas. Ela tentou concentrar-se no livro, mas o efeito enlouquecedor das velas nos candeeiros girando a atordoava.

— O Livro de Emzara. — Ele o estendeu a ela.

Como se lutasse contra a correnteza de um rio furioso, ela tentou com todas as suas forças alcançar o livro. Quando o tocou com as pontas dos dedos, ele se incendiou tal como o pálio de gaze — com um clarão momentâneo antes de se vaporizar. Ela viu as suas cinzas flutuarem para longe e concluiu que a fonte das respostas que buscava acabava de desaparecer para sempre.

— Vá para casa, filha de Furmiel. A sua tarefa terminou... você chegou tarde demais, e fraca demais.

Tão depressa quanto começara, o tumulto se encerrou. A visão do Velho desvaneceu-se, fundindo-se com a neblina esfumaçada do salão.

Cotten jazia ofegante sobre o chão da igreja enquanto o calor retrocedia, as vozes dos mortos danados se extinguiam e o movimento frenético dos candeeiros se acalmava. Lentamente, ela se pôs de joelhos, depois levantou-se e conseguiu equilibrar o peso do corpo sobre as pernas trêmulas — um cheiro de incineração permeando tudo.

No meio da sua base de mármore, os restos da Arca da Aliança tinham se convertido numa poça de ouro fundido. Enquanto cambaleava para longe da Arca Sagrada, Cotten notou que pilhas de cinzas enchiam os milhares de escaninhos. Sobre o altar, as relíquias antigas nada mais eram do que montes irreconhecíveis de objetos cremados. Uma mortalha de neblina cinza cobria todo o interior da igreja enquanto Cotten recuava para a entrada. Puxando a porta pesada, ela saiu vacilante para a clara noite africana. Respirando profundamente, ela tentou expulsar aquela fedentina dos pulmões, o gosto amargo da boca e os gritos terríveis da cabeça.

Olhando através de uma nuvem de confusão sobre os olhos enevoados, ela viu um homem correndo na sua direção e de repente se viu nos braços de John Tyler.

— Onde eu estou? — perguntou Cotten, olhando para o rosto de John. Encontrava-se deitada em uma cama no interior de um quarto escassamente mobiliado — a única luz, proveniente de um abajur sobre uma mesinha ao lado da cama.

— Num quarto do African Hotel — respondeu John, sentado ao lado dela na cama. — Você desmaiou, e eu e Berhanu a trouxemos para cá. Pensei em levá-la para um pronto-socorro, mas ele disse que o mais próximo ficava do outro lado da fronteira em Asmara, a mais de cem quilômetros de distância.

Cotten sentou-se devagar, passando as pernas pela borda da cama. Como se uma grande revelação lhe ocorresse naquele instante, ela disse:

— A igreja, a Arca da Aliança, todos aqueles objetos e documentos de valor incalculável, foi tudo queimado, transformado em cinzas.

John dirigiu-lhe um olhar confuso.

— Cinzas? — Ele abanou a cabeça. — Sobre o que você está falando?

OS ARQUIVOS

— Cotten, nada foi queimado. — John estendeu-lhe uma toalha molhada. — Tome, use isto para refrescar o rosto. Vai sentir-se melhor.

— Onde foi parar o monge guardião? — ela perguntou, pegando a toalha.

— No mosteiro, acho. Ele saiu da igreja atrás de você e disse que você passou mal por causa da fumaça das velas. Ele sugeriu que a levássemos para descansar em algum lugar.

Cotten recordou-se da transformação do monge, de como escarnecera dela com o Livro de Emzara e da advertência que fizera para voltar para casa. Ela escondeu o rosto entre as mãos. Ele não era o monge guardião coisa nenhuma — o homem que a conduzira para dentro da igreja do tesouro era o diabo encarnado, seu inimigo mortal, o Filho do Amanhecer — Lúcifer. Ele a atraíra lá para dentro para aterrorizá-la com uma exibição dramática do seu poder e para fazê-la saber que possuía os segredos do Livro de Emzara, a que ela nunca teria acesso — que ela jamais conseguiria derrotá-lo. Agora ela também entendia o que ele quisera dizer quando comentara que conhecera seu pai, Furmiel, o Anjo da Décima Primeira Hora. Ele mencionara ter conhecido seu pai antes de ele se arrepender — eras atrás, quando Furmiel e Lúcifer faziam parte da legião dos Anjos Caídos. Lúcifer detestava Furmiel — o único Anjo Caído a implorar o perdão de Deus. Acima de tudo, Lúcifer odiava Cotten — a lembrança viva da traição de Furmiel.

— Se isto for tudo o que precisam de mim por esta noite, devo voltar para casa e para a minha família — disse Berhanu.

Foi a primeira vez que Cotten deu-se conta da presença do guia, sentado próximo, em uma cadeira.

Berhanu consultou o relógio.

— Ainda precisam dos meus serviços?

— Não, por hoje é só — disse John.

Berhanu curvou-se e John acompanhou-o até a porta. O guia saiu para o corredor, mas então voltou-se, as mãos unidas, como se estivesse rezando.

— Eu espero sinceramente que Cotten Stone se recupere e faça uma boa viagem de volta para a América.

— Obrigado, Berhanu — disse John, abençoando-o. — Desejamos o melhor para você e sua família.

John fechou a porta e regressou para o lado da cama de Cotten.

— Seja por que for, sinto muito que tenha precisado passar por isso tudo.

Cotten o encarou. John continuou:

— O monge nos disse que quando pegou o Livro de Emzara de uma pilha de rolos de papel antigos, o volume literalmente desintegrou-se nas mãos dele. Ele disse que se ofereceu para procurar outros livros na biblioteca da igreja, mas então você ficou atordoada e quis sair.

Cotten abanou a cabeça lentamente.

— Ele disse que logo que você entrou na igreja, pediu para ver a Arca da Aliança, mas ele precisou recusar. Ninguém tem permissão de vê-la, a não ser o monge guardião. Ele disse que você exigiu vê-la.

— Eu a vi, John. Ele a mostrou para mim. — Ela sussurrava. — Vi quando ela se queimou e derreteu...

— Você a viu ser queimada? Sobre o que está falando?

Por onde devo começar?, ela pensou.

No entanto, sabia por onde começar.

Do momento em que olhara nos olhos da Besta.

Eles achavam-se sentados no saguão de espera do Aeroporto Internacional de Bole, em Adis-Abeba, Etiópia. Estavam prestes a embarcar no voo da British Airlines para Roma.

— Então é óbvio que o Livro de Emzara é extremamente importante para os Caídos — disse John. — Podemos presumir que o livro faz menção a um artefato feito a partir da Árvore, seja na narrativa ou em uma relação de objetos. As perguntas mais importantes são: algum desses objetos ainda existe, e nesse caso, o que é e onde se encontra?

— E eles já têm o livro — lembrou Cotten. — O que significa que têm uma vantagem na busca do que possa ser a única fonte de tódio existente no mundo.

Ela ainda estava sob os efeitos do incidente na igreja do tesouro na noite anterior. Sentia-se insegura e letárgica, mesmo depois de um sono tranquilo no African Hotel. O café da manhã nativo constituído de *injeera* — um disco de massa assado semelhante a uma pizza, coberto com carnes e queijo da região — ajudou-a a recuperar parte da energia antes de tomarem o avião de volta à capital etíope.

— Você tem razão — disse John. — Por que os Caídos se dariam ao trabalho de encenar uma ilusão tão sofisticada?

— Mesmo que identifiquemos um possível objeto da Arca, quais seriam as chances de encontrá-lo depois de cinco mil anos? — Ela esfregou a testa, uma dor de cabeça contínua persistira durante toda a noite e recusava-se a passar. Ela ainda sentia um cheiro de enxofre, embora tivesse tomado um banho demorado. — ...isso para não mencionar que nunca encontraremos outra cópia do texto de Emzara.

— As nossas chances são melhores do que você pode imaginar. Estou convencido de que restou uma cópia em algum lugar. Pedi para o pessoal de pesquisa do Venatori procurar em dois lugares: o Museu Cóptico do Cairo, onde se encontra a Biblioteca de Nag Hammadi, e também nos Arquivos Secretos do Vaticano, onde devem encontrar cópias originárias do Primeiro Concílio de Niceia. Em ambos os casos, os textos dos primeiros cristãos gnósticos fizeram referências a Noé e Emzara. Quem sabe temos sorte.

— Ouvi falar da expressão "gnóstico" — falou Cotten. — Mas não sei o que significa. — Ela observou um grupo de turistas que passavam por ali, conversando em francês.

— Os gnósticos foram grupos religiosos que existiram durante os dois primeiros séculos depois de Cristo. Eles se consideravam cristãos, mas as suas crenças foram consideradas estranhas ao pensamento dominante na época. A expressão tem origem grega e refere-se a um tipo de compreensão desenvolvida em função da vivência espiritual experimentada no plano individual. Os Evangelhos Gnósticos são textos antigos que contêm detalhes sobre a vida de Cristo que não foram incluídos no Novo Testamento... textos como os Evangelhos de Maria Madalena, Filipe, Sofia, Tomé e outros. Mas também incluem transcrições dos textos de personagens do Velho Testamento, como Adão até o seu terceiro filho, Seth, incluindo uma previsão do Grande Dilúvio. Existem alguns documentos parciais que se referem a Noé e Emzara. Alguns não são mais do que fragmentos de papiro esfarelado, mas no momento é tudo o que temos.

— Quer dizer que, embora alguns dos textos do Conselho de Niceia se perderam ou foram destruídos, ainda existe documentação sobre eles?

— Até o ano de 312, existiram muitos livros de supostos profetas em circulação, quando os bispos do Concílio resolveram decidir o que deveria ser incluído e o que deveria ser descartado. Mas sempre houve alguém nos bastidores tomando notas durante essas deliberações. Acredito que muitas dessas notas ainda estão por aí.

— Quer dizer que eles decidiram o que manter entre os ensinamentos da Igreja e o que descartar?

— Mais ou menos. Um dos aspectos mais notáveis é o relato da ressuscitação de Lázaro, que foi eliminado do evangelho de Marcos segundo as instruções dos bispos do Concílio. Segundo eles, o modo como ele escreveu tinha implicações de um culto místico. O mesmo se deu em relação a Lucas e João.

— Você está brincando? A Bíblia inteira tem implicações místicas — comentou Cotten.

John sorriu.

— Eu não diria tanto.

— Sinto muito, sua eminência — retrucou ela, sorrindo. — Não pretendia escandalizar o cardeal.

— Implicações místicas ou não, o problema que vamos enfrentar é que os arquivos do Vaticano são enormes. Existem quase cinquenta quilômetros de estantes, a maioria cheia de livros e caixas de registros e documentos ainda por catalogar... dezenas de milhares de documentos reunidos pelo Venatori e outros agentes secretos, enviados e diplomatas do Vaticano, que remontam a mais de mil anos. Muitos segredos que os pais da igreja mandaram enterrar levariam toda a vida para encontrar... se é que ainda existem.

O telefone celular de John tocou, e ele puxou-o do clipe preso ao cinto. Olhando para o identificador de chamadas, ele disse:

— É o chefe dos Arquivos. — Ele escutou atentamente por um instante antes de fechar o telefone para desligá-lo. Com um sorriso, voltou-se para Cotten e piscou. — Você está inteiramente certa.

— O Mercedes S-550 preto atravessou a entrada da *Porta Sant'Anna* para a Cidade do Vaticano. Passou em velocidade pelo Banco do Vaticano e pelo Palácio Apostólico. Virando à direita, estacionou em frente a um pátio encerrado por um portão cerca de 15 metros depois da Biblioteca do Vaticano. O motorista e o passageiro do assento dianteiro, ambos agentes do Venatori, saltaram do veículo e abriram as portas traseiras para Cotten e John. Dois integrantes da Guarda Suíça estavam de sentinela ao lado do portão e fizeram continência quando John e Cotten entraram no pátio. Uma dúzia de passos adiante achava-se a entrada discreta, facilmente negligenciada, para os Arquivos Secretos.

Lá dentro, Cotten surpreendeu-se ao ver que o interior assemelhava-se a uma recepção de hotel, cujo balcão era ocupado por dois rapazes italianos.

Com um forte sotaque, um dos homens cumprimentou John em inglês.

— Sua Eminência, cardeal Tyler, seja bem-vindo. É sempre um prazer receber a sua visita. — Ele se voltou para Cotten. — Senhorita Stone, é uma honra conhecer a pessoa que recuperou para toda a humanidade o Cálice de Cristo. — Então ele deu a volta no balcão, apertou a mão de ambos e disse: — Me acompanhem, por favor. Estão esperando por vocês.

O rapaz conduziu-os através do piso térreo da biblioteca e pela *sala di studio*, onde alguns estudantes pesquisavam.

— O número de pesquisadores admitidos aqui é limitado a cerca de duzentos por ano — informou John a Cotten. — E o processo de aprovação para a admissão também pode demorar uma eternidade. Se receber permissão para pesquisar os arquivos, você deve permanecer aqui nesta sala e solicitar o que precisa aos assistentes. Depois eles trazem o que foi pedido.

Cotten viu duas fileiras de escrivaninhas antigas, cada uma com cerca de um metro e oitenta de comprimento.

— Não faz muito tempo havia tomadas elétricas nas escrivaninhas para os laptops — comentou John. — Os equipamentos sem fio são como um milagre.

Deixando a sala dos pesquisadores, eles seguiram para um elevador minúsculo no estilo europeu, do tipo que mal abrigava três pessoas de cada vez. Assim que entraram, Cotten sentiu-o balançar quando os cabos se retesaram.

— Abaixo de nós fica o que chamam de Bunker — informou John. — É o depósito de manuscritos, onde fica o grosso dos arquivos. Mas nós estamos indo ao *piani nobili*, as salas que continham os arquivos secretos originais. O papa Borghese Paulo V estabeleceu os arquivos em 1610. Ele tinha um ego um tanto exagerado e decidiu ter o seu nome gravado na entrada principal da Basílica de São Pedro. Hoje, seria o mesmo que Tony Blair mandar pintar "Casa do Tony" na entrada do número dez da Downing Street.

Cotten abanou a cabeça, incrédula. *Os papas eram, antes de mais nada, meros mortais, afinal de contas*, ela pensou.

Saindo do elevador, eles atravessaram um salão comprido e estreito, com as abóbadas no teto elevado recobertas com murais coloridos de eventos papais célebres. Um retrato enorme dominava uma parede.

— Falando do diabo — brincou John, rindo e apontando para uma pintura. — Paulo V, com o seu ego e tudo mais.

Uma série de *armadi* — pequenos gabinetes de madeira — estendiamse nas laterais. Cotten viu dois padres, ambos usando batina preta, parados ao lado de um — a porta aberta. Todos os outros gabinetes estavam fechados e trancados com cadeado. Em frente ao gabinete aberto via-se uma mesa coberta com pergaminhos escuros e amarelados.

Quando Cotten e John se aproximaram, um dos padres disse:

— Eminência, localizamos os registros do Primeiro Concílio de Niceia.

— E encontraram uma transcrição do Livro de Emzara? — quis saber John.

— Encontramos, eminência — informou o segundo padre.

— Existe uma lista dos artigos levados na Arca? — indagou Cotten.

— Existe — confirmou o primeiro padre.

Cotten sentiu a pulsação se acelerar de excitação. Talvez não estivessem perseguindo uma causa perdida afinal de contas.

— E além disso — acrescentou o padre —, encontramos algo extraordinariamente impressionante, e muito, muito mais.

O FANTASMA DE GALILEU

Cotten encontrava-se no Salão Meridiano, a câmara superior da *Torre Dei Venti*, a Torre dos Ventos. Construída no alto dos Arquivos Secretos do Vaticano, o salão permanecera praticamente inalterado desde o século XVI. Ela admirou os afrescos de Nicolò Circignani representando os acontecimentos da vida de Cristo e de São Paulo. Seu coração batia mais rápido por saber que se encontrava no mesmo local em que Galileu fora arguido pela cúria da igreja sobre a Terra girar em torno do Sol e não vice-versa. Mas mais importante ainda, ela ponderava sobre o enigma encontrado no Livro de Emzara.

Ouvindo passos, voltou-se para ver John surgir do conjunto de degraus circulares da escada de metal. Ele trazia consigo um maço de documentos.

— Permanecer neste lugar é uma verdadeira emoção — disse ela quando ele se aproximou.

— A gente se sente mais humilde.

— Então, o que você descobriu?

— Consultei as traduções gregas e latinas de três dos nossos melhores pesquisadores linguísticos. Todos eles chegaram às mesmas conclusões.

— Quais são elas?

— Na lista de Emzara, existe um artigo curioso dentre o que foi levado a bordo da Arca de Noé, uma revelação surpreendente sobre com o que a Arca foi construída, e para você e para mim, a resposta para uma pergunta incômoda.

— Leia para mim — pediu ela.

John olhou para os documentos por um instante.

— Emzara escuta Deus falar com o marido. Ela escreve: "E Deus disse a Noé: Você é íntegro e santo. E Deus disse: Preserve o que é íntegro. Proteja tudo o que foi criado da semente de Adão e do sangue da Árvore da Vida. Porque eu farei uma aliança com você e com os seus filhos. Colocarei o meu arco nas nuvens como um sinal da minha aliança. E nunca destruirei novamente pela água o que o homem tiver feito. Não das nuvens, mas da semente de Adão, virá o raio. E ele estará lá no dia em que a minha vingança destruirá uma vez mais o que violar a minha terra. E Deus disse: Não tema, porque eles saberão que eu sou o Senhor Teu Deus, e eu lhes mostrarei o sinal".

— Que raio é esse?

— Não sei bem. — John folheou as páginas. — O inventário final... o manifesto, como queira... aproxima-se muito da lista que se encontra no Gênese. Sete casais de todos os animais puros e dois casais dos impuros.

— Puros? Impuros?

— Provavelmente indicava os diferentes tipos de animais que lhes era permitido comer ou não comer. — John consultou novamente as anotações. — Emzara também menciona que eles reuniram roupas, comida, sementes, grãos, roupa de cama, pregos, um par de carros de bois, ferramentas agrícolas e, finalmente, faz a referência misteriosa ao raio, algo feito por Tubal-Caim do sangue da Árvore da Vida... o artigo que deixou todo o mundo perplexo.

— Então, seja o que for o raio — disse Cotten — deve ser o objeto que estamos procurando, certo?

— Isso é o que podemos supor. É o único artigo na lista que menciona quem o fez — Tubal-Caim, octaneto de Adão. Ele era um ferreiro e a sua especialidade eram as armas. O raio deve se referir a uma arma forjada por Tubal-Caim a partir da seiva endurecida da Árvore da Vida.

— Então qual é a revelação?

— Que a Arca foi construída com a madeira da verdadeira Árvore que crescia no leste do Jardim. Isso confirma o que Kai confessou ser a fonte do tódio que é usado no Projeto Hades... a resina cristalizada da Arca. O Gênese diz que Deus mandou que Noé construísse a Arca de madeira de resina. Até hoje, ninguém identificou positivamente que madeira de resina seria. Isso esclarece a dúvida.

— E há a referência aos sinais que Deus nos enviaria — disse Cotten. — Eles estavam lá o tempo todo... a assinatura com o raio em todas as obras de arte de Tera. Até mesmo no logotipo da CyberSys. Como pudemos deixar passar essas ligações tão evidentes?

— Quantas vezes lhe disse que a resposta para tudo encontra-se sempre na Bíblia?

— Até mesmo a conversão entre qubits e cúbitos... as dimensões da Arca e as dimensões exatas dos qubits de armazenamento necessários para os computadores quânticos. Talvez eu devesse começar a lhe dar mais ouvidos — concluiu ela sorrindo.

John afastou as mãos abertas num gesto como que dizendo "Eu lhe disse".

— Portanto, se o raio é uma arma... — Cotten ouviu uma comoção proveniente da base da escada de metal em espiral. Ela e John se voltaram quando as vozes abafadas foram seguidas pelo som de passos nos degraus metálicos.

Um homem subia pela escada. A princípio, Cotten viu o cabelo grisalho, grosso e ondulado. Depois o rosto pálido por trás dos óculos de armações de metal, a batina branca... uma corrente de ouro com o crucifixo pendente do pescoço. Finalmente, os famosos sapatos vermelhos.

— Sou grato por haver tão poucas escadas como esta no Vaticano — disse ele com um sotaque alemão e ligeiramente sem fôlego. — Talvez seja por isso que eu não me aventure até aqui com muita frequência.

— Sua Santidade — disse John. Ele abaixou-se sobre um joelho e beijou o anel na mão estendida do pontífice.

O papa fez um gesto para ele se levantar.

— John, fui informado por fontes fidedignas que você e a senhorita Stone estão esperando que o fantasma de Galileu os ajudem a resolver seu mistério de cinco mil anos de idade.

Cotten adiantou-se.

— O fantasma de Galileu não nos concedeu uma audiência, Sua Santidade, mas é uma honra para mim conhecê-lo finalmente. — Ela tomou a mão dele entre as suas.

— Senhorita Stone, a honra é toda a minha. Neste mesmo prédio, talvez a não mais do que uns cem passos de onde nos encontramos, repousa a relíquia religiosa mais importante dos últimos dois mil anos... o Cálice de

Cristo, o Santo Graal. E ele encontra-se aqui exclusivamente por sua causa. Não só você o recuperou... duas vezes, devo acrescentar... e o apresentou à Igreja, como também o fez depois de deter o que teria sido uma grande e terrível tragédia.

Cruzando os braços, o papa deu um passo atrás e olhou maravilhado para o teto do Salão Meridiano.

— Veem o mural de Cristo acalmando o mar?

Cotten e John olharam na direção que ele indicava.

— Observem o canto superior direito, no meio do retrato do ancião soprando com as bochechas. Há ali uma pequena abertura do tamanho aproximado de uma moeda. — O pontífice apontou então para o piso de mármore do Salão Meridiano onde estavam gravados os signos do zodíaco com uma linha meridiana atravessando o meio. — A cada vinte e um de março, o sol atravessa por aquele minúsculo orifício e toca a linha equinocial da primavera aqui no chão. Isso foi uma criação do primeiro astrônomo oficial do Vaticano, um padre brilhante chamado Ignazio Danti, na década de 1500. — Ele apontou para os símbolos aos seus pés. — Estive aqui naquele momento e testemunhei o acontecimento. É comovente. — O papa sorriu para os dois. — Quer dizer que agora querem saber qual é o significado da referência ao raio no Livro de Emzara?

— Sua Santidade — disse Cotten —, é imperativo que encontremos o objeto conhecido como o raio.

— Receamos que, se não o encontrarmos primeiro, ele cairá nas mãos dos Nephilim — acrescentou John. — E pelo que descobrimos, eles planejam usá-lo para provocar o caos no mundo.

O papa silenciou-os com a palma da mão levantada.

— Assim como os outros, eu também me confundi com o *raio* no Livro de Emzara. Então fiz o que sempre faço quando quero compreender alguma coisa. Confiei a minha dúvida a Deus e tive fé de que Ele responderia. E assim Ele o fez. — O papa fixou os olhos em Cotten. — Parte da resposta surgiu quando me lembrei de quem é você e do que fez. Senhorita Stone, o Cálice de Cristo guardou o sangue de Jesus Cristo recolhido na Crucificação. Certo?

Cotten inclinou a cabeça concordando.

O papa olhou para John.

— O que fez o sangue do Nosso Salvador fluir para o Cálice?

— Um centurião romano perfurou o flanco de Cristo com uma lança — respondeu John, parecendo escolher cuidadosamente cada palavra à medida que falava. — De acordo com as Escrituras, o que se verteu foi uma mistura de sangue e água.

O papa apalpou a cruz que lhe pendia sobre o peito e fixou os olhos em Cotten.

— O círculo está fechado, Cotten Stone. O que você procura está no museu dos Habsburg.

A LENDA

Cotten olhava pela janela do Gulfstream G-150 enquanto o jato riscava o céu cor de ametista na sua rota sobre o mar Adriático de Roma para Viena. O perfil da Cidade do Vaticano iluminado pelo sol poente refletia-se no branco impecável da fuselagem. O cansaço pesava, mas ela não conseguia dormir. Embora há muito tempo tivesse se resignado ao seu destino no mundo, esse ainda era um peso difícil de suportar, especialmente quando tudo sempre parecia remontar à sua origem — a filha de um Anjo Caído, resultado de um pacto firmado entre seu pai arrependido e Deus.

As palavras do papa ainda ressoavam aos seus ouvidos. "A revelação que recebi sobre o *raio* surgiu depois que me lembrei de quem você é." Em seguida, o papa lhe contara que a lança forjada por Tubal-Caim fora levada na Arca por Noé, e que a mesma lança fora usada depois para perfurar o flanco de Cristo. O sangue escorrera da ferida e enchera o Cálice. O papa lembrou a Cotten que ela tivera o Cálice nas mãos, e que agora perseguia o objeto que o enchera com o sangue de Jesus Cristo — fechando, assim, o círculo da sua busca. As palavras exatas pronunciadas por ele ainda ecoavam em sua mente. "O raio que você busca é a Lança Sagrada, conhecida no mundo como a Lança do Destino."

Cotten desviou os olhos do céu que escurecia. Ela e John ocupavam os assentos de couro em lados opostos, separados por um corredor estreito. John abrira à sua frente a mesa dobrável de madeira sobre a qual repousava uma pasta vermelha grossa, com as seguintes palavras impressas no alto: *Para Conhecimento do Diretor.* Embaixo da inscrição, via-se o selo do Venatori — um emblema redondo com um leão furioso e uma espada com o lema: *Umbrae Manium, Arma Dei* — Sombra de Fantasmas, Armadura de Deus. A pasta de papéis continha o resumo das informações de segurança diárias de John.

Do outro lado da mesinha, em um assento de frente para eles, seguia Carlo Zanini, um padre italiano de 35 anos de idade que entrara para o Venatori para trabalhar na divisão de pesquisa como um especialista em mitologia medieval e história do Velho Testamento.

Sob um emaranhado de cabelos pretos espessos, Zanini olhava para a tela aberta de um computador portátil através de óculos grossos de armação de chifre. Ele fez rolar pela tela uma série de arquivos de dados e finalmente escolheu um com um clique do *mouse*. Depois de abrir o arquivo, ele disse:

— A Lança tem uma história surpreendente, exatamente como Sua Santidade lhes contou. O Livro de Emzara refere-se a ela como um Raio e afirma que foi forjada a partir do sangue da Árvore da Vida por Tubal-Caim, ferreiro e neto da sétima geração de Adão. Não há dúvida de que a palavra "sangue" refere-se à seiva endurecida da Árvore que cresceu no Jardim. Como já descobrimos no texto de Emzara, Deus instruiu Noé para que levasse o Raio a bordo da Arca para que fosse preservado e protegido para uso em alguma época futura. Foi o único artigo além da própria Arca a ser feito da Árvore... a nave foi construída com a madeira cortada da Árvore. — Zanini abriu outro documento enquanto empurrava para cima os óculos pesados sobre o nobre nariz romano.

— Quer dizer que a próxima vez que ela apareceu foi na Crucificação? — indagou Cotten enquanto tomava notas num bloco de anotações.

— Na verdade, não — observou Zanini. — Conseguimos encontrar uma referência nos rolos de pergaminhos da Biblioteca de Nag Hammadi no Cairo, mencionando que Josué segurava a Lança de Raio enquanto sinalizava para os seus soldados darem um "grande brado" que derrubou as muralhas de Jericó. Também na biblioteca do Cairo, os nossos pesquisadores encontraram um texto em que se declara que a Lança de Raio foi atirada contra o jovem Davi pelo rei Saul em um acesso de ciúme. — Tomando fôlego, ele continuou. — A Lança atravessou as mãos de Ehud, o segundo juiz dos Israelitas, e Ahab, o rei de Israel. Isso foi por volta de 852 a.C. Finalmente, ela acaba em poder de Pompeia, que depois a entregou a Júlio César. César presenteou a Lança do Raio a um comandante romano em reconhecimento por anos de serviço dedicado. Esse comandante era o avô de um soldado chamado Gaisus Cassius. Muitos anos depois, nas mãos do neto, teve início a lenda propriamente dita da Lança do Raio.

Zanini leu na tela de cristal líquido do computador portátil por um instante, então declarou:

— No dia 5 de abril de 33 d.C., Anás, conselheiro do Sinédrio, e Caifás, sumo sacerdote judeu, conspiraram para que Jesus fosse crucificado e tivesse o corpo mutilado para provar às multidões que ele não era o Messias, mas apenas um homem mortal, e um herege. Era uma sexta-feira, e o sabá começaria ao pôr do sol. — Zanini fez uma pausa e continuou: — A lei judaica decretava que nenhum homem deveria ser executado no sabá. Quando o dia nasceu, e Jesus não morrera, Anás e Caifás entraram em pânico, uma vez que o tempo estava correndo. Eles queriam ter certeza de que Cristo não expiraria depois do pôr do sol, então pediram permissão a Pôncio Pilatos para enviar um dos seus guardas do templo ao Gólgota... o lugar da Caveira... e se assegurar de que Jesus e os outros dois homens crucificados naquele dia morressem antes do pôr do sol. Os soldados romanos em serviço deram as costas em desgosto ante a brutalidade dos guardas do templo enquanto eles batiam e esmagavam os crânios e os membros dos dois ladrões, Gestas e Dimas.

"Agora, lembram-se do neto, Gaisus Cassius? Isso aconteceu anos depois, e ele era o oficial romano mais graduado em serviço naquele dia. Ele viu que Jesus tinha expirado e decidiu que, em vez de deixar os judeus desfigurarem o corpo, confirmaria se Jesus já estava mesmo morto, evitando assim a mutilação.

"Segundo a história, esse Gaisus era um soldado veterano, mas estava envelhecendo e com a vista falhando. Dizem também que ele trazia consigo a todo momento o presente dado por César ao avô. Assim, com a lança na mão, ele se aproximou a cavalo da cruz em que Jesus pendia e a enfiou no lado direito de Cristo, entre a quarta e a quinta costela. Essa era uma técnica romana de campo de batalha: quando queriam provar que um inimigo ferido estava verdadeiramente morto, eles o perfuravam com uma lança ou espada. A lógica era que o sangue não fluiria de um morto. Para a surpresa de todos, saiu sangue e água da ferida de Cristo. Quando o sangue correu pelo cabo da Lança, Gaisus recebeu um pouco nos olhos. Naquele momento, a sua visão fraca se restabeleceu completamente. Assim, temos a primeira prova do poder da Lança."

— Eu pensei que o centurião romano se chamasse Longino — interrompeu John.

Zanini inclinou a cabeça concordando.

— Isso está certo, Eminência. Depois que teve a visão restabelecida, ele ficou conhecido por toda a região como Longino, O Homem da Lança. Pouco tempo depois, ele deixou o exército e se converteu ao cristianismo, passando o resto da vida pregando os ensinamentos de Cristo até ser martirizado na Capadócia no século I. Atualmente o conhecemos como São Longino.

— Imortalizado por Lorenzo Bernini com a sua estátua de bronze na Basílica de São Pedro com Longino segurando a Lança — completou John.

— Certo — disse Cotten. — Mas como a Lança foi parar em um expositor no museu dos Habsburg, em Viena? — Ela se levantou, pegou uma garrafa térmica de alumínio da prateleira e encheu de café as xícaras de John e Zanini antes de completar a sua.

Zanini disse:

— Daí por diante, a Lança deixa um rastro bastante sangrento. Começa com a rainha guerreira celta, Boadiceia, que tentou fazer uma aliança com os romanos, mas que exigiu controle demais para o gosto deles. Em vez de se deixar dominar por eles, ela convocou um exército de vinte mil celtas e declarou guerra a Roma. Longino, levando consigo o seu bem valioso, acabara de chegar à Inglaterra como adido militar. Ela lhe pediu conselhos, mas ele, sendo um centurião leal, recusou. Boadiceia atirou-o no calabouço do castelo, e como ouvira falar por todos sobre o poder lendário da Lança, resolveu tomá-la para si. Com ela, a rainha e o seu exército massacraram mais de setenta mil colonos e soldados romanos, juntamente com as suas famílias. Ela saqueou e incendiou três cidades, incluindo Londres. A cidade chamava-se Londonium na ocasião. Conta-se que, no campo de batalha, com a Lança na mão, Boadiceia era invencível. — Zanini concluiu: — Até que Nero enviasse finalmente reforços suficientes para derrotar o exército da rainha, a matança provocada durante a rebelião já era enorme. Boadiceia escapou durante a batalha final, mas acidentalmente perdeu a Lança. Os romanos se apossaram dela, e desse momento em diante seu destino permaneceu desconhecido por mais de duzentos anos.

Enquanto bebia um gole de café, Cotten fez um gesto ansioso com mão, incentivando Zanini a continuar.

— Ela é sempre impaciente assim? — ele perguntou a John.

— Ela está até calma agora — comentou John encolhendo os ombros.

Deixando a xícara de lado, Zanini continuou:

— Em 286 d.C., a Lança de Longino, então chamada Lança Sagrada, apareceu na posse de Maurício, um cristão copta devoto e oficial comandante de uma legião romana estacionada em Tebas, na região norte do Egito. Um conflito estourou quando Maximiano baixou uma ordem às legiões para prestar-lhe juramento nomeando-o seu deus. Os soldados romanos sob as ordens de Maurício eram predominantemente cristãos e se recusaram. Em um acesso de cólera, Maximiano fez com que seis mil soldados fossem executados por insubordinação, incluindo Maurício, e depois ordenou que lhe levassem a Lança. O tiro saiu pela culatra para Maximiano, porque Maurício foi tido como mártir e depois se tornou São Maurício.

— A justiça tarda mas não falha — sentenciou Cotten, erguendo a xícara de café em um brinde.

— A influência da Lança é inegável — observou Zanini. — Esse foi aproximadamente o momento em que o seu destino foi selado. Segundo reza a lenda, "Aquele que possui a Lança Sagrada e compreende os seus poderes, detém na mão o destino do mundo".

— Quem foi o próximo a possuí-la? — quis saber John.

— Da próxima vez em que ouvimos falar dela, a Lança Sagrada estava na posse do filho ilegítimo de um general romano e a filha de um estalajadeiro. O menino cresceu para se tornar um dos personagens históricos mais poderosos de todos os tempos, o imperador romano Constantino, o Grande.

— Foi Maximiano que deu a ele? — indagou Cotten.

— Indiretamente — respondeu Zanini. — Constantino desposou a filha de Maximiano. O imperador entregou-a ao casal como um presente de casamento. Constantino acabou se convertendo ao cristianismo. Com a Lança na mão, ele se declarou como o sendo o "décimo terceiro Apóstolo" e proclamou o cristianismo como a religião oficial do Sacro Império Romano. Como imperador, ele fundou Istambul... atualmente Constantinopla. — Depois de uma pausa, ele continuou: — Em 443, Átila, o Huno, sitiou a cidade e declarou que pouparia Constantinopla em troca de duas coisas do então imperador Teodósio: seis mil libras de ouro e a Lança Sagrada. Teodósio pagou. Nove anos depois, Átila chegou aos portões de Roma, mas precisou se retirar contra a vontade porque a fome e a doença grassavam na cidade. Segundo a lenda, quando os oficiais romanos apresentaram a rendição da cidade, Átila atirou a Lança Sagrada aos seus pés desgostoso e partiu. — Zanini olhou para os dois e continuou: — Ela voltou à cena para atingi-lo em 451, quando o rei Teodorico reuniu o exército visigodo e uniu-se aos romanos e outras tribos para derrotar os hunos durante a invasão dos gauleses. Mas Teodorico foi morto. — Zanini sorriu para Cotten. — E segundo a história ele morreu no instante em que a Lança Sagrada lhe escapou da mão.

— Isso é mesmo verdade? — surpreendeu-se Cotten.

Zanini arqueou ambas as sobrancelhas.

— As lendas sempre têm um fundo de verdade. — Ele tomou um gole do café antes de estudar o documento na tela de computador, continuando então com a história. — O próximo dono foi o príncipe borgundo Sigismundo, que era um descendente de Teodorico. Ele não a teve por muito tempo, entretanto. Foi morto pelo cunhado, o rei Clóvis dos francos. A Lança permaneceu na família até meados dos anos 700, quando um dos descendentes de Clóvis, Carlos Martel, levou-a em uma batalha vitoriosa para impedir que o Islã se espalhasse pela Europa. Martel passou a Lança ao neto, que se tornou o segundo personagem histórico gigantesco a possuir a Lança de Longino.

— Carlos Magno — atalhou John.

Zanini inclinou a cabeça concordando.

— No processo de mudança da face do mundo, diz-se que a Lança Sagrada nunca deixou de ter a sua participação. Setenta e cinco anos depois, vemos novamente uma referência à Lança quando o rei alemão Henrique I recebeu-a de presente do rei Rodolfo de Borgonha. Confiando no poder da Lança Sagrada, Rodolfo derrotou os magiares húngaros em 933. Depois da sua morte, a Lança passou para Oto I e depois para Oto II e Oto III. Por volta do ano 1000, um prego que se afirmava ser da Crucificação de Jesus foi acrescentado à lâmina da Lança, tornando-a uma relíquia duplamente poderosa. Cem anos mais ou menos depois, o rei alemão Henrique IV mandou colocar uma manga prateada na Lança Sagrada com a inscrição *Clavus Dominicus*, significando Cravo do Nosso Senhor, e foi por essa época que o cabo de madeira desapareceu, deixando só a ponta, que permanece até hoje.

O telefone no braço do assento de John tocou.

— Sim? — Alguns segundos depois, ele desligou. — O piloto informa que estamos a 45 minutos do Aeroporto Internacional de Viena.

— Falta muito da história, padre? — indagou Cotten a Zanini, enquanto afundava no assento de couro macio. — Até agora, tem sido fascinante.

— Ainda nem chegamos à melhor parte — disse o padre italiano com um sorriso. — Por uma linhagem de heranças familiares, a ponta da Lança, sem o cabo, acabou entrando na posse da Casa de Hohenstaufen, que era constituída dos descendentes da dinastia saxônica, e finalmente chegou ao imperador romano Frederico Barba Roxa. Ele convocou a Terceira Cruzada para libertar Jerusalém dos muçulmanos, e levou a Lança Sagrada para a batalha. No dia 10 de junho de 1130, ele caiu do cavalo no rio de Salé, quebrou o pescoço e se afogou segundos depois de deixar a Lança cair acidentalmente. De lá para cá, a Lança passou por uma série de reis europeus, incluindo Frederico II, que fez da Lança Sagrada o foco central da monarquia e a usou quando liderou as Cruzadas. A certa altura, ele permitiu que São Francisco de Assis a levasse em uma missão de clemência. A Lança seguiu nas mãos de três imperadores Hohenstaufen. Em 1424, Sigismundo de Luxemburgo vendeu a Lança ao conselho da cidade de Nuremberg. Ela permaneceu lá em exibição até 1806, quando Napoleão a reivindicou. As autoridades alemãs a contrabandearam para a Áustria antes da chegada das tropas francesas, de modo que o imperador Bonaparte não conseguiu possuí-la. Em 1913, o czar Wilhelm tentou pôr as mãos na Lança Sagrada antes de declarar guerra. Ele solicitou ao imperador dos Habsburg, Franz Joseph, em Viena, o uso da Lança, mas teve o seu pedido negado. A Lança Sagrada permaneceu em um expositor dentro do museu dos Habsburg durante anos até surgir finalmente o terceiro grande personagem histórico a possuí-la: Adolf Hitler. Seu fascínio por ela provavelmente começou com a adoração pela ópera de Richard Wagner, *Parsifal*. A Lança tem um papel importante na obra.

— Agora chegamos a um campo em que fiz alguma pesquisa — disse John. — Hitler anexou a Áustria, depois ordenou que as tropas da SS tomassem a Lança Sagrada, certo?

— Sim, Eminência — concordou Zanini. — Sob as ordens de Hitler, a relíquia foi transportada por um trem expresso fortemente vigiado até Nuremberg, onde ele poderia ter acesso a ela sempre que quisesse. Ela ficou guardada em um abrigo fortificado embaixo da igreja de Santa Catarina. O esconderijo fora construído em segredo e com enormes despesas para proteger a relíquia das bombas aliadas. Hitler esperava reconstruir o Sacro Império Romano tendo a si mesmo como o imperador supremo, e ele acreditava que precisava da Lança para isso. No entanto, numa guinada irônica, na tarde de 30 de abril de 1945, a Lança Sagrada foi descoberta e quase caiu nas mãos das forças americanas no momento exato em que Adolf Hitler se suicidava.

— Isso é o que eu não entendo — disse Cotten. — Se a Lança é tão poderosa, por que é que alguns dos seus possuidores tiveram sucesso ao usá-la, enquanto outros, como Hitler, fracassaram?

— É só uma teoria — disse John —, mas eu acredito que o sucesso ou o fracasso são determinados pelo que vai no coração da pessoa que a possui.

Os três pareceram ponderar a declaração de John por um instante. Então Zanini disse:

— Eis uma outra guinada estranha. Embora Adolf Hitler tenha esperado tantos anos entre a primeira vez que viu a Lança e o dia em que a possuiu finalmente, Heinrich Himmler ficou tão cativado por ela que tinha uma réplica exata feita em 1935... três anos antes do seu Führer marchar sobre a Áustria.

— O que aconteceu com a réplica? — quis saber Cotten.

Zanini deu de ombros.

— Ninguém sabe ao certo.

— Então, depois que as forças americanas capturaram a Lança Sagrada, o seu novo dono foi Harry Truman? — questionou John.

— Tecnicamente, sim — concordou Zanini. — Embora nunca a tenha tocado de verdade, enquanto tinha controle sobre ela, ele apresentou ao mundo a força mais destrutiva da história... a bomba atômica.

— Quando a Lança foi devolvida a Viena? — indagou Cotten.

— Houve uma certa discussão a respeito entre americanos e soviéticos. Parece que Stalin quis reivindicá-la depois que o Exército Vermelho içou a bandeira soviética no telhado do Reichstag, em Berlim. Mas, no fim, Truman e Stalin concordaram em deixar que uma delegação americana e soviética entregasse a relíquia ao governo austríaco, que depois devolveu-a ao museu. É lá que ela se encontra desde então.

O telefone no braço do assento de John tocou novamente.

— Sim — disse ele, então escutou por um instante. Recolocando o telefone no lugar, ele se voltou para Cotten e Zanini. — Era o embaixador do Vaticano na Áustria. O diretor do museu dos Habsburg aceitou o pedido direto do Santo Padre e nos permitirá tirar a Lança de Viena e transportá-la à sede da CyberSys em Miami. Alan Olsen e os nossos amigos devem pousar lá cerca de uma hora depois de nós.

Cotten deu um longo suspiro.

— Assim que tivermos a Lança do Destino, a ameaça do Projeto Hades poderá terminar em questão de dias.

A COLEÇÃO

O curador do Kunsthistorisches Museum, que abrigava a enorme coleção de antiguidades da dinastia dos Habsburg, esperava pacientemente próximo ao expositor que continha a Lança Sagrada. Ele consultou o relógio: 19h56.

Nas proximidades encontravam-se dois guardas do museu portando fuzis de assalto e usando coletes à prova de balas e capacete. Mais dois guardas esperavam em um caminhão blindado estacionado fora do museu, pronto para transportar a carga preciosa para um hangar restrito do Aeroporto Internacional Schwechat em Viena. Lá, ela seria carregada a bordo de um jato particular e voaria diretamente para Miami.

Pela terceira vez, o curador ajustou a posição do carrinho rolante em que descansava uma caixa prateada de aço do tamanho de uma mala grande. Também no carrinho seguia uma capa exterior preta de Kevlar que se ajustaria firmemente sobre a caixa assim que a relíquia estivesse dentro em segurança. A tampa de Anvil Iron permanecia aberta — o interior recheado de espuma de colchão grossa. Um recorte preciso na forma da ponta da Lança aguardava a valiosíssima relíquia.

O curador não removeria a Lança Sagrada do expositor enquanto o cardeal Tyler e Cotten Stone não tivessem chegado para testemunhar o evento. Depois que a relíquia estivesse corretamente embalada e pronta para o transporte, seria preciso assinar e trocar uma série de documentos e formulários, a começar por uma garantia da Santa Sé de que o seguro do Vaticano cobriria as perdas ou danos no montante de $20 milhões.

Acompanharia o processo uma carta de autenticidade do museu declarando que o artefato antigo chamado "Lança Sagrada" era o mesmo objeto presenteado à Coleção dos Habsburg no dia 4 de janeiro de 1946, pelo general do Exército americano Mark Clark, que o fizera segundo ordens diretas do comandante supremo dos Aliados, Dwight D. Eisenhower.

Outro documento especificava as dimensões e o local de onde seria retirada a amostra minúscula a ser extraída pela CyberSys da superfície da Lança — de um lugar oculto embaixo do envoltório exterior de ouro e prata. Dessa maneira, não seria visível a nenhum visitante do museu depois que a relíquia fosse devolvida ao seu lugar de origem em Viena.

O curador consultou novamente o relógio. 7h59. Foi quando ele ouviu o cavalo a galope.

— O nome oficial é Kunsthistorisches Museum — informou Zanini do assento de passageiro da frente do Mercedes enquanto falava por cima do ombro com Cotten e John. — Quer dizer "museu de história da arte". Mas todo mundo se refere a ele como o museu dos Habsburg, porque contém a coleção da família real que atravessa séculos. — Ele se voltou para o motorista, um jovem agente austríaco do Venatori. — Se consultarem a palavra "opulência" no dicionário, provavelmente verão o nome Habsburg na definição.

O motorista dirigiu um aceno cortês a Zanini enquanto manobrava o sedã rapidamente pela Karlsplatz Plaza, próximo ao centro de Viena, a alguns quarteirões do seu destino.

— Você tem certeza de que não vamos ter nenhum problema ou empecilhos diplomáticos de natureza burocrática? — indagou Cotten a Zanini.

— Não, está tudo acertado. Só será preciso assinar alguns formulários... meras formalidades — declarou Zanini. — A empresa de segurança que acompanha o carro blindado já está a postos e pronta para partir. Entrei em contato com a tripulação do jato da CyberSys. Os planos de voo e a documentação oficial junto ao governo foram apresentados e aprovados. Eles estão abastecidos e prontos para decolar. O senhor Olsen está lá acompanhado do filho e Max Wolf, o diretor de engenharia. Lindsay Jordan e a filha estão com eles, descansando a bordo e esperando ansiosamente a nossa chegada com a relíquia. Fui informado de que todos fizeram um voo agradável desde os Estados Unidos. Devemos chegar ao hangar privado e embarcar no jato da CyberSys uma hora depois de deixar o museu. As formalidades na Alfândega e na Imigração foram resolvidas com antecedência pela Embaixada do Vaticano.

— Bom trabalho — elogiou John. Ele voltou-se para Cotten. — Estamos quase lá.

— Sei que houve uma certa hesitação quanto a permitir que Lindsay e Tera viessem, mas pense no caso do ponto de vista delas — disse Cotten. — Eu não iria querer ficar sentada como um espectador em alguma sala de conferências de empresa sabendo que alguém lá fora estaria querendo fazer mal à minha filha. Eu também teria insistido em estar aqui mesmo, onde as coisas estão acontecendo.

— Sem dúvida nenhuma — concordou John. — Não demorou muito para convencer Alan disso. Acho que ele entendeu perfeitamente.

O curador girou o corpo ao ouvir o ruído de cascos de cavalo que ecoavam como disparos de arma de fogo a se chocar contra o piso de mármore. Os dois guardas voltaram-se tão rapidamente quanto ele. Dominados pela surpresa, os três homens chocados fitaram boquiabertos o que parecia ser um guerreiro grego equipado com armadura, uma espada na mão, avançando pela galeria montado no lombo de um gigantesco corcel cinzento.

Mesmo a distância, o curador pôde observar que o guerreiro trazia os dentes cerrados e os olhos chamejantes. A respiração do corcel ressoava por todo o museu como uma locomotiva a vapor acelerada. O guerreiro levantou o braço musculoso, a arma afiada como navalha pronta para a matança. Ofegante, o curador percebeu sua identidade — o cavalariano grego retratado no friso greco-helenístico da seção de Éfeso do museu.

— O que significa isto? — o curador sussurrou, recuando contra a parede. Como num pesadelo, além da sua compreensão, a escultura de pedra de dois mil anos de idade ganhara vida. O curador estava diante de um guerreiro da batalha épica do século III a.C. entre gálatas e gregos avançando na sua direção. Tão real quanto a sua própria pele, ele via a carne do cavaleiro brilhante de suor. Aquela não era nenhuma ilusão, e o guerreiro parecia diabolicamente disposto a matá-lo.

O ruído dos disparos de armas automáticas encheu a galeria quando os dois guardas abriram fogo contra o guerreiro que atacava. No entanto, as balas ricochetearam na superfície do soldado e da sua montaria — as suas formas parecendo tão impenetráveis quanto a pedra na qual o friso fora esculpido.

Da direita ouviu-se um grito agudo tão penetrante e animalesco quanto o que poderia ter partido de um gato selvagem. Uma mulher avançava celeremente na direção dele, o cabelo uma massa retorcida e escorregadia de serpentes. A Medusa de Rubens.

Outra mulher avançou sobre o piso na direção do curador — a túnica azul, o peito nu, capacete guerreiro de bronze — Minerva.

As paredes ganharam vida com soldados romanos, guerreiros gregos, deuses e deusas, imperadores, reis, tigres inesperados, ursos com as garras à mostra — todos com olhos ardentes, bocas vociferantes e dentes brilhantes.

O guerreiro grego no corcel de batalha balançou a espada e decepou a cabeça de um guarda com a facilidade de um jardineiro que corta uma rosa do seu talo. O segundo guarda caiu ao chão, o corpo varado por setas que choviam dos arcos dos mesmos executores que davam cabo à vida de São Sebastião na obra-prima de Mantegna — as hastes perfurando o colete à prova de balas do guarda como se fosse papel.

O curador gritou quando o nó de cobras enroladas de Medusa golpeou-lhe a face e o pescoço. Enquanto caía, os clarões metálicos de punhais e espadas, o odor carnoso de sangue e o som de carne rasgada e ossos triturados saturaram os seus sentidos.

Com a bochecha achatada sobre o piso de mármore frio, os olhos do curador agonizante pousaram no que restara dos guardas — montes de tendões e entranhas, poças de sangue espalhadas sobre o mármore como tinta vermelha derramada.

Então, de lugar nenhum, a face de um ancião o contemplou de cima.

Os olhos do curador tremeram quando o Velho aproximou-se da caixa que continha a Lança Sagrada. O curador tentou falar, mas apenas um gargarejo ofegante brotou-lhe da garganta.

Ele viu o Velho abrir o expositor e segurar com firmeza a Lança Sagrada. O eco das passadas do Velho em retirada foram se enfraquecendo, enquanto o curador dava o suspiro derradeiro. A última coisa que viu foi o exército de antiguidades fundir-se de volta às suas telas e esculturas.

CENA DE CRIME

Um carro de polícia, com as luzes azuis piscantes, ultrapassou o Mercedes em alta velocidade. Cotten distinguiu o emblema da *Bundespolizei* na lateral e a palavra *Polizei* na traseira.

— Polícia Federal — o agente austríaco do Venatori informou enquanto olhava pelo espelho retrovisor. — Aí vem mais. — Um segundo e um terceiro veículos os ultrapassaram em velocidade.

Cotten olhou para John.

— Estou com um mau pressentimento em relação a isso.

— Eu sei, eu sei — disse ele.

— Polícia Federal? — repetiu ela. — Eles não estão correndo assim por causa de um acidente de trânsito ou mais um crime de rotina.

Quando o agente manobrou o carro na ampla área de estacionamento entre o Naturhistorisches Museum e o Kunsthistorisches Museum, Cotten observou que ali já se encontravam vários veículos de emergência. As estátuas clássicas e as cercas-vivas esculpidas em frente aos prédios majestosos estavam banhadas de vermelho e azul. Um grupo de homens trajando uniformes e armados como militares do exército encontrava-se reunido próximo a um grande furgão preto estacionado à entrada dianteira do museu de arte. *Provavelmente o equivalente austríaco da equipe da SWAT,* presumiu Cotten. Um par de caminhões de notícias também começava a estacionar — um deles ostentando o logotipo da SNN na lateral.

O agente do Venatori estacionou o carro e saltou para fora.

— Esperem aqui — disse, antes de caminhar para o perímetro policial.

Ele falou demoradamente com um dos policiais. Em seguida, trouxe até o Mercedes um outro policial que parecia um oficial de alta patente.

Cotten, John e Zanini reuniram-se na frente do carro.

— Sua Eminência — disse o agente. — Este é o Oberkommissar Heinz Gruber. Ele está no comando da equipe de emergências. Oberkommissar, este é Sua Eminência, o cardeal John Tyler, diretor do Venatori.

— Muito prazer — falou Gruber em um inglês bastante bom.

Depois de apertar a mão de Gruber, John voltou-se para Cotten.

— Oberkommissar, permita-me apresentar-lhe Cotten Stone, repórter especial da Satellite News Network. E este é o padre Carlo Zanini, historiador do Vaticano e conselheiro do Venatori.

Gruber disse a John:

— Estou informado de que vocês vieram aqui esta noite para encontrar-se com o curador do museu e tomar posse de um valioso artefato religioso.

— Isso mesmo — confirmou John.

Gruber olhou para cada um deles. Então disse:

— A Lança Sagrada, certo?

— Sim — falou Cotten. A pergunta dele atingira-a como um disparo, deixando-a mais gelada do que a noite enregelante de Viena. Mesmo sem ouvir os detalhes, ela sabia que haviam chegado tarde demais. Assim como em Axum, os Caídos tinham chegado antes deles.

— Devo informar que o artefato desapareceu — falou Gruber. — Não só foi roubado, mas quem o levou é responsável pelos assassinatos cruéis do curador e de dois guardas de segurança.

— O que aconteceu? — quis saber Cotten.

Gruber olhou-a com uma expressão séria.

— O que aconteceu aqui esta noite foi hediondo. São os assassinatos mais brutais e selvagens que já vi em meus vinte anos na Polícia Federal. A cena é horrível demais para tentar descrever. — Ele abanou a cabeça. — Estou a ponto de passar mal só de recordar o que vi dentro do museu.

Cotten virou-se de costas para Gruber, não querendo que ele visse as lágrimas de frustração que lhe brotavam nos olhos. A batalha não terminava nunca.

John inclinou a cabeça para Gruber.

— Por favor, envie uma cópia do relatório oficial aos meus cuidados.

— Sem falta, Eminência — prometeu o Oberkommissar.

— Enquanto isso, se houver alguma coisa que eu possa fazer para ajudar na investigação, por favor entre em contato comigo pela Embaixada do Vaticano.

Gruber esfregou o rosto como se tentasse afastar o que testemunhara no museu.

— Faltam-me palavras para falar sobre quem teria cometido esse ato horroroso de brutalidade — disse ele. — Não consigo pensar em nada. — Ele estendeu a mão e apertou a de John. — Entrarei em contato se tiver alguma pergunta. — Depois de uma inclinação cortês, ele se voltou e caminhou vivamente para o agrupamento de carros de polícia e do ajuntamento de veículos da mídia.

Cotten puxou John de lado, deixando o agente e Zanini junto ao carro. A alguns passos dali, ela disse:

— Nós *sabemos* quem fez isso. Mas se dissermos às autoridades austríacas, pode ser que nos mandem para um manicômio.

— Pior é se os Caídos tiverem uma versão portátil do computador como o de Max, o que significa que podem estar dilapidando a amostra de tódio da Lança neste exato momento.

Cotten olhou para o caminhão de transmissão a distância da SNN.

— Max disse que a miniaturização do computador para o tamanho portátil seria um grande negócio... e que nem os maiores institutos de pesquisa das universidades tinham conseguido isso... só a CyberSys. E se os Caídos ainda tiverem de levar a relíquia às instalações do Hades? Se for esse o caso, ainda pode dar tempo de impedi-los ou descobrir a sua localização. Precisamos colocar alguns obstáculos no caminho deles.

— O que você tem em mente? — indagou John.

— Me empreste o seu telefone — pediu ela.

John puxou-o do clipe no cinto.

Cotten digitou um número. Um instante depois, dizia:

— Aqui é Cotten Stone. Estou ligando da Áustria e preciso falar com Ted Casselman.

A REPORTAGEM

Ainda de roupão de banho, o presidente da Federação Russa mudava os canais de televisão. Ele tinha acabado de sair do banho e queria saber das últimas notícias em alguns dos seus canais prediletos em língua inglesa antes do café da manhã. Enquanto secava o cabelo na toalha com a mão esquerda, ele usava a outra mão para clicar o controle remoto — o braço ainda na tipoia pelo ferimento à bala. Detendo-se por um instante no canal de noticiário internacional da BBC, ele passou em seguida para as manchetes da Satellite News Network. Gostava das apresentadoras do noticiário matinal da SNN porque elas eram jovens, louras e sempre usavam um traje mais decotado do que as suas colegas russas.

Ao ver a sua apresentadora da SNN favorita, ele sorriu de maneira aprovadora. Com a aparência de uns vinte e poucos anos, ela estava dizendo:

— ...um assassinato estranho e brutal aconteceu ontem à noite em Viena e ganhou as manchetes do noticiário por toda a Europa esta manhã. Ao que parece, um artefato religioso da época da Crucificação de Cristo foi roubado do famoso Kunsthistorisches Museum, que abriga a coleção de arte da dinastia dos Habsburg. Os ladrões fugiram sem deixar praticamente nenhuma evidência de como tiveram acesso ao prédio, mas durante o roubo o curador e dois guardas do museu foram barbaramente atacados e mortos. Vamos chamar agora a repórter especial da SNN, em Viena, Cotten Stone, que tem mais detalhes sobre a cena do crime.

A imagem mudou da loura para uma gravação de Cotten com um microfone na mão, parada em frente ao museu. Atrás, mostrava-se a silhueta do prédio contra o céu do começo da manhã. Uma grande quantidade de veículos policiais ainda ocupava a frente do museu.

— Logo depois que o museu fechou na noite passada — disse Cotten — aconteceu um roubo que custou a vida de três homens: o curador do museu e dois guardas. Os corpos foram encontrados pela polícia, que foi chamada depois que se ouviram disparos de armas automáticas dentro do prédio.

No vídeo, a imagem de Cotten deu lugar a imagens do interior do museu... pomposo, decorativo e opulento.

— A equipe da SWAT da polícia vasculhou todo o museu, mas só descobriu que os ladrões fugiram em velocidade, sem deixar para trás absolutamente nenhuma pista. As autoridades só conseguiram encontrar os corpos totalmente mutilados dos três homens. Os relatos não confirmados descrevem uma cena de ataques extremamente violentos, na qual pelo menos um homem foi decapitado e outro alvejado com mais de cinquenta setas. Soubemos que o curador pode ter morrido de picadas de várias cobras venenosas na cabeça e no pescoço.

O vídeo passou para uma imagem em primeiro plano de um policial. Embaixo da imagem via-se a legenda de texto inserida: *Oberkommissar Heinz Gruber, Polícia Federal Austríaca*.

— Foi sem dúvida a cena de assassinato mais sangrenta que eu testemunhei nos meus anos como oficial de polícia.

— A polícia tem alguma pista sobre a identidade dos assassinos, Oberkommissar?

— Absolutamente nenhuma. — Ele abanou a cabeça desgostoso e, então, voltando-se como se estivesse sendo chamado, disse: — Com licença.

A imagem voltou à cena inicial de Cotten em frente ao prédio.

— Portanto, o que foi roubado? O que seria tão valioso para provocar uma matança tão hedionda? Até o momento, o único objeto cuja ausência foi determinada é uma antiga relíquia conhecida como a Lança Sagrada.

Uma imagem de arquivo da Lança tirada de uma série de documentários históricos da SNN ocupou a tela. A câmera percorreu lentamente o corpo do objeto, começando pela ponta da lança até seguir por todo o seu comprimento enquanto Cotten dizia:

— A Lança Sagrada, também conhecida como a Lança do Destino, é considerada como sendo a que perfurou o corpo de Jesus Cristo enquanto ele pendia da Cruz mais de dois mil anos atrás. Entre os personagens históricos poderosos que chegaram a ter a Lança Sagrada em seu poder incluem-se Constantino, Carlos Magno e Adolf Hitler. Segundo a lenda que envolve essa Lança, quem a possui detém na mão o destino do mundo.

"Segundo uma teoria, ela poderia estar sendo procurada em função da corrida altamente competitiva para desenvolver o primeiro computador quântico em operação no mundo... um dispositivo que poderia inutilizar a criptografia de todos os códigos de segurança ao redor do mundo. Alguns historiadores afirmam que a Lança seria feita de um elemento raro denominado tódio, um material extremamente raro, necessário ao armazenamento de dados no computador quântico. Se isso se confirmar, então o seu valor seria extraordinariamente alto e a Lança Sagrada poderia ser hoje um dos mais valiosos objetos existentes no mundo... pelo menos entre umas poucas instituições ocupadas em desenvolver a mais avançada tecnologia de computação.

"Fui informada de que todas as fronteiras da Europa encontram-se sob vigilância numa tentativa de interceptar e recuperar o artefato antes que alcance o seu destino final.

"A Polícia Federal Austríaca constituiu uma força-tarefa para tentar localizar o artefato perdido e identificar a pessoa ou pessoas responsáveis pelas três mortes. Eles me asseguraram de que nada os impedirá enquanto não solucionarem esse crime hediondo. Por enquanto é só, aqui fala Cotten Stone, SNN, Viena."

A apresentadora loura disse:

— Obrigada, Cotten. Fiquem ligados na SNN para obter as mais recentes notícias sobre o roubo da Lança Sagrada, ou você pode visitar a nossa página on-line na Internet em *satellitenews-ponto-org* para notícias de última hora.

O presidente pressionou o botão para cortar o som no controle remoto antes de se encaminhar para a mesinha de cabeceira ao lado da cama. Apanhou o fone e esperou até que a sua secretária particular respondesse. Em russo, ele disse:

— Ligue para o escritório da Satellite News Network em Moscou. Digalhes que preciso falar imediatamente com Cotten Stone.

ANOMALIA

A apresentadora da Satellite News Network olhou para a câmera e leu no gerador de legendas:

— A Divisão de Tempo e Frequência do Instituto Nacional de Padronização e Tecnologia informou hoje que uma anomalia estranha, nunca vista antes, aconteceu à meia-noite, no horário de Greenwich, na noite passada. Durante alguns segundos, o relógio atômico, mantido pelo Instituto e usado para sincronizar praticamente todos os computadores, o GPS e os sistemas mundiais de satélite trocaram a data atual para daqui a exatamente 666 anos no futuro. Antes que alguma providência pudesse ser posta em prática para corrigir a mudança de tempo, o sistema pareceu se corrigir enquanto o relógio atômico recuava de volta ao tempo exato.

O vídeo mostrou uma imagem da fachada das instalações do Instituto Nacional de Padronização e Tecnologia, em Boulder, no Colorado. Uma mulher identificada como porta-voz do Instituto informou:

— Os nossos técnicos estão trabalhando para identificar a causa da estranha anomalia de mudança do tempo. Até o momento, acreditamos que se trate apenas de uma falha na nova versão do programa de computador instalada. Queremos assegurar a todos de que o problema está sendo totalmente investigado e que não temos nenhuma razão para acreditar que acontecerá novamente ou que afetará os inúmeros sistemas que dependem de nós para a sincronização de tempo adequada.

A imagem voltou à apresentadora.

— Milhares de sistemas extremamente vitais dependem do relógio atômico para a sincronização, incluindo os que são usados nos controles de tráfego aéreo, nos sistemas de posicionamento globais, nos protocolos militares e outros. Um erro no relógio atômico poderia ter consequências mundiais graves se não fosse corrigido imediatamente... tudo, desde os telefones celulares até reatores atômicos de coordenadas de lançamento de mísseis intercontinentais. Algumas organizações sugerem que a mudança de tempo de 666 anos, ou o número seis-seis-seis, teria implicações bíblicas ou satânicas. Será que têm razão? Imagino que precisemos esperar para ver. E a seguir, os mais recentes resultados esportivos.

Cotten encontrava-se na cabine principal do jato da CyberSys e olhava para o monitor de televisão. Já haviam alcançado a altitude de cruzeiro no voo de Viena para Miami.

— Alguém mais viu o que deu na televisão?

Alan e John estavam entretidos numa conversa. Lindsay achava-se sentada ao lado de Tera enquanto a filha e Devin jogavam um jogo de tabuleiro. Max Wolf encontrava-se imerso em um projeto no seu computador portátil.

Todos voltaram-se para Cotten.

— O que foi que você viu? — indagou John.

— Uma reportagem sobre uma anomalia no relógio atômico.

— O que é isso? — perguntou Lindsay. — Quero dizer, o que é o relógio atômico?

— Entre outras coisas — disse Max, desviando o olhar do computador —, os relógios atômicos são a base do GPS ou sistema de posicionamento global. Todos os satélites de GPS levam um relógio atômico a bordo. Todos eles sincronizados entre si e com o relógio principal no Instituto Nacional de Padronização e Tecnologia, para assegurar que todos estejam andando no mesmo passo, por assim dizer.

— Então o que há de errado, Cotten? — Lindsay perguntou.

Cotten ficou de frente para o grupo.

— Segundo essa reportagem, aconteceu algo estranho ontem à noite. Durante alguns segundos, o relógio do Instituto Nacional de Padronização e Tecnologia mudou para exatamente 666 anos no futuro.

Max penteou o espesso cabelo castanho para trás.

— Disseram o que causou isso?

— Possivelmente uma falha do programa — disse Cotten.

— Bem, pode ser, acho. — Max voltou ao laptop.

— Seis-seis-seis — disse John. Ele se levantou e caminhou até Cotten. — Escolha de números interessante.

— Por que você diz isso? — Alan perguntou enquanto seguia atrás dele. — Seis-seis-seis é uma combinação geralmente conhecida como a marca da besta — disse John. — No livro da Revelação... o Apocalipse... está escrito: "Aqui há sabedoria. Aquele que tem entendimento, calcule o número da besta; porque é o número de um homem, e o seu número é 666".

Eu me lembro disso do filme *A Profecia* — falou Lindsay. — Estava na cabeça do menino.

— Certo — disse Cotten. — Poderia não ser mais do que uma coincidência, mas agora que sabemos sobre o Projeto Hades segundo Kai, isso poderia ter alguma coisa a ver. Max, você nos falou em Miami que seria preciso um acontecimento mundial para ativar o lançamento do vírus. Esse poderia ser o caso?

Max encolheu os ombros.

— Talvez. O lançamento poderia ser feito com um evento incomum que todo o mundo supõe que nunca aconteceria, como uma mudança de tempo escandalosa. Todos os relógios, incluindo o relógio atômico, são acertados de acordo com o tempo do GPS. Alterar os relógios significaria que alguém de dentro precisaria primeiro injetar um vírus no servidor do governo e alterar o sistema. Todos os dias, milhões de computadores ligam-se aos seus servidores sincronizando-se com o relógio atômico. Se um computador tivesse o vírus Hades, a mudança de data na sua percepção poderia ser o evento de lançamento. Ninguém acredita que os servidores do governo possam ser alterados. Portanto, a mudança de tempo momentânea no relógio atômico seria considerada só uma anomalia estranha. Mas, como eu disse, isso precisaria ser feito por alguém de dentro.

— Seria difícil para o secretário de Segurança Nacional infiltrar alguém dentro de uma instituição do governo? — indagou Cotten.

Todos pareceram se dar conta do fato ao mesmo tempo.

— Não muito — Alan disse.

John disse:

— Portanto, digamos que Mace tenha conseguido infiltrar alguém no Instituto Nacional de Padronização e Tecnologia e essa pessoa conseguiu infectar o sistema. E digamos que a anomalia de mudança de tempo tenha sido o mecanismo de disparo para os milhões de computadores infectados com o vírus. O que você acha que aconteceria em seguida?

Max respondeu:

— Se fosse eu fazendo isso, disfarçaria o vírus ou eliminaria as verificações de redundância no sistema. — Ele pensou por um instante. — Ou até melhor, simplesmente enganaria as pessoas que estão nos controles... ... como um controlador de tráfego aéreo... fazendo-as pensar que haveria um problema quando na realidade tudo estaria bem. Segundo o comportamento humano básico, o operador reagiria ao que visse como um problema vital e faria uma correção. Na realidade, a sua correção criaria na verdade um problema real.

— Como o quê? — quis saber Cotten.

— Digamos que ele pense que um avião comercial esteja mil pés acima do que realmente está — exemplificou Alan. — É bastante provável que, quando o avião tentar pousar, mergulhe diretamente no solo.

— Ou um sujeito num reator nuclear vê uma queda súbita e significativa na temperatura do núcleo — observou Max. — E procura compensá-la. O que vai acontecer em seguida é que ele estará lançando as barras de combustível direto para a China, e a capacidade do reator cai por uns mil anos.

— Mas não haveria possibilidade de uma segunda verificação para confirmar? — indagou John. — Procedimentos de segurança instalados?

— Sim, claro — confirmou Max. — Mas uma vez que todos eles estariam percebendo o mesmo falso problema, todos confirmariam que a correção é adequada. Então, quando os verdadeiros problemas começassem a aparecer, todo mundo compensaria novamente. Aí a casa cai.

— E quanto às comunicações? — indagou Alan.

— Ficariam totalmente atrapalhadas! — falou Max. — Depois que um operador é enganado para corrigir um problema não existente no sistema de GPS, os efeitos subsequentes não só vão parar o tempo, mas parar a maioria dos telefones celulares e as comunicações por radiofrequência. Quase todos os sites de operadoras de telefones celulares utilizam sinais de GPS para os desvios instantâneos de conversação e decifração de códigos entre os locais.

— Então, se ocorrer uma emergência, você não poderá ligar para ninguém para informar? — indagou Cotten.

— Exatamente — respondeu Max. — Depois que causei estragos suficientes, a última coisa a fazer seria finalmente atacar as redes de energia elétrica. O operador visa um pico na linha em uso e começa a produzir quedas de energia que causam blecautes. Sem eletricidade, sem os semáforos funcionando, os veículos de emergência não podem ser acionados. Não é possível chamar a polícia ou o corpo de bombeiros. Aliás, torna-se impossível ligar para quem quer que seja. Cada pessoa se torna um indivíduo isolado temendo pela própria vida.

— Não é possível abastecer os veículos — acrescentou Alan. — Não dá para sacar dinheiro nos caixas eletrônicos, que estarão desligados; não haverá abastecimento de gás natural ou nem mesmo de água. Sem os semáforos, o trânsito vira um caos.

— Com que rapidez isso poderia acontecer? — quis saber Lindsay, abraçando Tera com firmeza.

Max encolheu os ombros.

— Em questão de dias, talvez horas. Tudo dependeria da rapidez com que os operadores humanos reagiriam aos problemas fictícios e começassem a fazer as correções realmente trágicas.

— E quanto às forças armadas? — indagou Cotten.

— Minha nossa — exclamou Max, esfregando a testa. — Esqueci de considerar isso. Existe a Rede Mundial de Informações, que faz parte da Rede de Sistemas da Agência de Informações de Defesa. A dependência da Rede Mundial de Informações é tão vital que, se fosse excluída, enviaria as operações militares para a Idade da Pedra. A infraestrutura de rede cruzada ficaria comprometida e o Vírus Hades poderia ter acesso ao Centro de Operações do Monte Cheyenne e à Defesa Aérea da América do Norte, sem contar as suas contrapartidas em outros países. Os sistemas militares são ativados para iniciar preparativos de lançamento de mísseis nucleares de silos russos e chineses. Levando a situação ao ponto mais crítico, se fossem preparados lançamentos falsos, e não houvesse meio de se comunicar para obter confirmação, o Conselho de Segurança Nuclear dos Estados Unidos não teria outra escolha a não ser autorizar uma resposta nuclear.

— Acho que estamos começando a entender por que foi escolhido o nome Hades — observou John. — Estamos diante de uma ameaça mundial com implicações potencialmente catastróficas.

— O inferno sobre a terra — sentenciou Cotten.

— E pode ser que já tenha sido acionado — o Max disse.

— Com a possibilidade de que temos apenas algumas horas para detê-lo — lembrou Cotten.

O telefone do intercomunicador tocou e Alan atendeu. Ele escutou por um instante antes de passá-lo a Cotten.

— Ligação para você.

— Quem sabe que eu estou aqui? — estranhou ela, estendendo a mão para pegar o telefone de Alan.

Alan passou-lhe o telefone.

— Aparentemente, o Kremlin. É o presidente da Rússia.

TELECONFERÊNCIA

— Como vai, senhor presidente? — falou Cotten ao atender ao telefone. — Mas que surpresa agradável. — Ela sentou-se no assento mais próximo. — O seu braço está melhor? — Cotten ouviu atentamente por um instante. — Mas são ótimas notícias. Sim, recuperei-me bem dos meus ferimentos. Obrigada por perguntar.

John e Alan haviam se sentado como todos no avião da CyberSys, interrompendo o que estavam fazendo para observar Cotten.

— A que devo a honra deste telefonema, senhor? — indagou Cotten. Ela escutou a resposta. — Na verdade, estou a bordo de um jatinho particular. Decolamos de Viena há cerca de vinte minutos e estamos a caminho de Londres para reabastecer e depois vamos para os Estados Unidos. — Ela olhou ao redor pela cabine como se contasse o número dos presentes. — Sim, o cardeal Tyler está comigo, assim como Alan Olsen, o presidente da CyberSys, e o seu diretor de engenharia, Max Wolf. Mais alguns outros amigos e familiares estão nos acompanhando.

De novo, Cotten ouviu antes de responder.

— Senhor presidente, com a sua permissão, gostaria de colocá-lo no viva-voz. Seria possível?

Cotten fez um gesto para Alan, que pegou o fone, pressionou o botão de teleconferência e devolveu o receptor para o console do comunicador.

— Senhor presidente, o senhor já está no alto-falante — informou Cotten.

A voz do presidente da Federação Russa, em um inglês carregado, tomou conta do interior da cabine.

— O que eu estava dizendo era que os assassinatos brutais cometidos durante o roubo da Lança Sagrada me pareceram desproporcionais. E eu estava indagando à senhorita Stone por que ela pensou que aqueles homens tiveram uma morte violenta por algo que é reconhecidamente valioso, mas não de um valor tão inestimável quanto outros itens da coleção.

— Não temos certeza ainda, senhor presidente — falou Cotten. — Mas temos algumas teorias.

— Afinal de contas — continuou o presidente —, as joias da coroa do Império Habsburg encontram-se lá, juntamente com obras de alguns dos maiores artistas dos últimos mil anos. Se eu fosse o ladrão, certamente pegaria aquelas obras antes da Lança. — Ele deu uma risada. — Sem ofensa, Eminência — disse ele. — Sei o quanto a Santa Lança é preciosa para a Igreja.

— Não se preocupe com isso, senhor presidente — atalhou John.

— Assisti à sua reportagem, senhorita Stone — continuou o presidente. — Agora gostaria de ouvir os detalhes nos quais você baseou as suas teorias.

Cotten encolheu os ombros.

— Diga logo — sussurrou John.

— Senhor presidente, as nossas teorias baseiam-se tanto em fatos científicos quanto em lendas. A Lança Sagrada tem uma história que remonta até o Jardim do Éden. Achamos que foi forjada por uma pessoa da terceira geração do tataraneto de Adão... um ferreiro chamado Tubal-Caim. Ele fez a Lança a partir da seiva endurecida, cristalizada, da Árvore da Vida, e Noé usou pranchas da mesma árvore para construir a Arca. Descobrimos textos antigos que indicam que Deus mandou Noé levar a Lança a bordo da Arca porque ela seria usada em um determinado acontecimento futuro. Achamos que o acontecimento futuro está prestes a se concretizar. A Lança é feita de seiva endurecida da Árvore da Vida, um material raro conhecido como tódio. Esse material é necessário para o armazenamento de dados durante o funcionamento de um computador quântico... um elemento vital no desenvolvimento final do computador. — Ela tomou fôlego antes de concluir: — O motivo pelo qual achamos que a Lança foi roubada é que existe um grupo desenvolvendo um computador quântico chamado Projeto Hades, e esse grupo pretende usá-lo para quebrar a estrutura de segurança de todos os recursos mundiais. A meta daquele grupo é destruir governos, forças militares, instituições financeiras, redes de energia elétrica e as comunicações internacionais. O resultado será o caos, a anarquia, a guerra mundial e talvez o fim da civilização.

Cotten respirou fundo, imaginando se teria parecido tão inverossímil e ridícula quanto pensava.

Os segundos se passaram... dez, vinte, trinta.

Finalmente, ela disse:

— Senhor presidente?

Silêncio.

Cotten estava prestes a indagar a Alan se ele poderia verificar se a ligação fora interrompida quando o presidente russo respondeu:

— Ainda estou aqui.

— Senhor presidente, espero que não vá pensar...

— Cardeal Tyler — chamou o presidente —, o senhor acredita em tudo o que a senhorita Stone acabou de falar?

— Sim, senhor presidente. Não só confio nos instintos dela, mas tenho participado disto desde que tudo começou. E acho que, se não conseguirmos deter o Projeto Hades, o resultado poderia ser ainda pior do que ela falou.

Ouviu-se o ruído de papel sendo manuseado.

— Senhor Olsen — falou o russo. — Estou consultando o seu dossiê enquanto conversamos. Como um especialista no campo da... criptografia e do processamento de dados de alta velocidade, o senhor acredita no que a senhoria Stone acabou de me falar?

— Senhor presidente, acredito. Depois de conhecer a senhorita Stone e o cardeal Tyler, e com base nos recentes acontecimentos em Washington, com relação à morte do conselheiro de Segurança Nacional Philip Miller, acredito nela sem hesitação.

Houve outro silêncio demorado, com o som adicional de páginas de papel sendo viradas.

— Senhor Wolf, a mesma pergunta, por favor — pediu o presidente.

— Acredito que estamos na iminência de um acontecimento de âmbito mundial que poderia destruir toda a ordem e a segurança que conhecemos — resumiu Max.

Ouviu-se o presidente conversando em russo com alguém. Então ele disse:

— Senhorita Stone, conforme vocês americanos costumam dizer, temos boas e más notícias. Mas, neste caso, tenho más notícias, boas notícias e notícias realmente boas. — Ele parecia sorrir ao telefone em razão da própria perspicácia.

— Por favor, compartilhe essas notícias conosco — pediu John. — Poderíamos usar as boas notícias imediatamente.

— A boa notícia, senhorita Stone, é que, quando salvou a vida deste russo velho, você esteve a poucos centímetros da Lança Sagrada.

Cotten não conseguiu entender o que ele queria dizer, recorrendo à memória para rever os acontecimentos daquela noite no túnel crivado de balas.

— E quanto à notícia realmente boa? — quis saber John.

— O objeto roubado do museu de Viena era uma imitação sem valor nenhum — declarou o presidente.

Todos na cabine de passageiros do jato soltaram uma exclamação de assombro em uníssono. Finalmente, Cotten indagou:

— Tem certeza disso, senhor?

— Certeza absoluta. O objeto roubado é uma réplica produzida pelo excesso de zelo de Heinrich Himmler, em 1935. O *Reichsfürer* da SS era extremamente obcecado pelo ocultismo. Enquanto esperava impacientemente pela invasão da Áustria por Hitler e pela tomada de posse da Lança Sagrada, ele mandou fazer uma réplica. O homem era louco de várias maneiras... e isso não deve surpreender a ninguém.

— E como a réplica foi parar no museu? — quis saber John.

— A troca aconteceu sob as ordens de Joseph Stalin, quando os Aliados devolveram a Lança ao museu dos Habsburg, no fim da guerra.

— E esse fato é do conhecimento de todos? — indagou Cotten.

— Não — declarou o presidente. — É um daqueles segredinhos que tem passado de um presidente russo para outro. O túnel de fuga do czar é outro desses segredos. Mais ou menos como aquele terceiro segredo de Fátima que cada novo papa fica sabendo, Eminência.

— Compreendo, senhor presidente — falou John.

— O senhor disse que estive a poucos centímetros da Lança Sagrada quando em Moscou. Estava falando que a Lança autêntica encontra-se em algum ponto daquele labirinto de passagens subterrâneas?

— Na verdade, não. Stalin considerava a Lança Sagrada o seu bem mais precioso, e assim escondeu-a durante quase oito anos. Então, em uma cerimônia particular realizada em 1953, ele decidiu homenagear Vladimir Lênin, colocando a Lança Sagrada dentro do sarcófago, embaixo do corpo de Lênin. Naquela mesma noite, depois de jantar com Nikita Khrushchev e alguns outros membros do Partido, ele caiu no seu quarto e morreu. Quando estivemos, você e eu, no túmulo de Lênin, você passou a poucos centímetros da relíquia.

— E ela ainda está lá? — indagou Cotten.

— Está. — Ele fez uma pausa, falando em russo com alguém ao seu lado. — Senhor Olsen? Presumo que esteja preparado para neutralizar a ameaça desse famigerado Projeto Hades, usando a tecnologia que desenvolveu?

— Sim, senhor. Temos uma versão miniaturizada do nosso computador quântico Destino aqui a bordo, juntamente com os aparelhos mecânicos necessários para extrair uma amostra de tódio. Tudo o que precisamos é da Lança Sagrada. Depois que o sistema começar a funcionar, podemos continuar *online*, encontrar e invadir a máquina do Hades e desligá-la.

— Então eu recomendaria que alterassem o seu plano de voo imediatamente. Vou providenciar para que o seu avião receba permissão com prioridade para cruzar o espaço aéreo russo. Depois de pousarem em Moscou, serão levados por um helicóptero militar até o Kremlin. Vamos lhe dar uma amostra de tódio, senhor Olsen, e esperar com ansiedade enquanto livra o mundo dessa ameaça do Hades. A ideia é aceitável?

— Mais do que aceitável, senhor presidente — falou Alan.

— Mais alguma pergunta? — quis saber o russo.

Cotten adiantou-se.

— O senhor nos disse que também tinha uma má notícia.

— Está certa, senhorita Stone. Lembra-se dos rebeldes chechenos que tentaram me assassinar?

— É claro, senhor presidente. Como poderia esquecer?

— A má notícia é que eles não eram chechenos, e não estavam tentando matar a mim. Eles estavam tentando matar você.

O INÍCIO

— Cotten, acorde — chamou John, puxando-a pelo braço. — Estamos com um problema.

Ela finalmente cochilara depois que Alan informara à tripulação de voo sobre o seu novo destino — o Aeroporto Internacional de Sheremetyevo, nas imediações de Moscou. Ele dissera a todos que o voo duraria cerca de cinco horas e meia. Finalmente esgotada por tanto tempo de voo e pela fadiga das últimas semanas, Cotten deixara-se cair sobre um dos assentos de couro reclináveis e entregara-se ao sono. Agora, ela abanava a cabeça, tentando afastar o lugar escuro a que chegara nos sonhos.

— O que foi? — indagou.

— O piloto diz que há um grande número de sequestros de aviões em toda a Europa e os centros de controle de voo estão desviando o tráfego para destinos alternativos.

— Sequestros? — Ela o encarou confusa. — Quem está sequestrando o quê? — Ela olhou pela janela mas viu apenas escuridão. — Você acha que isso tem algo a ver com a ameaça do Hades?

— Não tenho certeza — falou John. — Pode ser. Pode ser que não se trate de sequestros de verdade, muito embora os aviões estejam emitindo sinais de perigo em código. Isso poderia fazer parte do caos do Hades que Max previu.

Cotten levantou-se e olhou ao redor da cabine. Lindsay, Tera e Devin estavam todos dormindo. Max estava no seu lugar de costume com a mesinha do assento armada, trabalhando no seu computador portátil. Ela observou que, enquanto dormia, ele tinha reunido algumas outras caixas de computadores — um grande número de equipamentos eletrônicos espalhados ao redor da cabine sobre mesas e assentos.

— Então o que vamos fazer? — ela perguntou.

— Como recebemos a autorização direta do presidente, talvez possamos continuar de acordo com o nosso plano de voo alterado. No entanto, o piloto está dizendo que há muita confusão e perturbação nas comunicações. Acho que pode ser o começo do que estávamos esperando.

— Se for, não vai demorar muito — observou Cotten. — Vamos, tenho uma pergunta para o Max. — Ela caminhou até a frente da cabine, seguida por John, e esperou que o diretor de engenharia levantasse os olhos do seu trabalho.

— Cotten, como foi o seu cochilo? — indagou ele.

— Mais ou menos. Max, uma coisa está me incomodando desde que tivemos aquela teleconferência com o presidente russo. Se o objeto que foi levado de Viena era uma réplica, e não era feito de tódio, como eles estão conseguindo prosseguir com o Projeto Hades? Se isto é o começo do ataque, como eles conseguiram fazer isso?

— Boa pergunta — respondeu Max. — Na minha opinião, eles têm outra amostra de tódio, mas talvez não seja suficiente para o trabalho. Afinal de contas, já simulamos o tódio em aceleradores de partículas, mas apenas alguns átomos de cada vez. Ou o que eles têm pode ser danificado ou contaminado. Se a amostra deles for mesmo da Arca, pense em quanto tempo ela ficou exposta aos elementos da natureza. Pode ter se degradado. Não sabemos o bastante sobre o tódio para prever os efeitos a longo prazo. Os objetos que remontam a tanto tempo estão sujeitos a todos os tipos de forças externas. Ou talvez não seja realmente o tódio, mas algo com características semelhantes, em que não pensamos ainda. — Ele coçou a cabeça. — Ainda assim, eles tiveram bastante trabalho para roubar a Lança Sagrada do museu, pensando que fosse a verdadeira, portanto isso significa que o que quer que estejam usando não é bom o bastante. Eles roubaram a Lança porque precisam de uma amostra boa, resistente. — Ele sorriu com sarcasmo. — Alguém vai ter uma grande surpresa quando tirar um pedaço da réplica de Himmler e descobrir que provavelmente não passa de um pedaço de ferro.

Cotten voltou-se para John.

— Isso representa um grande problema.

— Que problema? — quis saber ele.

— Quando descobrirem que a Lança é uma réplica, ficarão desesperados. Todo o foco de interesse dos Caídos e dos Nephilim recairá sobre encontrar outra fonte de tódio. Eles começaram tudo isso, agora não podem recuar. No momento, eles já sabem que mudamos de curso e estamos nos dirigindo a Moscou. É só uma questão de tempo até descobrirem por quê. Precisamos chegar à praça Vermelha primeiro.

COLISÃO EM PLENO AR

— Onde estamos? — perguntou Cotten, olhando através da janela do jato da CyberSys para a noite lá fora.

— Estamos sobrevoando a Bielo-Rússia, acho eu — informou Alan. — A capital é Minsk... deveria estar além da nossa asa esquerda. Estamos a mais ou menos seiscentos quilômetros de Moscou.

— Acho que estou vendo as luzes da cidade — falou Cotten. — Também estou vendo o que se parece com incêndios — disse Cotten, ficando mais nervosa. — Dois bem grandes.

Alan dirigiu-se ao painel de controle e diminuiu a intensidade das luzes do interior da cabine.

Todos encontraram uma janela.

— Você está certa, Cotten — falou Lindsay. — São bem grandes.

— O nosso sistema de navegação está funcionando? — John indagou a Alan.

— Os nossos instrumentos estão funcionando bem, mas o piloto me disse que não conseguimos nos sincronizar nem nos comunicar com nada fora do avião. Não há contato com o controle de tráfego aéreo russo. Depois da nossa teleconferência com o presidente, fui advertir os rapazes lá da frente de que isso poderia acontecer. Eles vão nos levar a Moscou, mas onde vamos pousar é o grande problema.

— Vejo luzes de duas aeronaves a distância — informou John. — Parecem jatos de passageiros. É difícil dizer nessa escuridão.

— Onde? — indagou Alan.

John indicou.

— Meu Deus do céu! — exclamou Alan.

Lindsay engasgou.

Cotten recuou da frente da janela, com a mão na boca. Ela viu os aviões colidirem e imediatamente explodirem em duas bolas de fogo. O choque se propagou como fogos de artifício desgovernados — pedaços de escombros em chamas deixando tentáculos sinuosos enquanto caíam em meio à escuridão.

— O que aconteceu, mamãe? — Tera correu para o lado da mãe.

Lindsay pegou a filha nos braços.

— Está tudo bem.

Cotten olhou pela cabine, que se tornara perturbadoramente silenciosa. Só o rugido abafado das turbinas preenchia o espaço pouco iluminado. Todos tinham se recostado nos assentos, cada um olhando para um ponto distante. A única coisa que ela ouvia eram os grunhidos de Devin que dormia.

Finalmente, John rompeu o silêncio.

— Deus nos ajude.

MIG-29

— Aí vem outro avião! — gritou Tera, tirando todos do estupor em que se encontravam.

— Onde, querida? — falou Lindsay.

Tera estava com o nariz pregado na janela. Cotten observou como a respiração da menina embaçava o vidro.

— Um avião militar — reconheceu John.

Cotten observou o caça avançando no meio da escuridão do céu russo, tão perto que ela podia ver o brilho do painel de instrumentos na frente do piloto.

— É um MiG-29 — identificou Max, aproximando-se da janela. — O meu primo construiu um aeromodelo igual não faz muito tempo. Acho que a OTAN os chama de Fulcros.

A porta da cabine de comando se abriu e o copiloto da CyberSys apareceu.

— Senhor Olsen, o piloto russo disse para o seguirmos.

— Como vocês conseguiram se comunicar? — quis saber Alan.

— A maioria das radiofrequências está fora do ar, mas ainda existem algumas funcionando — explicou o copiloto. — O piloto do caça nos mostrou uma prancheta com a frequência escrita nela. Ele acendeu uma lanterna e descobrimos onde encontrá-lo.

— Para onde ele quer nos levar? — insistiu Alan.

— Os três aeroportos internacionais de Moscou estão fechados — informou o copiloto. — Ele quer nos levar ao Campo Zhukovsky, próximo a uma cidade chamada Ramenskoye. O campo é controlado pelo Instituto de Pesquisa de Voo Gromov... uma instituição de testes e treinamento.

— Obrigado — disse Alan. — Façam o que for preciso para que possamos pousar em segurança.

Quando o copiloto retornou à cabine de comando, Cotten disse:

— Mas que lugar é esse?

— Fica a 46 quilômetros de Moscou — informou Max, tirando as informações de um atlas em CD do computador portátil.

— Olhe, mamãe, ele está indo na nossa frente — falou Tera.

Cotten viu o MiG-29 acelerar e desaparecer à frente do nariz do jato da CyberSys. Ela se voltou para Max.

— O que você precisa fazer para se preparar para quando pousarmos? Podemos fazer alguma coisa para ajudar?

— Na verdade, já preparei todo o equipamento para o transporte. — Max apontou para duas caixas do tamanho de malas grandes sobre uma mesa além do corredor. — Uma é o processador portátil do computador Destino e a interface, e a outra é o gravador de buraco espectral.

— Você vai gravar buracos em coisas? — estranhou Tera, parada ao lado. Ela sorria com os olhos arregalados de surpresa.

— De certa maneira — admitiu Max. — Assim que conseguirmos a Lança Sagrada, vamos armazenar um ou dois qubits de informações por átomo no tódio cristalizado de que ela é feita. Então vamos acessar todos os átomos um por um pela sintonia da frequência de laser...

— Max, por favor — pediu Alan, levantando a mão. — Um simples "sim" seria o bastante.

— Desculpe. — Max olhou para Tera e sorriu. — Sim. — Então voltou a digitar dados no seu computador.

— Vejo mais focos de incêndio — falou Lindsay de um assento junto a uma janela.

— Eles escolheram um nome perfeito para o que estão fazendo — Cotten disse.

— Tor disse o mesmo. — A voz foi a de Devin, que mal tinha falado desde que saíram de Viena.

O grupo voltou-se na direção dele quando Alan perguntou:

— Disse o quê, Devin? Tor disse o quê?

— Bem-vindos ao Hades.

Cotten ouviu o som dos motores mudarem de tom. O nariz do avião pareceu fazer um ângulo quando a aeronave guinou para a esquerda. A luz de "afivelar os cintos" acendeu-se, e uma campainha soou na cabine.

— Estamos na aproximação final — comentou Alan, segurando o fone do intercomunicador para a cabine. — Fiquem sentados e com o cinto afivelado. Pode não ser um pouso normal.

— O que você quer dizer com isso? — indagou Lindsay, com uma certa ansiedade na voz.

— Não se preocupe — retrucou Alan, deixando-se cair no assento ao lado de Devin. — Só não sabemos quais são as condições no solo.

— Estou vendo a pista — falou Cotten. Ela olhava para a terra às escuras abaixo, que se moviam lentamente na direção do avião enquanto desciam. As luzes de Moscou piscavam no horizonte. Também se viam alguns incêndios. — O que você acha que pode estar causando os incêndios? — indagou ela.

— Pode ser qualquer coisa — respondeu Max. — Vazamentos de gás, colisões de veículos, curtos-circuitos na rede elétrica... o problema é que ninguém pode ligar para denunciá-los, portanto ninguém pode apagá-los.

— Eles *vão mesmo* criar um inferno na Terra — Cotten sussurrou.

Do meio do negrume da noite, o MiG-29 apareceu ao lado. Ele rapidamente se distanciou para dar espaço ao jato particular para pousar. Quando Cotten cravou as unhas nos braços do assento, ela viu as luzes da pista passarem por baixo do avião. O jato da empresa pareceu flutuar sem peso por um instante, depois desceu e os seus pneus tocaram o concreto. Ele balançou uma vez, depois com um rugido, o piloto diminuiu a velocidade da aeronave usando os jatos e aplicando os freios. Ele continuou a seguir pela pista até que um conjunto de prédios apareceu à esquerda. Um certo número de veículos militares e de emergência alinhavam-se na pista, e eles seguiram ao lado do jato até que ele taxiou para fora da pista principal.

— Está todo mundo bem? — quis saber Alan, olhando pela cabine quando os motores foram desligados.

A porta da cabine de comando se abriu e o piloto apareceu, seguido pelo copiloto. O piloto disse:

— Senhor Olsen, os russos querem que todos saiamos do avião imediatamente.

— Mas eu estava pensando em deixar Devin e Tera aqui com Lindsay e vocês — ele respondeu.

— Sinto muito, senhor. Há um helicóptero esperando para transportar todos nós para Moscou.

— Tudo bem. — Alan acenou para a mesa com as caixas de Max. — Ajudem Max a carregar aquelas coisas. — Olhando pela cabine, ele acrescentou: — Levem apenas o essencial.

O piloto destrancou a porta lateral e abriu-a para o lado. Uma tripulação de terra já empurrava uma escada para junto da aeronave.

Quando Cotten olhou pela janela, viu soldados reunindo-se na base da escada. Ela e John seguiram atrás de Lindsay e Tera.

— Por que eles querem que vamos todos a Moscou? — ela perguntou ao piloto quando passou pela porta.

— Pelo que nos disseram, as desordens estão ficando incontroláveis na cidade, o governo achou que seria mais seguro se ficássemos todos juntos — explicou ele. — Se ficássemos separados, eles ficariam preocupados com a possibilidade de não nos encontrarmos outra vez.

O grupo se reuniu na base da escada. Em inglês, um oficial russo ordenou:

— Sigam-me.

A uns cem metros de distância, uma grande helicóptero militar estava pousado com os rotores girando, as turbinas sibilando. A porta lateral permanecia aberta, com dois soldados ao lado da aeronave prontos para ajudar os passageiros a embarcar.

Eles acenaram para as crianças subirem primeiro, seguidos por Lindsay e Cotten. John e Alan embarcaram em seguida — Max permaneceu orientando a subida do equipamento frágil do computador nas caixas.

Rapidamente, eles sentaram-se e prenderam os cintos de segurança. Então Cotten ouviu as turbinas ganharem velocidade e o silvado se transformou num rugido. Ao mesmo tempo, os rotores se aceleraram, até que o helicóptero vibrou, ganhando altura.

— Você está prestes a fechar o círculo — Cotten sussurrou enquanto fitava a escuridão.

EMBOSCADA

O helicóptero turbo-hélice militar Mi-17 precipitou-se sobre o rio Moscou vindo do sudeste. Sentada dentro dele, Cotten viu os domos em forma de cebola da Catedral de São Basílio passarem sob a aeronave, seguida pela extensa praça Vermelha. A duzentos e quarenta quilômetros por hora, a viagem desde o campo de pouso levara apenas sete minutos, mas fora um trajeto enervante.

A noite era iluminada pelo brilho das luzes da cidade, mas ela também via incêndios esporádicos, algumas chamas do tamanho de quarteirões, e o que parecia ser o lugar da queda de um avião enorme — pequenas explosões ainda se faziam sentir ao redor. A maior parte das ruas estava entulhada e na impossibilidade de prosseguir, veículos de emergência permaneciam barrados na massa do trânsito congestionado. Quando a notícia do caos cada vez maior se espalhasse, Cotten imaginava milhares de pessoas tentando deixar a cidade.

Juntamente com o grupo da CyberSys, dezesseis soldados russos armados iam dentro da cabine do Mi-17, já estando a bordo quando eles deixaram o Instituto de Pesquisas de Voo Gromov.

O helicóptero pousou sobre uma grande área calçada com pedras arredondadas nas proximidades das muralhas do Kremlin. A porta foi aberta e os soldados foram os primeiros a sair. Os dois últimos viraram-se para ajudar Cotten, John e Max, depois ajudaram a descarregar as duas grandes caixas do computador Destino.

O oficial comandante voltou-se para Cotten e disse:

— Sou o capitão Markov. Recebemos a informação de que surgiu um conflito internacional que está ganhando grandes proporções. O presidente não pode encontrar-se com vocês, mas ordenou que levássemos você e o cardeal Tyler diretamente para o local onde se encontra o artefato. Vamos nos dividir com metade dos meus homens escoltando o senhor Wolf e o seu equipamento para um salão protegido contra crises dentro do Kremlin. Lá ele pode montar o computador e preparar-se para quando entregarmos o artefato. Alguma pergunta?

Cotten olhou para John e Max antes de concordar com Markov.

— Tudo bem, comandante. — Ela se voltou para Alan, que estava prestes a descer do helicóptero. — Não há razão para você vir conosco, Alan. Fique com Lindsay e as crianças, para o caso de precisarem levar vocês daqui. Vamos recuperar a Lança. Depois que Max tiver tudo funcionando, e rodando, vamos pedir para levarem todos para dentro.

Alan olhou para Max.

— Ela está certa, chefe — disse Max. — Fique com o seu filho.

Alan olhou de relance para Devin, depois para Lindsay e para Tera.

— Certo — concordou ele. Então apertou a mão dos outros antes de voltar para dentro da cabine do helicóptero, ainda com as pás girando lentamente acima. — Boa sorte para vocês.

— Muito bem — falou Markov. — Sigam-me.

Eles haviam pousado próximo ao Museu Histórico do Estado na extremidade norte da praça Vermelha, a algumas centenas de metros do túmulo de Lênin. O mausoléu quadrado fora construído na muralha externa do Kremlin. Quando todos se reuniram junto ao nariz do helicóptero e estavam prestes a se dividir em dois grupos, Cotten reparou em uma grande formação que parecia ser de soldados aglomerados do lado de fora do mausoléu. Ao contrário de uniformes militares verdes do Exército da Federação Russa dos soldados que os acompanhavam, aqueles homens usavam roupas pretas, semelhantes aos trajes escuros completos de tropas especiais usados pelos rebeldes que haviam atacado Cotten e o presidente no túnel do czar. Cotten também reparou numa estranha distorção visual como ondas de calor erguendo-se de uma avenida no sol de verão. Os soldados de preto pareciam ir e vir desfocados como ondas ondulantes.

Depois que todos deixaram a aeronave e estavam atravessando o espaço aberto da praça Vermelha, os soldados de preto abriram fogo com rajadas de armas automáticas. As suas armas usavam silenciadores, de modo que os clarões distintos pareciam com centenas de centelhas minúsculas no meio da noite.

Alguns homens do comandante Markov tombaram sobre as pedras, imóveis. Markov gritou:

— Voltem ao helicóptero — corram!

John agarrou Cotten pelo braço enquanto eles recuavam à proteção da aeronave.

Ela ouvia as balas ricocheteando na rua e no revestimento metálico do helicóptero. Quando os russos reuniram-se atrás da proteção da aeronave e começaram a responder ao fogo, Cotten, John e Max correram para a porta aberta.

— O que está acontecendo? — gritou Lindsay. — Quem está atirando em nós?

— Fique abaixada! — ordenou Cotten.

— Precisamos sair daqui! — gritou Alan.

Cotten ouviu as turbinas começarem a girar e sentiu os rotores ganharem velocidade. O piloto gritou-lhes em russo. As palavras dele não precisavam de tradução. Ele precisava decolar para salvar a aeronave. E eles precisavam saltar a bordo.

— Não podemos sair sem a Lança — gritou Cotten acima do som das armas de fogo e das turbinas em funcionamento.

— E temos outra escolha? — observou John. — Eles bloquearam a entrada do túmulo de Lênin.

Cotten foi para a parte traseira da aeronave e observou o cenário cautelosamente. Viu que o portão de entrada para a Torre de São Nicolau para o Kremlin achava-se a apenas uns sessenta metros de distância.

— Temos de chegar até o portão — ela gritou para o comandante Markov e apontou na direção dos muros do Kremlin.

Ele inclinou a cabeça entendendo e passou as ordens aos seus comandados. Acenou para que dois soldados trouxessem as caixas do computador e o seguissem — o restante dos homens daria cobertura enquanto ele e os americanos atravessariam correndo a curta distância até o portão. Fazendo um gesto rápido para Cotten, ele disse:

— Muito bem, estamos prontos.

— Obrigada — respondeu Cotten.

— O que você está fazendo? — adiantou-se Max. — Precisamos dar o fora daqui. O helicóptero vai partir.

— Não podemos ir, Max — assegurou Cotten. — Se formos embora, eles vão vencer e não teremos mais para onde ir. É isso aí. E a menos que você me dê um curso relâmpago sobre como fazer funcionar o equipamento do Destino, precisamos de você conosco.

Os motores do helicóptero rugiram e os movimentos das suas pás tornaram praticamente impossível ouvir qualquer coisa. Max olhou para ela e depois para John. Finalmente, ele gritou para Cotten.

— Que se dane! Vamos lá!

Quando o Mi-17 começou a elevar-se acima das pedras do calçamento com a força de um furacão, Cotten pensou ter ouvido Lindsay gritar para que voltassem. Mas as palavras se perderam no rugido da aeronave.

Os homens de Markov saíram na frente do grupo em direção ao portão de entrada da torre ao mesmo tempo que abriam fogo sobre os homens de preto que bloqueavam a passagem para o túmulo.

— Como vamos conseguir entrar no túmulo? — gritou John para Cotten depois que passaram sob a majestosa torre e se abrigaram na segurança das muralhas do Kremlin.

Sem diminuir a corrida, ela falou por cima do ombro:

— Pela capela de Ivan, o Terrível.

Tor contemplava o monitor que exibia a interface do sistema operacional do computador quântico Hades. As coisas estavam se encaixando admiravelmente bem, apesar da degradação do tódio. Ele segurava a réplica da Lança Sagrada na mão e imaginou como ficaria pendurada na parede do seu quarto. Aquilo tudo até que valeria alguma coisa.

Mace não o advertira de que o Filho do Amanhecer a entregaria pessoalmente. Essa fora uma experiência pela qual jamais gostaria de passar de novo. Em todas as cerimônias e rituais dos Rubis a que Tor comparecera, o Filho do Amanhecer sempre fora um personagem distante. Poucos meninos Rubis ou adultos Nephilim jamais se aproximaram dele.

Ainda assim, ele viera a Tor, surgindo sabe-se lá de onde como uma aparição. Nunca sentira tanto medo em toda a sua vida, quando, num momento em que se achava profundamente concentrado no trabalho, ouvira de repente aquela voz inconfundível atrás de si. Depois de passar tantos dias sozinho nas velhas instalações militares, quase morrera de susto.

E então, quando precisara dar a má notícia ao Filho do Amanhecer — de que a Lança era falsa — imaginou que ele acabaria com a sua raça. O único alívio que Tor sentira fora quando ele lhe dissera que não era culpa dele.

Tor sentia muito mesmo era por Mace. Rizben é que receberia o castigo sem piedade. Já ouvira até as últimas notícias a respeito. O secretário de Segurança Nacional renunciara ao cargo alegando razões pessoais. *Seja como for, Mace vai receber o que merece*, pensou Tor. O cara era um fresco, egoísta e basicamente um imbecil. É claro que, por ser um Anjo Caído, o pior que poderia lhe acontecer é que talvez fosse enviado em alguma missão infecta. O que lhe serviria bem depois de tantas burrices.

Tor só se arrependia de ter apresentado Kai a Mace. Ela era uma piranha sem-vergonha mas a mulher mais espetacular que já conhecera. Um espírito livre e uma agente independente. Imaginava o que ela faria agora que Mace saíra de cena.

Olhou de volta para o monitor. Nada mal para uma amostra de tódio tão porcaria como aquela. Tudo seguia como projetado... mais ou menos.

Foi quando os alarmes de invasão soaram.

VLADIMIR

Uma vez dentro das muralhas do Kremlin, Markov voltou-se para Cotten.

— Para onde quer que os leve agora?

Eles corriam sobre a calçada em frente ao prédio do arsenal.

— O cardeal Tyler e eu devemos entrar na Catedral da Assunção — falou ela. — O senhor Wolf e os seus equipamentos eletrônicos podem ir para o seu centro de segurança contra crises.

No canto do prédio de dois andares do arsenal, Markov deteve o grupo e distribuiu ordens ao dois homens que carregavam as caixas do computador. Ele apontou para a direita.

— Senhor Wolf, siga aqueles homens até o Grande Palácio do Kremlin. — Em seguida, Markov conduziu Cotten e John para a esquerda, passando em frente do Palácio do Estado do Kremlin e na direção das igrejas que rodeavam a praça da Catedral.

Correndo pela frente da Igreja dos Doze Apóstolos, os três viraram à direita e encaminharam-se para a entrada da Catedral da Assunção. Subindo os degraus para o portal do sul, Cotten olhou para as enormes pinturas no alto dos dois arcanjos guardando cada lado da porta.

— Bem que podemos recorrer à ajuda deles — disse, apontando para os anjos.

Markov inclinou a cabeça concordando.

Os portões de ferro trabalhado permaneciam abertos, mas as grandes portas duplas de madeira e metal estavam fechadas e trancadas. O comandante Markov forçou a maçaneta, mas as portas de trezentos anos de idade não cederam.

— Precisamos conseguir alguém para vir abrir a igreja — ele disse para Cotten.

— Comandante, não temos tempo. Por favor, leve-nos para dentro, mesmo que seja preciso arrombar as portas.

Markov olhou para ela como se tivesse pedido para urinar na bandeira da Federação Russa.

— Comandante — interveio John. — Você falou que a situação internacional estava se deteriorando em uma escalada sem precedentes. Posso lhe assegurar que, seja como for, isso não é nada comparado com o que nos espera a todos se a senhorita Stone não conseguir entrar na igreja. Comandante Markov, sou um cardeal da Igreja Católica Romana e diretor do equivalente no Vaticano do seu Serviço Federal de Segurança... a sua antiga KGB. Por favor, acredite em mim quando lhe digo que o que está acontecendo esta noite em todo o planeta é o começo de uma série de acontecimentos trágicos que podem culminar em um possível...

— Comandante Markov, atire na fechadura! — ordenou Cotten.

O militar olhou fixamente para ela por um instante, antes de se voltar para a entrada da Catedral da Assunção e engatilhar o seu fuzil de assalto automático. Um segundo depois, ele disparou uma rajada contra a fechadura das portas de dez centímetros de espessura — então voaram lascas e pedaços de metal para todo lado. Dando um passo à frente, ele empurrou a porta com um pedaço de madeira que se soltara. Olhando por cima do ombro, disse:

— Por aqui.

Ao entrar na nave cavernosa da catedral, Cotten foi dominada pelas lembranças do ataque rebelde. Só algumas luzes encontravam-se acesas, produzindo nela a mesma sensação de contato com o sobrenatural, espiritual, que a envolvera naquela noite fatídica não muito tempo atrás. Enquanto atravessavam o piso de mármore, os seus olhos percorreram brevemente o lugar onde os integrantes da sua equipe tombaram sem vida, assassinados. Mesmo com pouca luz, ainda eram bem visíveis os estragos causados às obras de artes que adornavam as colunas.

Markov deteve-se.

— Agora, para onde vamos?

Cotten apontou para o conjunto que assinalava a entrada da capela de orações de Ivan, o Terrível.

— Vamos — disse ele, e correu através do piso da catedral até a igreja em miniatura.

Parada ao lado dela, Cotten indicou um vão entre ela e a parede. Ela se esgueirou por ali e abriu o portão que bloqueava a entrada. Manchas escuras sobre o piso assinalavam o local onde morrera o agente do Serviço Secreto. A cadeira do czar fora recolocada na sua posição original. Cotten empurrou-a para o lado, expondo o alçapão oculto. Abrindo a tampa, ela disse:

— Por aqui.

— Espere — Markov a deteve. — Eu vou primeiro, só para o caso de haver alguém esperando para nos emboscar de novo.

Cotten viu-o descer pela abertura. John foi em seguida. Pouco antes de se adiantar, Cotten parou e escutou, jurando ter ouvido passos abafados. Se os soldados de preto estivessem vindo, eles não teriam onde se esconder e lutar. Dali por diante só poderiam seguir por aquele caminho. Quando ela se voltou para descer, pensou ter visto duas sombras movendo-se entre as paredes mal-iluminadas.

— Existe um interruptor de luz na parede ao lado da escada — avisou Cotten para Markov enquanto fechava o alçapão atrás de si. Um segundo depois a lâmpada se acendeu.

— Continuem andando até o fundo. Sigam o túnel mantendo-se sempre à esquerda.

Quando se aproximavam do fim do primeiro cordão de luzes, o grupo parou.

— Existe outro interruptor na parede — informou Cotten. Mas, antes que Markov pudesse acioná-lo, ela ergueu a mão em sinal de silêncio. O ruído seco do alçapão sendo fechado de novo ecoou através do túnel. — Estamos sendo seguidos — ela disse, e acenou para Markov ligar as próximas luzes.

A passagem se alargou, exatamente como Cotten se recordava. Eles passaram por várias entradas de outros túneis e tubulações de drenagem, algumas parecendo ter permanecido intocadas por centenas de anos.

À frente ficava a escada de pedra que subia encostada à parede e levava à porta de entrada para o depósito. Ela subiu na frente de Markov. Com um rangido, a porta se abriu.

— Venham — disse ela, acendendo a luz do depósito. Atravessando o aposento, ela segurou a maçaneta da porta na parede oposta e a empurrou, abrindo-a para um corredor de mármore escuro.

— Estamos chegando à entrada de onde os rebeldes atiravam contra nós — falou Markov. — Venham atrás de mim. — Com a arma preparada, ele seguiu à frente de Cotten e John pelo corredor até chegarem à câmara do túmulo.

Conforme Cotten se lembrava, o lugar era escuro e fracamente iluminado — com arandelas embutidas nas paredes. No centro, situava-se o sarcófago comprido sob a caixa de vidro. Só que dessa vez havia uma diferença fundamental.

Ele estava vazio.

O coração de Cotten gelou quando ela olhou para o lugar onde jazia o corpo de Lênin. A lateral do revestimento de vidro estava aberta, a tampa colocada sobre o conjunto.

— Onde está... — Markov pareceu grudado ao chão ao ver o sarcófago vazio.

— Não posso acreditar — exclamou Cotten. Ela se aproximou cautelosamente do sarcófago e estendeu a mão para dentro, correndo-a ao longo do tecido sedoso onde o corpo de Vladimir Lênin repousara desde 1924. Nem sinal da Lança Sagrada. Ali dentro, só restava a pequena almofada branca que servia de travesseiro — com uma pequena reentrância onde repousara a cabeça de Lênin.

— Era isto que estavam procurando?

Eles se voltaram sobre os calcanhares ao ouvir a voz.

— Santo Deus — sussurrou Markov, recuando um passo. Olhava como que hipnotizado para a visão do homem parado a um canto do mausoléu.

John estava boquiaberto, os olhos arregalados de incredulidade.

Por um instante, Cotten pensou que o seu coração parara de bater. O ar tornara-se quente e sufocante. Ela duvidou dos próprios sentidos quando viu o homem caminhar na sua direção, a Lança do Destino segura firmemente contra o peito.

O homem era quase completamente careca, e os seus olhos eram pequenos e escuros. Ele usava bigode e cavanhaque. Trajava um terno preto, camisa branca e gravata escura. E falava em inglês com eles com um forte sotaque russo. Ela sabia de quem se tratava.

O mausoléu permanecia em um silêncio tão profundo que Cotten era capaz de ouvir o sangue correndo nas suas orelhas.

Então Markov falou num sussurro:

— Camarada Lênin? É mesmo você?

— É uma ilusão, comandante — falou Cotten, tentando manter o controle sobre os sentidos. Para John, ela disse: — Ele é a Besta. Lembra-se de Axum?

Ao som da voz dela, John pareceu recobrar-se do choque.

— Ele tomou a forma do monge guardião e agora tenta nos enganar de novo.

— Você é bem observador, padre — disse *Lênin*, o corpo envolvido por uma aura rubi-clara. — Posso tomar a forma que me interessar.

O ar no túmulo tornou-se sufocante.

— Entregue-me a Lança Sagrada — disse Cotten, reunindo toda a coragem possível.

— Ainda não aprendeu a lição, filha de Furmiel? Eu lhe disse na igreja do tesouro para ir embora. Por que não aceitou o meu conselho e se poupou de todo esse aborrecimento?

— Entregue-lhe a relíquia — disse John. — Já nos encontramos face a face antes. Você perdeu daquela vez e vai perder agora de novo. Não pode vencer contra Deus. Posso exorcizá-lo, assim como fiz antes.

Lênin ergueu a mão.

— Não torne a falar, padre. O seu Deus não é o meu deus. — Ele estendeu a Lança do Destino ameaçadoramente. — Quem possui esta Lança Sagrada e conhece os seus poderes detém nas mãos o destino do mundo. — Orgulhosamente, *Lênin* elevou-a para o alto. — Agora ela serve a mim. Eu vou decidir o destino do mundo. — Ele adiantou-se um passo na direção de Cotten. — Filha de Furmiel, você fracassou.

— Não — falou John. Ele fez o sinal da cruz e ergueu o crucifixo de ouro que trazia ao pescoço. — Em nome de Jesus Cristo, Nosso Senhor. Eis a Cruz do Senhor, fugi hordas inimigas. Que a Tua misericórdia recaia sobre...

— Nós o expulsamos. — As vozes vieram da entrada na direção do depósito e do túnel.

Cotten e John se voltaram e viram dois seres aparecerem. Traziam o corpo coberto por túnicas brancas como nuvens e irradiavam uma luminescência azulada que tomou conta do aposento. Imediatamente, Cotten lembrou-se da pintura dos dois arcanjos que guardavam o portal de entrada da catedral. *Seriam os mesmos personagens?*

Um deles se adiantou e parou diante da aparição de Lênin.

— Você foi expulso do céu, ó Lúcifer, estrela da manhã, filho do amanhecer. — O arcanjo estendeu a mão e pegou a Lança do Destino. — Desapareçam deste lugar, você e a sua horda negra abominável. Pois Deus os expulsou para o abismo.

A aparição de Lênin cambaleou.

Quando o arcanjo segurou a Lança, a forma de Vladimir Lênin desabou no chão. Ela se tornou rígida e cerúlea, exatamente como Cotten se recordava de tê-la visto da primeira vez. Ela olhou para o anjo.

— Quem é você?

O arcanjo entregou a Lança a Cotten.

— Não tenha medo, filha de Furmiel, pois o destino está nas suas mãos. — O arcanjo virou-se e reuniu-se ao companheiro. Então a luz tornou-se tão brilhante que fez com que Cotten, John e Markov cobrissem o rosto.

Quando reabriu os olhos, Cotten viu que os dois anjos tinham partido. O seu coração batia acelerado — seu corpo estava coberto de suor. Ela olhou para a Lança do Destino a que segurava com as duas mãos. A relíquia parecia vibrar quando ela olhou para John.

— Tudo bem com você?

Antes que ele pudesse responder, ouviram-se vozes no corredor, chamando-a pelo nome. Cotten não pôde acreditar no que via. Tera e Devin corriam em sua direção. Ela se inclinou e pegou-os nos braços, as lágrimas correndo pelo rosto.

Logo atrás deles vinham Alan e Lindsay, juntamente com uma meia dúzia de soldados russos. Todos estavam esbaforidos.

— Como vocês conseguiram...? — indagou Cotten.

— Tera e Devin saltaram do helicóptero assim que ele começou a decolar — contou Lindsay. — Vocês já estavam correndo para o portão. Então saltamos também.

— Tentamos fazer o piloto voltar — falou Alan. — Mas ele estava no ar e as balas passavam de todos os lados.

— As crianças seguiram vocês como se soubessem exatamente aonde ir — falou Lindsay. O que aconteceu aqui? — Ela espantou-se ao ver o corpo de Vladimir Lênin no chão.

Cotten sorriu e abraçou Tera e Devin, sentindo como se tivesse dois anjos entre os braços. Levantando-se, ela estendeu a Lança Sagrada para Alan.

— Vá conter toda essa insanidade. — Voltando-se para Markov, pediu: — Comandante, por favor, leve-o até o senhor Wolf.

Ela olhou para John e falou em voz baixa enquanto o envolvia entre os braços.

— Você acha que as crianças... eram elas aqueles dois?

— Talvez tenham se mostrado a nós como quem realmente são — ele sussurrou contra o cabelo dela.

— Então talvez esta batalha tenha finalmente chegado ao fim.

LIQUIDADO

O frio foi o que Mace sentiu primeiro. Sem dúvida, era inverno em Washington, mas aquele frio, congelando o ar, picando as narinas e queimando os pulmões não era por causa da estação. Era um frio que ardia como o calor — um fenômeno pouco natural, aberrante, que só podia significar uma coisa.

Ele enfiou as mãos nos bolsos e tossiu quando se voltou para o canto. A tempestade de gelo que envolvia a capital do país congelou no tempo e no espaço até o minúsculo ramo de árvore com um brilho seco. Os cristais de gelo na calçada rangiam embaixo dos seus sapatos. Agora, na penumbra, a cidade rebrilhava misticamente em prismas radiantes com os últimos vestígios do sol iluminando os cacos de gelo.

Mace parou diante do leão de granito que parecia estar preso dentro da sua própria tumba gelada. A estátua e a sua gêmea posavam em silêncio, guardando a entrada do prédio. Mace subiu os três lances de escada de uma só vez, cuidando para não le var um tombo na superfície escorregadia. O prédio achava-se fechado, como estava tudo desde que o Projeto Hades entrara em atividade. Ele introduziu a chave na fechadura e a pesada porta de madeira se abriu com um rangido.

Dentro, ele olhou para o elevador, mas preferiu evitá-lo. A energia poderia cair a qualquer instante. *Não seria uma coincidência dos diabos ficar preso em um maldito elevador?* O Velho jamais aceitaria uma desculpa dessas.

Mace segurou o corrimão e olhou para os degraus da escada. Sete andares até o pátio da cobertura pareciam uma eternidade em matéria de distância. Ele protegeu melhor o pescoço com o cachecol de lã preta e começou a subir, ouvindo o rangido dos degraus à medida que avançava.

Na altura do quarto andar, podia ouvir cada respiração ofegante que soltava. Parecia mais frio ali dentro do que fora — o desgraçado do calor desaparecera, e sabe-se lá por quê. Divertiu-se com esse pensamento, e um riso espontâneo brotou-lhe do peito.

Finalmente, ao chegar ao sétimo andar, Mace esperou, tentando recuperar o fôlego. O desgraçado sabia que teria de subir todos os sete andares e fora por isso que exigira fazer o encontro ali. Teria sido muito mais fácil encontrarem-se no conforto da sala de estar de Mace, tomando chá ao pé da lareira. No entanto, aquela não deveria ser uma reunião agradável, e ele sabia que o pátio da cobertura estaria gelado.

Os passos de Mace ecoaram quando ele se aproximou da porta para o pátio da cobertura. Ao abri-la, um sopro do frio do ártico atravessou por ele, fazendo os seus olhos se contraírem e lacrimejarem. Ele fungou com a congestão que escorria das narinas.

— Chegou bem na hora, Pursan — falou o Velho, do centro da cobertura. A Lua crescente projetava as sombras esqueléticas das árvores desfolhadas por todo o piso de pedra.

— Por acaso achou que eu me atrasaria? Alguma vez me atrasei? — indagou Mace.

O vento soprou sobre os cabelos cinzentos do Velho, empurrando-os para trás, mas na direção oposta à de Mace, e fez com que mechas do seu cabelo lhe cobrissem a face. Ele usou a mão enluvada para empurrá-los no lugar.

— Sabe por que o convoquei, Pursan? — A voz poderosa trovejou por todo o espaço entre eles. Ele fez uma pausa e sorriu. — Mas é claro que sabe.

As pontas dos dedos de Mace estavam adormecidas, mesmo com a proteção das luvas, e o nariz e o rosto também haviam perdido a sensibilidade, juntamente com os dedos dos pés.

— Está tudo acabado. Você fracassou comigo. Uma triste decepção. Dei-lhe um poder e tanto, uma posição e tanto. No entanto, você não deu valor, nem tomou os devidos cuidados. Você chegou a ser um general na minha legião. Em que você se tornou? — Ele deu as costas para Mace e pareceu deixar-se absorver pela noite. — O que devo fazer, Pursan? O que você sugere?

— Vou consertar as coisas para você — falou Mace abalado.

O Velho olhou para trás, a luz fraca iluminando-lhe o rosto — impiedoso, pálido, cinzelado — com os olhos penetrantes.

— Você não pode fazer nada por mim.

— Por favor — falou Mace. — Eu o servi como devia, falhei apenas desta vez. Podemos nos reagrupar, construir armas mais fortes. O Projeto Hades foi apenas a primeira ideia. A próxima será...

— Pare. Você não vê sequer um segundo do futuro? Fomos enganados desde o princípio. Conforme eu desconfiava, a menina é um soldado de Deus. Ela é a outra gêmea de Furmiel, e um dia irá liderar o exército de Deus contra nós. Esse é o legado dela. Ela foi mandada disfarçada para que não pudéssemos identificá-la. Agora ela está do lado de Cotten Stone.

— Como eu poderia saber?

— Porque eu lhe dei essa responsabilidade, Pursan. Você devia detê-la. Será que preciso entrar em mais detalhes do que isso? É tão cansativo. É por isso que eu dependia de você. — Ele olhou para o círculo e o pentagrama gravados na pedra do chão do pátio. — E a outra criança, o menino... ele também tem a bênção do nosso inimigo. Ele vai liderar o exército com a garota. Juntos, eles vão ter um poder muito maior. No tempo certo, eles irão comandar o exército Índigo e fazer guerra contra os Rubis. Esse é o destino deles, imagino. Esse é o destino deles. É irônico, não é, que o computador quântico da CyberSys seja chamado exatamente de Destino.

As pernas de Mace haviam ficado adormecidas.

— Só o que eu peço é mais uma chance.

O Velho ergueu uma das mãos e uma rajada de vento gelado fustigou o pátio.

— Você está liquidado.

O CARVALHO

O som das engrenagens de metal da retroescavadeira competia com a conversa.

Lindsay estava em pé ao lado de Alan no local onde um dia estivera a sua casa, enquanto eles observavam Devin e Tera remexerem uma pilha de materiais de construção à procura de peças que pudessem usar para construir um forte.

— Eles não parecem muito abalados depois de tudo pelo que passaram — comentou Lindsay.

— Não, não parecem mesmo — comentou Alan. — Essa é a beleza de ser criança.

— Sorte deles não poderem imaginar como seria o mundo hoje se Max não tivesse conseguido ligar o computador Destino e começar a destruir o vírus Hades. Acho mesmo que voltaríamos à Idade da Pedra se isso não tivesse acontecido. Os meninos não estariam procurando restos para construir um forte, mas tentando garantir a própria sobrevivência.

— Pior do que isso. Estaríamos todos matando uns aos outros.

— Não posso deixar de comentar, foi um gesto muito elegante por parte dos russos devolver a Lança Sagrada para o museu de Viena. A apresentação do presidente russo ao lado de Cotten e John foi impressionante.

— Agora que se trata da peça original, aposto que vão colocar uma segurança redobrada.

— Olhe para eles — falou Lindsay, apontando para Devin e Tera. — Parecem tão inocentes, ainda que tenham sido responsáveis por bilhões de vidas.

Alan sorriu.

— Por falar em inocência, acho que o nome do pobre Ben Ray foi redimido. No fim, a família dele tem algo de bom de que se orgulhar. Ele sacrificou a vida por Devin. Pouco a pouco, Devin vai revelando os detalhes de tudo o que aconteceu... é um pouco desconexo... mas vou juntando as peças. Preciso me lembrar de ouvir o que o meu filho diz e preencher as lacunas por ele. Quase me esqueci dos números da estação de rádio que ele vivia repetindo. Foi o que ajudou o FBI a localizar a instalação onde ficava o Hades. Graças a Max, por fazer o que tinha de fazer, e à atuação deles em desmontar o equipamento em Arkansas, vivemos hoje em um mundo mais seguro. — Alan sorriu quando Tera jogou para Devin um pedaço de madeira. — Não sabia que as meninas entendiam de construção de fortes.

— Cotten e eu fazíamos isso. Na verdade, era mais do que uma casa na árvore. A nossa casa ficava no carvalho que existia exatamente aqui onde nós estamos — disse ela, apontando para o tronco carbonizado. — Era uma árvore enorme. É uma vergonha.

— Gostaria de poder recuperar todas as coisas que você tinha antes do incêndio, mas nessas circunstâncias, tudo o que podemos fazer é deixar algumas coisas para trás... vai ficar tudo na lembrança.

— O que você está fazendo para nós é muito especial — falou Lindsay.

— É um prazer. Devia haver aqui um memorial de tudo o que aconteceu. Depois que estiver pronto, o Condomínio Jordan pelo menos vai levar o seu nome.

— Acho que sim — concordou Lindsay. — Não, sinto muito, você está certo. Estou meio perdida, Alan. Graças a Deus que você está aqui ou eu não teria para onde voltar.

— Sei que você odeia ver a sua fazenda sendo escavada. Deve ser doloroso. Mas você e Tera, Devin e eu precisamos ir para o subterrâneo. Se for fácil localizar os nossos filhos, os Rubis vão caçá-los até conseguir atingi-los. Vou encontrar um lugar... tenho o dinheiro e os recursos para nos manter escondidos. Entendo que você não goste de receber ajuda, mas precisa entender que não se trata disso. Isso é uma necessidade se quisermos sobreviver.

Lindsay inclinou a cabeça, pensativa.

— Está bem.

— Max vai ficar no meu lugar por uns tempos enquanto eu ajudo você a se recuperar.

— Acho que não vai ser muito difícil — falou Lindsay. — Não tenho muitos amigos, nem Tera. Podemos começar de novo, em qualquer lugar do mundo, acho. Viver em uma cabana na Sumatra é melhor do que viver com medo de que façam mal a Tera.

— Ótimo — concordou Alan.

— Isso me faz pensar em Kai. O que você acha que ela está fazendo agora?

— Você quer dizer quem ela está esfolando no momento?

— Você não pôde ver porque estava no telefone, mas olhei bem para ela enquanto você conversava com a segurança. Quando ela o ouviu mandar escoltá-la para fora do prédio, achei que sairia fogo das orelhas dela.

— Ela vai superar isso — falou ele.

O som de um motor a diesel chegou pela estrada e fez com que se voltassem.

Um enorme caminhão atirava nuvens de poeira e cinzas para o ar.

— O que será isso? — surpreendeu-se Lindsay.

— Algo para marcar o ponto onde a sua fazenda existiu um dia. Uma lembrança viva do que aconteceu aqui depois que você e Tera partiram.

Lindsay levou a mão à boca quando viu a carga do caminhão. Acorrentado à carroceria seguia um imenso carvalho.

O céu parecia polido, totalmente azul, nem mesmo um sinal de nuvem. O sol brilhava através da janela do carro, juntamente com o aquecedor tornando quente o lado de dentro, consideravelmente diferente dos cinco graus negativos que fazia do lado de fora. Cotten tinha uma das mãos na direção e a outra no console onde a mão de John envolvia a sua.

— Gostaria que tivéssemos tempo de ver a iluminação do Natal — disse ela, entrando no estacionamento do Aeroporto Internacional de Louisville.

— Acho que não é uma das prioridades.

— Não — concordou Cotten. — Ainda assim, parece que nunca temos tempo para desfrutar a vida juntos. Um tempo só para nós dois. Sei que adoraria se você tivesse assuntos para resolver em Nova York e pudesse voar para cá para passar uns dias no ano novo, e isso seria muito importante para Lindsay e Tera.

— Também gostaria de poder. Gostaria de poder passar um tempo com vocês... ainda mais do que admirar as luzes do Natal. — John consultou o relógio. — Infelizmente, faltam só alguns minutos para eu me apresentar para o embarque.

— Não quero que você vá — declarou Cotten, virando no assento para encará-lo. Ela percebeu que a voz saíra trêmula e que ele também percebera.

— Vou sentir a sua falta, sempre sinto — disse ele. — Você é uma mulher especial.

Cotten inclinou a cabeça e enxugou uma lágrima da face.

— Prometi a mim mesma que não faria isso — confessou. — Sinto muito. — Ela procurou um lenço na bolsa e assoou o nariz. — Tudo bem — disse, erguendo a cabeça e jogando o cabelo para trás. — Estou contente por ter feito tudo da maneira como fiz.

Ele sorriu para ela.

— Você não precisa ser assim tão durona.

— Sabe o que eu penso?

— Não, o quê?

— A ocasião é tudo — falou Cotten confidencialmente.

— Como assim?

— E se nos conhecêssemos anos atrás, antes de você se decidir a ser padre?

John ajeitou o cabelo dela para trás.

— Mas não nos conhecemos, e não podemos mais mudar a realidade.

— Eu sei. — A voz dela soou fraca e esganiçada.

— Somos pessoas de sorte, você e eu. Abençoadas, na realidade, por termos nos conhecido.

— Por que precisa ser assim tão difícil? — Ela sentiu as lágrimas correrem novamente. — Você desperta o que há de pior em mim. Ninguém me faz chorar assim. E isso me deixa completamente vulnerável. Devo estar fazendo um papelão.

John riu e depois segurou-lhe o rosto entre as mãos.

— Você é linda. Mesmo quando está chorando.

Cotten olhou dentro daqueles olhos profundamente azuis, os mais azuis que já vira.

— Não foi o que quis dizer. Você não desperta o que há de pior em mim. Você é a melhor coisa que já aconteceu na minha vida. — Ela olhou para o relógio no painel do carro e suspirou. — Melhor ir andando senão você vai perder o seu voo. Vou até lá com você, mas vou me sentir uma tola andando pelo terminal sozinha depois que você for embora — disse ela, quase com afetação, enquanto hesitava antes de voltar a falar. Dessa vez a voz saiu abafada e grave. — Não suporto ver você ir embora.

— Tudo bem — admitiu ele, então abriu a porta. — Abra o porta-malas para mim.

Cotten pressionou o botão e ouviu a trava destrancar-se automaticamente. Ela saiu do carro e foi para a parte traseira do carro para vê-lo tirar as malas.

— John — ela disse.

Ele dobrou a sacola dos ternos sobre o braço e olhou para ela.

Ela sabia que estava com a boca aberta, pronta para falar, mas não conseguia pronunciar as palavras.

John deixou a sacola dos ternos sobre a mala, depois tomou-a entre os braços.

— Eu também, Cotten Stone. Eu também.